LES THÉBAINES

*La Seconde Epouse******

Née au Mans, Jocelyne Godard a été journaliste d'entreprise et photographe. Après avoir publié des poèmes, elle a créé et dirigé une revue de poésie et fait paraître deux essais : *Elles ont signé le temps* et *Léonor Fini ou les Métamorphoses d'une œuvre,* ainsi qu'un roman historique, *Dhuoda ou le destin d'une femme écrivain en l'an 840.* Passionnée par les femmes célèbres du passé, elle est l'auteur de la saga des *Thébaines* qui comprend neuf volumes.

Paru dans Le Livre de Poche :

LES THÉBAINES

La Couronne insolente*
De roche et d'argile**
Vents et parfums***
L'Ombre du Prince****

JOCELYNE GODARD

Les Thébaines

La Seconde Epouse*****

ROMAN

LE SÉMAPHORE

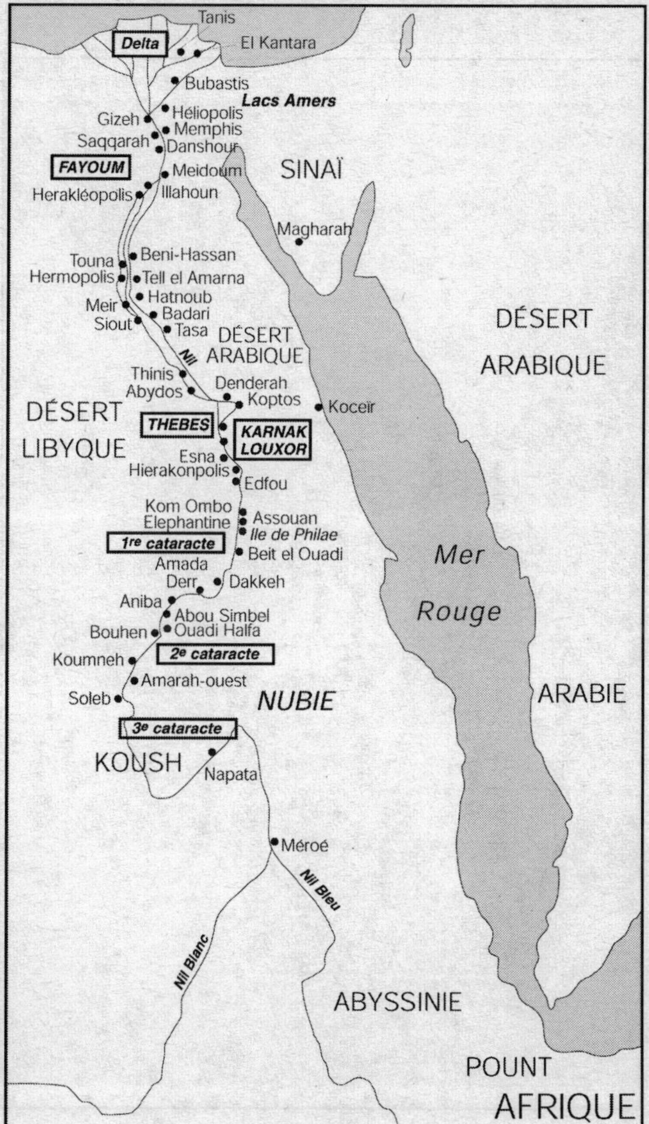

Carte de l'Egypte ancienne au temps
de la pharaonne Hatchepsout (XVIIIe dynastie).

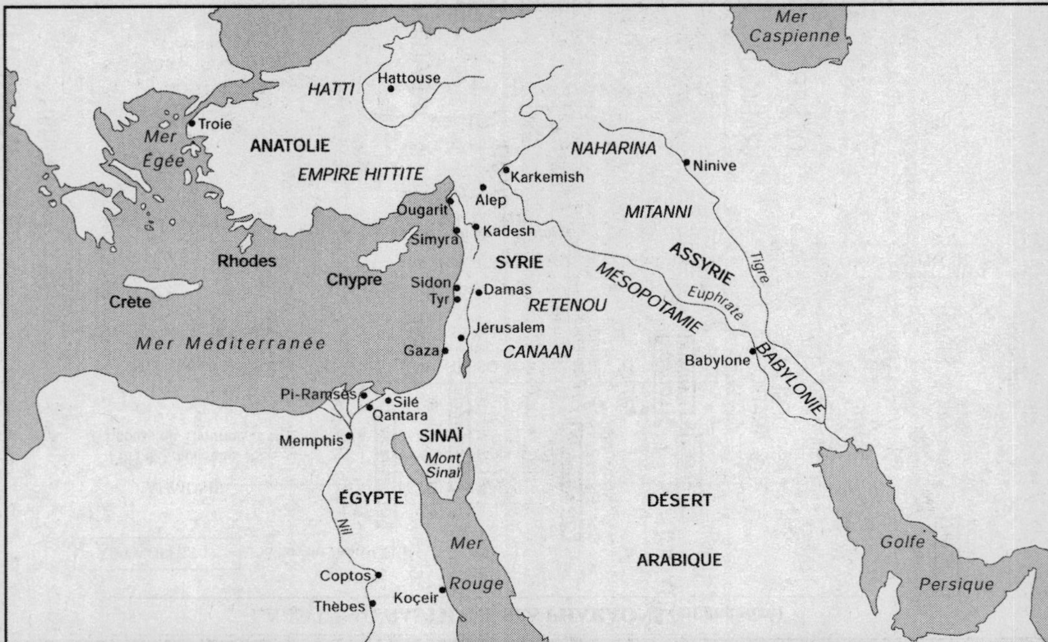

Carte des pays du Nord au temps de l'Egypte ancienne sous la XVIIIe dynastie

LA XVIIIe DYNASTIE ET SES PHARAONS (en encadré)

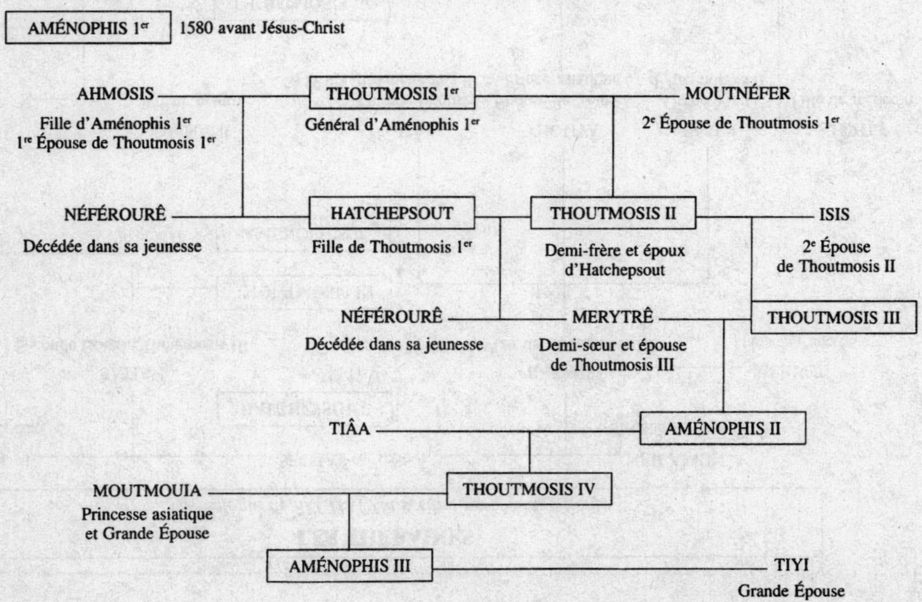

LES THÉBAINES

Généalogie de SÉCHAT (la scribe) personnage fictif

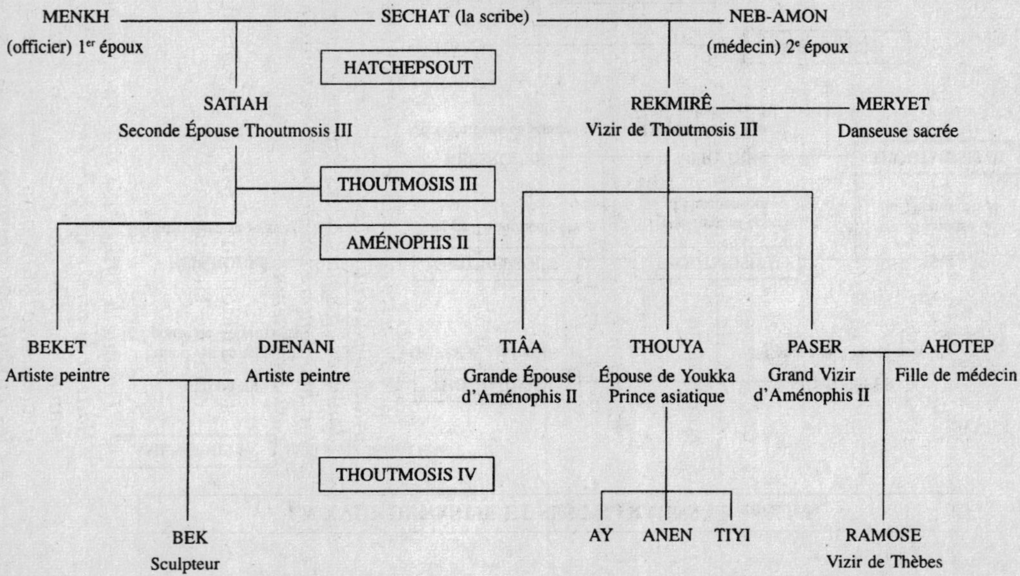

"Amon-Rê m'a assigné les pays du Retenou lors de la première campagne. Ils s'avançaient tous pour combattre avec Ma Majesté. Il y avait des hommes par millions et les chefs de tous les pays étrangers se tenaient droits sur leurs chevaux. On comptait trois cent trente princes, chacun à la tête de son armée."

"Tombant et culbutant, ils supplièrent. Ceux qui se tenaient debout sur les murailles acclamaient Ma Majesté afin qu'elle leur donne le souffle de la vie."

"Ils amenèrent vers moi leurs chevaux, leurs chars d'or et d'argent, leurs cottes d'armes, leurs arcs, leurs flèches."

(Extraits d'une stèle sculptée en l'an 45 du règne de Thoutmosis III érigée au Gebel Barkal, vers la 4e cataracte du Nil.)

"Ma Majesté ramena les femmes et les enfants ayant appartenu à ces vils ennemis. Ma Majesté donna ces femmes et ces enfants en domestiques au dieu Amon comme première contribution du pays du Retenou."

(Inscription du 7e pylône de Karnak sous le règne de Thoutmosis IV.)

"Lorsque le prince du Naharina, le prince du Hatti et le prince de Babylone entendirent de la grande victoire que j'avais remportée, chacun rivalisa avec l'autre pour me faire offrande de tous les produits de son pays. Ils parlaient en leurs

cœurs au père de leurs pères, afin d'implorer la paix auprès de Sa Majesté et d'obtenir que leur fût donné le souffle de la vie :

"Nous sommes chargés de nos tributs pour ton palais, ô fils de Rê, Aménophis-dieu-régent-d'Héliopolis, prince des princes, lion déchaîné en toute terre étrangère et dans ce pays, pour le temps infini."

(Extrait d'une stèle de Memphis sous le règne d'Aménophis II.)

"Les princes du Mitanni s'en viennent, leurs tributs sur le dos, afin d'implorer la paix auprès de Sa Majesté et pour que leur soit délivrée la douce brise de la vie."

(Extrait retrouvé sur une colonne de la salle des obélisques d'Hatchepsout à Karnak dont l'inscription initiale a dû être effacée sous le règne d'Aménophis II.)

RÉSUMÉ HISTORIQUE

Quand le père d'Hatchepsout — Thoutmosis Ier — meurt, ne laissant que sa fille héritière du trône, celle-ci décide de régner en co-régence avec son époux et demi-frère qui, de son règne assez bref, laisse peu de traces dans les annales de l'Egypte ancienne.

A cette époque de la XVIIIe dynastie, les envahisseurs sont tous repoussés des frontières, Hyksos au Nord et Nubiens au Sud. Seul demeure le royaume du Mitanni qui, par la suite, devait devenir un redoutable adversaire.

Dans cette poussée plutôt favorable, reste à développer l'agriculture et l'artisanat qui, depuis longtemps, subissaient les aléas des guerres, accroître le commerce des matières premières : le calcaire, l'albâtre et les turquoises ; enfin reprendre les échanges avec les pays voisins en favorisant davantage les transports et la navigation. Et, pour satisfaire ce vaste programme, il fallait un règne de paix qu'Hatchepsout s'apprête à suivre.

Ahmosis, Aménophis et Thoutmosis, les prédécesseurs d'Hatchepsout, avaient ainsi ouvert une nouvelle dynastie qui, de prestige en prestige, devait durer des siècles.

Quand Hatchepsout se fait sacrer Pharaon des Deux Egypte, endossant la double couronne, tenant le sceptre et le fouet symbolique, posant la barbe postiche sous son fin menton, elle prend conscience que son pays n'a plus besoin de guerre, mais d'harmonie intérieure.

Elle s'entoure de quelques vieux fidèles ayant servi son père et s'adjoint de loyaux collaborateurs tels que Hapouseneb le Grand Prêtre d'Amon, Pouyemrê le Grand Trésorier, Senenmout l'Architecte et Néhésy, le Chef de toutes les Polices.

Le règne de la pharaonne Hatchepsout se partage entre le temps des constructions et le temps des voyages.

C'est en abordant cette époque de paix où l'armée n'a plus sa place qu'Hatchepsout agrandira, fortifiera Karnak et son temple d'Amon, élèvera des obélisques à pointe d'électrum, rénovera les villes de Thèbes, Edfou, Abydos, Denderah et, descendant jusqu'à la deuxième cataracte, multipliera les temples aux frontières nubiennes. Puis, sur sa lancée de bâtisseuse, elle ordonnera la construction de sa demeure éternelle sur le site prodigieux de Deir-el-Bahari à Senenmout — son architecte et fidèle conseiller dont on soupçonna toujours qu'il fut son amant — qui se chargera avec succès de la réalisation des travaux.

Une autre partie de son règne concerne les voyages. Une expédition dirigée par Néhésy partira d'Egypte pour le célèbre Pays du Pount, pays étrange qu'il fallait trouver en accédant par l'une des embouchures du Nil ou directement par le port de Quoser, sur la côte de la mer Rouge. L'expédition en rapportera les parfums indispensables au plaisir des dieux, ceux-là mêmes qui ont placé Hatchepsout sur le trône et qu'elle ne veut pas trahir.

De son époux disparu très vite de l'Histoire de l'Egypte ancienne, Hatchepsout aura deux filles. La première, Néférourê, décédera dans sa jeunesse, la seconde, Mérytrê, deviendra la Grande Epouse du pharaon suivant, Thoutmosis III.

Après un règne d'environ dix-huit ans, Hatchepsout disparaîtra dans des circonstances que nous ignorons — trop de textes inscrits sur les bas-reliefs ont été effacés après sa mort pour que l'on puisse en savoir plus — laissant la place au troisième des Thoutmosis, fils bâtard de son époux qui, bien entendu, n'attendait que ce jour.

Ces multiples inscriptions disparues, retrouvées parfois, ajoutées à toutes celles qui malgré tout sont restées, peuvent témoigner de la grandeur et de la longévité du règne d'Hatchepsout.

Quand Thoutmosis III monte sur le trône, il ne songe qu'à étendre les frontières de l'Egypte. Ce sont les pays en bordure de l'Euphrate qu'il convoite : la Babylonie, l'Assyrie, le Mitanni, ainsi que le Naharina, contrée florissante et prospère qui grandit en puissance. Quant à l'empire Hittite, il jette un œil concupiscent sur la riche Egypte que le règne d'une femme a peut-être rehaussé au niveau du commerce et de l'agriculture, mais affaibli au niveau de l'armée.

Thoutmosis III, avide de batailles et de gloire, part pour les pays d'Asie. Il fera dix-sept expéditions étrangères, toutes légendaires, soumettant les pays conquis en leur imposant de lourds tributs. Il rapportera aussi d'impressionnants butins — dont le recensement n'est pas une mince affaire — accompagnés de princesses asiatiques et d'esclaves. Il fait de l'Egypte un empire solidement appuyé sur la vassalité des pays qu'il domine.

A sa mort, son fils Aménophis II lui succède, continuant sur la même lancée, ses expéditions guerrières ramèneront aussi butins et esclaves. Des colonnes d'hommes, de femmes et d'enfants épuisés et affamés vont sillonner les terres de l'Euphrate jusqu'au Nil, les pieds ensanglantés. Les survivants se verront enrôlés chacun selon son rang et ses capacités, esclaves, artisans, soldats.

Avec le retour de ces expéditions s'installent d'autres idées, d'autres dieux, et les prêtres d'Amon deviennent méfiants, s'opposant farouchement à tout ce qui se heurte à leur culte.

Mais Aménophis II, plus acharné encore que son père, exige que son fils Thoutmosis IV épouse une Mitannienne, faisant ainsi du futur pharaon un demi-asiatique.

RÉSUMÉ DES « THÉBAINES »

(Personnages fictifs)

Séchat, l'héroïne avec laquelle commence la saga, est une jeune thébaine de la XVIIIe dynastie. Issue de la haute noblesse, elle suit les cours de l'école de Thèbes aux côtés de son amie la princesse Hatchepsout. Très éprise de son compagnon d'enfance Menkh, qui devient grand capitaine de la Charrerie royale, elle l'épouse. Mais à peine a-t-elle donné naissance à sa fille Satiah que déjà elle apprend la mort de Menkh, tué à la guerre du Mitanni dans les armées du pharaon Thoutmosis 1er. Nommée Grande Scribe Intendante des Artisans par la pharaonne Hatchepsout montée sur le trône, elle ne peut élever elle-même sa fille et la laisse à la garde de ses nourrices à Bouhen.

Veuve, Séchat va se consacrer à son métier de Grande Scribe avec ardeur. Elle maîtrise une révolte d'artisans, déjoue un complot de pilleurs de tombes, rénove des fabriques de papyrus, visite des mines d'or l'entraînant dans un lointain village nubien, assiste à la construction du temple de Deir-el-Bahari qui nécessite le rapatriement en masse de paysans, soldats, artisans, prisonniers pour travailler sur le chantier. Des millions d'hommes élèvent et transportent les gigantesques blocs de granit, s'échinent, suent et s'épuisent dans un désert où le soleil n'a nulle pitié. La position hiérarchique élevée de Séchat suscite des jalousies qui vont la heurter de plein fouet : sa fille Satiah est enlevée, prise en otage par des hauts dignitaires. Séchat va sillonner l'Egypte, de la Nubie au delta, pour tenter de la retrouver. Seul son amant Djéhouty, le Grand Vizir de Thèbes, très épris d'elle, l'aidera dans ses recherches. Enfin, tandis que Séchat retrouve sa fille cachée chez une vieille gardienne de chèvres dans les marais du delta, Djéhouty se voit contraint de prendre femme — Améна, une musicienne du temple — sur l'ordre de la pharaonne qui, pour satisfaire ses desseins, a décidé de séparer leur couple.

Séchat revenue à Thèbes, Hatchepsout lui propose de laisser la petite Satiah au harem du palais où elle sera élevée en sécurité. En exigeant l'assentiment de la jeune femme, elle s'assure de son soutien d'autant plus que sa présence en tant que Grande Scribe est indispensable pour la grande expédition maritime qu'elle projette. La pharaonne veut partir pour le Pays du Pount, sur les côtes africaines, pour en rapporter épices et parfums qui plaisent aux dieux.

Hatchepsout et les Thébaines devront surmonter les dangers d'un océan qu'elles ne connaissent pas et guetter les pièges d'une jungle africaine dont elles ignorent tout. Le voyage est long et périlleux, seule Séchat détient, d'un vieil astrologue, les précieuses cartes maritimes menant au Pount mais on les lui vole. Neb-Amon, le médecin des pauvres de Thèbes engagé sur l'ordre d'Hatchepsout, lui sera d'une aide précieuse pour contrer ses ennemis. Leur entente se mue bientôt en une forte et lente passion qui va les rapprocher au large de la mer Rouge jusqu'en Afrique, où de multiples aventures les attendent avant le retour, espoir pour eux d'un avenir meilleur.

Au retour du Pount, Séchat renonce à son titre d'Intendante des Artisans, mais reste Grande Scribe.

Elle demande d'enseigner à l'école du Palais afin de poursuivre le nouveau chemin qu'elle se trace, celui de l'amour et de l'harmonie familiale. Elle a repris à ses côtés sa fille Satiah qui est devenue une adolescente destinée à être la Seconde Epouse de Thoutmosis, le futur pharaon. Puis elle met au monde un garçon, Rekmirê, fils du médecin Neb-Amon. La crue qui tarde engendrant la sécheresse suivie d'une invasion de sauterelles va entraîner famine, épidémie et mort de milliers d'hommes parmi les plus défavorisés. Séchat est ainsi le témoin charnière de son temps. Après ces sombres heures, le règne d'Hatchepsout faiblit, mais se lève celui du prince qui, dans l'ombre, attendait.

Satiah, la fille de Séchat devenue Seconde Epouse du pharaon Thoutmosis III, préfère sa liberté à l'existence étriquée du harem. Délaissée par le pharaon dont elle a une fille, Beket, elle vit une passion partagée par un navigateur crétois. Celui-ci disparaîtra dans une crue qui déferle sur le pays, franchissant inexorablement terres et villages, emportant sur son passage dévastateur bien des vies humaines. Satiah aura la douleur de perdre non seulement Mykos, son amant, mais aussi sa mère, Séchat, qui avait élevé en partie Beket.

Ainsi les années passent et sautent trois générations de pharaons glorieux et vainqueurs, ramenant butin, esclaves et nouveaux dieux asiatiques. Les Thébaines se propulsent dans un vent qui ne souffle pas de façon habituelle, enlevant un peu de terre à leurs profondes racines égyptiennes. Mais il y avait eu tant de sang rebelle, côté femmes, depuis que l'audacieuse Séchat avait été Grande Scribe du pharaon Hatchepsout que la lignée des Thébaines ne pouvait s'éteindre sans amorcer une aube nouvelle pleine de fougue et d'énergie. La désinvolte Satiah, la Seconde Epouse, bafoue les règles établies du Palais et du harem pour vivre sa vie comme elle l'entend, le navigateur crétois dont elle a partagé la passion lui laisse une fille qu'elle doit cacher pour ne pas scandaliser la cour. L'indomptable Beket préfère suivre une carrière d'artiste peintre plutôt que de fonder une famille tandis que Thouya, l'aventurière, épouse un prince asiatique pour la seule joie de vivre les turbulences d'un voyage exotique et voir les bords de l'Euphrate plutôt que ceux du Nil.

CHAPITRE 1

La Seconde Epouse s'allongea sur le sofa tressé en fibre de papyrus et remonta le coussin brodé de feuilles d'acacias qui se perdaient dans une tonalité de verts étonnamment subtils.

Enfin, Satiah put se laisser aller à quelques réflexions qui, depuis quelque temps, encombraient désagréablement son esprit. Bien que le pharaon lui accordât toujours les mêmes faveurs, il la privait de plus en plus de son précieux temps.

Certes, Thoutmosis ne se prélassait guère à l'ombre de son palais de Thèbes. Le règne de paix qu'avait établi Hatchepsout pendant presque vingt ans lui permettait d'envisager sereinement ses premières grandes expéditions.

Les temples étaient tous restaurés et les villes agrandies, enrichies. Thèbes, Abydos, Memphis, Hermopolis, Denderah prospéraient et, dans son opulence, le temple d'Amon regorgeait de grandeur et de puissance.

Lorsqu'enfin Thoutmosis III avait pu accéder au trône, après avoir attendu longtemps la place qui lui revenait, il ignorait que les annales égyptiennes le hisseraient au rang des plus grands souverains. Aussi était-il bien décidé à ne jamais parler de celle qui l'avait brillamment précédé, d'autant plus que le nouveau pharaon avait la trempe de son arrière-grand-père, le vaillant Aménophis, homme valeureux et intrépide qui avait chassé les Hyksos d'Egypte et instauré la nouvelle dynastie, posant son pays sur de confortables assises.

Thoutmosis, qui ne lésinait ni sur le tir à l'arc ni sur la conduite de ses chevaux dont il s'occupait lui-même, prenait plaisir à confronter ses forces physiques à celles de ses compagnons.

Bâtard, peut-être ! Puisque sa mère n'était qu'une concubine du harem qu'avait choisie son père, mais capable. Son caractère était inébranlable, fort comme les colonnes du temple de Karnak, les nerfs aussi résistants que les cordages de chanvre qui retiennent les grands mâts sur les navires et une santé de fer que rien n'altérait, ni les excès de chasses ni les combats les plus violents.

Depuis son plus jeune âge, Thoutmosis était assujetti aux contraintes de la guerre comme n'importe lequel de ses soldats, couchant à terre et mangeant des oignons et du poisson séché. Côté mental, ses aptitudes étaient grandes et sa tête solide. Thoutmosis avait en lui cette lucidité d'esprit qui, en toute épreuve, devait l'amener à gagner bien des batailles.

Oui ! Le nouveau pharaon avait l'énergie nécessaire pour accomplir de grands exploits. L'histoire de son pays, il la connaissait bien et il était conscient de la bravoure de ses ancêtres lorsqu'au début de son siècle, ils avaient chassé d'Egypte ces terribles Hyksos qui ravageaient impitoyablement le pays.

Dans son impatience à régner, Thoutmosis avait eu, de surcroît, le temps nécessaire pour observer les agissements de sa tante Hatchepsout, celle qui avait osé braver les traditions ancestrales en se posant, un beau matin, la couronne pharaonique sur la tête, en accrochant sous son fin menton la barbe postiche des souverains, en saisissant d'une main blanche et ferme le sceptre royal et le fouet symbolique. Aux yeux du peuple, appuyée et protégée par les prêtres d'Amon, parce qu'elle était de pure souche divine, Hatchepsout était devenue le "Taureau Puissant", le maître des Deux Egypte.

Durant vingt longues années, alors que le jeune Thoutmosis s'affirmait, fiévreux, inquiet, impatient de régner à son tour, une poignée de dignitaires avait tissé autour de lui une toile indestructible, largement renforcée les dernières années du règne d'Hatchepsout par les nobles de Thèbes et ceux de province. Ce cercle qui s'élargissait au fur et à mesure que Thoutmosis grandissait était essentiellement constitué de vieux militaires qui, depuis longtemps, n'avaient pas levé l'arme.

En fait, Thoutmosis avait si bien observé les pratiques judicieuses et habiles d'Hatchepsout qu'il avait agi de même, se servant des militaires, comme la jeune pharaonne au début de son règne s'était servie des prêtres d'Amon.

C'est ainsi qu'au jour de la mort d'Hatchepsout, Thoutmosis avait une armée solide, efficace, fidèle, prête à l'accompagner sur des terres lointaines qu'avaient déjà tenté de prospecter son père et son grand-père.

Et Thoutmosis ne manquait ni de courage ni d'idées pour briller aux yeux de son peuple et chercher à le séduire. Il suffisait de lui faire oublier le sage et pacifique règne d'Hatchepsout en lui apportant le plateau d'or garni de ses conquêtes.

Il chercha tout d'abord à conquérir l'empire d'Asie qui avait considérablement pris de l'assurance face à l'inaction militaire de l'Egypte durant toutes ces dernières années. Ce n'était certes pas un mince projet. Par analogie, s'il gagnait des batailles, s'il exigeait la soumission de villes et de régions entières au-delà des frontières du nord, peut-être pourrait-il, un jour, fonder une nouvelle idéologie impériale. Certes, il y avait, là, de quoi rêver à de grands jours, ambitionner les meilleures hypothèses et aspirer au plus haut rang dans le ciel serein des dieux d'Egypte.

Le Mitanni, maître des plateaux du haut Euphrate, cherchait depuis longtemps à s'étendre sur la côte septentrionale de la Syrie afin d'obtenir les indispensables ouvertures maritimes pour développer son commerce.

S'étant déjà avancés jusqu'à la ville d'Alep, dans le Naharina, les Mitanniens pensaient rejoindre l'île de Chypre et, lancés sur la Méditerranée, atteindre peut-être des îles plus lointaines comme celles de Crète ou de Rhodes. Les Mitanniens rêvaient, eux aussi, à de bien belles perspectives. De là, tout leur était permis et, visant l'horizon avec les espoirs les plus fous, ils convoitaient la Grèce et les îles de la mer Egée.

Une ombre, cependant, ternissait l'enthousiasme grandiose des Mitanniens. Le redoutable prince de Kadesh veillait sur ses ennemis qui, lentement, s'avançaient au nord et à l'est de son territoire. Kadesh, ville-citadelle située sur les bords de l'Oronte, restait jour et nuit en expectative, gardant ses portes avec une vigilance sans cesse accrue, renforçant son mur d'enceinte de points d'observation pour scruter les alentours et donner l'alerte dès qu'elle voyait poindre un incident à l'horizon.

Outre la suspicion permanente que le prince de Kadesh portait à l'est de son territoire, il avait aussi les yeux fixés vers le sud, là où les Egyptiens pouvaient, un jour, rappliquer en traîtres. Certes, son répit s'était incroyablement allongé, car depuis le règne pacifique de cette femme qui s'était fait sacrer pharaon, le peuple d'Egypte n'avait pas bougé, se contentant de restaurer l'économie artisanale et agricole de son pays. On disait même qu'elle était allée dans les pays d'Afrique chercher des parfums et des épices pour le plaisir des dieux.

Mais, depuis peu, le prince de Kadesh s'inquiétait.

La reine égyptienne venait de mourir. Qu'allait faire le nouveau roi ? Il savait qu'autrefois un Thoutmosis était déjà venu sur ses terres. Il en était reparti satisfait. Certes, il pouvait penser que les armées égyptiennes étaient affaiblies par le règne d'une souveraine plus préoccupée par le développement du commerce que par la guerre. Mais, à présent, le nouveau monarque n'était pas ignorant des frontières qui entouraient son pays. Il savait que la Syrie se divisait en principautés dont les plus importantes pouvaient se regrouper et faire un barrage soit contre l'Egypte, soit contre Kadesh.

Déjà, à l'époque où le jeune pharaon avait pris le pouvoir, elles avaient entamé une coalition, menée par le roi de Karkemish qui, avec son armée, était descendu jusqu'à Byblos sur les côtes syriennes afin de parlementer. Or, de là, rien ne les empêchait d'emprunter les pays du Canaan pour s'approcher de l'Egypte dans le but de s'allier avec eux pour mieux l'abattre.

Le prince de Kadesh voyait juste et sa vision avait une portée très lointaine. Dès la première année de son règne, le jeune Thoutmosis était conscient du danger. Son armée en place, prête à tous les combats tant elle avait été bien exercée, il mena de main de maître une première expédition qui laissa penser à ses voisins qu'il n'avait pas l'intention de se laisser envahir par eux.

La campagne fut menée si bien et si promptement que ses compagnons d'armes reconnurent d'emblée l'habileté et le sens développé de sa stratégie guerrière. Rien n'avait été laissé au hasard et le plus infime détail avait fait l'objet d'une étude approfondie.

Thoutmosis s'élevait déjà en vainqueur. Ses premiers jalons posés, le roi de Karkemish recula et, très vite, il y eut d'autres incursions, d'autres audaces.

Chaque fois elles allaient plus loin et chaque fois il remportait une victoire.

Pour les concrétiser, il fallait les transcrire sur la pierre, les offrir au public, les déifier et les encenser. L'alibi était trop beau pour laisser les bas-reliefs des temples d'Hatchepsout raconter ses jours de gloire. Thoutmosis en fit effacer une grande partie pour y porter ses propres conquêtes.

Sa dignité étant en jeu et pour ne pas copier son prédécesseur, cette insolente tante qui lui avait usurpé sa place, Thoutmosis souleva une idée nouvelle au sein du temple d'Amon, celle d'y associer Rê, le dieu solaire qui avait si longtemps servi les Egyptiens au temps des premières dynasties.

Plus de cinq cents lignes de textes sur les colonnes de Karnak vinrent aussitôt remplacer celles qui relataient la vie de la grande reine. Ces annales de Thoutmosis III qui figurent parmi les plus importantes de l'histoire égyptienne et dont chaque ligne mesure plus de vingt mètres de haut, éternisaient indiscutablement la gloire du pharaon.

Thoutmosis poursuivait brillamment cette XVIIIe dynastie entamée par son arrière-grand-père.

*
* *

Ce matin-là, satisfait de la nuit qu'il venait de passer avec l'une de ses plus séduisantes concubines syriennes, Thoutmosis se fit conduire dans ses appartements personnels où il devait recevoir son ami, le Grand Vizir Rekmirê.

Un coursier l'attendait à la porte du palais. Il tenait les rênes de ses chevaux d'une main ferme, mais dut fouetter l'un d'eux qui piaffait trop énergiquement à l'arrivée du pharaon.

— Allons, Penhuy, fit-il en riant, ce cheval est tout

simplement heureux de me voir. Laisse-le agir à sa guise.

Il s'approcha du fougueux cheval et caressa sa crinière agitée.

— Que me veux-tu donc ? poursuivit-il devant l'homme qui sautait au bas de son char et le saluait aussi bas que terre.

— Majesté, Satiah, la Seconde Epouse demande à vous voir dès que possible.

— Sais-tu ce qu'elle veut ?

— Je l'ignore, Majesté.

Penhuy était un des conducteurs de char formés par l'Ecole du Palais de Thèbes. De cet établissement réputé, qui n'enseignait qu'aux plus experts et d'où nulle indiscrétion ne devait filtrer, sortaient tous les cavaliers talentueux de Thèbes.

Penhuy, jeune homme, avait travaillé pour Thoutmosis et, louant ses capacités et ses audaces professionnelles, le pharaon l'avait assigné au service de la Seconde Epouse. Tranquillisé sur ce point, car Satiah avait la passion des voyages et des déplacements, Thoutmosis craignait moins les éventuelles embûches qui pouvaient surgir au détour des chemins.

Penhuy savait manier son char avec une dextérité exemplaire aussi bien en plein désert que dans une embuscade d'où il devait sortir vainqueur.

— Quand veut-elle me voir ?

— Le plus rapidement possible, Majesté.

— Alors, dis-lui de venir dès que j'aurai vu Rekmirê, son frère.

Le galop d'un cheval se fit entendre derrière la barrière de tamaris qui occultait la route menant à l'ouest du Palais. Thoutmosis et Penhuy tournèrent la tête en direction du piétinement des chevaux. Un nuage de poussière venait à eux. Il ne leur fallut que quelques secondes pour discerner le char et les chevaux dont les rênes étaient tenues par une jeune femme fort audacieuse.

— Satiah ! s'écria Thoutmosis d'un ton qui balançait entre la joie et la contrariété. Je ne comprends plus, tu envoies ton homme d'équipage et tu arrives quelques secondes après.

— Thouty, fit-elle en élevant la voix car elle n'était encore qu'à quelques chevauchées du pharaon, Penhuy était à peine parti que j'ai su que tu voyais Rekmirê.

— C'est juste, répliqua Thoutmosis, mais cela ne te concerne pas.

Satiah arrivait à présent à leur hauteur. Elle stoppa ses chevaux dans un geste parfait et sauta sur le sol.

La jeune femme était d'une grâce évidente. Grande, élancée, souple, cette séduisante silhouette s'accordait au visage dont rien ne venait perturber la perfection. Des yeux allongés et bleus, extraordinairement lumineux, presque violets tant l'intensité de la couleur était profonde. Un menton qui affinait l'ovale du visage et au-dessus duquel venaient se dessiner les plus jolies lèvres qui soient. Petites, pulpeuses, rouges et fraîches comme deux baies ramassées dans les buissons sauvages.

— Penhuy, tu peux rentrer, dit-elle en se retournant vers le jeune homme.

Puis, comme le pharaon ne faisait aucun geste pour le retenir, Penhuy salua, saisit prestement les rênes de ses chevaux et s'éloigna en faisant claquer son fouet dans l'espace.

Aussitôt, Satiah se rua dans les bras de Thoutmosis.

— Thouty, tu exagères. J'apprends par mes suivantes que tu passes tout ton temps avec tes concubines et qu'avant-hier tu es allé voir Mérytrê, la Grande Epouse, pour je ne sais quel motif.

— Je ne suis pas allé voir Mérytrê. Je suis allé voir mon fils.

— Ton fils est trop jeune pour avoir besoin de toi. Il porte encore la tresse des enfants et n'a qu'une ceinture en guise de pagne.

Elle s'écarta de lui et le regarda d'un air suspicieux.

— Mérytrê t'aurait-elle convaincu de lui faire un autre enfant ? Ses trois filles et le jeune Aménophis ne lui suffisent-ils plus ?

— Satiah ! fit le pharaon contrarié, si Mérytrê me donne un autre fils, l'Egypte l'accueillera avec un grand enthousiasme.

— Inutile de me le rappeler, s'écria Satiah en tapant rageusement le sol avec l'un de ses pieds chaussés de fines sandalettes en cuir blanc.

Thoutmosis ne put s'empêcher de sourire en observant l'attitude butée de Satiah. Depuis l'enfance, elle avait toujours eu ce geste de colère lorsqu'elle se sentait impuissante. Mais, que pouvait-elle faire d'autre face à la Grande Epouse qui donnait si généreusement sa divine progéniture au pharaon ?

Mérytrê ! dont la fadeur du visage n'ôtait rien à la disgrâce du corps. Mérytrê ! la fille de la Grande Hatchepsout, la seule et unique pharaonne d'Egypte, morte pour ne pas avoir voulu abdiquer et que le peuple semblait déjà avoir oubliée.

Satiah observa Thoutmosis un court instant sans rien dire, juste le temps de se demander ce qu'elle pouvait envier à Mérytrê qui n'avait certes pas pris de sa mère l'intelligence aiguë et la culture extrême dont elle avait usé pour poursuivre aussi longtemps son règne.

Quand la Seconde Epouse se comparait à la Grande Epouse, elle ne pouvait que se trouver de multiples qualités, même si Satiah n'avait pas hérité des immenses capacités intellectuelles de Séchat, sa mère, la Grande Scribe Royale qui, en son temps, avait tenu une place de haut dignitaire auprès de la pharaonne Hatchepsout.

— Je te rappelle Thouty, fit Sathia en stoppant son

geste de colère, que nous avons fait une fille ensemble et que tu ne l'as pas vue depuis deux saisons entières. Elle te réclame, elle aussi.

— Est-ce pour cette raison que tu es venue me voir ? Tu sais pourtant que le palais n'apprécie pas ta présence dans mes appartements personnels !

— Le palais ! Tu veux dire Mérytrê.

Elle leva son pied, sembla réfléchir et le reposa aussitôt sur le sol, le plus délicatement possible comme si elle eût voulu brosser tranquillement de ses orteils le dallage de l'allée centrale sur lequel ils se trouvaient.

Puis, elle se dit que mieux valait en venir à l'essentiel plutôt que de traîner et de risquer d'impatienter le pharaon.

— Je m'ennuie, Thouty. J'ai envie de bouger. M'accordes-tu la permission de partir quelque temps à Bouhen ?

— Avec Beket ?

Elle le regarda surprise, comme s'il lui posait une question saugrenue.

— Bien sûr.

— Quand veux-tu partir ?

— Dès que tu seras venu la voir. Je veux que tu gardes une image de notre fille telle qu'elle est actuellement. Si nous restons à Bouhen jusqu'à la crue prochaine, elle risque de changer et tu ne la reconnaîtras plus.

— Ta mère veut-elle vous accompagner ?

— Bien sûr, Beket ne peut se passer d'elle et depuis que mon beau-père est mort, ma mère est déstabilisée. Sa petite-fille prend une place doublement importante.

Séchat, la mère de Satiah, veuve de son premier mari, un officier supérieur des armées de feu Thoutmosis II, avait épousé en secondes noces Neb-Amon, un médecin dont les compétences avaient été reconnues par Hatchepsout et à qui elle avait demandé de créer l'hôpital du palais de Thèbes.

Mais, au temps où les hommes de confiance du jeune Thoutmosis cherchaient à éliminer la pharaonne, Neb-Amon avait été enlevé à l'aube du départ d'une expédition asiatique, afin d'ôter la protection qu'il accordait à Hatchepsout.

Revenu d'expédition, le médecin qui préservait si bien les autres des germes épidémiques de toutes sortes n'avait su se protéger lui-même et était mort d'une mauvaise fièvre ramenée d'Asie. Pour la seconde fois, Séchat se retrouva veuve.

— Rekmirê, le fils qu'ils avaient eu en commun — Satiah était la fille issue de son premier mariage — avait acquis une place si importante auprès du pharaon qu'il ne passait plus que rarement voir sa mère, bien qu'il conservât en son cœur l'image de celle qu'il admirait, Séchat ayant accompli tant d'exploits au cours de sa brillante carrière.

Satiah se fit soudain cajoleuse. C'était bien le seul moyen qui pouvait influencer le pharaon. Arrondissant ses lèvres charmantes, elle fit une moue gracieuse et fit passer dans son regard la lueur audacieuse qui jusqu'à présent, n'avait encore jamais laissé insensible Thoutmosis.

— Je t'en prie, Thouty, passe nous voir avant notre départ.

Elle s'approcha et embrassa sa bouche. Veloutée, douce, fraîche comme une grenade cueillie à l'ombre, elle tenta de le soumettre à rude épreuve. Leurs lèvres s'écartèrent et il goûta le baiser qu'elle lui offrait de si bonne grâce.

— Promets de venir. J'ai envie de toi, murmura-t-elle dans un souffle qui ne s'apaisa que dans la bouche de son compagnon.

A présent, il l'embrassait avec plus de fièvre, cherchant dans sa gorge la profondeur du désir qui commençait à le mordre. Un bruit de char au loin les fit s'écarter. Il la repoussa doucement.

— Attends-moi, ce soir. Je donnerai les instructions nécessaires au palais pour passer la nuit avec toi.

Puis, il la laissa remonter dans son char et la vit prendre les rênes d'un geste ferme, la bouche rieuse et les yeux éclairés de plaisir.

— Souhaite le bonjour à mon frère, puisque tu le vois dans un instant, lui cria-t-elle en libérant l'une de ses mains pour l'agiter dans l'espace.

Elle cria à ses chevaux de s'élancer et disparut sur le chemin qui menait vers la sortie sud de Thèbes.

*
* *

Thoutmosis se redressa, l'œil dirigé vers la clepsydre qui indiquait le début de la course solaire. Il avait été si surpris de voir Satiah qu'il en oubliait l'heure. Comme à son habitude, la jeune femme s'était sans doute levée tôt pour aller faire sa course coutumière au bord du Nil en compagnie de ses chevaux.

Thoutmosis se plut à penser à la nuit qu'il venait de promettre à sa Seconde Epouse. Comment pouvait-il la laisser ainsi, plus d'une saison parfois, sans la toucher ni même la voir ? Dieu d'Horus ! Son harem lui prenait tant ses nuits qu'il en oubliait, parfois, ses devoirs les plus élémentaires.

Il se leva et se dirigea vers la grande ouverture de la pièce où il était installé. L'aube arrivait par grandes saccades annonçant déjà un soleil écrasant. Dans quelques heures, la chaleur dominerait le palais entier, poussant la violence des rayons solaires jusqu'aux fins fonds des sombres vestibules et des hangars les plus repoussés.

Debout, face à la baie qui lui offrait une vue grandiose sur le lac et les palmeraies avoisinantes, Thoutmosis laissa son regard flotter mollement quelques instants, comme s'il voulait s'accorder un repos qu'il ne pourrait plus prendre par la suite.

Sa taille massive n'était pas très grande, mais ses épaules et ses cuisses de lutteur dépassaient en puissance et en force celles de tous ses soldats. C'est ainsi qu'il pouvait réaliser des exploits plutôt extraordinaires, comme celui d'enserrer, puis étouffer un lion dans ses bras, dompter les chevaux les plus récalcitrants et lancer ses flèches à plus de deux cents mètres, bravant les bonnes dispositions de ses compagnons de tir.

Et pourtant, il ignorait encore que les dons de son fils, l'héritier que lui avait donné sa première épouse Mérytrê, dépasseraient de loin ses propres aptitudes physiques.

Mais, ce matin-là où Thoutmosis attendait son ami Rekmirê, il ne pouvait réfléchir aux éventuels et futurs exploits de son fils, ayant à peine entamé les siens. Et, de toute façon, à cet instant précis, il ne pouvait ni se détendre ni rêver davantage, car son héraut venait de lui annoncer l'arrivée de Rekmirê.

Il observa quelques instants l'homme qui venait vers lui et qui, respectueusement, se courbait jusqu'à terre.

— Rekmirê ! Mon frère, jeta-t-il en plaisantant, depuis quand pratiques-tu cette courtoisie déplacée envers moi ?

Mais, il vit soudain un autre homme lui emboîter le pas et comprit que son fidèle Rekmirê ne faisait que montrer l'exemple à celui qui pénétrait la salle d'audience sans y avoir été convié.

Le nouveau venu se jeta à plat ventre sur le sol, humant de son grand nez busqué l'odeur fade du marbre blanc.

Thoutmosis reconnut aussitôt le prince El-Lévi, ce grand et maigre roi du pays Canaan qu'il avait ramené avec les prisonniers de Palestine lors de sa dernière expédition guerrière. Un air contrarié se dessina tout d'abord sur son visage. Puis il pensa que si Rekmirê, son fidèle conseiller, lui amenait cet homme, c'était pour une juste raison. Aussi, transforma-t-il rapidement son bref mécontentement en un geste d'assentiment.

— Relève-toi, prince El-Lévi. Tu n'es prisonnier que si tu te rebelles. Or, nous avons conclu un accord, toi et moi.

Il fit un pas en avant et poursuivit :

— La ville de Meggido que je t'ai prise avec celle de Gaza où, vaillamment, tu as tenu vingt jours avec ton armée, sans manger et sans boire, te seront restituées si tu nous envoies régulièrement les tributs que nous te réclamons.

L'homme qu'il avait devant lui n'était pas vieux, malgré l'affaissement de ses épaules et le buste creux caché par l'ample tunique qui le recouvrait. Sa barbe taillée en pointe était noire et la chevelure opulente qui rehaussait son large front était aussi sombre que ses yeux étaient charbonneux et plissés.

— Je ne reviens pas sur nos accords, jeta le Cananéen en redressant ses épaules voûtées.

Puis, il se releva avec lenteur et se tint devant Thoutmosis avec une déférence exemplaire.

— Le cuivre et le bronze seront à toi sans aucune limite et je te fournirai des turquoises en quantité suffisante pour satisfaire tous tes besoins.

— Tes mines sont riches et nous voulons les exploiter, déclara le pharaon.

— N'est-ce pas ce qui a été convenu ?

— Alors, pourquoi viens-tu me voir si ce n'est pour modifier nos accords ?

— Il sera fait comme tu le désires, jeta le Cananéen en détournant légèrement la tête vers Rekmirê qui l'observait sans rien dire. N'es-tu pas le maître ?

N'as-tu pas refoulé les princes ennemis qui s'étaient regroupés sur nos terres ?

— Puisque tu ne réponds pas à ma question, reprit Thoutmosis d'un ton calme, je vais t'en poser une autre.

— Laquelle ?

— Celle que tu refuses d'aborder avec moi.

— Je ne conteste rien. Pharaon ! Puisqu'à présent, tes ennemis sont devenus les miens.

— Tu détournes là le vrai sujet.

Le prince El-Lévi esquissa un sourire, mais le pharaon n'y vit qu'une astuce pour mieux retarder les choses.

— Puisque tu parles de tes ennemis, poursuivit Thoutmosis, peux-tu me dire ce qu'ils t'ont donné le jour où tu leur as laissé les mains libres en pays Canaan ?

C'était un propos auquel se refusait à répondre El-Lévi. Voyant les petits yeux plissés à travers une succession de ridules qui couraient sur son visage, Thoutmosis sentit qu'il n'était pas encore prêt pour lui en rendre compte.

— Que t'ont-ils donné ou promis ? insista-t-il.

— Rien qui égale tes largesses, Pharaon.

Il posa l'une de ses mains sur l'épaule de sa large tunique bariolée et la glissa à l'emplacement de son cœur. C'était une large main, épaisse et carrée, qui tranchait avec le côté anguleux du personnage.

— N'es-tu pas satisfait puisque les troupes ennemies que j'avais hébergées et qui m'étaient hostiles sont reparties chez elles ?

— C'est bien de cela qu'il s'agit, fit Rekmirê en s'approchant des deux hommes. Il faudra donc aller les débusquer sur leurs propres terres. Et c'est pour cette raison que Pharaon désire savoir ce qu'ils t'ont proposé, afin de cerner leurs points faibles.

— Ils n'en ont qu'un : celui de mésestimer ta puissance et ta force, Pharaon, répliqua le Cananéen.

— Ta parole est sage et je la crois.

Voyant l'étonnement qui se dessinait sur le visage d'El-Lévi, Thoutmosis expliqua :

— Avant d'être mon prisonnier, n'étais-tu pas le maître de ton peuple ? Un peuple hétéroclite, certes, mais riche et puissant qui rassemble Araméens, Philistins et Phéniciens. Un maître ne peut mentir.

— Pourquoi dis-tu que j'étais le maître ? Ne le suis-je donc plus ?

— Tu retrouveras ton pays lorsque j'aurai conquis entièrement le Mitanni. Ainsi, ne craindrai-je plus l'appui et l'assistance que tu apportes aux divers peuples de Syrie.

— Par le dieu de Yahvé ! jura le Cananéen entre ses dents, que faut-il que je fasse pour te persuader de ma bonne volonté ? Je suis ton prisonnier. Tes troupes sont à Gaza, ont envahi Jérusalem, conquis Meggido, Tyr, Damas, Byblos, elles sont presque à Kadesh.

Thoutmosis esquissa une légère moue qui ramena sa lèvre supérieure en avant.

— Certes, j'ai traversé les monts du Sinaï, le Jourdain, contourné la mer Morte, avancé en Phénicie, mais il me faut à présent passer l'Oronte, et je sais que tu connais le chemin le plus court et le plus praticable. Tu nous accompagneras donc.

Le Cananéen eut un geste de recul et son visage se mit à pâlir.

— Ne m'oblige pas à rencontrer ceux que j'ai trahis.

— Tu n'as pas trahi puisque tu es mon prisonnier.

Le pharaon se mit à rire à gorge déployée et les hoquets de son hilarité ne s'éteignirent que lorsqu'il vit le tranquille visage de Rekmirê esquisser un sourire complice.

— Allons, il te suffira de nous servir de guide jusqu'à Kadesh. Au retour, nous te laisserons à ton peuple.

— C'est en effet une proposition inespérée, fit le Cananéen en hochant la tête. Dois-je à mon tour y croire ?

Arpentant la pièce de quelques pas, Thoutmosis s'arrêta et fit un signe au prisonnier pour l'inviter à s'asseoir. De larges et confortables sièges en bois de sycomore leur faisaient face. Des tables basses étaient disséminées et quelques objets ciselés d'or marquaient de leur présence le luxe évident de l'ensemble.

— A présent, dis-moi ce que tu venais faire. Je ne t'ai point fait demander, il me semble.

Le Cananéen hésita. Sa large tunique bariolée tombait à ras du sol, cachant ses pieds où l'on devinait juste le bout des sandales en cuir fauve. Thoutmosis discerna en lui une gêne croissante.

— Ton dieu Yahvé, en qui tu mets ta foi, t'a-t-il abandonné ?

— Nullement. Je voulais te faire une proposition.

— Veux-tu me donner quelques princesses ou quelques jolies filles de ton pays ?

— Les Cananéennes ne sont ni à vendre ni à donner, Pharaon ! Tu le sais, nous en avons déjà parlé. Ton prix est le cuivre, le bronze...

— Et le blé, trancha Thoutmosis. As-tu oublié le blé ? Le sol est riche là où tes paysans le cultivent. Ils ont de l'eau en suffisance et point besoin pour eux d'attendre avec angoisse une crue toujours incertaine. C'est un blé plus gros et plus riche que le nôtre.

L'homme remua sur son siège. Ses yeux se déplissaient lorsqu'il se concentrait, mais son nez palpitait, reniflant l'atmosphère. Il perçut l'instant où il pouvait parler.

— Quand tu iras dans les pays du Nord, j'ai un guide plus compétent que moi à te proposer.

— Qui est-ce ?

Détournant la question, il répondit :

— Pour cela, il te faudrait dévier d'objectif.

Méfiant, Thoutmosis se leva et planta ses yeux dans les prunelles de son prisonnier.

— Que veux-tu dire ?

— Laisse tomber Kadesh. Du moins, pour l'instant, et marche sur Alep, puis sur Karkemish.

— Pourquoi ?

— Quand tu attaqueras la ville, ton ennemi t'attendra toute armée déployée, chars de combats rangés en ligne et archers prêts à tirer. Mais, si tu passes à quelques milliers de coudées du lieu de la bataille, en feignant d'ignorer leur présence et en contournant le combat, le prince de Kadesh pensera que tu as peur et que tu hésites à l'affronter.

Thoutmosis et Rekmirê se regardèrent quelques instants sans rien dire, puis le pharaon claqua de la langue.

— Et après ? fit-il d'un ton douceâtre.

— Son premier étonnement passé et le bruit du roulement de tes chars éloigné de ses oreilles, il repliera son armée et n'aura plus qu'une idée, celle de préparer une incursion en Egypte.

Le Cananéen se redressa. Ses yeux avaient soudainement repris la ligne horizontale qu'ils se plaisaient à creuser dans le sillon de ses rides.

— C'est au retour que tu l'attaqueras, poursuivit-il, lorsqu'il ne t'attendra plus.

Dubitatif, le pharaon se taisait. Il n'avait certes pas envisagé le problème sous cet angle. Il se tourna vers Rekmirê.

— Qu'en penses-tu ?

Rekmirê hocha la tête et parut réfléchir.

— L'idée est judicieuse, mais comment se rendre à Alep sans passer par Kadesh ?

— Le guide que je vous propose, dit précipitamment le prisonnier, est un Arménien. Il connaît tous les chemins de montagne qui éviteraient le littoral.

— Est-il ton ami ?

— Cela ne regarde que moi.

— J'ai besoin de savoir. Sinon, ta proposition ne m'intéresse pas.

En un clin d'œil, El-Lévi comprit que s'il ne parlait pas, son offre serait rejetée. Or, pour le maintien de sa survie et celle de son peuple, il avait besoin de l'assentiment du pharaon.

— C'était un ami de mon père. Il vivait autrefois là où l'Euphrate prend sa source, sur les hauts plateaux assyriens.

— Pourquoi nous y conduirait-il ?

— Parce qu'il est banni de son pays et que, depuis plus de vingt ans, il cherche sa vengeance. Ton peuple peut lui en donner l'occasion.

Ce fut Rekmirê qui posa la question :

— Qu'a-t-il fait pour être expatrié ? Si c'est un traître, ton guide ne nous intéresse pas.

— Il n'a pas trahi son pays. Il a simplement aimé celle qu'il ne fallait pas.

Thoutmosis soupira et se leva. Puis, il prit El-Lévi par l'épaule. La rugosité des tuniques cananéennes le surprenait toujours. Les étoffes en lainage avaient une texture plus ou moins fine selon la classe sociale de l'individu. Ses doigts sur l'épaule du prisonnier perçurent l'aspect rêche du tissu et, pourtant, il sentit en même temps la chaleur douce et moelleuse de l'étoffe.

— Ta cause est bonne, fit le pharaon en dégageant sa main de l'épaule du prisonnier, et elle me plaît.

— Là où nous irons, fit El-Lévi en remuant les narines déployées de son nez busqué, il semblerait qu'aucune bataille n'ait eu lieu jusqu'à présent. Querkesh, l'Arménien, dit que trois routes peuvent se présenter. Il faudra prendre la plus longue, car c'est elle la plus praticable.

— Où nous mènera-t-elle ?

— Au Mitanni, Pharaon.

*
* *

Quand El-Lévi fut parti, Rekmirê et Thoutmosis se concertèrent, un air satisfait imprégnant leur visage. L'idée du Cananéen leur paraissait suffisamment judicieuse pour en contourner tous les angles. Tenter une première incursion en pays du Mitanni avant d'attaquer Kadesh s'avérait, finalement, une tactique qui risquait de leur apporter une double victoire.

A présent, il fallait que Thoutmosis en parlât à son conseil et qu'ils en discutassent ensemble, bien que le choix de la conclusion s'avérât évident.

— Il faut nous réunir au plus tôt, Rekmirê, déclara Thoutmosis d'un ton enthousiaste. Qu'en penses-tu ?

Rekmirê fit quelques pas dans la salle et se dirigea vers le grand coffre en bois sculpté qui recouvrait un demi-pan du mur. C'était un meuble prestigieux, travaillé dans un noble matériau, lustré comme l'albâtre qui venait des carrières de Coptos, noir comme le charbon de bois qui servait à allumer le feu des grillades. Un riche bois d'ébène que les Egyptiens rapportaient d'Afrique.

— Thoutmosis, fit-il en désignant le meuble du doigt. J'ai un coffre identique au tien. Ils ont été ramenés tous deux du Pays du Pount. L'un était à Hatchepsout et je vois que sa fille t'en a fait don, l'autre était à ma mère et j'en ai hérité.

— Je connais cette histoire, affirma Thoutmosis en souriant. Mais dis-moi, quel est le rapport avec notre affaire ? Où veux-tu en venir ?

— Que dans le coffre qui est mien, il y a un document précieux qui peut nous aider. Veux-tu que j'envoie mon coursier le chercher ?

Sans attendre l'assentiment du pharaon, il se dirigea promptement vers la porte d'entrée, claqua dans ses doigts et lança d'une voix retentissante :

— Amenh !

Un homme apparut aussitôt, grand, bien bâti, le pagne court et une perruque coupée au carré sur la tête. Il se courba pour saluer le pharaon, mais Rekmirê rompit son élan, si bien qu'il stoppa son salut à mi-chemin, levant juste les yeux pour regarder Thoutmosis.

— Amenh, demande à Méryet de te remettre le vieux papyrus du Pount. Elle sait de quel document il s'agit. Rapporte-le-moi et fais vite.

Amenh acquiesça vigoureusement de la tête et s'éloigna. Sitôt parti, Rekmirê revint dans la grande salle d'audience, s'approcha du grand coffre d'ébène et le frôla du doigt. Ce sombre bois, dont la brillance et la beauté accrochaient les regards, venait des lointaines côtes d'Afrique et ne servait en principe qu'à illustrer le riche mobilier du palais pharaonique. Seules, les grandes villas des plus hauts dignitaires de Thèbes pouvaient en posséder.

— Je vénère ce meuble, dit-il. Quand Séchat, ma mère, m'en a fait don, elle m'a suggéré d'y déposer ce que j'avais de plus précieux.

— Et qu'y ranges-tu, mon frère ? fit le pharaon en plaisantant.

— Des cartes anciennes comme celles du Pount que m'a confiées ma noble mère, quelques armes qui me sont chères et qui me viennent de mon grand-père, le Grand Nekbet, Vizir et Général du pharaon, premier des Thoutmosis.

Il se racla la gorge et poursuivit :

— J'y range aussi la première flèche qu'enfant j'ai tirée à tes côtés, Grand Pharaon, ainsi que les rênes qui m'ont servi à te prouver ma dextérité à conduire tes chars.

Il sentit la main chaude de son ami sur son épaule et poursuivit d'un ton caressant :

— Il fallait bien que je t'impressionne un peu pour que tu m'acceptes parmi tes hommes de confiance.

Prenant place sur les confortables sièges, ils parlèrent longuement du projet en attendant le retour d'Amenh. Quelque temps plus tard, ayant déjà mis au point certaines précisions de leur plan, un galop venant de l'extérieur les fit se lever et Rekmirê n'eut qu'à tendre la main pour se saisir du vieux rouleau jauni que lui tendait Amenh.

Il le déroula avec précaution tant il était usé et rongé sur les bords. Avec plus de prudence encore, il le retint déplié entre ses doigts en s'efforçant de n'abîmer aucun coin fragilisé par le temps qui l'avait sérieusement écorné.

Rekmirê et Thoutmosis se regardèrent en silence. Entre eux passa une onde d'intimité que rien ne pouvait expliquer.

Plus jeune que le pharaon, Rekmirê qui, depuis quelques années, cumulait les fonctions les plus distinctives, était aussi l'ami et le conseiller de Thoutmosis. Né de haute noblesse, il aurait pu être plus proche encore de lui si sa demi-sœur, Satiah, avait été la Grande Epouse Royale au lieu d'assumer la tâche ingrate qui la reléguait au rôle de Seconde Epouse.

Chacun savait en Egypte que pour être reconnu à part entière comme pharaon des Deux Egypte, dieu et maître tout-puissant, Thoutmosis, le bâtard, avait dû épouser en première noce la princesse Mérytrê, fille assez terne et fade de la brillante Hatchepsout.

De cette union, quatre enfants lui étaient nés, trois filles et un garçon qui, le jour venu, porterait la couronne à son tour. Le jeune Aménophis était un robuste enfant de quatre ans, sain et bien bâti qui tenait déjà debout sur son char, criant aux chevaux d'avancer et aux gens de s'écarter.

Quant à Satiah, la demi-sœur de Rekmirê, elle avait mis au monde une fille qui ne lui ressemblait guère et qui tenait plutôt de sa grand-mère Séchat. Déjà studieuse pour ses quatre ans, l'enfant cherchait à s'instruire par les multiples questions concernant sa vie quotidienne. Certes, la petite bâtarde dont le pharaon était le père se révélait moins turbulente que sa pétillante et dynamique mère et, si Séchat en essuyait encore les revers, c'est que sa fille restait encore pour elle une énigme et que rien ne pouvait changer cet état de fait.

Durant les longues absences de Thoutmosis en Nubie ou dans les régions asiatiques, Satiah ne concevait pas de rester enfermée au palais. Ne possédant ni la sagesse ni la culture que Séchat avait voulu lui inculquer, elle avait trouvé un dérivatif à son ennui dans l'hôpital de son beau-père où elle apprenait à reconnaître les plantes médicinales afin de soigner les chevaux.

En fait, Satiah était plus disponible pour les animaux que pour les êtres humains. Ce don de soigner les bêtes qu'elle avait su développer représentait l'unique objet d'admiration — à l'exception de ses charmes physiques évidents — qu'avait pour elle le pharaon.

Fin et habile cavalier, meneur acharné d'attelages et audacieux écuyer, Thoutmosis, au temps de sa jeunesse alors que Satiah suivait toujours son ombre, avait su apprécier les soins qu'elle apportait à ses chevaux quand ils avaient une luxation ou une irritation de l'œil ou lorsqu'un insecte qui traînait un mauvais microbe enflait de sa piqûre malsaine leur flanc douloureux.

Mais, à présent que ses nombreuses expéditions l'éloignaient constamment d'elle et que son harem s'agrandissait chaque jour davantage et s'emplissait des filles les plus séduisantes qui soient, Satiah ne le voyait presque plus.

Rekmirê était moins avancé dans la descendance de sa propre lignée. Trop jeune marié — la cérémonie s'étant déroulée à la saison du chemou à peine passée, les jeunes gens n'avaient pas encore d'enfant.

De son père Neb-Amon le médecin, Rekmirê avait

hérité d'une patiente ténacité doublée d'un sens pratique judicieux. C'était la douce et jolie Méryet qui avait emporté son cœur. Fille d'une danseuse sacrée d'Amon et du Grand Prêtre Hapouseneb mort assassiné dans une triste affaire politique, elle avait su gagner l'estime, l'admiration et le désir de Rekmirê à qui souriait le plus bel avenir[1].

Rekmirê observait avec attention son papyrus qu'il tenait toujours déroulé entre ses mains carrées aux doigts courts.

— Qu'est ceci ? questionna Thoutmosis en regardant le document jauni par-dessus l'épaule de son ami.

— C'est un ancien plan, vieux de plusieurs dynasties. Il indique un chemin que l'on peut suivre au nord sans se faire trop remarquer. Regarde, fit-il en tendant le doigt vers les dessins usés de la carte. S'il arrive que notre guide arménien ne soit pas celui dont le prince cananéen parle, une autre voie nous sera peut-être permise.

Les deux hommes observèrent longuement les plans dessinés sur le vieux papyrus. Certains étaient presque effacés, mais Rekmirê semblait pouvoir les lire.

— C'est une carte dont ma mère s'est servie lorsqu'elle est allée au Pays du Pount avec l'expédition d'Hatchepsout. Elle détaille tous les points essentiels, mais très peu de gens savent la lire. Même les marins les plus avertis s'y perdent.

— En quoi cela pourrait-il nous être utile ? Nous n'allons pas au Pays du Pount.

— Assurément, mais ma mère m'a conté mille fois comment les navigateurs, ne sachant lire ce document, se perdaient sur les voies d'extrême gauche au lieu de s'écarter sur la droite en direction de la mer Rouge.

1. Lire *Les Thébaines/L'Ombre du Prince*.

— Et alors ? fit Thoutmosis ne voyant pas où son ami voulait en venir.

— Alors, jeta Rekmirê d'un ton triomphant, c'est exactement ce qu'il nous faut. Amorcer une descente au Pount et se tromper sur le sens de cette carte. Ainsi, nous longerons les pays du Nord sans côtoyer les bords du littoral méditerranéen.

Thoutmosis eut l'œil subitement allumé.

— Et ceux qui nous espionneront aux portes du delta penseront que nous voulons bifurquer sur la mer Rouge.

— Exactement. Pour mieux tromper l'ennemi, il faudra donc voyager par mer et non en char sur la terre ferme.

— Magnifique ! Magnifique, s'extasia Thoutmosis en se tapant joyeusement sur les cuisses. Nous éviterons ainsi El Kantara. Nous laisserons les vaisseaux sur les bords de la mer Rouge, reprendrons les chars et bifurquerons de suite au sud du Sinaï. Ensuite, rien ne sera plus simple que d'atteindre Babylone.

Le pharaon paraissait ravi. Il se frotta les mains.

— Faisons d'une pierre deux coups. Emmenons cet Arménien, il nous servira plus tard lorsque nous serons sur les bords de l'Euphrate. Rien ne dit que la voie sera libre.

Rekmirê acquiesça tout d'abord et se reprit ensuite :

— Cependant, il nous faudra cacher les troupes et ne dévoiler les chars que le plus tard possible. C'est le point qui me paraît le plus compliqué.

— Bah ! fit le pharaon toujours enthousiaste. Nous trouverons la solution, quitte à acheter le silence de certains de nos adversaires.

*
* *

Les années qui suivirent connurent deux départs en pays du Mitanni, deux autres en Babylonie et le dernier en Haute Egypte, à Soleb en Nubie, là où la troisième cataracte s'apprête à dessiner la grande boucle de Napata dans les régions d'Afrique.

Les expéditions nubiennes n'étaient que de légères incursions juste pour rappeler et renforcer, si nécessaire, les honneurs que les Nubiens devaient rendre aux Egyptiens. Des célébrations étaient consacrées aux temples que le peuple d'Egypte avait construits et les tributs étaient versés à Thoutmosis.

Ces quelques années totalisèrent cinq départs. Chacun suivi d'un retour chargé de gloire. Thoutmosis n'avait plus que ses victoires en tête, comme si l'attente qu'on lui avait imposée pour régner l'avait mutilé d'un temps précieux qu'à présent il devait dérouler deux fois plus vite.

A chaque départ, Thoutmosis choisissait l'époque de la sécheresse, quand le travail des agriculteurs n'était pas utile dans les champs et que la violence du soleil les empêchait de se tenir à l'extérieur. Mais parfois, la crue irrégulière et exigeante n'attendait pas le retour des hommes enrôlés par le pharaon et, l'urgence des travaux agricoles pesant lourd, il fallait que les femmes peinent aux champs.

Satiah qui partait régulièrement à Bouhen, ville égyptienne située aux portes de la Nubie, là où se tenait la grande résidence de campagne ayant autrefois appartenu à son aïeul et dont avait hérité sa mère, venait de couler d'heureux jours avec le pharaon qui, en Nubie, achevait sa campagne.

En ce premier jour de la saison d'akhit, alors que le peuple attendait avec impatience que les bienfaits de la crue viennent revigorer les terres, Satiah et sa fille Beket venaient tout naturellement de rentrer à Thèbes en même temps que le pharaon, qu'elles avaient généreusement accueilli dans la grande résidence familiale.

Quant à la Grande Epouse Mérytrê, après avoir été contrariée de savoir que le pharaon logeait à Bouhen chez Satiah, elle reprenait de l'assurance à l'idée que son époux ne devait pas repartir en guerre avant que deux autres crues du Nil ne se passent. Les liens passionnels qui les attachaient l'un à l'autre n'étaient peut-être pas solides, mais du moins Thoutmosis avait le sens de la famille et ne lésinait pas sur les visites qu'il rendait à ses enfants.

Aménophis était un adolescent vigoureux et résistant comme son père, ne parlant lui aussi que de guerres et de victoires. Il tenait déjà avec fermeté les rênes de son cheval et conduisait son char avec une maîtrise qu'admirait Thoutmosis au passage.

Mérytrê qui ne sortait guère du palais quand le pharaon était absent, à l'exception des représentations officielles où elle devait montrer son visage au peuple, décida, ce jour-là, d'aller se délasser sur les bords du lac sacré.

S'il n'y avait eu le projet des festivités de retour où elle devait se présenter au peuple en compagnie du pharaon, elle eût coulé un bienheureux moment. Mais par tous les dieux ! Pourquoi fallait-il qu'à chacune de ces fastidieuses représentations, elle pensât à sa mère et se souvînt des sévères recommandations qu'elle lui faisait au sujet de son maintien face à son peuple ? Certes, la pharaonne Hatchepsout aimait tout ce que sa fille détestait. Se déplacer dans les rues de Thèbes pour écouter les vivats et les applaudissements de la foule était une véritable régénérescence pour elle. Hatchepsout respirait à pleins poumons les cris du public. Debout, la silhouette bien découpée, tenant d'une main le parapet du char et de l'autre les rênes, elle conduisait elle-même l'attelage.

Dans son indolence inguérissable, Mérytrê entendait encore tinter à ses oreilles les paroles agacées de sa mère : “Mérytrê, relève ton buste, regarde droit et souris” ou “Mérytrê, une Grande Epouse doit savoir remercier du regard" ou même encore : "Quand prendras-tu part aux conversations qui concernent ton pays ?"

A cette époque où elle accompagnait sa mère en char dans les rues de la ville, Mérytrê n'avait d'yeux que pour Thoutmosis qui conduisait devant elle son propre attelage, cherchant à séduire la foule. Voyant que sa fille était distraite, étourdie, indifférente à cette marque de prestige qu'offrait le peuple en délire, Hatchepsout lui soufflait : "Allons, reprends-toi, l'Egypte te regarde, t'observe, te juge." Et, d'un soupir ennuyé, Mérytrê relevait la tête et essayait quelques instants de la préserver haute, mais chacun voyait qu'elle n'aimait guère les obligations qui l'astreignaient à sortir, d'autant plus qu'à présent, elle n'avait plus ce regard admiratif qu'elle portait autrefois sur le jeune prince. Car depuis que la Grande Epouse avait donné un fils et trois filles à son peuple, Thoutmosis délaissait volontiers la couche conjugale pour ces pestes d'asiatiques qui se croyaient tout permis. En contrepartie, Mérytrê ruminait son aigreur en imposant sottement ses volontés de reine absolue à toute une cour qui se courbait devant elle.

Une autre de ses satisfactions — qu'elle tirait de ses bien pâles ambitions — était que Satiah, la Seconde Epouse, devait elle aussi attendre sur sa couche que Pharaon vînt l'honorer de ses attentions amoureuses.

Cependant, avec le temps, ses peurs s'atténuaient. Il faut dire qu'avant la naissance d'Aménophis, l'héritier de sang royal, Mérytrê avait craint que la Seconde Epouse ne donnât un fils au pharaon, et qu'elle-même n'engendrât que des filles comme sa mère et sa grand-mère.

Mais, le destin tournait en sa faveur. Elle avait accouché d'un garçon et Satiah d'une fille. Mieux encore, la Seconde Epouse se désintéressait du palais de Thèbes, préférant sa propre résidence qui lui octroyait une liberté à laquelle elle ne donnait pas de prix tant elle y tenait.

Par ailleurs, Satiah semblait ne plus vouloir d'autre enfant. Sans doute craignait-elle qu'un bâtard ne vînt compliquer une situation déjà complexe pour elle et qui, sans aucun doute, eût déstabilisé l'amour qu'elle portait à l'organisation de sa vie quotidienne.

C'est ainsi qu'en une sommaire réflexion, Mérytrê se disait que, toute princesse bâtarde qu'elle fût, Beket, la fille de Satiah ne pouvait ni la déconsidérer ni même la déstabiliser.

Mais en cela, elle se trompait lourdement, car Satiah qui n'ambitionnait pour elle-même ni le pouvoir, ni les grandes marques de prestige, désirant simplement vivre en toute liberté, avait des idées bien déterminées pour rehausser sa fille au niveau le plus élevé de la hiérarchie sociale. Ses desseins allaient jusqu'à l'imaginer, plus tard, Grande Epouse du prochain pharaon.

Satiah était ainsi. Elle rêvait de grandeur et de puissance pour Beket, alors qu'elle-même se contentait de bouger à sa guise, allant vivre tantôt chez sa mère, tantôt dans la villa spacieuse que lui avait offerte le pharaon, juste à la sortie de Thèbes, sur la route de Coptos et qui, sans aucun doute, était l'une des plus somptueuses villas du quartier.

Et, puisque Beket n'était pas éduquée au harem du palais comme l'avait été sa mère, Mérytrê s'était donc réconfortée en se persuadant qu'elle ne pouvait faire aucun dégât au sein d'une société qui ne la traiterait toujours qu'en bâtarde du pharaon.

En ce premier matin de la saison d'akhit, la Grande Epouse respirait l'air avec délice. Il était empreint de fraîcheur et appelait à la béatitude. Elle reporta ses yeux au loin, au-delà des colonnes qui bordaient une avancée arborée de palmiers et inspecta d'un coup d'œil satisfait l'ensemble de ses appartements.

Ils débouchaient sur de vastes terrasses ombragées d'acacias et de sycomores. De bien vieux arbres plantés par un aïeul. Peut-être son arrière-grand-père, le premier des Aménophis qui avait rénové entièrement le palais et que des fils et petits-fils avaient agrandi et embelli.

Des sièges en granit rouge d'Assouan étaient recouverts de moelleux coussins brodés d'oiseaux et lui permettaient de se détendre mollement, éventée par ses servantes qui balayaient lentement l'espace avec les larges ombelles de papyrus cueillies sur les bords du Nil ou ceux des étangs voisins.

Le lac n'était pas très éloigné du palais. A l'est, la fraîcheur des jardins fleuris de morelles, d'aches, de jasmins et de mandragores l'autorisait à s'y promener tôt le matin, bien qu'elle ne se levât souvent qu'au zénith, quand le soleil était à mi-hauteur de sa course et que la chaleur commençait à descendre.

A l'ouest, c'étaient les étendues de perséas et de tamaris odorants qui l'accueillaient quand les rayons rouges du soleil tombaient à ras du sol. Alors, Mina et Ouadji, ses suivantes, lui apportaient un sorbet à la figue ou à la grenade, quelques dattes, deux ou trois grappes de raisins noirs et une coupe de lait caillé frais qu'elle suçotait avec des graines de sésame.

Parfois, le soir, lorsqu'elle était particulièrement détendue, elle réclamait son fils qui, écarté à présent des seins généreux de ses nourrices, était élevé par les grands intendants du harem. Alors, elle s'assurait que tout allait bien. Elle inspectait rapidement ses yeux, ses oreilles, ses pieds, son sexe et, satisfaite, après lui avoir posé quelques questions, le rendait à ses maîtres.

Ses filles, elle les voyait à plusieurs reprises dans la journée, sans toutefois qu'elles gênassent ses habitudes de repos ou prissent le temps de s'incruster plus qu'il ne fallait. C'est ainsi que Mérytrê vivait. Dans l'opulence et l'oisiveté, dans le souci des petits faits quotidiens, les bruits et les propos mesquins que colportait sans cesse la communauté du harem où tant de femmes attendaient le bon plaisir du pharaon. Mérytrê était si indolente, si molle et apathique qu'elle ne s'intéressait pas plus aux agitations politiques du royaume qu'aux va-et-vient du pharaon dans les chambres de ses concubines. A quoi bon écrire chaque soir sur des tablettes d'argile le nom de la favorite à qui son époux accordait ses faveurs, comme le faisait Moutnéfer, la Seconde Epouse du pharaon son père, dont Thoutmosis III était le fils.

A quoi bon comptabiliser les ventres féconds des femmes et les ventres stériles que le pharaon visitait ? Tout ceci ne l'intéressait pas. Peu cultivée, peu curieuse, elle avait du moins cette fierté de ne point s'occuper des affaires amoureuses de son époux.

Etendue nonchalamment au bord du lac artificiel que l'on avait creusé non loin de ses appartements, elle regarda la silhouette souple s'avancer vers elle.

Elle étendit ses jambes sur le marbre veiné de rose qui bordait l'eau où flottaient tranquillement les fleurs de lotus aux pétales encore fermés. Puis, avec désinvolture, elle posa un bras sous sa nuque qui libérait une masse épaisse et soyeuse de cheveux aux reflets fauves, seul charme qu'elle possédait.

— Satiah ! fit-elle sans se lever. Je savais que tu viendrais.

La Seconde Epouse l'observa un instant. Par tous les dieux ! Que ses cheveux étaient beaux et fins, mais que son visage devenait disgracieux ! Ses yeux s'arrondissaient comme deux globes ternes taillés dans un verre grossier, sa bouche s'étirait en un sourire mince et crispé et les ailes de son nez se pinçaient comme deux feuilles de papyrus collées entre elles.

Consciente sans doute de cet examen qui ne l'avantageait guère, elle eut un geste agacé et lança tout en prenant soin de ne pas fixer la souple silhouette de Satiah :

— Salut à toi, Mérytrê, Grande Epouse, répondit Satiah en courbant la tête. Comment pouvais-tu être aussi sûre de me voir au palais ? Je n'y viens plus si souvent.

— Les agitations du harem ont toujours fait courir la haute société. D'ici deux ou trois jours, toutes mes amies de Thèbes vont me demander une audience. Avec toi, c'est différent, puisque tu débarques toujours au palais à l'improviste.

— Ciel ! Mérytrê, de quelle agitation parles-tu ?

— Ce scandale au harem ne t'a donc pas indignée ?

— Pas vraiment.

— Comment, pas vraiment ! Que veux-tu dire ?

Cette fois, elle dirigea son regard choqué vers Satiah.

— Que veux-tu dire ? répéta-t-elle. Tu n'es donc pas venue pour parler de cette horrible méprise !

— Quelle méprise ? jeta Satiah d'un ton tranquille.

— C'est un comble ! s'écria Mérytrê, tout le palais de Thèbes est indigné à l'idée que Menhet déshonore nos dieux et tu ne trouves rien à redire.

— Menhet peut fort bien honorer la déesse qui lui plaît.

— Mais ce qu'elle fait est une hérésie, rétorqua sèchement Mérytrê.

— Une hérésie ! Pour toi sans doute. Pas pour elle.

Satiah parlait d'un ton détaché, avec une aisance qui soulignait son propos. Elle n'avait aucune envie de ménager sa compagne.

— Menhet est une princesse asiatique, reprit-elle, elle est libre d'adorer les dieux de son pays.

— Elle n'a aucun droit en Egypte. C'est une prisonnière. Ma mère n'aurait pas toléré cette impudence.

Satiah haussa l'épaule. Elle ne craignait nullement la Grande Epouse. Son apathie coutumière en agaçait plus d'un. Même Thoutmosis, lorsqu'il sortait des bras tentaculaires de ses multiples concubines, préférait le dynamisme débordant de Satiah à l'indolence permanente de Mérytrê. Et puis, ce regard terne et plat qu'elle posait sur les gens, sans jamais essayer de les analyser et de les comprendre, alors que le sien grésillait de chaleur, d'élans, d'enthousiasme et de débordements souvent excessifs.

Elevées ensemble au harem du palais, elles n'avaient eu entre elles que des dissemblances. Ce total désintéressement qu'à l'époque elles avaient déjà l'une pour l'autre s'était intensifié avec le temps.

Indifférente à tout, à l'exception de ce qu'elle mangeait, du repos qu'elle prenait et des loisirs qu'elle s'accordait, Mérytrê avançait des propos creux et fades, n'ayant en tête que les agitations et les bruits divers du palais. A l'inverse, pétillante et dynamique, Satiah attaquait les difficultés avec audace et détermination. L'une ne voyait que le quotidien des faits, l'autre avait une vue globale de l'existence et de sa destinée.

— Les choses évoluent, Mérytrê. A son dernier retour de campagne, Pharaon a ramené plus de cent jeunes filles asiatiques. Elles ont leurs mœurs, leurs dieux, leurs prières. Il faut les comprendre.

— Elles sont prisonnières de l'Egypte et n'ont rien à dire, rien à faire que d'accepter le bon vouloir du pharaon. Pour cette simple raison, elles doivent suivre nos traditions sans discuter.

— Sans discuter ! Ma pauvre Mérytrê, tu es d'un autre monde.

La Grande Epouse lâcha d'un ton pincé :

— Ainsi pour toi, accepter d'élever un autel en

faveur d'Ishtar, la déesse de l'Asie, c'est pardonnable ?

— Bien sûr.

— Et moi, je dis que c'est un comble.

Satiah haussa l'épaule.

— La déesse Ishtar est pour Menhet ce qu'est pour toi Isis ou Hathor, le symbole de l'amour, de la joie et de la vie. Moi, Satiah, Seconde Epouse du pharaon et Thébaine d'origine, je t'assure que je peux comprendre ça.

— D'autres dieux que les nôtres ! s'emporta Mérytrê. Jamais ! Menhet n'est même pas née en Asie.

— Et l'origine de sa mère, qu'en fais-tu ?

Mérytrê roula ses yeux ronds vers le ciel et fit un geste vague de la main. Satiah reprit d'un ton toujours aussi tranquille :

— La vie, l'amour et la fécondité sont des privilèges qui lui sont dus tout autant qu'à toi et c'est la déesse Ishtar qui les lui donne.

— La fécondité ! se moqua aigrement la Seconde Epouse. A quoi cela lui sert-il puisqu'elle n'a jamais eu de rapports intimes avec Pharaon ?

De nouveau, Satiah haussa l'épaule. Elle avait toujours défendu Menhet, princesse mitannienne dont la mère avait été ramenée par le prédécesseur de Thoutmosis lors d'une de ses campagnes en Asie. La jeune fille avait préféré rester vierge plutôt que de subir les assauts amoureux d'un homme qu'elle n'aimait pas. Fort heureusement, le pharaon n'en avait pas été choqué et l'avait laissée vivre à sa guise, entre les barreaux dorés de sa prison. Peu lui importait, il y avait d'autres jolies asiatiques qui savaient le combler.

Satiah gardait une voix neutre et s'efforçait de rester calme bien que l'attitude restrictive de sa compagne l'agaçât fortement.

— Tu dois comprendre les autres religions, Mérytrê. C'est indispensable pour la bonne harmonie du harem et l'équilibre de Pharaon.

— L'équilibre de Pharaon !

— Bien sûr. As-tu pensé aux violences qu'une telle dictature engendrerait si l'on ne s'adaptait pas à ces évolutions ?

— Je ne suis pas de ton avis, rétorqua Mérytrê les lèvres serrées. Nous sommes en Egypte et ces femmes doivent respecter nos dieux et nos coutumes. C'est ainsi que ma mère aurait parlé.

— En son temps, oui ! Mais à présent, je pense que sa grande intelligence aurait chatouillé son esprit et que ses opinions auraient été plus tolérantes que les tiennes.

— De quel droit t'autorises-tu à faire parler ainsi ma mère et à lui faire porter un jugement que je sais être faux ?

— Alors, je vais t'expliquer autrement.

Mérytrê se leva. Elle rejeta sa chevelure fauve en arrière, seul geste gracieux qui atténuait quelque peu la disgrâce de sa silhouette molle et trop enrobée.

— Veux-tu insinuer que je suis sotte ?

— Nullement, rétorqua Satiah en souriant. Je veux simplement te dire que ce n'est pas ainsi que les rois asiatiques ont conclu leurs accords avec le pharaon. Ces filles qui sont toutes des princesses de sang pur ont parfaitement le droit de suivre leur religion.

— Autrefois, nos temples les auraient condamnées.

— Aujourd'hui, les prêtres sont libéraux.

— Et moi, je dis que c'est toi qui es tolérante à l'excès. Ma mère est née dans le respect et l'amour exclusif du dieu de Thèbes. Elle le vénérait trop pour qu'un autre dieu le surpassât. Même Horus, Anubis ou Ptah n'arrivaient pas à la cheville d'Amon, disait-elle.

— Ishtar...

— Ne me parle plus d'Ishtar ! s'écria Mérytrê hors

d'elle. Ma mère l'aurait donnée en pâture au dieu crocodile.

— C'est entendu, concéda calmement Satiah. Mais, ma chère Mérytrê, je ne te souhaite pas d'être la vivante spectatrice des temps à venir.

La Grande Epouse qui, dans son excitation, s'était levée, se rallongea à nouveau, puis se tut, cherchant sans doute une réplique qui déstabilisât sa compagne. Réfléchissant, elle ramena les bras sur son buste, des bras grassouillets cerclés d'or et d'argent mêlés de minuscules perles de cornaline et de lapis-lazuli.

La robe légère qu'elle portait s'étendait en plis souples sur son corps, laissant deviner ses formes alourdies autant par les sucreries qu'elle absorbait en abondance que par ses quatre maternités.

Avant qu'elle détendît ses jambes et élevât ses bras, avant qu'elle proférât sa riposte, Satiah avait ôté sa tunique, dévoilant son buste nu, ses jambes longues, nerveuses et, souplement, avait sauté dans l'eau claire du bassin, tout en pensant que les aptitudes et les qualités de la déesse Ishtar devaient bien valoir celles de la déesse Hathor.

En cela, Satiah était forte. Prise dans le feu de la discussion, elle disait toujours ce qu'elle avait à dire, s'emportant même quelquefois lorsque le sujet en valait la peine ou qu'elle était directement concernée. Puis, laissant ses interlocuteurs à leur réflexion, elle s'en allait vaquer à ses occupations personnelles.

Quand elle revint près de sa compagne, ruisselante d'eau et les cheveux trempés, divisés en longues mèches effilées, noires et satinées, elle s'ébroua aussitôt puis appela Cachou qui, une serviette en mains, s'avança pour l'essuyer.

— Au fait, dit-elle en se retournant vers Mérytrê, j'étais venue pour te dire que l'appartement du palais que j'occupais autrefois servira dans quelque temps pour ma fille. Je désire qu'il reste intact et que rien n'y soit changé. C'est aussi le souhait de Pharaon.

CHAPITRE II

La crue, cette saison-là, avait été généreuse. Les champs étaient assez inondés pour que les paysans puissent retourner la terre et l'ensemencer comme il se devait. Bientôt les chadoufs seraient en action et permettraient un arrosage suffisant pour qu'aucune parcelle de jardin ne soit oubliée.

L'année s'annonçait bonne et promettait un hiver serein. Villes et villages avaient empli à ras bord leurs greniers à blé et leurs jarres d'huile. Les paysans mangeraient, sans excès, mais à leur faim et les propriétaires qui possédaient quelques aroures de terre pourraient, après s'être acquitté de leurs impôts, acquérir un âne, un cheval, quelques oies bien grasses, deux ou trois poules ou un porcelet qu'ils pourraient engraisser pour manger les jours de fête.

De son côté, le pharaon lui aussi semblait satisfait puisqu'il parlait déjà de repartir dans les pays asiatiques. Non content de paraître un dieu, il voulait briller en héros. Etre le seul, l'unique ! Celui qui devait conquérir un empire, concevoir des idées nouvelles, instaurer une sorte d'unité spirituelle sur l'Egypte et ses pays voisins les plus proches afin de mieux les assujettir.

Ce matin-là, l'air diffusait une tiédeur qui n'était encore que latente. Le port s'agitait de mille bruits. Taverniers et boutiquiers, dont les échoppes étaient déjà ouvertes, discutaient à leur porte avec les prospecteurs qui leur livraient des marchandises. Satiah attacha sa mule au tronc d'un acacia et se retourna vers Cachou qui venait de sauter agilement de la sienne.

Le quai s'étendait tout au long de Thèbes et le Nil prenait cette teinte bleutée dans laquelle se reflétait un ciel démesurément haut et pur annonçant une chaude journée durant laquelle l'animation ne décroîtrait pas.

Plus loin, le marché grouillait d'une foule multicolore, offrant aux passants de toute nature ses cageots de poireaux, d'oignons et de melons, ses poules caquetantes et ses oies bien grasses dont les cris aigus emplissaient l'air jusqu'au port. Les pots et les fioles d'onguents bon marché côtoyaient les châles de lin au tissage grossier, les fèves, les choux, les ustensiles de grès et d'argile, les œufs, les carpes et les tanches du Nil. Tout se mêlait dans une extraordinaire cacophonie de bruits et de couleurs.

Des relents de poissons arrivaient jusqu'à Satiah, ne gênant nullement ses narines délicates. Elle aimait ces agitations de la foule quotidienne, les gens de la rue affairés à leurs tâches journalières, les marins criant sur le port des instructions pour embarquer ou débarquer les pêcheurs, les dockers chargeant et déchargeant sur un quai déjà encombré. Ils hurlaient, vociféraient, haranguaient la foule devant un scribe imperturbable qui notait chaque chargement débarqué.

Satiah regarda le bac, grand radeau de bois, qu'elle venait de prendre avec Cachou pour traverser le fleuve. Habituées et dociles, les deux mules se laissaient faire, secouant leur tête grise dans un parfait assentiment et reniflant avec ténacité les odeurs du marché qui venaient jusqu'à elles. Satiah et sa compagne s'assurèrent que le lien servant d'attache était solide et observèrent un instant l'agitation sur le Nil qui se faisait de plus en plus intense.

Un bosquet de papyrus près de l'acacia où les jeunes femmes avaient attaché les mules offrait un peu d'ombrage. Une couche de mousse trouée et mangée par le soleil s'étalait sur quelques mètres. D'un coup d'œil, Satiah en mesura l'étroitesse et sembla satisfaite.

— Cachou, j'ai envie de rester là, dit-elle en esquissant une moue teintée de mélancolie. Va faire un tour de marché. Cela te divertira.

La servante africaine se planta devant elle, les lèvres arrondies et le poing sur la hanche.

— Ce n'est pas bon de rester triste ainsi en l'absence du pharaon. Chaque fois qu'il part en expédition, c'est ainsi. Il te faut des jours et des jours pour te remettre en forme. Que vas-tu faire pendant tout ce temps ?

Satiah se mit à rire.

— Ne t'inquiète pas pour moi. Et tiens, dit-elle en lui tendant un dében de cuivre, achète ce qui te plaît et prends tout le temps dont tu as besoin pour te distraire.

— Mais, que vas-tu faire ? insista Cachou.

— Je vais regarder de loin toute cette agitation qui me change de mes éternelles promenades au bord du désert. Et puis, les mules sont à l'ombre, c'est l'essentiel.

— Ne vas-tu pas t'ennuyer ?

— Mais non. Cela me plaît, je te dis. Va et rapporte-moi une ou deux galettes au miel et du raisin de Corinthe.

— Et des grenades ?

— Si tu veux, mais seulement si elles sont bien mûres.

Cachou partie, la jeune femme s'installa sur la plaque de mousse qui, avec le sycomore, lui offrait un peu de fraîcheur. A côté du bosquet, une barque en bois léger était solidement amarrée à une borne de quai. Elle oscillait doucement au moindre clapotis occasionné par les sarcelles qui venaient de quitter le bosquet dont Satiah s'était largement approprié les faveurs. Tranquilles, sereines, elles s'ébrouaient au bord du fleuve, conscientes sans doute qu'en ce lieu elles ne faisaient nullement l'objet d'une chasse à gibier.

Les yeux dirigés sur les sarcelles, Satiah se mit à rêver. Comme elle était loin la dernière chasse qu'elle avait faite aux côtés de Thoutmosis dans les fourrés giboyeux à la sortie de Thèbes, sur la route de Coptos !

Autrefois, cette activité l'enthousiasmait. A présent, chasse et pêche dans les bosquets de papyrus ne l'attiraient plus. Devait-elle assimiler ce revirement au fait que plus personne ne l'invitait à ce genre de distractions ? Les compagnons de Thoutmosis qui avaient été les siens au temps de sa jeunesse n'étaient plus auprès d'elle. Par contre, ils côtoyaient en permanence le pharaon pour ne pas perdre les privilèges acquis au fil des ans.

Quant aux épouses de ceux-ci, elles préféraient maintenant la compagnie terne et plate de Mérytrê à celle de la Seconde Epouse alimentant ainsi leur stupide vanité. Mais, peu importe, Satiah n'avait aucune affinité avec celles-ci et elle se passait fort bien de leur présence. Songeant à ses déboires sentimentaux, elle ne put conforter ses esprits et en vint à penser à Beket qui, de plus en plus, se plaisait en la compagnie de sa grand-mère. La fillette avait aussi peu de ressemblance avec sa mère que Satiah en avait eu avec la sienne. Inversement, Séchat semblait prendre plaisir à élever Beket alors qu'elle n'avait consacré qu'un temps très limité à sa propre fille.

Parfois, la nature joyeuse et enthousiaste de Satiah perdait de son éclat. Tout s'assombrissait dans son esprit lorsqu'elle s'attardait sur les composantes emmêlées de sa vie. Orpheline de père, elle n'avait eu que de maigres relations avec sa mère et voilà que sa fille lui échappait.

Dieu d'Amon ! Si Thoutmosis avait pu comprendre qu'elle était suffisamment exclusive pour ne vivre qu'une seule passion sa vie durant, celle dont lui seul faisait l'objet ! Mais, le pharaon était aussi insatiable dans ses désirs de conquêtes féminines que dans ses expéditions guerrières et Satiah pouvait se demander si la position délicate d'une Seconde Epouse lui apportait les satisfactions dont elle rêvait au temps de sa jeunesse.

Lors de ses premiers départs, le pharaon prenait l'habitude de rester quelques jours complets avec elle. Puis, ce temps-là avait rapetissé comme une figue qui sèche au soleil. A présent, il ne demeurait qu'une seule nuit avec elle, prétextant ses activités, ses assemblées, ses obligations et, s'assurant que sa fille se portait bien, il repartait à sa vie de roi.

Hélas, le sort de Mérytrê n'était guère plus enviable ! Satiah soupira. Pourquoi se plaignait-elle si la peau d'une Grande Epouse était semblable à celle d'une Seconde Epouse ?

— Oh ! Déesse Hathor, accorde un sens à ma vie, murmura-t-elle.

— La vie n'a que le sens qu'on lui donne, entendit-elle dans son dos.

Elle se retourna et vit un homme, le sourire aux lèvres, l'allure dégagée, l'œil clair et, bien qu'elle ne fût plus dans la fleur de ses seize ans, il paraissait plus vieux qu'elle. Quarante ans, peut-être ! Il était grand, ne portait pas de perruque et son teint, basané, marqué par quelques rides qui n'ôtaient rien à sa séduction, laissait apparaître un nez droit qui surmontait une grande bouche rieuse.

Frisés et noirs, juste parsemés de quelques fils argentés, ses cheveux étaient coupés court, dégageant un front haut et large. Il portait une tunique bleue à rayures blanches dont une épaule découvrait un muscle solide. L'autre enserrait une grosse bretelle à laquelle il avait attaché une sacoche de cuir fauve.

— Je sais, rétorqua-t-elle faute de trouver une réplique plus vivace, la vie n'a que le sens qu'on lui donne.

L'homme plongea un regard gris dans le sien. D'étranges yeux clairs aux épais sourcils noirs la transportèrent soudain au-delà de ses amertumes.

Il s'en rendit compte, eut un sourire plus large encore et jeta d'un ton légèrement sarcastique :

— Et celui que tu donnes à ta vie ne te plaît pas ?

— Tu as mal entendu, fit Satiah sur sa défense, je n'ai pas murmuré ça.

— Si. Tu as dit : "Déesse Hathor ! Accorde un sens à ma vie"

Elle haussa l'épaule, lâcha son regard et fit mine d'être distraite par le clapotis de l'eau qu'agitaient les sarcelles décidément très audacieuses.

— Admettons.

— Donc, ta vie n'a pas de sens.

La surprise n'était pas vraiment le sentiment qu'elle ressentait devant cet homme suffisamment hardi pour lui adresser la parole. Satiah restait simplement prudente. Puis, le regardant à nouveau, une rougeur envahit subitement ses joues. La prenait-il pour une prostituée du port comme il s'en promenait souvent le soir sur le quai, quand les tavernes des environs étaient toutes éclairées ?

Elle jeta un coup d'œil dans la direction où Cachou était partie. Au pire, si cet intrus la gênait davantage, elle pouvait toujours s'éloigner, digne et fière, les deux mules à sa suite.

Voyant que l'inconnu soutenait avec audace son regard, elle haussa l'épaule.

— La tienne en a-t-elle un ?

— Un sens ! Quel sens ? Non ! fit-il en riant. Je suis comme toi, je le cherche encore.

Satiah ne put s'empêcher d'esquisser un sourire. Léger certes, presque invisible, mais il le vit fleurir sur ses lèvres comme un bourgeon sur une branche, un matin de printemps. Alors, il poursuivit :

— A moins qu'il ne se soit échappé avant même que je ne l'aperçoive.

A présent, l'amusait-il par son propos fantaisiste ? Quoi qu'il en soit, elle prit le parti de ne pas le trouver importun et plissa même joyeusement les yeux avant de répliquer :

— Tout ceci n'est qu'hypothèse. Tu l'as fort justement dit : “La vie n'a que le sens qu'on lui donne.” Rien n'est plus juste.

Puis, elle s'enhardit en voyant qu'il dessinait dans l'espace le hiéroglyphe qui symbolisait la vie :

— Es-tu un commerçant ?

— Non. Je suis navigateur.

Il désigna du menton le grand bateau oblong, qu'un mât central divisait en deux, amarré non loin de la barque légère qui était attachée à la borne du quai.

— La coque de mon bateau s'est endommagée dans les marais du fayoum par un barrage d'hippopotames assez belliqueux. C'est une chance si j'ai pu venir jusqu'ici.

Elle eut un coup d'œil pour la belle embarcation en bois du Liban et à la poupe en forme de coquillage creusée de sillons blancs et nacrés.

— La coque est-elle très enfoncée ?

— Suffisamment pour ne pas reprendre la mer avant que sa réparation soit faite. Mais, les ateliers de dépannage sont pleins et je dois attendre mon tour.

Satiah pointa son doigt en direction de l'extrémité du quai.

— Veux-tu parler des ateliers du vieux Thouty ?

— Ce sont les seuls que je connaisse à Thèbes, fit-il en tournant les yeux vers le bout du port où l'on apercevait les murs crépis des premiers entrepôts de stockages.

— Ma mère m'a dit que le vieux Thouty n'exerçait plus.

— Il a cessé de naviguer, mais ses ateliers ne sont pas fermés.

Elle eut envie, soudain, de lui révéler son identité. Puis, elle se rétracta. Quand elle fut sur le point de lui demander s'il vivait à Thèbes, une mule se mit à braire.

— Une de tes mules a soif, fit-il en se tournant vers les deux animaux qui battaient leurs flancs d'une queue impatiente.

Satiah s'approcha de la plus impétueuse.

— Allons, ma belle ! Cachou va revenir et peut-être aura-t-elle pensé à rapporter pour toi une gourde d'eau fraîche.

— Cachou ? fit l'homme.

— C'est ma servante. Elle est partie se divertir sur le marché. Je n'avais pas envie de la suivre.

Soulagée d'avoir jeté cette courte précision qui aidait l'inconnu à ne plus douter sur la nature de sa position sociale, elle ajouta d'un ton détaché :

— J'aime venir me délasser sur ce lieu agité du port et du marché de Thèbes. Cela me change de mes promenades solitaires en bordure du désert que j'effectue surtout pour divertir mes chevaux.

Il ne répondit pas de suite et l'observa longuement d'un œil où elle lut la critique. Son regard gris ne paraissait plus aussi rieur que tout à l'heure et se faisait intransigeant. Elle eut un soupçon et sentit sa peau frémir sous la calme apparence dominatrice qu'empruntait son compagnon.

S'était-il trompé à ce point ? L'avait-il prise pour ce qu'elle n'était pas ? Elle se tourna vers ses mules.

— Oui, je crois qu'elles ont soif. Mais, il se peut

que ma servante ne rapporte aucune provision d'eau. Dans ce cas, nous devrons rentrer plus vite, à moins qu'une auberge des environs nous en cède un peu.

Elle le vit porter ses mains en entonnoir autour de sa bouche.

— Ken ! cria-t-il.

Un géant sauta du vaisseau et plongea directement dans l'eau. En quelques brassées, il fut auprès d'eux. Satiah vit ses muscles briller sous l'huile parfumée dont il les avait enduits. Une musculature qui roulait sous sa peau comme des balles massives et dures, puissante comme celle d'un lutteur confirmé. Son crâne était chauve et luisait aussi, sans doute de cette même huile qui le faisait ressembler à une statue gigantesque, minutieusement polie dans un marbre sombre.

— Ken, tu vas garder ces mules jusqu'à notre retour. Nous rapporterons un seau d'eau fraîche pour elles.

Puis, il tira Satiah par le bras.

— Viens, nous ne serons pas absents très longtemps. Il y a de pleins tonneaux d'eau sur mon bateau.

Sans cesser de sourire, il avait pris un ton protecteur.

— Il n'est pas prudent de nager jusqu'à bord, les crocodiles ne sont pas endormis à cette heure trop matinale encore. Lorsque je navigue, j'en vois chaque jour sillonner le fleuve et se repaître d'un corps imprudent. Prenons la barque.

La petite embarcation qu'il détacha de la borne se mit à osciller sous les quelques coups de rame qu'il fallut donner pour atteindre la coque.

— Je m'appelle Mykos et toi ?

— Satiah.

Une onde de plaisir parcourut Satiah. Les deux noms ainsi échangés lui donnait l'impression de le connaître depuis toujours. Il y a quelques minutes à peine, elle doutait de lui et voilà qu'elle se laissait embarquer dans un vaisseau qui pouvait facilement la séquestrer sans que Cachou ni personne n'en sût rien.

Il la souleva de la barque quand il fallut aborder. Entre ses bras qui encerclaient sa taille, elle ne se sentit pas plus lourde qu'un papillon. Elle dut monter l'échelle de corde qui menait au pont, mais lorsqu'elle se hissa au dernier échelon, il la reprit entre ses bras et la déposa délicatement sur le plancher du bateau.

Puis, d'une main tendue, il désigna les abords du Nil qu'un contour brumeux enveloppait d'une épaisse chaleur.

— J'ai toujours admiré votre fleuve, surtout lorsque j'arrive à Thèbes. C'est une ville que j'aime et où il me plairait de vivre.

— Tu n'es pas Egyptien ?

— Je suis né à Tyr, mais les agitations fréquentes, pour ne pas dire permanentes, de votre pharaon dans mon pays d'origine, m'a fait reculer jusqu'à Chypre, puis jusqu'en Crète.

— Le pharaon n'est pas entré en conflit dans les pays de Phénicie, il me semble. Il ne convoite que Kadesh, Babylone, Damas et le Retenou et, plus au nord, les villes sur l'Euphrate jusqu'au Mitanni.

— Tu me sembles bien au courant des préoccupations de conquêtes de ton pharaon.

Elle faillit lui expliquer, mais se retint.

— En effet, se borna-t-elle à dire.

La confiance qu'elle avait mise en cet homme et qui s'appliquait à son cas personnel n'était pas pour autant une preuve de crédit qu'elle devait lui accorder en ce qui concernait Thoutmosis.

— Que transportes-tu ? fit-elle en détachant son regard de l'horizon et en le reportant sur les cabines fermées qui occultaient la cale du navire.

— Des objets de luxe, fourrures et cuir, poteries,

henné, onguents, parfums rares et il m'arrive de transporter des vins forts et parfois des turquoises et des lapis-lazuli.

— Sillonnes-tu beaucoup la mer ?

— Je commence sur toute la Méditerranée et je sillonne votre fleuve jusqu'à la troisième cataracte dans les pays de Koush.

Il s'arrêta près de la porte de la cabine centrale et, d'un coup d'épaule, la poussa pour l'ouvrir.

— Veux-tu visiter ?

Satiah eut un reliquat d'appréhension et préféra rester là où elle se trouvait, près du pont où voiles et cordages s'entassaient et, surtout, où l'échelle de corde menait à la barque qui servait de va-et-vient entre le vaisseau et le quai.

— Oh ! fit-elle d'un ton détaché, je connais les vaisseaux mieux que n'importe qui. Ma mère m'en a tellement parlé.

Sur l'interrogation qu'elle lut aussitôt sur le visage de son compagnon, elle précisa vivement :

— Autrefois, ma mère a fait partie de la grande expédition de la pharaonne Hatchepsout au Pays du Pount.

Il hocha la tête et ne répliqua rien, mais Satiah remarqua qu'il hésitait à poursuivre.

— Je ne voudrais pas m'attarder davantage, dit-elle. Ma servante peut arriver d'un moment à l'autre et s'inquiéter de ne pas me voir.

— Alors, faisons demi-tour. Tiens, voici un récipient que je vais emplir d'eau pour tes mules.

Le retour sur la berge fut aussitôt effectué. Ravies de se désaltérer, les mules agitaient leurs oreilles en poussant des petits braiments aigus et satisfaits.

— Ken, tu peux retourner au bateau, déclara Mykos en posant familièrement sa main sur la grande et large épaule du géant. Puis, en retournant vers Satiah, il ajouta :

— Puis-je attendre ta servante en ta compagnie ?

Elle remarqua le ton déférent qu'il prenait à présent pour lui parler.

— Bien sûr, prononça-t-elle en souriant. Nous avons beaucoup de choses encore à dire.

Lorsque, discrètement, le colosse eut embarqué, Mykos dit à voix basse :

— Ken pourrait être mon serviteur, mais il est mon ami, mon conseiller, mon ombre. C'est un ancien esclave à qui j'ai rendu la liberté. Les atrocités des guerres l'ont mutilé dans sa virilité. Je l'ai sauvé d'une mort affreuse et lente qu'il devait subir pour n'avoir eu que le tort d'être esclave. A présent, il refuse de me quitter et navigue en permanence avec moi.

Ils s'installèrent sur le mince carré d'herbe brûlée par le soleil, mais placèrent leur tête à l'ombre de l'acacia. Le cœur de Satiah battait à grands coups et des frissons légers parcouraient son échine. Pourtant, elle avait décidé de ne rien révéler à ce nouveau compagnon et de ne pas se laisser aller à de regrettables attitudes.

*

* *

L'aïeule regardait la main de la fillette glisser agilement de droite à gauche sur la tablette d'argile. L'ancienne enseignante de l'école du Palais que l'on connaissait sous le nom de Séchat, ayant cumulé les titres prestigieux d'Intendante des Artisans et de Grande Scribe Royale de feu la pharaonne Hatchepsout, apprenait la beauté et la valeur des hiéroglyphes à sa petite-fille Beket.

— Tiens ton calame plus droit, Beket. Ne courbe pas ainsi ton poignet, tu le bougeras plus facilement. Allons, reprends les dernières lettres, elles sont décalées par rapport à celles qui sont au-dessus. Regarde bien ce que tu fais.

Celle qui parlait ainsi avait les cheveux teintés au henné, les yeux vifs et le menton volontaire. Son faciès triangulaire sillonné de rides qui se perdaient dans la mobilité de son visage rayonnait du simple charme de la vieillesse, à peine touchée par la dégradation physique du corps.

Malgré le grand choc qu'elle avait subi l'année précédente, à la mort du médecin Neb-Amon son époux, elle se tenait fière et sereine, le buste droit, s'aidant juste d'une canne en bois de sycomore pour marcher.

— Bien ! Beket. Tes signes sont formés comme il le faut.

Elle inspecta d'un coup d'œil rapide l'étui de l'enfant dans lequel elle rangeait ses calames et ses pointes de roseaux qu'elle taillait elle-même, depuis quelque temps, avec le plus grand soin. Le pharaon son père lui avait donné un petit couteau à manche d'albâtre pour effectuer ce laborieux travail. L'enfant coinçait solidement le roseau entre le pouce et l'index et de son autre main activait le couteau sur la pointe jusqu'à ce qu'elle prenne la forme désirée.

Les deux godets d'eau étaient pleins. La fillette y trempait alertement le bout de son calame et y ramollissait ses pains d'encre.

Séchat, la sexagénaire, reprit sa dictée et Beket traçait ses lettres avec attention.

— "La... joie me prit... quand je vis le dieu Toth... dispenser ses faveurs."

Elle s'arrêta et fronça ses sourcils devenus blancs. Le dessin de l'ovale en était toujours parfait, mais à présent, ils rehaussaient celui de l'œil un peu plissé par le temps, mais qui jetait la lueur d'enthousiasme et de ferveur qui l'avait toujours habité.

Puis, elle tendit le doigt en direction de la palette d'argile.

— Ne t'es-tu pas trompée dans l'ordre de tes mots ?

L'enfant s'absorba aussitôt dans la relecture de ses

signes, s'aperçut de son erreur et corrigea l'ordre de son dessin. Elle savait que le verbe était toujours en tête et qu'il fallait le faire suivre directement du sujet auquel on rattachait le complément ou l'adjectif.

Après avoir rectifié son texte, elle leva la tête vers le visage de son aïeule.

— Je veux changer de couleur, grand-mère.

— Eh bien, choisis ! Le rouge ou le noir ?

La fillette réfléchit.

— Ni l'un ni l'autre, répondit-elle en posant ses doigts sur les deux couleurs.

— Que veux-tu alors ?

— Je veux un pinceau et d'autres couleurs.

— D'autres couleurs ! Qu'as-tu donc l'intention de faire ?

La fillette sourit à sa grand-mère et ramena le calame entre ses doigts.

— Je veux peindre avec des couleurs différentes, des ocre jaunes et des ocre rouges, des bleus de lapis-lazuli, des verts comme le feuillage des papyrus, des blancs aussi blancs que le lait caillé et des noirs plus foncés que cette encre qui ne m'inspire plus.

La vieille Séchat observa longuement sa petite-fille. Puis, elle hocha la tête lentement et ses lèvres esquissèrent un léger sourire. Dieu de Toth ! Qu'il était loin le temps où son propre grand-père la mettait en garde sur les lectures qu'elle chapardait dans la grande bibliothèque de son père. Jamais, pourtant, il ne lui en avait interdit une.

Elle se leva et s'absenta quelques instants. Quand elle revint, elle tendit à la fillette une plaque de calcaire dont la surface était blanche.

— Alors, montre-moi ce que tu sais faire. Tiens ! Dessine un laboureur dans son champ qui tire la charrue, tel que tu les as souvent vus à Bouhen.

La fillette ne se fit pas prier. Elle choisit la pointe de roseau la plus épaisse et la plongea vivement dans l'encre noire. Séchat observa avec plaisir la rapidité avec laquelle son inspiration arrivait. Tout à coup, son esprit avait l'air en ébullition. Beket avait à peine levé les yeux au ciel qu'elle les rabaissa aussitôt sur sa plaque d'argile.

Sous ses doigts encore enfantins, le pinceau filait rapidement. Il allait et venait avec une agilité que Séchat avait plaisir à regarder. Il grattait la surface de l'argile dans un bruissement léger de feuillage frôlé par le vent.

C'était à peine si l'enfant réfléchissait. Ses yeux prenaient à chaque instant une direction différente, allant d'un trait oblique à la courbe sinueuse d'une ligne, d'un angle ouvert à un autre fermé. La pointe du roseau montait, descendait, griffait, hachurait, tachetait, reprenait une ligne, une courbe, un creux, complétait ou corrigeait soudain une forme inexacte.

Enfin, le dessin qu'elle rendit à sa grand-mère laissa celle-ci interdite. La vieille dame observait chaque contour avec une curiosité qui n'excluait ni la fierté ni la satisfaction.

L'homme était penché sur la charrue et avançait en creusant avec soin le sillon. Devant lui, la paire de bœufs tachetés de noir lançait dans l'espace leurs cornes élégantes en forme de lyre. Derrière l'homme, une femme semait le grain dans le sillon creusé. La fillette avait reproduit les plis de sa tunique par des traits fins et perpendiculaires qui se perdaient dans le contour plus épais de la silhouette. Le visage de la femme était représenté de profil, l'œil en amande, la bouche soumise dans un demi-sourire et le geste gracieux. Au loin, elle avait dessiné une motte de terre noire dans laquelle une fourche à trois dents était plantée. Un chien reniflait le sol sous un palmier-dattier et, plus en avant, un chadouf était en action. La fillette avait même peaufiné un ciel chargé d'un soleil lourd que de grands oiseaux noirs traversaient.

— Ton dessin est parfait, jeta la vieille femme d'un ton ravi. Il est précis, vivant et tu n'as rien oublié.

Sais-tu que ton oncle Rekmirê dessinait lorsqu'il était enfant ? Mais, il avait tant de dons en lui qu'il ne savait plus lequel choisir.

La fillette délaya l'un de ses pains rouges dans l'eau du petit gobelet qui lui faisait face.

— Et lequel a-t-il choisi, grand-mère ?

— Eh bien, tu le sais, celui de servir le pharaon.

Elle s'arrêta un instant et reprit avec un sourire pensif :

— Et c'est alors qu'il fut conducteur de char et Grand Archer Royal.

— Tu sembles le regretter.

Elle hocha la tête et posa sa main sur l'épaule de la fillette.

— Un peu. Car s'il n'avait eu cette admiration si grande pour Thoutmosis depuis son plus jeune âge, il aurait pu être architecte, sculpteur, médecin ou même juge.

— Moi, je serai peintre. Grand-mère, je ne veux rien faire d'autre.

— Tu es une femme, Beket. Il te faudra choisir entre une vie d'épouse et de mère ou une profession qui ne te laissera aucun répit si tu ne veux pas être ridicule devant les hommes qui ne manqueront pas de te juger en quasi-permanence.

— Et toi, grand-mère, qu'as-tu fait ?

— Hélas, Beket, je l'ai payé très cher.

La vieille Séchat se remémora le temps où elle avait mis ses pas dans le sillage de la pharaonne Hatchepsout en suivant des missions fort périlleuses, allant jusqu'à réprimer une révolte d'artisans qui risquait de déstabiliser la politique intérieure du pays. L'affaire avait fait du bruit à l'époque et Séchat avait été élevée au rang de haut dignitaire, ce que beaucoup d'hommes lui avaient envié.

— Grand-mère, est-il donc interdit à une femme de penser à autre chose qu'à un époux et des enfants ?

— Bien sûr que non, mon enfant, mais elle peut en souffrir.

— Alors, tant pis, je souffrirai, mais je serai peintre.

La vieille femme soupira. Cette enfant avait de la trempe, mais que lui réserverait la vie si elle refusait de suivre la route qui lui était tracée depuis sa naissance ? Le pharaon, son père, lui interdirait sans doute de poursuivre une carrière qui n'était en principe que masculine.

Elle avait beau réfléchir, elle ne se rappelait d'aucun nom de femme peintre inscrit dans les Annales du Palais qu'elle avait consultées maintes fois.

Cependant, comment se pouvait-il qu'aucune femme n'eût été séduite par le jeu subtil de la couleur et du dessin ? Il devait sans doute y avoir des œuvres féminines cachées quelque part en Egypte.

Alors, que faire ? Les idées bien trempées de Beket pouvaient encore être reprises. Mais, devait-on écouter une vieille femme qui n'avait plus son mot à dire ? Non, décidément Séchat n'avait pas vraiment l'envie de décourager Beket, même si, à soixante ans, elle devait encore se battre pour sa petite-fille.

Elle hocha la tête en silence. Que de souvenirs revenaient en elle ! Que de scènes et d'images s'imprimaient dans son esprit si clair encore ! Elle qui, orpheline de mère, avait eu un père et un grand-père qui n'avaient jamais cherché à obstruer la voie qu'elle s'était choisie, si complexe fût-elle[1].

Alors, pourquoi en serait-il autrement pour Beket ? Séchat leva la tête. Les prunelles sombres de la fillette s'attardèrent sur les siennes, cherchant une réponse à une question qu'elle n'avait pas posée. Chacun savait que son destin pouvait se tracer autrement et, qu'on chuchotât ou non le terme de bâtar-

1. *Les Thébaines/La Couronne Insolente.*

dise, sa petite-fille était une demi-princesse et rien ne pouvait lui ôter cet état de fait. Allait-on, dans ce cas, l'obliger à rester prisonnière au harem, la laissant colorier quelques papyrus ou quelques ostracas ramassés dans les ateliers du palais et, le jour venu, lui donner un époux qui serait un haut dignitaire de Thèbes, ami du pharaon ? Si ce n'était pas le désir de la fillette et si sa mère n'était pas suffisamment compréhensive pour convaincre le pharaon des dispositions picturales de sa fille, elle agirait elle-même.

Certes, la vieille Séchat saurait demander à Thoutmosis une audience et lui expliquer les faits, sans les déformer ni les amoindrir. Alors, il faudrait bien que le pharaon l'écoute. Dans sa longue vie de fonctionnaire, Séchat la scribe avait été suffisamment diplomate pour trouver, cette fois encore, un terrain d'entente avec le maître des Deux Terres.

En observant à nouveau sa petite-fille qui venait de retourner la plaque de calcaire pour en utiliser le verso, elle se promit de parler tout d'abord à Satiah avant d'entamer des pourparlers avec Thoutmosis.

Portant ses yeux sur la cime des tamaris qui offraient une foison de fleurs légères et roses, elle pensa à Neb-Amon qui avait su si bien cerner Satiah lorsque, veuve, elle l'avait épousé. Et, mieux qu'elle-même, il avait su contourner, comprendre, apprivoiser les réticences de l'adolescente envers sa mère quand, au retour de l'expédition du Pount, Séchat avait repris sa fille pour l'élever enfin.

Oui ! Neb-Amon aurait su convaincre sa belle-fille de laisser la jeune artiste poursuivre son chemin.

Séchat regarda de nouveau la flopée de fleurs dont le parfum embaumait dans l'air matinal. Elle eut un léger frisson au contact frais du souffle qui pénétrait dans la pièce et se mit à penser à sa fille. De Satiah, elle n'obtenait jamais rien. Leurs idées s'opposaient et les deux femmes s'aimaient sans se comprendre.

La vieille femme laissa son regard flotter distraitement sur les fleurs aériennes des tamaris. Quand son œil partait ainsi à la dérive, c'est qu'elle se promettait d'accomplir quelque chose d'important.

Et, ce jour-là, l'engagement était de taille. Séchat prit une forte respiration, nouant sa gorge d'un flot d'enthousiasme, et se jura, là sur-le-champ, qu'avant qu'elle ne parte dans l'au-delà rejoindre Neb-Amon, il fallait que sa fille lui promette de ne contrarier en rien la carrière artistique de Beket.

L'aïeule se leva, prit sa canne, y posa la main. Rien dans ce geste ne laissait supposer qu'elle s'appuyait lourdement. Elle regarda par-dessus l'épaule de la fillette. Elle dessinait une scène de chasse dans un fourré de papyrus, telle que son père les lui racontait. Faisans et perdrix se cachaient derrière les bosquets. Des filets étaient tendus. Sous le soleil, les marais offraient de la fraîcheur et les barques attachées aux racines de papyrus oscillaient sur le fleuve.

Dans leur dos, la porte s'ouvrit et une jeune femme africaine apparut. Elles tournèrent la tête et eurent le même sourire, le même geste avenant et gracieux envers Cachou qui s'avançait avec la souplesse et la grâce qui lui étaient coutumières.

Cachou venait du Pays du Pount. Séchat l'avait ramenée de l'expédition qu'elle avait faite autrefois avec Hatchepsout. La jeune Africaine n'était guère plus vieille que Satiah et les deux jeunes filles s'étaient si bien accordées que Séchat avait laissé la jeune esclave à sa fille.

Elle regarda Cachou s'avancer.

— Tu n'es pas avec Satiah ? fit Séchat étonnée.

— Non, fit la jeune servante en détournant la tête.

Résignée, Séchat releva ses sourcils et dit à Beket :

— Ta mère a encore fait une fugue. Dieu d'Amon ! Je n'avais jamais encore vu une Seconde Epouse profiter autant de sa liberté.

— Je n'aimerais pas être enfermée au palais avec

maman, fit la fillette en faisant la moue. Je m'y ennuierais tout comme elle.

— Sais-tu où elle est ? s'enquit Séchat le plus naturellement du monde.

— Elle m'a dit en partant qu'elle allait à Thèbes.

— C'est juste, fit Cachou.

Elle zézayait d'une façon charmante et marchait en balançant ses hanches souples. Elle fit le tour de la pièce pour aller chercher une ombelle de papyrus et poursuivit :

— Je suis allée sur le marché de Thèbes et Satiah m'a dit de rentrer. Elle voulait flâner sur le port.

— Flâner sur le port ! Seule !

— Oh ! Elle ne craint rien. En tout cas, elle me l'a assuré.

Elle vint quelques instants les éventer avec l'ombelle, puis leur proposa une collation de fruits et de boissons fraîches.

— Je vais aller vous chercher des sorbets de melons et du lait à la groseille, dit-elle de sa voix zézayante en s'éloignant dans un glissement de hanches.

— Et des galettes aux amandes ! cria la fillette en riant.

Elle s'approcha de Séchat et lui tendit l'ostraca dessiné.

— C'est pour toi, Grand-mère.

Cachou revint avec un plateau bien garni sur lequel elle avait ajouté une petite branche fleurie de tamaris.

— Evente-moi un peu, Cachou. Il me semble que la chaleur monte. Puis, elle prit la branche de tamaris que Cachou venait de couper dans l'un des arbres qui leur faisaient face.

C'était une habitude dont l'Africaine n'avait pu se défaire. Cueillir, sentir, regarder, caresser les fleurs. Elle venait d'un pays si florifère qu'elle ne pouvait s'empêcher de vivre sans ce plaisir qui refluait sans cesse en elle. Au Pays du Pount, les fleurs avaient des pétales si gigantesques, si colorés et parfumés que le plus simple des lotus qui s'ouvrait la nuit sur les étangs l'attirait comme un aimant.

— Comment trouvez-vous ce tamaris, Maîtresse ?

Elle accrocha dans ses yeux une lueur joyeuse.

— La fleur est aussi délicate que ton intention, Cachou. Apporte-moi une coupelle d'eau et je vais y mettre le tamaris.

— Oh ! Petite maîtresse, s'écria Cachou ravie en regardant la jeune Beket dessiner la branche de tamaris.

— Tu vois, fit la fillette en lui tendant le papyrus dessiné. Tu nous donnes la fleur. Moi je t'offre le dessin.

*
* *

Le lendemain, Satiah qui n'avait pas fermé l'œil de la nuit, fit une nouvelle échappée en direction du port. Pour être seule et libre de ses mouvements, Cachou avait été mise dans la confidence et Penhuy, qui s'inquiétait de ne plus conduire sa maîtresse lorsqu'elle sortait dans Thèbes, avait été envoyé dans sa famille, à Thinis, afin qu'il prît quelques jours de congé bien mérités que lui octroyait généreusement la jeune femme.

Pourtant, ce matin-là, Satiah se trouvait dans un état d'énervement intense. Une violente dispute s'était élevée entre elle et sa mère au sujet de Beket. Et Séchat donnait entièrement raison à l'adolescente qui, avec elle comme à l'ordinaire, n'en faisait qu'à sa tête.

Or, en ce jour où les idées de Satiah auraient dû être aussi claires qu'un ciel azuré de plein été, l'objet du désaccord était préoccupant. Beket voulait devenir peintre au lieu de suivre les cours classiques de l'Ecole du Palais. Adolescentes, sa mère et sa grand-mère les avaient suivis et Satiah ne pouvait tolérer que sa fille ne s'y soumît pas à son tour.

Bien que la jeune femme ne pût oublier que Séchat, ancienne enseignante, apprenait à sa petite-fille l'écriture, la lecture, les mathématiques, la géométrie et la littérature, elle rageait à l'idée qu'elle ne côtoyait pas les jeunes nobles de Thèbes qui fréquentaient tous cette école.

"Cette enfant, disait-elle à sa mère, ne sera jamais admise dans les grandes familles si elle ne connaît pas les futurs représentants de la haute société de Thèbes. N'avais-tu pas, toi-même, des amis étudiants lorsque tu étais jeune ? N'en avais-je pas aussi ? Beket doit aller dans cette école. Elle n'a pas d'amis. Elle est seule. Elevée, éduquée par toi. Il est temps que cela cesse. Elle doit connaître des jeunes gens de son âge, et c'est parmi ses relations que Thoutmosis et moi devrons choisir le jeune homme qui lui convient."

Mais voilà que tout se brisait à cause du tempérament trop forgé de sa fille et de l'entêtement que mettait sa grand-mère à vouloir céder aux instances de Beket.

Satiah soupira et décida de ne plus penser à sa fille. Elle fit prendre à sa mule un petit trot rapide et observa la route pour que sa monture évite les cailloux accumulés par endroits qui ralentissaient le parcours.

Préférant éviter l'attelage du char et du cheval pour ne pas attirer l'attention d'une foule qui pouvait mettre un nom sur son visage, elle avait décidé d'utiliser la mule pour le parcours, moins prestigieuse sans doute, mais plus discrète.

Sortie de la grande côte qui menait au marché de Thèbes — un chemin qui la rallongeait, mais qu'on utilisait plus rarement, car il côtoyait les abords rocheux de la ville au lieu de la rejoindre par le centre — elle arriva sur le port dans un état d'esprit moins contracté qu'elle ne l'avait pensé. Son énervement semblait disparaître au fur et à mesure qu'elle s'approchait du vieil acacia.

Quand elle vit la silhouette de Mykos se dessiner près de l'arbre, elle eut un instant de panique. Qu'allait-elle faire ? Monter sur son bateau et en redescendre aussi vite ? Accepter une promenade dans la ville et repartir aussitôt ? Visiter un sanctuaire et discuter à l'ombre des colonnes ou des pylônes qui distribuaient toujours une ombre bénéfique ? Allait-elle mener le jeu ou laisserait-elle Mykos décider du sort ?

De toutes ces questions, Satiah ne connaissait qu'une seule réponse. Quel que soit le choix de son programme, elle savait déjà qu'un assentiment se gravait peu à peu dans son esprit. Mykos ne la brusquerait pas. Elle en avait la certitude.

Elle fit un geste de la main et, de sa démarche souple, il vint à sa rencontre.

— Je craignais que tu ne puisses venir, dit-il simplement.

Puis, il prit ses deux mains entre les siennes et les serra doucement. Un instant, il caressa la bague de cornaline qu'elle portait à l'un de ses doigts et, soudain, porta la main douce et fine à ses lèvres.

Satiah eut un frisson, mais s'efforça de le réprimer. Dieu ! Depuis combien de temps Thoutmosis ne faisait plus ce geste tendre avec elle ?

— Hier, je t'ai pourtant dit que je reviendrai.

— Je n'y ai pas cru.

Elle eut envers lui un sourire énigmatique entre l'hésitation et le compromis et fit un geste en direction de la ville.

— Veux-tu que nous fassions un tour de marché ? dit-elle en plongeant son regard dans celui de Mykos. J'ai promis de rapporter à ma fille des godets de céramique pour ses encres noires.

Par tous les dieux ! Pourquoi mentait-elle ainsi alors qu'elle venait d'interdire à sa fille de peindre avant qu'elle n'entrât à l'Ecole du Palais ?

— Ta fille !

— Ma fille Beket, expliqua la jeune femme en souriant. Elle vient d'avoir quinze ans et se destine à la difficile carrière de peintre.

Ah ! Quelles sottises lui faisait dire cet inconnu ! Elle maudit son état d'esprit qui devenait tout à coup vaporeux, ses humeurs changeantes et surtout les battements bizarres qui, à cet instant précis, ne ménageaient ni son cœur ni sa tête.

Mykos la regardait avec étonnement. Certes, il ne savait rien d'elle. Mais que connaissait-elle de lui ? Etait-ce un homme marié ? Avait-il des enfants, une famille ? Mykos avait relevé le sourcil qu'il avait dense et fourni et dont le noir tranchait avec les fils d'argent qui couraient en abondance dans sa chevelure sombre et frisée. La surprise lui amenait une ride toute en longueur qui barrait son large front.

— Ta fille a quinze ans ? répéta-t-il.

Il se sentit sot et gêné et reprit une attitude plus naturelle. Il faut dire que cette jeune femme le surprenait sans cesse par ses phrases en sous-entendu, ses explications teintées de mystère et ses paroles qui semblaient passer promptement de la sincérité à la fantaisie.

Pour ne pas paraître plus longtemps déstabilisé par cette confidence, Mykos appela Ken afin qu'il veillât sur la mule. Le géant apparut, apportant cette fois un seau d'eau et même un fagot de paille fraîche. La jeune femme soupesa à sa juste valeur ce geste prévenant et remercia Mykos d'un sourire enjôleur.

Sur le marché, ils s'amusèrent à regarder les volailles qui caquetaient sans complexe et les oies qui piaillaient, enfermées dans de grands paniers en osier au travers desquels elles cherchaient à s'échapper. Ils se heurtaient à chaque pas à un marchand de porc grillé ou de poissons frits.

Parfois, un charmeur de serpent qui jouait de la flûte faisait grimper son reptile le long d'un bâton qu'il tenait entre ses deux pieds croisés. Des badauds s'arrêtaient et déposaient un oignon, un poireau, quelques fèves ou haricots rouges, une poignée de farine. Lorsqu'un personnage un peu plus important se laissait séduire par le serpent qui, perché sur son bois, dodelinait doucement de la tête en rythmant le son endormeur de la flûte, il laissait sur le sol poussiéreux un dében de cuivre.

Des femmes vendaient des onguents de médiocre qualité, des colliers de perles grossières, des paniers en tiges de papyrus, des bracelets en osier tressé et peints de couleurs vives. Elles s'agitaient, criaient pour héler les passants, marchandaient, se chamaillaient avec les voisines qui hurlaient plus fort encore.

Après une demi-heure de flâneries, Satiah se rappela qu'elle devait chercher des godets de céramique pour Beket. Dieu ! Qu'allait-elle dire à sa fille lorsque celle-ci l'accueillerait à son retour, comme elle le faisait joyeusement chaque fois que sa mère revenait de Thèbes ? Satiah soupira et décida qu'elle promettrait à Beket de réfléchir à sa décision. Puis, elle lui tendrait les godets et l'adolescente lui plaquerait un gros baiser sur la joue.

Ce point délicat solutionné la ramena à de plus justes pensées et ils durent passer de l'autre côté du marché pour se trouver en dehors des denrées alimentaires et du fouillis inutile de petits objets qui plaisaient tant à Cachou.

Elle repéra un scribe accroupi qui transcrivait des chiffres en regardant la foule qui s'agitait autour de lui. Il avait posé ses godets, ses encres, ses papyrus, ses calames sur le sol entre ses genoux écartés. En s'approchant, Satiah vit qu'il écrivait des signes et non des chiffres. C'était un scribe public qui, contre paiement, rédigeait des documents officiels pour les illettrés qui en avaient besoin.

L'Egypte était si pointilleuse dans son organisation administrative qu'il fallait, à chaque instant, au simple marchand, soldat, paysan, marin ou voyageur, un document officiel sur la plus banale des autorisations à requérir.

— Dis-moi scribe, où peut-on trouver des godets et des calames ainsi que des encres noires ? s'enquit Satiah en s'approchant de lui.

Le petit homme accroupi à la perruque parfaite, coupée au carré à ras du menton, était un scribe de basse hiérarchie, comme il en existait beaucoup en Egypte, qui ne mangeaient ni gras ni copieux et qui vivaient souvent dans de simples masures avec juste une paillasse pour dormir et un réchaud pour cuire leur pain.

— Tu n'en trouveras pas sur le marché, répliqua le scribe. Il faut que tu descendes jusqu'à l'Ecole d'Administration, là où les échoppes des étudiants se tiennent.

Au tutoiement du scribe, Satiah se dit qu'il l'avait prise pour une simple villageoise en quête de fournitures pour son maître. Elle fut ravie de cette méprise et observa le visage imperturbable de Mykos.

— Merci à toi, scribe. Je vais y aller de ce pas.

Mykos la prit par le bras et ils traversèrent l'afflux du marché en heurtant la foule qui se faisait de plus en plus dense.

L'Ecole d'Administration de Thèbes se trouvait au centre de la ville, face au temple de Thot, le dieu du savoir et de la sagesse, le dieu à tête d'ibis. Derrière de grandes colonnes en marbre blanc, l'établissement s'imposait par son volume assez massif, carré, étendu au-delà des sycomores et des palmiers que l'on apercevait non loin des grandes terrasses où les étudiants devaient venir se détendre quand les cours étaient achevés.

Sur les bas-côtés de l'école, des échoppes étaient ouvertes et des marchands de papyrus, d'encres et de couleurs, d'objets divers servant au scribe et à l'écolier, proposaient leurs produits.

Les plus petites boutiques offraient des papyrus de basse qualité, plus épais et plus fibreux. Les marchands vendaient même des ostracas qu'ils cédaient à de bas prix pour les étudiants les moins fortunés. Sur ces morceaux de grès ou de calcaire, l'écolier pouvait s'exercer, recommencer, persévérer.

Les plus grandes échoppes dont l'entrée se faisait plus imposante vendaient des papyrus dont la fibre n'avait pas été cassée. Parfaitement peaufinés, lissés, ils offraient une surface égale qui ne pouvait qu'émerveiller l'œil averti du scribe. Sur de tels supports, celui qui traçait ses hiéroglyphes ne faisait aucun dérapage. La pointe du calame adhérait parfaitement au papyrus. L'encre coulait bien, le trait se faisait net et précis.

Satiah repéra la plus belle des boutiques et entra d'un pas assuré. Quand elle précisa l'objet de sa demande, le marchand qui devait être un ancien scribe, petit homme boiteux et maigrelet coiffé d'une perruque et vêtu d'un pagne blanc et plissé, lui proposa une série de godets en grès, tous identiques et de couleurs semblables. Seule la contenance différait.

— N'as-tu que ce modèle ? fit-elle en retournant l'un des petits récipients de grès.

— Non, bien sûr.

— Alors, je voudrais voir les autres.

Claudiquant jusqu'à son arrière-boutique, l'homme y resta quelques instants, puis revint en rapportant de très jolis modèles en albâtre et en onyx. Les déposant sur le comptoir, il observa d'un œil suspicieux sa cliente.

Satiah qui, pour ne pas attirer l'attention, avait choisi ce jour-là une simple toilette, sourit en examinant une série de godets en albâtre dont la blancheur était irréprochable. Délicatement veinés de transparence, ils chatoyaient comme des joyaux précieux.

— Je veux ceux-là, dit-elle d'un ton ferme.

Le marchand hésita. Ce n'était pas qu'il paraissait insolent, mais le doute enflait de plus en plus son regard.

— Je crains, fit-il, que ces objets ne soient d'un prix fort coûteux. En principe, je ne les vends qu'à des scribes qui travaillent pour des hauts dignitaires. Quel est le nom de ton maître ?

— Mon maître ! Qui te fait penser que j'ai un maître ?

Gêné, le marchand toussota. Puis, il faillit s'étrangler quand il vit Satiah poser un dében d'argent sur le comptoir.

— Je prends ces godets-là. Ils sont destinés à ma fille qui étudie la peinture. Je veux également deux ou trois calames taillés le plus finement possible. Elle aime travailler dans le détail et la précision.

Le marchand ne fit aucun commentaire, présenta ses articles les plus raffinés et, pour un rouleau de papyrus en plus, encaissa le dében d'argent que lui laissait la jeune femme.

Si Satiah avait pu réfléchir à ce qu'elle venait de faire, en l'occurrence céder aux instances de sa fille alors qu'elle s'y était toujours opposée, elle eût esquissé un sursaut de stupeur bien compréhensible, mais à quoi bon raisonner ? Mykos l'entraînait vers une destinée dont elle n'avait pas encore soupçonné les effets.

Quand elle se retrouva sur le vaisseau du navigateur, elle prit le parti de se détendre et de laisser les choses flotter à leur gré.

Alors que Ken, allongé sous l'acacia, gardait toujours la mule, un œil endormi et l'autre posé sur les agitations du port, Mykos entreprenait le laborieux travail de tout savoir sur la femme qui, à présent, venait hanter chaque instant de sa vie.

— Allons sur le pont, dit-il en la prenant par le bras. Tu verras que le Nil prend une autre envergure lorsqu'on le voit tout en longueur et qu'il fouette le visage.

Comme elle ne répondait pas et qu'elle restait absorbée par la vue qui s'étendait devant elle, un immense horizon aux couleurs brumeuses d'une heure chauffée à blanc, qu'un plein zénith répercutait sur la surface du fleuve, elle cligna des yeux et se laissa bercer par la chaleur qui montait en elle et la prenait tout entière.

Mykos avait hissé la voile comme pour s'apprêter à effectuer un long voyage, mais ce n'était qu'une apparence, un semblant de rêve, d'échappatoire à tout ce qui touchait terre et contraintes, puisque le bateau était endommagé et ne pouvait reprendre l'eau qu'après les réparations qui s'imposaient.

Quand Satiah s'adossa à la proue gracieusement recourbée en forme de coquillage, il la saisit par les épaules et força son regard.

— De quelle noble famille es-tu, Satiah ?

— Que veux-tu dire ? s'étonna la jeune femme.

Puis, elle détourna son regard de Mykos et le fixa de nouveau sous le ciel qui se confondait avec le fleuve dans une teinte unique confuse et azurée.

— Tu as des chars et des chevaux, une maison que j'imagine grandiose et superbe, une fille qui étudie la peinture, une liberté quasi totale.

— Mykos, ma liberté est très aléatoire.

Il l'obligea à se retourner vers lui et son visage frôla celui de la jeune femme. Un instant, leurs lèvres se frôlèrent, mais il s'écarta.

— Qui est ton époux, Satiah ?

— Mon époux !

Il haussa une épaule d'un geste lent et à demi désabusé. Puis, il murmura :

— Alors, qui est le père de ta fille ?

Elle se retourna vivement et le regarda de plein fouet, consciente que sa réponse allait peut-être tout rompre avant que leur histoire ne commençât.

— Le pharaon d'Egypte.

Mykos s'arrêta de respirer. Ses mains lâchèrent aussitôt les épaules de Satiah. Il ouvrit la bouche pour parler, puis la referma sans jeter un seul mot. Que dire face à une telle constatation, une vérité qui se posait là, soudain, comme une indestructible situation ? Que faire, sinon subir ou encourir un châtiment quasiment mortel ?

— Oui Mykos, je suis la Seconde Epouse du pharaon Thoutmosis.

La surprise semblait avoir tué Mykos. Il étouffait comme une tanche ou un gardon hors du fleuve et, pourtant, son esprit s'agitait comme si ce poisson allait soudainement replonger dans l'eau, vivace et juste momentanément abattu.

Non ! Mykos ne pouvait pas aller au-devant d'une aussi sombre fatalité. D'ailleurs, Satiah avait tranché pour lui. Elle s'approchait lentement de son visage et posait ses lèvres sur les siennes. Un instant, il goûta la fraîcheur de sa bouche. Elle avait un goût de miel et de grenade.

Tout se fit alors d'une façon très naturelle et les craintes de Satiah se résorbèrent aussi vite qu'une fumée en plein air. Une de ces fumées, légères et aériennes, qui partent aussi vite qu'elles sont arrivées.

Quand la jeune femme sentit les bras de Mykos autour d'elle, prenant solidement sa taille, frottant son buste contre le sien, l'obligeant à se ployer en arrière, sa bouche devint quémandeuse, gourmande, insatiable et son corps ne se fit plus qu'abandon et soumission.

Jusqu'au soir, le temps ne compta plus pour elle. Le risque qu'elle prenait s'effaçait comme les marques de l'aube quand le soleil monte au zénith.

Peu importait s'il était interdit aux épouses du pharaon de connaître un autre corps d'homme que le sien et peu importait si la sentence devait être fatale.

Satiah se sentait prête à affronter tous les dangers. Thoutmosis la délaissait mais lui laissait sa liberté, elle en ferait désormais l'objet de son existence.

CHAPITRE III

En l'an vingt-deux de son règne, le premier mois de la saison sèche, celle du chemou, Thoutmosis revenait du haut plateau de l'Euphrate avec son armée victorieuse.

Tout un bataillon de scribes, d'architectes, de sculpteurs, de peintres parmi lesquels figurait une jeune fille hardie, décidée, sûre d'elle, attendaient les ordres du pharaon et chacun percevait, dans l'atmosphère un peu lourde, le silence qui se trouait d'incertitudes.

Enfin, quand l'espace se fut empli du silence qui précédait la grandeur et la somptuosité des mots qui allaient suivre, les hérauts déroulèrent les bannières et annoncèrent les hymnes des dieux qui rappelaient que le "Taureau Puissant" était le maître de l'Egypte.

Aux côtés de Thoutmosis, Mérytrê avait revêtu la perruque au vautour qu'elle ne portait plus aussi fièrement qu'auparavant. Ces longues cérémonies l'épuisaient, l'agaçaient, perturbaient le quotidien de sa vie de reine paisible et nonchalante. Elle préférait se prélasser dans ses appartements, grignoter tranquillement des friandises au miel et siroter des sorbets à la grenade ou au melon, auprès de ses nombreuses suivantes qui ne pensaient qu'à la satisfaire. Subir cette longue suite de directives qu'allait annoncer le pharaon la tuait déjà à l'avance.

Elle jeta un bref coup d'œil à la Seconde Epouse qui, dans sa robe de lin blanche, longue et moulante à souhait, se tenait un peu plus loin, entourée de sa mère et de sa fille. Mérytrê eut un rictus de déplaisir. Le corps de sa rivale était toujours mince et souple et les années ne semblaient pas courir sur elle.

Satiah portait une perruque d'un noir intense dont l'épaisseur des cheveux retombait abondamment sur ses épaules que deux bretelles fines venaient rehausser de blancheur. Le cône d'onguent posé sur sa tête diffusait une senteur de jasmin et d'encens. Ciselé d'une frise assortie au pectoral qui entourait sa gorge et retombait sur son buste, le cône lui donnait fière allure.

Avant de détourner son regard de la Seconde Epouse, Mérytrê s'assura de la tranquille apparence de sa compagne, et les soupçons la reprirent. Satiah semblait, elle aussi, se désintéresser des agissements de Pharaon. Ne fréquentant pratiquement plus les abords du palais, la Seconde Epouse se faisait discrète, lointaine, presque inexistante, alors qu'autrefois — et Mérytrê le savait pour l'avoir vécu fréquemment — elle aurait tué celui ou celle qui l'eût empêchée d'assister au triomphe de Pharaon.

Certes, Mérytrê avait son réseau d'espions, mais à aucun moment on n'avait vu la Seconde Epouse se compromettre dans des situations qui eussent gêné l'harmonie du royaume. Quand Mérytrê la regarda de nouveau, Satiah parlait tranquillement à sa fille, sans poser l'œil particulièrement admiratif sur celui qu'elle avait jadis adoré, encensé, déifié.

La Grande Epouse Royale savait aussi que Pharaon ne venait pratiquement plus la voir dans sa propre résidence, puisque la jeune Beket avait son propre appartement au palais que, d'ailleurs, elle ne venait honorer que lorsque son père demandait à la voir.

Mérytrê revint aux fastidieuses et interminables festivités qui, une à une, se déroulaient devant la foule béate, serrée, avide du spectacle que donnait le royaume en l'honneur de son pharaon.

Les chanteurs aveugles arrivèrent empêtrés dans leur longue robe jaune d'or, le crâne rasé et luisant d'une huile sanctifiée. Ils se prosternèrent devant Thoutmosis et s'alignèrent dans un rang impeccablement hiérarchisé. Puis, au son du gong, leurs voix hautes et cristallines entamèrent des incantations qui s'élevèrent en plein ciel, à l'assaut des cimes verdoyantes qu'offrait au loin l'horizon. Lorsqu'ils se turent, harpistes et flûtistes prirent le relais, ponctué par le son aigrelet des sistres qu'agitaient les danseuses.

Enfin, enroulés dans leurs tuniques longues et blanches qui ne laissaient apparaître que leurs crânes rasés et leurs pieds nus, les grands prêtres réclamèrent le silence. Ils avaient une telle autorité dans l'accomplissement de ce geste, mains levées à hauteur de leurs yeux, buste droit, épaules rejetées en arrière, que la population sentit tout à coup le souffle chaud du soleil passer au-dessus de sa tête.

Pharaon s'était levé, les bras en direction du ciel et les yeux haussés vers les dieux qui allaient l'écouter.

— Ma Majesté revient en vainqueur des pays étrangers. Partout, j'ai semé la victoire et je ramène plus d'or que n'en ont rapporté mes prédécesseurs. Que l'on écrive sur les stèles, les bas-reliefs et les murs des temples ce qui suit.

Sa voix puissante perçait l'atmosphère de la même façon que ses flèches s'éjectaient de l'arc pour se ficher dans la cible. On se courba, on salua le roi triomphant et on lut lentement, à voix haute et forte, tout ce qui devait être écrit dans les annales d'Egypte, à commencer par le périple de l'expédition.

Papyrus déroulés et calames dressés, on écrivit

donc que, sur le flanc des montagnes bordant l'Euphrate, trois routes s'étaient offertes aux armées. L'une était un long défilé étroit et escarpé qui présentait l'avantage de pouvoir surprendre l'adversaire, les deux autres, plus larges et plus praticables, aboutissaient sur l'ennemi en terrain découvert, ce qui supposait une attaque imprévue de leur part.

On écrivit que, face à ces trois routes, le pharaon avait emprunté le long chemin étroit où les chevaux ne pouvaient avancer que l'un derrière l'autre, que la remontée des chars, des archers, des fantassins, du bétail et du ravitaillement, s'était faite de façon malhabile et incertaine.

On écrivit que les nouveaux royaumes de l'Asie qui comprenaient la Phénicie, la Mésopotamie, la Babylonie, l'Assyrie et l'Arménie avaient perdu une grande part de leur pouvoir et demandaient grâce au tout-puissant maître de l'Egypte.

On écrivit que le Mitanni ne cherchait plus à s'étendre jusqu'aux côtes septentrionales de la Syrie, que le pays du Retenou était soumis et celui du Naharina conquis. Commandées par le Grand Capitaine Rekmirê, aidé du Chef des Archers Amennheb et du Grand Vizir Néférouben, ces opérations avaient été menées six fois de suite avant d'atteindre la pleine victoire que l'on célébrait ce jour. Chaque retour de campagne brisait un peu plus la coalition des princes asiatiques et permettait à Thoutmosis d'élaborer une véritable cohésion de l'Empire qu'il voulait soumettre sous son unique pouvoir.

Thoutmosis devait mener ainsi dix-sept expéditions avant de s'éteindre. Ce jour-là, il en était encore loin et rien ne tarissait sa bonne humeur.

Quand l'assemblée vit le pharaon se rasseoir, droit sur le siège qui lui servait de trône, une natte posée sous ses pieds et un coussin calé dans son dos, elle sut que le dialogue allait commencer.

Il fit des yeux le tour de l'assistance et quand il

croisa le regard d'Amtou, celui-ci s'approcha et donna l'ordre que l'on sonnât les trompes. Il paraissait fier et fringant dans sa tunique en fine étoffe blanche que recouvrait, avec raideur, un large collier de bronze. Sur sa perruque surmontée d'un casque aux ailes de faucon, l'œil de l'oiseau perçait l'espace.

Bien que le Grand Héraut du roi incarnât en Egypte une fonction très importante, les titres d'Amtou ne s'arrêtaient pas là. Il en cumulait d'autres plus prestigieux encore. Il était Grand Fourrier de l'armée, l'homme à qui le souverain confiait toutes les tâches matérielles, assurant la bonne gestion de l'administration des camps, celle du bétail qui assurait la nourriture, celle du repos, des tours de garde et des mises à disposition des soldats.

Non loin de lui, Menkheper l'Intendant des Greniers d'Amon et Nekmin le Trésorier de Thèbes restaient immobiles. Dans l'œil de l'un s'allumait une lueur satisfaite, dans l'œil de l'autre s'éteignait un feu qui, tout à l'heure, s'était embrasé. Une gêne bizarre en avait pris la place.

La voix forte d'Amtou transperça le silence :

— Que l'on écrive qu'Amon-Rê est tout-puissant.

A ces mots, les grands prêtres du temple d'Amon eurent un regard contrarié vers lui et leurs yeux lancèrent des éclats qui ne semblaient pas vouloir se consumer. Nekmin sentit sa gêne s'accroître. Le dieu Amon refusait d'être délogé par un autre, tout dieu-soleil et dieu primitif qu'il fût.

Nekmin toussota et se gratta la gorge. Ce jour de gloire allait-il s'obscurcir par des propos échangés qui n'entraient pas dans les vues de Pharaon ?

Ouseramon se leva, un tantinet obséquieux, l'audace dans le regard et l'assurance aux lèvres.

— Majesté ! Notre temple est celui d'Amon. Le dieu Rê engendre le disque solaire et...

Les joues de Thoutmosis s'empourprèrent, mais aucune colère ne vint effleurer son esprit.

— Rê est le dieu de nos ancêtres, coupa-t-il. Je veux l'assimiler à mes victoires. Que l'on écrive que je suis le fils d'Amon-Rê.

Au regard furieux que lui jeta Ouseramon, malgré un respect très relatif qu'il s'efforçait de conserver, Thoutmosis reprit d'un ton calme :

— Rê était le dieu de Memphis, il siégera, désormais, à Thèbes aux côtés d'Amon. Tel est mon sentiment et le restera jusqu'à ce que j'aille rejoindre ma tombe éternelle.

Pharaon prit une grande gorgée d'air et poursuivit d'un ton tranquille :

— Ouseramon ! C'est ainsi et tu n'as rien à me refuser. Ton dieu Amon, qui est aussi le mien et celui de tout mon peuple, est plus intelligent que tu ne le penses. Il s'accordera fort bien au dieu soleil qui représente la vie sur terre, la force et l'énergie.

Ouseramon inclina la tête et ne répondit pas. Certes, en ces régions sauvages de Bouhen où les dieux des Nubiens s'accordaient à ceux des Egyptiens, il n'y avait plus rien à dire. Comme s'il avait pressenti sa pensée, le pharaon poursuivit d'une voix qui ne perdait rien de sa puissance :

— Puisque nous sommes ici, à Bouhen, et que nos dieux antiques se mêlent à ceux de la Nubie, mon cher Ouseramon, tu ne verras pas non plus d'objection à ce que j'élève un nouveau temple pour Rê.

Soulagé, Nekmin soupira. Le dilemme entre le souverain et le Grand Prêtre de Karnak ne semblait pas s'envenimer outre mesure, car Ouseramon baissait les yeux et n'ajoutait rien.

Cependant, ce n'était là qu'hypocrisie et faux-semblant, car chacun comprit que le Grand Prêtre ruminait ses griefs et préparait ses arguments de défense. Raviver le dieu Rê à Karnak n'entrait pas dans ses vues. Replacer le dieu antique de Memphis au sein de l'Egypte, c'était favoriser l'entrée des dieux asiatiques et, tant qu'il vivrait, aucun dieu impie ne viendrait profaner son temple.

Thoutmosis releva le menton et affronta résolument la rangée de prêtres qui, imperturbables, avaient le regard dirigé vers leur chef Ouseramon. Le discours, sans doute préparé longtemps à l'avance, s'étouffait dans sa gorge et les lèvres charnues du pharaon esquissèrent un sourire sarcastique.

— Oui, je vais élever, ici à Bouhen, un temple de briques rouges dont l'intérieur sera garni de murs en grès décorés à l'image de la déesse Hathor qui s'accordera aux volontés de la Nubie. Y vois-tu une objection, Grand Prêtre ?

Ouseramon eut un sursaut imperceptible qui glissa dans la touffeur de l'air. Des perles de sueur apparaissaient sur son crâne huilé, nu et blanc.

— Aucune, Majesté, c'est de Bouhen qu'il s'agit là, non de Karnak.

Brusquement, Thoutmosis se retourna vers Djenani :

— Toi, le Grand Scribe, fais avancer les peintres.

Douze artisans s'approchèrent. A l'étonnement de tous, on vit, en bout de file, qu'une jeune fille se tenait droite et fière, le menton levé et le regard fiché devant elle. Elle portait une simple robe bleue retenue aux épaules par des fines bretelles. Tête et pieds nus, à l'exemple des autres peintres, sans bijou ni maquillage, elle tendait un visage anxieux vers Thoutmosis.

— C'est toi, Beket, que je charge de ce décor, puisque tu es peintre et originaire de Bouhen.

— Merci, Majesté, fit Beket dont les yeux s'embrasèrent tant la joie l'empoignait.

Si elle s'attendait à figurer dans l'équipe des artisans, elle ne pensait sûrement pas à en être la première décoratrice. Elle se détacha du groupe et se prosterna devant son père.

— Tu travailleras avec Néhy. Il connaît la région

d'Assouan jusqu'à l'île de Saï. N'oublie pas que Bouhen est le centre administratif des possessions agricoles égyptiennes et que les Thoutmosides qui m'ont précédé y ont déjà bâti leurs temples. Je veux que le mien les égale en beauté.

Radieuse, Beket rétorqua :

— Ce temple sera le plus grandiose de tout le sud de l'Egypte, Majesté.

— N'oublie pas, reprit Thoutmosis sans s'émouvoir du regard déterminé que lui jetait sa fille, qu'une grande tolérance religieuse a toujours habité la région de Bouhen. Les Nubiens tiennent à leurs dieux, il ne faut pas leur enlever. Mais, tu devras faire en sorte que cette liberté spirituelle n'ouvre pas sur les abus. Les dessins que tu peindras devront dissuader les Nubiens de toute révolte politique éventuelle. C'est ainsi que nous avons pratiqué à Semneh comme à Koumneh sur l'autre bord du fleuve.

— Bien, Majesté. Il sera fait comme vous l'entendez.

Comme Beket restait plantée devant son père et qu'elle ne semblait pas vouloir réintégrer de suite le rang des autres peintres, il questionna :

— Veux-tu me poser une question ?

— Oui, Majesté. Et Knoum !

Thoutmosis regarda sa fille avec un sourire amusé. Elle portait le même visage têtu que sa mère la Seconde Epouse, une identique expression de volonté et de désir de liberté. Mais, elle avait en plus une farouche envie de réussir et, cette incroyable ténacité, cette énergie de tous les instants qu'elle plaçait dans un unique idéal, elle les tenait de sa grand-mère Séchat qui avait servi si âprement la pharaonne Hatchepsout, sa terrible tante usurpatrice du trône.

Si le pharaon avait cédé aux instances de Beket par l'intermédiaire de sa mère et de sa grand-mère, c'était un peu par esprit de conciliation envers Satiah qu'il ne voyait plus depuis que son harem était empli des plus jolies concubines asiatiques qui soient.

— Knoum ! s'écria Thoutmosis. Knoum ! Maître de la cataracte. Certes, Beket, tu ne dois pas l'ignorer, pas plus que Satis, déesse d'Eléphantine.

Beket se courba de nouveau. Ses yeux brillaient de plaisir. Son cœur battait à tout rompre.

— Puisse le dieu te louer et t'aimer, dit-elle d'une voix qu'elle s'efforça de rendre puissante et forte afin que tous l'entendissent. Puisse-t-il te donner longue vie.

Dans sa vive émotion, le tutoiement intime qu'elle employait avec son père lui avait échappé. Se prosternant devant lui elle s'en retourna à reculons se placer dans la rangée des peintres.

Ouseramon ne bronchait pas, malgré le regard perçant que lui adressait Djenani. Chacun savait que les liens matériels et spirituels qui existaient entre l'Egypte et ses terres africaines se manifestaient par la construction de temples bien au-delà de la première cataracte du fleuve où dieux nubiens et dieux égyptiens recevaient le même culte.

Djenani se courba devant le pharaon.

— Majesté, il faudra bien qu'un jour les dieux de Thèbes suivent la même tolérance.

Visiblement, Ouseramon n'attendait qu'une telle réplique pour sortir de ses gonds comme une langue fourchue sort brusquement de la gueule d'un cobra. Il fit un bond prodigieux, malgré l'embonpoint qui commençait à le gagner, et fut sur Djenani en quelques secondes, le heurtant de son œil noir et de ses lèvres pincées qu'il desserra pour jeter :

— Jamais aucun dieu hérétique ne viendra perturber Karnak. Nous ne tolérerons, en tout et pour tout, que le disque solaire puisqu'il fait partie de notre culte et qu'il recouvre les cornes de la déesse Hathor. Mais, jamais un dieu impie ne viendra ternir l'image de notre panthéon ancestral.

— Qui te parle de cela ? demanda Thoutmosis.

Ouseramon ravala sa réplique. Ignorant les prêtres qui se concertaient silencieusement du regard, le pharaon leva la main en un signe qui clôturait le débat.

— Bien entendu, Djenani, tu superviseras le travail de Néhy et de son équipe ainsi que celui de Beket.

*

* *

Enfin, Méryet et Rekmirê eurent une fille. Depuis dix ans que le mariage les unissait dans l'harmonie — aucune ombre jusque-là n'était venue ternir leur bonheur — la déesse Hathor décidait, enfin, d'exaucer leur plus cher désir.

Méryet n'était pas fille de danseuse sacrée pour rien. Et, si Amon était son dieu de référence, la déesse Hathor avait le privilège de représenter tout ce qu'elle affectionnait dans le monde ici-bas. Après l'amour de son mari, Méryet n'aspirait donc plus qu'à mettre au monde un enfant. Dans cet ultime souhait qu'elle ne cessait d'entretenir, Hathor devait l'écouter et l'aider. Aussi, pas un seul jour, la jeune femme n'avait omis de lui faire une offrande.

En ce jour radieux, bien que le ciel fût obscurci par l'annonce d'une crue qui n'arrivait pas, Méryet remerciait toutes les divinités d'Egypte, gratifiant Hathor de ses dons les plus prestigieux. La jeune femme n'avait lésiné ni sur la qualité des cornalines, des jaspes et des lapis-lazuli ni sur celle des délicats onguents, ceux dont les parfums dépassaient les coûts les plus élevés, car ceux-là seuls pouvaient plaire aux dieux.

On appela l'enfant Tiâa. Elle était jolie et fraîche comme un lotus qui s'ouvre au bord de l'étang et, dès qu'elle vint au monde, elle apparut rieuse et d'excellente humeur comme sa tante Satiah au jour de sa naissance.

Quand Séchat la sexagénaire et la jeune Beket se penchèrent sur le couffin d'osier, la même lueur dans l'œil, la crue du Nil qu'on attendait depuis plusieurs semaines et qui n'arrivait pas esquissa sur le fleuve ses premiers soubresauts.

Devant l'enfant qui venait de naître, la vieille Séchat avait hoché la tête d'un signe de contentement, geste qu'à présent elle faisait fréquemment lorsqu'elle était satisfaite. Puis, brusquement, elle s'était mise à penser à son époux le médecin Neb-Amon, mort d'une mauvaise fièvre rapportée d'Asie. Plus elle réfléchissait à la joie qu'il aurait eue de voir une aussi jolie fillette venir au monde, plus elle se disait que cette enfant-là ferait parler d'elle, sans se détourner toutefois des capacités d'audace et d'énergie qu'elle plaçait en Beket.

Ah ! Certes, Neb-Amon aurait été fier en ce premier jour de crue. Son fils venait de faire une bien belle enfant.

Depuis l'aube, Rekmirê qui ne s'était pas privé d'observer Tiâa semblait comblé. Inlassablement, il la retournait dans ses bras, la passait de l'un à l'autre, la reposait contre le sein de sa mère, la récupérait à nouveau, histoire d'inspecter ses mains, son nez pour s'assurer que tout était conforme et qu'elle était bien la plus jolie petite fille que l'Egypte eût jamais eue.

Puis, laissant enfin l'enfant aux soins de la famille, vint le moment où il accepta de sortir de la chambre pour laisser les femmes se repaître du doux spectacle dont il venait d'user si abondamment. Par tous les dieux ! Il avait bien mérité de respirer une grande bouffée d'air frais.

Cette crue-là s'était fait attendre comme Tiâa dans le ventre de sa mère, éraflant l'air d'une tension à peine perceptible, mais pesante et latente. L'atmosphère devenait enfin humide, plaquant de grandes zones fraîches au-dessus des vieux sycomores qui n'avaient presque plus d'âge.

Au loin, la palmeraie s'étendait tranquillement, absorbant le reste de fraîcheur avant la tombée du jour et, la terrasse qui descendait doucement en pente sur les bords du Nil se teintait d'une couleur sombre, presque violacée tant le vent menaçait de souffler.

Rekmirê se tenait debout, les yeux rivés au loin. Il avait passé sur ses reins un double pagne comme l'époque l'exigeait. Celui du devant raccourci sur le second, mais s'allongeant sur l'arrière. Une rangée de plis épais venaient s'aligner impeccablement et une large ceinture attachant sa taille pendait sur les côtés. Un manteau court recouvrait son buste, collant étroitement au dos et revenant plus souplement sur sa poitrine qu'il avait large et puissante.

Il était rare de voir le Grand Conseiller du roi se vêtir ainsi. A l'ordinaire, il portait plutôt un simple pagne et laissait son buste nu, entièrement découvert comme le faisaient souvent les grands guerriers. Seul, un pectoral d'or qui avait appartenu à son aïeul, le Grand Général Nekbet, et que lui avait offert sa mère recouvrait son poitrail. Un somptueux bijou que Séchat lui avait pieusement recommandé et dont il ne devait jamais se séparer. Il était fait de mailles en or le plus pur, celui qui provenait des mines de Coptos. Ciselé finement, chaque maillon retenait une perle de cornaline alternée avec des lapis-lazuli.

Cette tenue de fête, qui encombrait ses gestes jusqu'à gêner ses pas, avait obtenu les compliments de la famille et on avait félicité Méryet d'avoir réussi un tel exploit. Alors, Rekmirê n'avait osé protester, bien que ce fût un supplice pour lui de porter un habit si raide et si empesé. Ce ne fut que lorsqu'il vit le plaisir qu'avait eu sa femme à le voir ainsi paré qu'il avait retrouvé son sourire et sa bonne humeur.

Mais, à présent que tous les invités l'avaient félicité, il lui tardait de se mettre à l'aise et de s'échapper pour longer les bords du Nil, peut-être même pour faire une longue course et aller au-devant de la crue qui se préparait.

Les jambes écartées, les mains sur les hanches, le visage levé, Rekmirê observait distraitement le ciel qui s'obscurcissait. Quelques insectes voletaient autour de lui, s'accrochant désagréablement à l'air qu'il respirait. Il les chassa de la main, mais ne parvint qu'à les écarter légèrement. Mouches et moustiques étaient toujours terriblement tenaces lorsque la saison des eaux tardait, d'autant plus que la saison d'akhit avait amorcé son premier mois.

Rekmirê fixait l'horizon. Les bruits de la terrasse étaient lointains. Dans quelques heures, il ne resterait plus que les familiers autour de son épouse et dc sa fille.

Le Pharaon Thoutmosis s'était déplacé pour venir voir l'enfant et féliciter les parents. Mais, la Grande Epouse Royale n'avait pas jugé bon de venir, offrant simplement à la nouvelle mère les services de Nout, jeune nourrice royale engagée à la cour de Thèbes.

A cette époque, la distinction de Grande Nourrice Royale était une charge purement honorifique. Ce n'était certes pas elle qui devait allaiter l'enfant. De fortes et saines filles venant souvent de la campagne étaient réservées à cet usage et, lorsqu'elles avaient passé les tests de santé indispensables, on leur confiait la bouche innocente des enfants royaux pour téter leurs seins gonflés de lait.

De ce côté-là, le bébé de Méryet était largement paré. Deux jeunes nubiennes de Bouhen avaient été recrutées. Elles avaient le sein voluptueux et généreux et la petite Tiâa ne risquait guère de manquer de lait.

Rekmirê s'absorba quelque temps dans le silence qui commençait à peser sur les toits avoisinants de la ville. Un jet sombre vint barrer le ciel et un souffle pesant le balaya aussitôt. Il crut voir trembler la cime des acacias et se courber celle des palmiers-dattiers. Quand la crue se déclenchait tardivement et que les terres commençaient à se dessécher, quand les mouches devenaient agressives, le peuple restait dans l'expectative. Un doute le prenait, le tenaillait, le tordait dans la crainte des jours à venir.

Glissant ses yeux vers le sud, en direction de la Nubie, Rekmirê se revit soudain, enfant, quand la terrible famine s'était abattue sur le pays, faute de crue cette année-là et avait inexorablement entraîné la mort de plusieurs milliers d'hommes parmi les plus défavorisés.

Il faut dire qu'en Egypte une absence de crue apportait toujours la famine et que celle-ci engendrait à son tour d'autres fléaux. Cette année-là[1] le pire avait été l'invasion des grandes sauterelles grises déclenchant une épidémie de fièvre mortelle qui avait achevé de décimer les familles.

Rekmirê avait une dizaine d'années lorsqu'il avait été touché par la terrible contagion. Son père Neb-Amon l'avait sauvé comme tant d'autres.

Ce détail concernant sa vie d'adolescent lui revenait comme s'il déroulait un papyrus devant lui et, image après image, les événements couraient devant ses yeux, face au ciel qui, dangereusement, s'obscurcissait comme pour annoncer un mauvais présage.

Enfin, ramenant son visage vers la grande terrasse où les bruits s'estompaient de plus en plus, Rekmirê prit le parti de remettre à plus tard sa course au bord du fleuve et de passer le temps de détente qui lui était imparti auprès de son épouse.

La villa de Rekmirê et de Méryet était une maison

1. Lire *Les Thébaines/L'Ombre du Prince.*

aérée, spacieuse, comme toutes celles des nobles de Thèbes. La leur était sans doute la plus cossue de la ville, enrichie de meubles en bois précieux et d'objets de valeur. Les murs décorés de fresques enfermaient des fontaines où l'eau claire venait rafraîchir mains et pieds des invités qu'un chaud et long voyage avait épuisés et recouverts de poussière. Une servante restait toujours à proximité pour offrir son aide et son sourire.

A l'étage, la maison contenait une vingtaine de chambres et plus de quarante corridors qu'arpentait une domesticité empressée de plaire. Chacun de ces longs couloirs, éclairés la nuit par des torches disséminées sur les murs, menait à la pièce où l'invité venait se reposer.

Au rez-de-chaussée, un grand portique soutenu par des colonnes décorées donnait accès sur la salle de réception. Quatre portes s'ouvraient dans les angles et chacune débouchait sur d'autres pièces. L'une conduisait aux immenses cuisines spacieusement aérées, une autre aux réserves alimentaires, du moins celles qui servaient à la consommation journalière. Les deux autres donnaient sur de grands escaliers qui menaient aux étages.

Jouxtant la maison, les dépendances logeaient le personnel dont chaque fonction exigeait un lieu précis de travail. Ainsi se côtoyaient les appentis des boulangers, des bouchers, des brasseurs et des servantes chargées de moudre le grain.

Côté est et ouest, des terrasses ombragées apportaient la fraîcheur indispensable aux maîtres de maison. Elles abritaient de petits arbustes qui fleurissaient à la saison du chemou, embaumant l'entourage de leur parfum suave.

Côté nord et sud, les basses-cours, les écuries, les chenils, les étables et les bâtiments des serviteurs s'alignaient les uns contre les autres. Toute une vie s'agitait là, serrée dans le cocon qui les abritait des aléas d'une existence qui, ailleurs, aurait pu être pour eux plus difficile. Le personnel attaché au service de Rekmirê bénéficiait de mille faveurs lui faisant oublier sa condition de servitude.

A l'étage, sur les terrasses, on pouvait voir les grappes de toits serrées comme celles d'une vigne prospère dont l'ombre apportait un bienfait souvent secourable. Chaque chambre était carrée et reliée à d'autres pièces plus petites dont l'ensemble constituait un véritable petit appartement donnant sur une cour intérieure.

Si toutes les villas des hauts dignitaires de Thèbes étaient bâties sur ce principe, sans pour autant posséder un tel aspect de grandeur, celle de Rekmirê avait la particularité étonnante de présenter un second étage. A vrai dire, Amtem, l'architecte, n'en avait pas été le véritable concepteur. L'idée émanait plutôt de Rekmirê qui passait son temps de loisir, du moins le peu qui lui restait, à dessiner des maisons, des personnages, des chevaux ou autres sujets qui l'inspiraient à l'instant précis où il saisissait son calame et son papyrus. C'est ainsi qu'un jour le souffle de grâce lui était venu, alors qu'il crayonnait distraitement sur un morceau de calcaire ramassé au hasard du chemin, était né le dessin de sa maison.

Perdu sans sa rêverie, Rekmirê n'entendit pas le pas léger qui bruissait dans son dos.

— Merci, mon oncle, d'avoir réussi là où ma grand-mère et ma mère ont échoué, chuchota-t-on derrière lui.

— Merci ! répéta celui-ci en se retournant et en observant Beket. Merci pourquoi ?

Puis, il la toisa avec une joyeuse ironie, prenant le temps de détailler son calme visage. Dieu de Toth ! Comme elle lui ressemblait dans cette attitude sereine et grave.

— Allons, pourquoi me dirais-tu merci ? Que veux-tu donc encore me faire endosser ?

— Ne fais pas l'ignorant, oncle Rekmirê, tu le sais, répondit la jeune fille en passant son bras sous celui de son oncle.

— Je t'assure que je ne comprends rien.

— Djenani m'a tout dit.

Il se mit à rire.

— Que t'a-t-il dit ?

— Tout.

Rekmirê laissa glisser dans son œil un air moqueur que remarqua la jeune fille. Dans le sien, la gratitude emplissait chaque paillette de ses yeux mordorés.

— Explique-toi, Beket.

— Quand Djenani a réclamé pour moi le droit d'aller travailler sur le chantier de Thèbes, Pharaon, mon père a refusé. Quand ma mère a voulu s'interposer et que Séchat ma grand-mère l'a soutenue, il ne les a pas écoutées.

— Et alors ?

— Alors, toi, tu as su le convaincre.

Rekmirê se redressa. Haut de stature, souple, mince, c'était un bel homme bien proportionné, habile au sport et agile en esprit. Et, s'il n'y avait eu cet amour fidèle qui le liait à Thoutmosis et le poussait à vivre à son côté, il aurait pu être huissier, notaire, avocat, médecin ou architecte. C'était ainsi, chacun le savait, Rekmirê brillait en tout.

Mais, sa destinée avait frappé ailleurs. Il avait débuté sa carrière au palais de Thèbes, comme maître-archer. A l'époque, il tirait ses flèches si juste et si loin qu'il en avait ébloui le jeune prince. Ce don tombé du ciel avait servi son destin. Plus tard, Rekmirê avait conduit son char avec une telle dextérité que le pharaon, bouillant et acharné conducteur, n'avait pu faire autrement que de le nommer Grand Ecuyer des Charreries Royales.

Enfin, une grande amitié avait lié les deux hommes et, à présent, il cumulait tant de titres prestigieux que l'on ne pouvait tous les citer sans prendre une ou deux fois sa respiration.

— Si j'ai insisté auprès de Pharaon, murmura Rekmirê en pressant affectueusement la main de sa nièce, c'est qu'il m'est désagréable de penser que tu puisses gâcher stupidement les dons que tu possèdes.

— Le crois-tu vraiment ?

— Je sais que tu réussiras quand Djenani t'aura formée. Mais, il faudra faire tes preuves. Celles de Bouhen ne sont pas suffisantes. Pharaon reste encore à convaincre.

— Pourquoi m'a-t-il laissé le soin de décorer le temple de Bouhen s'il ne croyait pas en ma valeur ?

— Tout simplement parce qu'il pensait à une lubie de ta part.

— Une lubie !

— Beket ! Réfléchis donc un instant.

— C'est tout réfléchi, oncle Rekmirê. Je veux être peintre.

— Ça, je le sais. Mais comment veux-tu que le pharaon accepte ton idée de poursuivre dans cette voie assez fantaisiste pour une femme ?

— Et pourquoi ne le ferait-il pas ?

— Parce que tu es la fille de sa Seconde Epouse et selon les traditions, tu dois t'unir au fils d'un haut dignitaire ou à l'un des princes bâtards du harem.

Elle s'affola et lâcha l'épaule de son oncle, une larme prête à jaillir de sa paupière.

— Oh ! Non. Je t'en prie. Ne le laisse pas faire ça. J'en mourrai, je crois.

Puis, elle se redressa et reprit d'instinct sa nature combative. La larme sécha aussitôt dans son œil.

— Je refuse, fit-elle en frappant de son pied le sol de marbre blanc qui s'étendait dans l'ombre de la terrasse.

— Alors, il faudra sans cesse te battre. Pharaon sera implacable.

— Tu veux dire que chaque chantier terminé, il me faudra le supplier pour que je puisse poursuivre.

— Hélas, j'en ai peur.

Beket soupira tristement. Son geste de colère passé, elle battit nerveusement le sol de son pied nu.

— Tu oublies que tu es une femme, reprit Rekmirê, et que tu seras toujours confrontée à un problème que tu ne pourras résoudre.

— Par exemple ?

— Par exemple, monter sur un échafaudage.

— Et pourquoi n'y monterais-je pas ?

— Parce que c'est dangereux et que tu peux te tuer.

— Me tuer !

Elle se mit à rire à grands coups agités, comme si des spasmes sortaient de son esprit tourmenté. Puis, consciente de l'inutilité de cet instant convulsif qui n'aboutirait à rien, elle s'arrêta net :

— Me tuer ! répéta-t-elle.

— L'instabilité des chantiers en a brisé plus d'un.

— Comment font les autres ?

Il soupira. Que pouvait-il ajouter devant cette obstination, cette ardeur et cette audace pour aboutir au souhait qu'elle avait forgé depuis si longtemps ?

— Oncle Rekmirê, reprit Beket, les échafaudages des équipes de Djenani sont parfaitement conçus. Ils sont montés et accrochés solidement au sol par des fixations robustes et aux parois par des cordages résistants. Les ouvriers et les artisans ne craignent rien.

Elle soupira à son tour et plongea son regard dans les yeux gris de son oncle. Ils avaient tous deux cette même lueur dans l'œil. Une petite flamme colorée d'enthousiasme et de chaleur mêlée à une volonté farouche de réussir ce qu'ils entreprenaient.

— Le danger me semble bien aléatoire.

— C'est toi qui le dis, jeta Rekmirê.

Beket serra la main de son oncle qu'elle avait gardée dans la sienne.

— La vie n'est-elle pas une suite de risques et d'embûches ? Chacun de nous n'est jamais sûr de ce qu'il entreprend, dit-elle d'un ton neutre qui appelait un argument plus persuasif qu'elle ne tarda pas à émettre.

— N'es-tu pas toi-même confronté à tous les périls lorsque tu pars en guerre ?

Elle sentit que, là encore, la faiblesse de son propos ne le contentait guère et, remarquant qu'une gêne subite venait de s'installer dans l'attitude de son oncle, elle s'enquit d'une voix soupçonneuse :

— Que veux-tu me dire ?

— Sur le chantier de Thèbes, tu ne pourras travailler que sur les bas-reliefs. C'est la condition qu'a posée Pharaon pour te donner son accord.

L'indignation monta soudain aux délicates joues de la jeune fille. Elle lâcha la main de son oncle pour lui reprendre le bras qu'elle secoua brutalement. Puis, la colère fit trembler sa voix :

— Verrai-je donc toujours une interdiction amputer l'ampleur de mon travail ?

De la main, Rekmirê fit un geste impuissant. Elle poursuivit le feu aux joues, l'amertume aux lèvres :

— A Bouhen, la censure que l'on m'a imposée m'ulcérait.

— A ce point ? fit Rekmirê dans une tentative de conciliation.

— Pire ! Je ne devais pas m'écarter du lieu de travail, ni me préoccuper du choix des matériaux. Le temple, juste le temple !

— N'était-ce pas ce que tu voulais ?

— Si. Mais je pouvais faire mieux. On m'a refusé le plaisir que j'aurais pris à me joindre aux équipes qui allaient sur les sites d'extraction, au sud de la Nubie.

— Beket ! Ce n'était pas ton travail.

— Peut-être. Mais j'aurais voulu le faire plutôt que d'attendre stupidement que l'on m'apporte les blocs de grès, contrainte de les accepter sottement sans que je puisse donner un avis.

Cette fois, Rekmirê hocha la tête d'un air compréhensif. Mais, sa nièce poursuivait d'un ton qui, certes, n'était pas apaisé :

— Or, certains blocs présentaient des défauts qui me gênaient et je devais les utiliser. Pour toi, ce n'est peut-être qu'un détail, mais cette broutille a beaucoup amoindri la qualité de mon travail.

Il eut un pauvre sourire, haussa l'épaule et jeta un peu sombrement :

— Une femme ne peut visiter les carrières, tu le sais bien.

— Et ma grand-mère, oncle Rekmirê. Ma grand-mère ! Elle a réussi à pénétrer avec une équipe d'hommes dans les mines d'or d'Ikaïta, à l'est de la troisième cataracte. Or, l'extraction d'une mine d'or est dix fois plus dangereuse que celle d'une mine de grès.

— Elle était plus âgée que toi.

— Plus âgée ! Tu veux rire. A cette époque, ma grand-mère avait vingt-quatre ans.

— Et toi, tu en as dix-huit, murmura-t-il piteusement.

— A dix-huit ans, rétorqua-t-elle âprement, ma grand-mère faisait ce qu'elle voulait.

— Pourquoi te montres-tu aussi exigeante ? Chaque chose en son temps. Ne fais-tu pas le travail que tu aimes ?

— Oncle Rekmirê, s'agaça-t-elle, tu ne réponds pas à mes questions. Pourquoi n'y a-t-il jamais de restrictions pour les hommes ?

— Fais tes preuves avant d'être en colère et quand tu auras vingt-cinq ans, si tu n'es pas mariée...

Elle le coupa presque sèchement :

— Grand-mère était mariée et, de plus, elle était Grande Scribe et Grande Intendante.

— Pourquoi la prends-tu toujours en exemple ?

Il regretta aussitôt sa stupide réplique et reconnut que si sa nièce avait été différente, elle l'eût sans doute déçu. Il entoura de son bras sa taille fine et murmura :

— Regarde comme le ciel est sombre. La crue ne va plus tarder, à présent.

*

* *

La crue débordait de toutes parts et n'en finissait plus d'inonder les terres les plus éloignées, emportant les bosquets, les arbres, les champs de blé, les cabanes bordant le fleuve. Elles étaient englouties en quelques secondes comme des fétus de paille, laissant flotter parfois quelques morceaux de bois qui échouaient misérablement sur un sol noir et bourbeux.

Les digues sautaient, les barrages qui retenaient l'eau s'écroulaient sous son poids et les hommes ne pouvaient plus les diriger en fonction des besoins. La navigation s'arrêta et les chargements furent bloqués. Quelques embarcations tenaces virent leur chargement de blé, d'huile ou de bétail s'engloutir dans le fleuve.

Il devenait impossible de récurer les canaux. Les limites n'existaient plus. Les jalons disparaissaient les uns après les autres, ne laissant aucune trace de ce qui avait été prospère quelques jours auparavant. Les scribes et les gardes affectés au plan et au bornage des terrains paniquaient devant l'ampleur du désastre.

Habituellement, lors de ces journées écrasantes de chaleur, les agriculteurs qui attendaient passivement à l'ombre de leur habitation que la crue bénéfique fasse surgir la verdure de la végétation, se terraient apeurés dans un coin reculé de leur maison, craignant, à chaque instant, que celle-ci se fasse emporter par les flots dévastateurs.

Le vent soufflait avec violence et le ciel restait obstinément noir. Une telle crue risquait d'anéantir la récolte prochaine. Près de Thèbes, les plantations de lin avaient toutes été englouties impitoyablement et il ne restait plus que d'immenses terrains vagues où l'eau creusait le sol en profondeur. Parfois, un tronceau d'arbuste ou une touffe de papyrus surnageait, entraînant avec eux la folie furieuse du Nil.

Bientôt l'eau s'éleva, atteignant un tel niveau et une telle force qu'elle avala tout ce qu'elle rencontrait sur son passage. Toutes les cabanes en bois avaient disparu depuis longtemps et la crue infernale s'en prenait à présent aux maisons de boue construites en dehors des voies de passage et à celles plus solides encore en briques crues appartenant aux paysans les plus riches.

Dans les parages, il n'y avait plus aucun bosquet, ni trace de joncs ni roseaux ou autre signe de végétation qui eût reposé l'esprit dans cette abominable tourmente.

L'eau se déversait avec violence, détruisant les chadoufs implantés dans les champs depuis des siècles. Elle refusait même de sauvegarder les pauvres barques qui tentaient de rapporter quelques poissons venant poindre à la cime des vagues. Les plus légères ne résistaient pas une heure au carnage fluvial et disparaissaient rapidement dans les lames dévorantes du Nil pour ne plus réapparaître.

On sacrifia, cette année-là, des animaux par troupeaux entiers et on les jeta dans les eaux mugissantes pour tenter d'apaiser le dieu Hapy, dieu du Nil qui, dans son obésité radieuse, regardait son peuple avec une ironie bienveillante.

Mais chèvres, poules, bœufs, vaches et même taureaux reproducteurs, si chers aux Egyptiens, jetés dans le Nil n'apaisèrent ni le ciel ni les dieux. La crue ne faiblissait pas. Au contraire, elle montait inexorablement, ne se souciant guère de l'angoisse des hommes et forçant tout ce qui se trouvait sur son passage. Le temps n'avait plus d'heure. L'horizon n'était plus que nappe d'eau et le soleil semblait fuir les lieux que, d'ordinaire, il affectionnait tant.

Les paysans qui n'avaient pas été enrôlés par Thoutmosis pour partir en guerre périssaient avec leurs familles, noyés dans ce torrent inattendu. Les quelques rescapés, accrochés à la cime d'un arbre oublié, ou perchés sur une haute construction de pierre qu'ils avaient réussi à atteindre, ne donnaient plus de nom à ce géant dévastateur exterminant leur village.

Quelques-uns pourtant arrivaient à échapper au désastre. Ils avaient fui le village à temps et demandé asile aux portes de Thèbes. Depuis quelques jours, la maison de Rekmirê et celle de sa mère abritaient des familles entières de pauvres gens qui ne cessaient de murmurer des remerciements afin de leur rendre grâce.

C'est ainsi qu'un matin, à l'heure de la tourmente, non loin de la terrasse qui surplombait la maison de la vieille Séchat, un homme et une femme demeuraient prostrés à l'ombre d'un figuier.

Assis au creux de l'arbre, ils semblaient pétrifiés. Ils étaient jeunes encore, à peine la quarantaine ; mais leurs épaules tombaient de lassitude et, dans leurs yeux qu'une fixité permanente rendait étranges, aucune lueur d'espoir ne pouvait animer leur regard.

Au loin, la vieille femme les aperçut. Attendant qu'ils viennent à elle comme l'avaient fait récemment nombre de paysans sans abri, elle resta sur le bord de la terrasse, s'appuyant sur sa canne pour ne pas se déséquilibrer. Voyant qu'ils ne bougeaient pas et qu'ils restaient dans leur prostration sans même esquisser l'ombre d'un geste, elle les détailla quelques instants et se dit qu'elle ne les connaissait pas. Elle décida donc d'aller vers eux afin de les questionner.

A son approche, ils parurent épouvantés, mais ne bougèrent pas. Comme la vieille Séchat restait sans parler, une main serrée sur sa canne, l'autre battant son ample tunique, l'homme parut s'apercevoir de sa présence et se leva lentement. Ses yeux vides prirent un éclat plus normal et il se courba avec déférence, mais son épouse parut si effrayée qu'elle leva aussitôt le bras et se cacha le visage.

L'homme avait les lèvres serrées, un nez busqué, un grand front large et ridé malgré la vieillesse qui ne l'avait pas encore entamé. Il portait un pagne brun déchiré et ses pieds ne se voyaient plus tant ils étaient boueux. Sans doute, avaient-ils dû marcher longuement dans la fange lourde et molle qui surgissait de toutes parts.

Même le bas des maisons de Thèbes, du moins celles qui bordaient le Nil, était inondé. Certes, les terrasses qui descendaient doucement en pente sur le fleuve limitaient les dégâts, mais la base elle-même des habitations était touchée.

La maison de la vieille Séchat n'avait pas échappé au fléau et les serviteurs avaient dû remonter les stocks de provisions à un niveau plus haut. De toute évidence, chaque pièce de l'habitation enfermait trois ou quatre familles réfugiées et Séchat n'avait plus que sa propre chambre pour s'isoler et prendre quelque repos.

— Qui êtes-vous ? demanda-t-elle d'un ton tranquille. Je ne vous ai pas vus lorsque j'ai fait entrer les familles de paysans qui sont venues me demander asile.

L'homme parut gêné et la crainte de se voir chassé amenait en lui une angoisse qu'il ne pouvait dissimuler. Ses mains tremblaient et un tic nerveux étirait sans cesse sa bouche sous l'une de ses grandes narines.

Séchat saisit le bras de la femme qui se cachait toujours le visage. Quand elle l'eut écarté, elle vit ses yeux apeurés et des larmes perler à ses paupières.

— N'ayez pas peur. Je ne vais pas vous chasser. Dites-moi simplement qui vous êtes. Je vous hébergerai tant que l'inondation ne sera pas résorbée.

— C'est que nous sommes maudits, jeta l'homme d'un ton bas.

Puis, il dirigea son regard en direction de la campagne avoisinante.

— Maudits ! Et pourquoi ?

Refoulant ses larmes, ce fut la femme qui s'enhardit.

— C'est que nous gardions deux enfants. Les fils de Sennejem...

Elle s'arrêta et ses pleurs reprirent.

— Ont-ils été noyés ?

En un geste commun, ils remuèrent tous deux la tête. Leur pauvre corps s'agitait encore de tremblements donnant à leur pagne déchiré une allure de hardes.

— Qui est Sennejem ?

L'homme ne répondit pas de suite, mais Séchat le vit, peu à peu, reprendre confiance.

— C'est le garde des aires de battage. Il est riche, il possède trois bœufs, trois ânes et cent aroures de terre.

Séchat n'avait jamais dédaigné les travaux des champs, bien au contraire. A Bouhen, elle avait souvent dirigé le travail de ses agriculteurs. Elle en connaissait tous les aspects et maudissait comme eux les aléas qui menaient parfois à la mauvaise récolte. Elle savait bien que, pour un paysan, posséder quelques bœufs, quelques ânes ou chèvres, équivalait à une aisance relative et plus encore quand ce menu cheptel s'accroissait de quelques aroures de terre.

Elle s'écarta un peu de l'homme et, d'un geste de la main, l'incita à poursuivre.

— Parle, fit-elle. Si tu veux que je te garde, il faut que je te connaisse.

— Notre cabane était là-bas.

Il pointa le doigt en direction du sud.

— Sur la route d'Esna, fit la vieille femme en levant sa canne et en la pointant vers l'horizon qui ne s'éclaircissait guère.

L'homme acquiesça.

— Je connais le village d'Esna, reprit Séchat en reposant aussitôt sa canne sur le sol car le poids de son corps la déséquilibrait vite. C'est un site assez prospère. Hélas, il ne doit rien en rester.

Certes, tout avait été détruit. Mais, peut-être restait-il encore le grenier à blé du village qui représentait l'organe essentiel, l'existence même du bourg et de ses habitants. Là encore, Séchat connaissait le mécanisme qui le faisait fonctionner. Sur la place centrale, se trouvaient les meules et les aires de battage, non loin du grenier à blé et des lieux de vannage. Quand la localité était importante, les aires étaient circulaires et l'on y faisait tourner inlassablement les ânes et les bœufs afin qu'ils piétinent les épis que l'on jetait en permanence sous leurs pattes.

Par la suite, on séparait le grain de la balle pour donner l'avoine aux bêtes et l'orge aux maîtres. Le travail du vannage était l'affaire des femmes qui, coiffées d'un linge pour se protéger de la poussière, lançaient le grain en l'air pour le tamiser. Quand il était purifié, on le présentait de façon solennelle au propriétaire du domaine qui en appréciait ou non la qualité. Enfin, on pouvait l'engranger.

Ce n'était qu'après avoir enfermé sa récolte que le maître payait ses paysans. Parfois, les plus chanceux recevaient un ou deux boisseaux pour leur usage personnel. Mais, bien souvent, prétextant un chiffre exorbitant pour le calcul des impôts, les plus défavorisés n'obtenaient que quelques misérables poignées de grains.

— Pourquoi dites-vous que vous êtes maudits ? Ce n'est pas votre faute si les enfants que vous gardiez ont été noyés dans l'inondation.

— Sennejem dit que nous aurions dû rejoindre le promontoire du village avec les autres.

— Et pourquoi ne l'avez-vous pas fait ?

La femme se remit à pleurer.

— Tout est arrivé trop vite. Notre cabane était la dernière du village, bâtie en surélévation du fleuve. Mais, cela nous était égal puisque nous n'avions pas de terre à arroser.

— Elle n'avait pas encore été touchée par l'inondation, poursuivit l'homme, du moins jusqu'au moment où une terrible vague est venue nous plaquer au fond de la pièce, contre le mur, alors que les petits dormaient encore.

En parlant, l'homme gesticulait et regardait la vieille femme, semblant mettre toute l'histoire entre ses mains.

— Nous n'avons pas eu le temps de prévoir ce qui allait arriver, reprit-il. J'ai cru, un instant, que les eaux allaient nous épargner, mais l'énorme vague s'est jetée sur les enfants.

Relevant ses hardes et y cachant son visage, la femme se remit à pleurer.

— Nous avons essayé de les retrouver, larmoya-t-elle, mais l'eau du fleuve était plus forte que nous. Elle nous plaquait sans cesse contre le mur. Mon mari cherchait toujours désespérément les petits, mais moi, j'étais quasiment assommée par les chocs permanents qui me ramenaient et me heurtaient au mur.

L'homme jeta un coup d'œil au loin et reporta son regard sur la vieille femme.

— Et puis, c'est une autre vague, qui, soudain, nous a projetés brutalement à l'extérieur. Ma femme était évanouie et risquait de périr noyée si je ne la secourais pas. Alors, j'ai pensé que je ne pouvais plus rien faire pour les enfants et je n'ai plus songé qu'à sauver ma Soviah.

La femme s'approcha de son mari et lui prit la main. Sans cette boue grisâtre qui lui recouvrait le visage, ses traits ne manquaient pas de charme. De grands yeux sombres et veloutés, rougis par les larmes, s'imposaient au-dessus d'une bouche au dessin petit, mais parfait. Les loques boueuses qui recouvraient son corps dissimulaient des lignes qui paraissaient souples et harmonieuses. Seules, ses mains de femme laborieuse offraient des callosités qu'elle ne pouvait cacher.

— Allons ! fit Séchat, il faut vous calmer et penser que dans cette affreuse tourmente, ce qui vous est arrivé est, hélas, survenu à bien d'autres. Les enfants sont toujours les premiers atteints lorsqu'un fléau de ce genre s'abat sur notre pays.

Elle leva sa canne et la brandit dans l'espace comme si elle prenait le ciel à témoin.

— Ce garde des aires de battage est jeune encore, dit-elle en rabaissant sa canne pour ne pas se trouver plus longtemps instable sur le sol. Certes, rien ne remplacera ses enfants perdus, mais sa femme lui en fera d'autres. C'est ainsi depuis des dynasties. Inondations, sécheresses, épidémies diverses rongent, de temps à autre, l'Egypte. Mais, les dieux sont cléments et nous faisons toujours face.

Séchat regarda les pauvres hères encore secoués par leur infortune et se dit que les dieux du panthéon égyptien ne devaient guère effleurer leur esprit.

— Je les aimais bien ces petits, fit la femme en essuyant ses yeux rouges. Je les gardais souvent.

La vieille femme eut un soupir de compréhension.

— Mais leur mère, où était-elle ?

— Avec son mari. Ils voulaient tous deux récupérer leur blé.

Séchat haussa les épaules.

— Ils auraient mieux fait de garder leurs enfants.

Séchat soupira d'impuissance. Que d'horribles circonstances venaient traverser sa vie alors qu'elle n'était plus qu'une vieille femme usée par les douleurs et la faiblesse des os qui, peu à peu, rongeaient son corps rapetissé par les ans !

— Qu'allons-nous faire ? entendit-elle gémir.

La jeune femme s'était rapprochée d'elle et, s'enhardissant lui avait pris la main.

Dieu de Toth ! Combien de temps était-il passé depuis le jour où, sur les routes du delta, Séchat avait, elle aussi, pris la main d'une vieille gardienne de chèvres pour obtenir un mot qui devait l'aider à retrouver sa fille volée par des hommes sans scrupules ? La paysanne grommela :

— Sennejem va nous retrouver. Il a dit qu'il nous poursuivrait jusqu'à ce qu'il nous tue.

— Eh bien, pour l'instant, rétorqua Séchat, vous êtes chez moi, en sécurité.

La paysanne semblait avoir repris confiance bien que ses yeux larmoyassent encore. Elle gardait la main de Séchat entre les siennes et celle-ci ne la retira pas. Alors, elle poursuivit d'un ton un peu moins agité :

— Cet homme est sur nos traces, un couteau à la main. Nous l'apercevions chaque fois que nous pensions l'avoir semé. Hélas, il est grand et fort et nous sommes épuisés.

Son époux acquiesça de la tête.

— C'est le garde le plus costaud du village, se plaignit-il.

— Nous en viendrons à bout, l'interrompit Séchat. Ne craignez rien.

A nouveau, elle pointa sa canne dans l'espace et murmura une incantation que les deux pauvres paysans ne comprirent pas. Mais, que pouvaient-ils faire d'une prière à un dieu qu'ils ne connaissaient pas et, dans un imperceptible chuchotement, Séchat termina sa courte supplication.

— Grand-mère, entendit-elle dans son dos, viens voir, le fleuve a pris une telle avance que les eaux ont complètement recouvert la seconde terrasse. Nous ne pouvons plus sortir du côté des jardins.

— Il ne nous reste plus que la face nord. Du moins si elle n'est pas occultée par les eaux dans quelques heures.

— Nous avons les barques, grand-mère. Quatre sont accrochées à la paroi des murs.

— Quatre ! C'est insuffisant ! Il en faut dix de plus, vingt peut-être. Si nous sommes obligés de quitter ces lieux, il faut sauver aussi nos serviteurs et tous ces gens que nous avons recueillis depuis quelques jours.

— Quitter ces lieux ! Mais grand-mère, la maison de Rekmirê n'est pas plus élevée que la tienne. Elle est aussi menacée. Et, je pense que ses gens n'ont pas dû sauver plus de vivres que nous.

— Que nous reste-t-il ?

— Le blé des greniers, l'orge, les viandes, les poissons salés et les fruits séchés. Mais les jarres d'huile, à l'exception de celles qui étaient stockées à l'arrière des dépendances, ont toutes été emportées par l'eau.

Elle se frappa le front.

— Il reste aussi les jarres de graisse fondue. L'intendant des cuisines les avait mises à l'abri avec les salaisons. Mais, c'est tout grand-mère. Nous n'aurons jamais assez de vivres pour nourrir tout le monde.

— Et bien, s'il le faut, nous irons loger au palais.

— Avec tous ces gens ?

Beket désigna les deux malheureux qui n'osaient broncher. D'ailleurs, personne n'osa ni parler ni respirer, car soudain surgissait, devant eux, un gros homme échevelé et fou, l'œil hagard, le corps couvert de boue, qui brandissait un couteau à manche de bois d'acacia.

— Tu croyais m'échapper ! s'écria-t-il en sautant sur le paysan terrorisé qui recula vivement. Je t'ai vu entrer ici.

De sa canne, Séchat accrocha brusquement l'un des pieds de l'homme et tira. Le paysan chuta lourdement, le nez enfoncé dans le sol mou et bourbeux.

— Vite, fit-elle à Beket qui se remettait juste de sa surprise, emmène ces gens à l'intérieur. Moi, je vous suis.

Le temps qu'il fallut à l'homme, visiblement épuisé par sa longue marche dans l'eau et la boue, pour se relever permit à la jeune fille de s'éloigner.

Quand l'homme fut debout, Séchat le menaça encore de sa canne,

— Que veux-tu à ces pauvres gens qui, comme tant d'autres à cette heure, sont victimes du résultat de cette inondation ? Retourne chez toi et va voir si ton blé a été sauvé du désastre. C'est la seule chose que tu puisses faire actuellement.

— Je veux égorger ce monstre qui a laissé périr mes petits.

— Tu n'égorgeras personne, car beaucoup de petits sont morts noyés et d'autres le seront encore. Les tiens ne sont pas les seuls.

Elle voulut le retenir, mais il s'agrippa à son bras, glissa sur la bourbe fangeuse, et cette fois, entraîna la vieille femme dans sa chute.

Tandis qu'ils dévalaient la pente qui menait à la berge meurtrière du Nil, tels deux ballots d'orge qui roulaient dans un champ jusqu'à leur destination finale, Séchat revit en quelques secondes la longue existence qu'elle avait traversée ici-bas.

Ce fut un vieil acacia, aussi âgé qu'elle, dont le tronc était enfoui sous les eaux qui la retint. Elle sentit le choc mais n'en souffrit pas.

Elle aperçut Beket qui criait en courant vers elle.

Puis, elle pensa tranquillement à Menkh son premier époux, Neb-Amon le second. Elle revit son père et son grand-père comme une image remuante et vivace et son esprit s'envola dans le royaume d'Osiris.

Séchat, la scribe, avait terminé son voyage sur terre.

*
* *

A l'heure où sa mère rendait le dernier soupir, Satiah était à la recherche de Mykos. Des marins qui s'agitaient sur le quai à la recherche de leurs embarcations disparues lui avaient déconseillé de poursuivre ses investigations.

Pourtant, un docker petit et trapu, le crâne à demi rasé et le pagne trempé par les eaux qui déferlaient sur lui, la regardait aller et venir fébrilement sur le quai.

Assis sur une borne du débarcadère, il avalait le vent et la tempête sans y prendre garde comme s'il absorbait le contenu d'une chope de bière sans qu'elle se vidât. Faute de travail, il n'avait rien d'autre à faire que de regarder béatement le port vidé de toute sa vie quotidienne.

— Tu cherches quoi ? fit-il en se tournant vers Satiah qui, nerveusement, passait et repassait sa main dans ses cheveux, les yeux obstinément tournés vers le large.

— Un navire qui s'appelle "Knossos" et qui reste amarré à cet endroit du port à chaque escale avant de repartir vers les pays de la Méditerranée.

Le docker ricana.

— Ma belle ! Tu fais fausse route. Les navires sont tous devenus des épaves. Tiens, regarde, fit-il en pointant son doigt vers le large du Nil gonflé et ronflant de colère. Ne vois-tu pas les planches désunies, les voiles déchirées, les mâts brisés, les cordages déroulés qui surnagent au-dessus des flots ? Bientôt, tout cela sera englouti au fond du fleuve.

Il observa le désarroi de Satiah et reprit d'un ton moins cynique :

— Ne fais pas cette tête. Ton bateau est peut-être sain et sauf. Des fois qu'il aurait échappé au massacre. Va voir le vieux Thouty. Il te renseignera.

Mais il ricana de nouveau.

— Le vieux filou ! Il a pris plus de bateaux qu'il pourra jamais en réparer. Mais, à mon sens, il en a bien deux ou trois qui peuvent prendre le large.

Le docker se leva. La borne sur laquelle il était assis luisait de l'eau du Nil et le ciel désespérément obscur y reflétait sa démence passagère. Jetant son regard en direction de la ville dont les bruits étaient entièrement recouverts par ceux qui arrivaient du port, il hocha la tête et reprit sa place tranquillement sur la borne mouillée.

— Moi, c'est le "Samos" que j'attends. J'avais une cargaison de céréales à débarquer, puis, pfttt...

Il claqua du doigt et se mit à jurer.

— Tous les hommes d'équipage sont dans les tavernes à réclamer de la bière. Chacun y va de sa jérémiade pour obtenir un bout de gras à mâchouiller en attendant mieux.

Satiah soupira et jeta un coup d'œil au sycomore qui abritait sa mule quand elle venait au port rejoindre Mykos. Son tronc était englouti et de gros branchages sortaient de l'eau comme d'immenses tentacules noirs et effrayants qui broyaient l'espace en cherchant désespérément l'air pour survivre.

— Veux-tu garder ma barque ? proposa-t-elle à l'homme. L'eau est trop menaçante à cet endroit et je préfère aller chez Thouty par l'intérieur du port.

— Combien me donnes-tu ?

Elle lui présenta l'un de ses bracelets de cuivre

qu'elle avait enroulés autour de son bras. Ceux d'argent étaient toujours à ses chevilles.

Il pointa son index sur sa jambe à la cheville dénudée que la tunique, battue par les flots, ne cachait plus.

— Si tu vas chez Thouty, je t'emmène. Mais pas par l'intérieur du port, car tu n'y verras aucun bateau.

— Vraiment ! Tu peux ?

Il désigna les cercles d'argent enroulés aux pieds de la jeune femme.

— Si tu me paies avec l'un de ceux-là.

Elle acquiesça. Un léger soupir détendit un instant son visage. Puis, inquiète à nouveau, elle reprit en s'approchant de l'homme :

— Tu sais ramer ?

— Bien sûr que je sais ramer, assura-t-il d'un ton revêche.

— Même dans la tourmente ?

Le docker s'énerva. Il se racla la gorge et cracha sur le sol. Puis, se levant d'un mouvement lourd, malgré l'agilité de ses gestes, il cloua son œil sagace dans celui de Satiah, trop perturbée pour y répondre avec désinvolture.

L'homme avait un pagne déchiré, et la ceinture en fibre de papyrus qui le retenait à la taille pendait sur le côté en laissant osciller une dent de crocodile attachée à l'extrémité. Sans doute un trophée de pêche qu'arboraient les marins comme les chasseurs du désert s'attachaient à la taille le bout d'une queue de lion.

— J'étais marin avant de trouver du travail sur les quais de Thèbes.

— Alors partons, fit Satiah sans plus attendre.

Ils détachèrent la légère embarcation. Une vague vint la retourner aussitôt et il fallut dix bonnes minutes pour qu'elle se remît à l'endroit.

— Monte, fit le marin. Ton poids va la stabiliser.

Il dut l'aider à enjamber la coque de la barque, car les oscillations constantes ne permettaient aucun mouvement tranquille.

Quand elle fut dans l'embarcation, elle se recroquevilla, la peur au ventre, entre le fond et le siège de bois sur lequel elle ne pouvait s'installer sans risquer de tomber dans les eaux tourmentées. Un mauvais présage l'envahit et elle faillit tout abandonner, crier au docker qu'elle ne voulait plus partir, lui laisser même la barque et rentrer par le centre de la ville, en traversant les rues, les avenues, les places qui n'étaient pas encore touchées par l'inondation.

Quelle était cette angoisse soudaine qui la paralysait ? Sa fille ? Sa mère ? Le pharaon ? Mykos ? Non ! C'était plus profond encore que cette intuition douloureuse qu'elle avait de ne plus revoir son tendre ami le navigateur. La pulsion déchirante qui, à l'instant, faisait battre son cœur cognait dans sa tête comme un cauchemar dont on ne peut plus sortir. Anubis, le dieu de la nuit et des nécropoles lui parlait et elle ne savait comment lui répondre.

Le docker réussit à mettre la barque droite, mais elle tanguait inconfortablement, soumise aux eaux impétueuses du Nil. Au bout de quelques instants, sous la poigne solide du marin, le fragile esquif accepta, tant bien que mal, de prendre le large. Il fallait à présent surmonter les vagues dangereuses du fleuve jusqu'aux abords du quai où les bateaux réparés étaient en principe amarrés. Le docker avait raison. De l'intérieur du port, Satiah ne pouvait les voir. Il fallait s'assurer de leur présence en passant devant eux sur le fleuve.

Par deux fois, la barque se retourna et, sans la poigne vigilante du docker, Satiah eût pris de mauvaises postures qui pouvaient, en un clin d'œil, l'envoyer rêver définitivement au fond de l'eau.

— Glisse-toi sous le siège de bois et accroche-le par-dessous, fit l'homme en grinçant des dents. C'est un vieux truc de marin qui sert à celui qui ne rame pas. Ainsi, tu ne craindras rien. Même si la barque se retourne, le banc te retiendra.

Une lame gigantesque vint recouvrir le rameur qui se mit à tousser et cracher violemment. Une autre gicla sur Satiah dans un ronflement sinistre. Elle sentit ses cheveux se plaquer sur son visage, quand soudainement une autre vague vint achever le désastre et la déséquilibra, l'envoyant heurter durement la coque de l'esquif.

Le bateau faillit sombrer. Mais l'homme retint solidement sa rame et, la plaquant d'un coup sec sous le flanc droit en dérive, put maintenir l'esquif en équilibre sur le monticule d'eau qui venait de se former. L'embarcation glissa sur la gauche de la vague meurtrière et se rétablit dans le creux du ressac.

Ce coup de maître était cependant insuffisant pour triompher de la tempête et l'homme rugit à nouveau :

— Ne te montre pas ! hurla-t-il à la jeune femme qui commençait à trembler au fond de l'embarcation, levant son visage pour prendre une respiration que lui avait ôtée la vague qui venait de la faucher.

Sur l'injonction tonitruante de son compagnon, elle leva juste le nez, écartant ses narines pour prendre un peu de cet air vivifiant et mortel à la fois.

Mais, son compagnon vociférait à nouveau :

— Cache-toi. Les crocodiles ne sont pas loin ! Ils observent les imbéciles qui, comme nous, cherchent à braver le destin.

Il eut ce rire féroce et désabusé qui, aux oreilles de Satiah, commençait à paraître familier.

— Si tu tombes à l'eau, rugit-il, et que l'un de ces monstres maudits t'engloutit avant que je ne te repêche, je vais perdre assurément les bracelets que tu portes sur toi.

De nouveau, il se mit à ricaner.

— Allons, ma belle, deux cercles d'argent si je te tire de là.

— C'est... C'est d'accord, murmura Satiah qui n'osait plus pointer son nez de peur qu'il ne soit arraché par l'un de ces sauriens rôdeurs qui n'avaient nulle pitié.

Elle replongea au fond du bateau et attendit, les jambes molles, les tempes battantes avec cette impression de nuit en tête qui ne la lâchait plus.

Lorsqu'ils arrivèrent au bout du quai, l'homme dut diriger la barque au centre du fleuve pour apercevoir les navires parqués dans l'immense enclos fermé de l'intérieur. Après quelques manœuvres périlleuses qui faillirent à nouveau renverser l'esquif, il réussit à atteindre l'endroit pour observer l'ensemble du spectacle et Satiah leva prudemment son visage. Seuls, ses yeux clairs, qu'un éclat étrange venait habiter ce jour-là, apparurent au-dessus de la coque.

Là aussi, c'était un désastre. Les proues et les poupes étaient enfoncées en plein fleuve, piquant du nez comme un être noyé dont les jambes battent encore d'une mort récente. Les coques défoncées faisaient chavirer les navires. Aucune voile, aucun cordage, aucun mât. Tout avait été brisé, rompu, entraîné dans les flots, perdu à jamais.

Satiah s'efforça de lire les noms des épaves qu'elle voyait, du moins ceux qui restaient lisibles, "La Couronne d'Or", "Le Phénicie", "L'Olympe", "Les Jardins de Coptos", "Le Nout", "La Corne d'Hathor". Aucun d'eux n'aurait la chance de reprendre le large. Ce n'était qu'un amas désolant de tristesse où seuls les planches et les cordages étaient récupérables avant qu'ils ne soient engloutis.

— Il n'y a pas "Le Knossos", murmura Satiah, les larmes aux yeux.

Le docker la regarda un instant et, soudain, eut pitié d'elle.

— Allons, ma belle. Nous allons, de ce pas, aller

voir ce vieux rusé de Thouty. Peut-être te renseignera-t-il sur ton “Knossos”.

Ils durent reprendre le bord du fleuve. C'était moins périlleux, mais les lames arrivaient toujours avec une force gigantesque et les fauchaient sur le côté. Satiah dut reprendre sa position couchée au fond du bateau.

Quand ils accostèrent près des baraquements de stockage, le marin attacha solidement le bateau et aida la jeune femme à descendre.

Ils observèrent en silence les dégâts que l'eau avait occasionnés. Des amas de bois, de cordes, des caisses à outillage vidées de leur contenu, des restes de mâts, de coques et de quilles, tout et rien à la fois qui puisse laisser supposer que le “Knossos” était là sous cet amoncellement de débris informes.

Le docker hocha d'un air pensif sa tête à demi rasée, ahuri lui aussi par le spectacle qu'offraient les lieux. Jamais encore, il n'avait vu cet endroit aussi sinistre.

— Ça m'étonnerait fort que tu trouves ton homme dans un tel délabrement. Il a dû laisser ses ateliers à des surveillants qui, eux-mêmes, ont déserté les lieux. Cet endroit-là pullule de bandits et de malfaiteurs quand les maîtres ne sont pas là.

Il avisa deux silhouettes sombres dissimulées derrière un amas de cordages.

— Allons, ma belle ! fit-il à Satiah de plus en plus effrayée à l'idée de ne plus revoir Mykos. Un anneau de plus et je t'accompagne pour te sortir d'un éventuel mauvais pas.

Il glissa un œil averti en direction des deux ombres qui restaient immobiles, coincées dans leur abri.

— Je connais plus d'un maraudeur qui cherche fortune dans des cas semblables, murmura-t-il en esquissant un geste prudent.

D'un pas de velours, Satiah s'approcha et se cacha dans son dos.

Ils avaient à peine bougé que les deux maraudeurs sortirent brusquement de l'ombre en poussant un cri sauvage, tombèrent sur eux et les tinrent solidement entre leurs bras étonnamment puissants. Mais, ceux du docker étaient musclés, eux aussi et, d'un coup d'épaule, il fit rouler son agresseur à terre.

Belle prise pour lui, mais il devait libérer rapidement la jeune femme et, en même temps, surveiller et empêcher l'autre de se relever. Quand l'homme à terre se retourna, prêt à bondir, le marin l'envoya rouler au loin d'un grand coup de pied dans les tibias. Le bandit vociféra, hurla, mais le choc n'avait pas été suffisamment violent pour qu'il restât inerte sur le plancher. Alors, le docker attendit qu'il revînt vers lui pour lui asséner un coup fatal dans le ventre. L'homme qui retenait Satiah se méfiait. Il la lâcha aussitôt et tendit au marin un couteau.

— Cet homme n'est pas mon ami. Plante-lui ça dans les côtes et je vous laisse tranquille. L'essentiel, ajouta-t-il dans un rire assez gras, c'est qu'elle me donne ses bijoux.

En reniflant, il désigna d'un gros doigt sale les bracelets de la jeune femme.

Satiah parut étonnée, tourna la tête en direction de l'homme qui, étendu au sol, semblait ne plus bouger. Elle respira une grande bouffée d'air et sentit renaître en elle une vigueur nouvelle, une ardeur au ventre qu'elle n'avait pas eue depuis longtemps.

— D'accord, fit-elle en s'écartant du malfaiteur. Mais, dans ce cas, viens les chercher.

D'un rapide coup d'œil, elle avisa un monticule de mâts brisés et s'en approcha à pas mesurés. Puis, elle s'accota prudemment au bord de l'amoncellement de bois et, tendant le bras gauche en avant, retira lentement l'un des cercles de cuivre qui l'entourait.

— Celui-ci d'abord, fit-elle en le jetant à terre juste devant elle.

N'osant croire à une soumission si rapide, le bandit la regarda avec malveillance et ne bougea pas. Voyant que le visage de son agresseur s'imprégnait d'une méfiance totale, Satiah détacha de son bras un second cercle de cuivre qui, dans un petit bruit sec et métallique, vint heurter le premier.

Le bandit baissa juste les yeux et vit le cuivre briller. La jeune femme aperçut une lueur vive dans son œil. Alors, elle releva l'une de ses jambes, saisit sa cheville entre ses mains fines et, de ses doigts délicats, retira un cercle d'argent qu'elle fit tomber à côté des deux autres.

— Qu'attends-tu pour les ramasser ? fit-elle d'un ton cinglant.

Quand il se baissa, les yeux avides et globuleux de plaisir, elle fut plus vive qu'une alouette en plein ciel et saisit à deux mains un morceau de mât brisé qu'elle asséna brutalement sur sa tête juste à l'instant où il la relevait.

— Laisse tomber ces ordures, ma belle ! persifla le docker. C'est de la racaille tout ça.

Il s'assura que l'homme étendu ne bougeait pas.

— Tu l'as bien eu, mais je crois que deux coups valent mieux qu'un.

Et, saisissant le mât qu'elle tenait encore entre les mains, il le prit promptement. Au craquement sec qu'elle entendit, elle crut qu'il venait de lui fendre le crâne. Elle regarda presque étonnée le bandit allongé qu'elle avait tout à l'heure assommé.

Ce geste insensé pour tenter d'abattre son agresseur lui parut, soudain, si audacieux, si inconséquent qu'elle resta un instant sans broncher. Le docker se tenait devant elle, les mains sur les hanches, ses courtes jambes écartées, un large sourire complice aux lèvres.

— On les a eus, n'est-ce pas, ma belle !

Satiah se baissa, ramassa les bracelets et les lui tendit.

— Je t'en ai promis un, en voici trois. Tu les as bien gagnés.

— Qui veux-tu voir à présent ? dit-il en prenant les cercles de cuivre et d'argent. Ce vieux Thouty n'est pas là.

— Mais...

— Crois-moi, coupa-t-il, tu ne verras pas plus d'employés que de surveillants ou de gardes payés par Thouty. Cet endroit est devenu désert comme il n'est pas permis de le croire.

— Je veux simplement un renseignement, fit Satiah obstinée.

Elle tendit son bras et lui sourit.

— Tiens, je t'en offre un quatrième.

Il jaugea d'un regard cynique les quelques bracelets qui lui restaient et se mit à rire, toutes dents déployées au-dehors.

— Si tu me prends par les sentiments, proféra-t-il, j'accepte. Mais, explique-toi une fois pour toutes. Que veux-tu ?

— Un renseignement, je te l'ai dit.

— Sur le "Knossos" ? Tu vois bien qu'il n'y a plus aucun navire. Il ne reste même pas un seul débris de celui dont tu parles.

— J'ai compris, je ne suis pas sotte, jeta Satiah d'un petit ton pincé. Aussi je ne cherche plus le "Knossos". Je veux seulement savoir ce qu'est devenu son capitaine.

— Comment s'appelle-t-il ?

— Mykos.

— Mykos, le Crétois ?

Satiah se jeta sur lui, l'agrippa aux épaules et, ne le lâchant plus, elle le secoua vigoureusement, tiraillant son pagne comme si elle eût voulu le mettre en pièces.

— Tu le connais, s'écria-t-elle et tu ne me disais rien !

Il saisit ses doigts accrochés à ses épaules et les en détacha lentement.

— Pourquoi parlais-tu du “Knossos” et non de son capitaine ?

Elle rougit et ne répondit pas.

— Viens, fit-il en lui prenant le bras. Je sais où tu peux avoir de ses nouvelles. La dernière fois que je l'ai vu, c'était sur ce quai, bien avant le début de la crue.

Puis, brusquement, il se retourna :

— C'est toi, sa maîtresse ?

— Oui.

— Ici, au port où tu viens fréquemment, on dit que tu es noble et que ta maison n'est pas loin du palais. C'est vrai ?

— Oui.

— Alors, ma belle...

Il s'arrêta, roula des épaules et poursuivit sans complexe devant ce nouvel état de faits :

— Laisse-moi t'appeler ainsi, ma belle ! C'est le privilège de ceux qui proviennent du bas monde. Du moins, quand ils ne lèchent pas les pieds de leur maître !

Il hésita juste le temps de voir la réaction de la jeune femme et poursuivit :

— Si j'étais à ton service...

— Te plairait-il de l'être ? coupa-t-elle.

— A ton service ?

— Oui.

Il secoua vigoureusement la tête de droite à gauche.

— Certes non, fit-il. Je préfère t'appeler “ma belle”.

Et il se mit à rire aux éclats.

*
* *

La taverne dans laquelle ils se rendirent peu de

temps après était située juste au bout du port, non loin des échoppes des bas quartiers dont certaines avaient fermé leurs portes pour cause de pénurie. Quelques boutiques plus privilégiées, localisées dans le centre de Thèbes, qui n'écoulaient pas de denrées alimentaires, restaient ouvertes bien que pratiquement désertées, car en ces temps d'indigence, le peuple cherchait beaucoup plus à se nourrir qu'à débourser pour des frivolités ou des loisirs.

La taverne était pleine de vapeurs de bière et d'alcool. Une fumée âcre emplissait les poumons et les gorges assoiffées, laissant une étrange impression d'insatisfaction générale. Entassés sur les bancs, ou devant le grand comptoir sur lequel on comptait plus de chopes vides que pleines, il semblait n'y avoir que des marins, des dockers, des hommes d'équipage.

Le tavernier, un homme assez replet, la mine torturée de tics et de cillements de paupières, bien que sa pupille restât encore suffisamment rusée pour discerner ses avantages, emportait les chopes vides et les entassait sur le bord de son bar.

Il était vêtu d'un pagne d'une grande propreté, blanc et long, qui lui tombait aux chevilles. Son torse nu, au système pileux quasi absent, laissait apparaître une poitrine lisse aux formes rondes et souples comme celles d'une femme. Son visage carré et son épais menton prenaient de la douceur lorsqu'on regardait, un peu plus haut, ses yeux abondamment maquillés dont le bord était passé au Khôl. Certains soirs, lorsqu'arrivaient les grands navires des îles méditerranéennes, chargés de produits les plus divers, il allait jusqu'à poser de la poudre de galène sur ses paupières et du henné sur ses lèvres.

Quand il se déplaçait, sa démarche était aussi souple que celle d'un chat. Il balançait ses hanches larges dans un mouvement ondulatoire qui n'était propre qu'à lui et que Tarah, la grosse cuisinière, lui jalousait bien des fois.

Mais ce soir-là, le tavernier n'avait pas maquillé ses yeux. Trop inquiet pour réjouir la vue de sa clientèle par son bel aspect efféminé, il observait avec une certaine angoisse l'agitation trop forte de son auberge. Tout ce débordement de bruits, ce tapage, depuis plusieurs jours, le laissait suspicieux. Ses réserves de bière et de vin diminuaient à vue d'œil en même temps que ses jarres d'huile et ses grands pots de graisse fondue qui, d'ordinaire, s'alignaient dans les caves de son auberge.

Il fallait se rendre à l'évidence. L'achalandage des marchandises ne se faisait plus puisque le Nil était impraticable.

Dans le centre de Thèbes, les plus gros commerçants commençaient à organiser des trafics de caravane passant à travers le désert du nord pour atteindre Memphis et le delta, mais les voyages à dos de chameaux s'avéraient plus longs et les approvisionnements plus limités que par la voie fluviale.

Le tavernier de "La Table d'Isis" regardait avec angoisse l'agitation de ses clients. Chaque jour, on cassait des tables, des bancs, des chopes. On se battait pour une parole ou un mot déplacé. On s'entaillait le bras, les côtes, la cuisse. Bref, on noyait momentanément son angoisse dans l'alcool. Et la turbulence des clients, ce jour-là, était à son comble.

— Je pisse sur Hapy ! cria un marin en frappant de son poing la table dont l'un des pieds branlait déjà.

L'homme qui jurait sur le dieu était rouge, hirsute, débraillé, le pagne mal refermé et un relent de mauvaise bière s'échappait de sa bouche empâtée.

— Tu blasphèmes ! rugit un homme qui s'élança sur lui pour le prendre au collet. Hapy est notre dieu du Nil.

— Dieu du Nil, mon cul !

— Ton cul ! ricana un marin en crachant les restes d'une graine de sésame qu'il venait de ramasser sur le comptoir. Oui ! Ton cul.

Il s'approcha et regarda les deux hommes se battre. Puis, il se rua sur celui qui semblait crouler sous les poings de l'autre et comme si les coups étaient insuffisants lui écrasa la tête de sa chope vide.

Hilare, il se retourna vers le vainqueur :

— T'as raison, reprit-il, laisse le gros cul de Hapy assis sur son fleuve.

— Qu'est-ce qui te plaît pas ? fit un docker qui, une chope à la main, s'approchait de lui en faisant rouler ses épaules luisantes de sueur.

— De ne pas voir ses couilles ! reprit le marin en s'esclaffant.

Le docker lui décocha un croc-en-jambe. L'autre bascula et se retint à la table. Puis, fonçant sur son agresseur, il saisit sa tête par-derrière et lui fit tâter du nez dans sa chope.

Furieux, le marin releva son crâne. Il avait de la mousse jusque dans les yeux. Sans prendre le temps de l'essuyer, il saisit la chope et la fracassa d'un coup sec sur la tête de son adversaire qui, aussitôt, s'écroula sur le sol.

Les deux autres qui se tenaient au collet criaient comme des porcs qu'on égorge. Un troisième était venu les exciter. Brandissant le poing, il hurlait :

— Moi aussi, je pisse sur Hapy et sur les autres dieux, et je les emmerde.

C'était un gros Nubien au crâne rasé et au ventre proéminent sur lequel il avait attaché une ceinture où pendait une queue de lion. Vestige d'une chasse inoubliable dans le désert de Nubie, disait-il. Et, faute de l'avoir vu à la tâche, on croyait difficilement qu'un marin fût aussi habile à lancer le javelot sur un fauve qu'à maintenir sur un bateau le mât de sa voilure.

— Pisse qui veut sur Hapy ! s'écria-t-il à nouveau en abaissant son poing levé sur la table.

A peine venait-il de fracasser la table qu'il leva les yeux sur la porte d'entrée et vit Satiah. L'agitation s'arrêta net. Des sifflements accueillirent la jeune femme qui comprit aussitôt que sa présence suscitait des convoitises. Observant de son comptoir ses clients excités, le tavernier leva le bras et injuria l'énorme Nubien qui, jambes écartées et poitrine haletante, vociférait encore. Puis, il se tourna vers le nouvel arrivé.

— Retourne d'où tu viens. Je n'ai plus rien à boire, lui dit-il.

— Tavernier ! Tu me chasses ?

— Je te dis que je n'ai plus rien à boire. Il faut attendre le déchargement de la prochaine caravane et elle ne passera pas avant plusieurs jours.

— Je ne viens pas boire.

L'aubergiste fit un geste impuissant de la main.

— Allons, Koffith. A quoi bon ajouter ta présence agitée à la leur quand je sais que tu vas fracasser, toi aussi, les quelques tables qui ne sont pas endommagées ? Vraiment, je suis désolé. Reviens un autre jour.

Mais, un marin s'approchait.

— Eh ! Koffith, c'est ta poule à présent ? Je croyais que c'était celle de Mykos.

Des rires gras et des mots obscènes vinrent ponctuer le propos du marin. Satiah recula d'horreur. Mais, Koffith lui prit le bras d'un mouvement protecteur.

— Ma belle ! Tiens-toi tranquille et laisse glisser les railleries de ces imbéciles si tu veux ton renseignement. Et surtout, ne crains rien, tu es en sécurité avec moi.

— C'est la poule de personne, cria un autre marin qui, depuis longtemps, n'avait plus rien à boire. Maintenant que Mykos est reparti chez lui, la fille est à tout le monde.

Satiah eut un sursaut et son visage devint blême.

— Reparti ! Où ? s'écria-t-elle en se jetant de rage sur le marin qui venait de lancer ces mots.

Koffith la rattrapa rapidement, la tira vers lui et la retint solidement. Mais le marin fut plus véloce encore et arracha Satiah de ses mains. La plaquant violemment contre lui, il s'apprêtait à écraser sa bouche contre celle de la jeune femme quand un terrible coup de poing sur sa tête vint étourdir ses esprits et brouiller ses idées.

Koffith reprit Satiah par le bras, la repoussa et lui fit un rempart de son corps. Certes, il n'avait pas pensé que l'atmosphère, ce soir-là, serait aussi fiévreuse. Mais, que faire d'autre ? Il n'y avait qu'à "La Taverne d'Isis" que Satiah pouvait savoir où était allé Mykos.

— Koffith ! s'écria un grand docker, carré, costaud, aux muscles de gorille et le torse ciselé de multiples cicatrices qu'il arborait comme autant de trophées accumulés dans sa vie de mouvance. C'est une belle petite que tu nous amènes là ! Jamais encore Mykos ne l'avait fait.

Les rires s'accentuèrent.

— Allons ! Passe-la-nous un instant.

Les mains posées sur le devant de son pagne sale, le marin gloussait en attendant que ses compagnons lui fassent écho.

Koffith se racla la gorge. Puis, il tendit le poing et frappa l'inconscient en plein visage. Celui-ci tituba, virevolta quand, soudain, un autre coup le fit tomber sur un marin qui semblait n'attendre que le départ d'une bagarre pour se ruer sur lui.

En effet, l'altercation ne demandait qu'à dégénérer en sanglant dénouement. Koffith fut attrapé par deux malabars et se vit plaqué au sol. Il reçut quelques coups dans les côtes, mais se releva juste au moment où le tavernier séparait ses deux agresseurs. Celui-ci regarda Satiah collée au mur. Terrorisée, elle n'osait bouger.

Il se remit sur pieds, brossa de la main son pagne et pointa son index sur le buste du gorille.

— Encore une allusion sur cette fille, hurla-t-il, un mot déplacé, un rire absurde et je balance au premier scribe engagé sur le quai — lequel s'empressera d'aller le raconter à la police du port — ce que tu trafiques quand tu décharges le bateau de ton maître !

— Et qu'est-ce que je trafique ? fit l'autre subitement calmé.

— Le sel du fayoum qui échappe au contrôle des impôts quand tu le fais passer par la branche extrême droite du delta.

— Et alors ?

— Et alors, ça t'arrange bien, toi et ton voleur de capitaine de passer par là.

— C'est un péage comme un autre.

— Mon œil ! Tout le monde sait qu'on a posté là un ancien garde des mines de Coptos.

— Kessipula !

— Kessipula le Syrien qui, autrefois, laissait échapper des prisonniers avec lesquels il commerçait dès qu'ils récupéraient le magot volé. Tout le monde sait que ton capitaine s'est acoquiné avec Kessipula.

L'autre hésita, puis cracha un long jet de salive blanche sur le sol.

— C'est pas moi qui commande.

— Tu touches pas ta commission, peut-être ?

Satiah avait récupéré son assurance ou du moins son énergie. Elle coupa net cette discussion qui ne la concernait pas et s'approcha du tavernier. Celui-ci se pencha discrètement sur elle.

— Mykos est reparti en Crète. Ne l'attends pas, petite. Il a tout perdu, murmura-t-il, son bateau et son chargement. A présent, il est pauvre comme un esclave. Il ne pouvait rester à Thèbes. Une caravane a accepté de le prendre. Ah ! C'est une sacrée chance qu'il connaissait le guide.

— Ne vous a-t-il rien dit à mon sujet ?

— Si. Qu'il ne reviendrait que les pieds amarrés sur un nouveau bateau. Mais que ce temps-là serait peut-être long.

CHAPITRE IV

Il fallut attendre plusieurs mois pour démarrer le chantier prévu à Karnak. Le fléau des inondations avait retardé considérablement les travaux. Rien ne pouvait être décidé ni organisé avant que le sol reprenne son aspect normal.

Les matériaux n'avaient pu être livrés faute de voie de communication et les commandes attendaient encore aux abords des carrières qui fournissaient la ville de Thèbes et le temple de Karnak en pierres de Tourah et en grès d'Assouan.

Les bateaux de transport et chalands divers, réparés ou reconstruits, commençaient juste à sillonner le Nil sous l'œil attentif du dieu Hapy et les bords du fleuve s'agitaient à nouveau, offrant leurs palmiers et leurs bosquets de papyrus d'où filtraient mille bruits familiers qui rendaient espoir à chacun.

Les centaines d'ouvriers qui, hélas, avaient péri noyés en voulant préserver leurs maisons et leurs biens réduisaient les équipes du chantier. Il fallait donc reconstituer promptement des groupes d'hommes et les former rapidement aux travaux qui allaient devenir les leurs.

L'inondation s'était d'abord stabilisée, puis les eaux avaient commencé à descendre, annonçant un brin d'espoir chaque fois qu'elles découvraient un arbre encore feuillu, un bosquet de papyrus, une barque attachée qui n'avait pas été emportée.

Enfin, les terres avaient surgi des profondeurs fluviales. Elles apparaissaient ardentes et chaleureuses, pleines d'une vie nouvelle et régénérante, mais trop molles et trop trempées pour assurer la récolte prochaine.

Dès le début de la saison du chemou, avec un courage et une détermination dont ils ne se croyaient plus capables, les paysans s'étaient remis au travail. Ils avaient reconstruit leurs maisons, redélimité leurs champs, replacé les chadoufs et récuré les canaux. A nouveau, tout était en ordre pour la saison du périt.

Dans chaque foyer rural ou artisanal, les Egyptiens s'employaient à refaire des enfants pour combler le vide des familles entières disparues. Il faut dire que de telles inondations n'avaient lieu que rarement. Et, cette année-là, ni famine ni épidémie souvent consécutives n'avaient entravé le rétablissement du pays. Bien que très mutilée, l'Egypte s'en tirait à moindre mal.

A Karnak, l'agitation battait son plein. On avait décidé d'entamer les travaux. Tout était en place. Les chantiers en cours depuis quelques semaines s'activaient et les équipes d'artisans, peintres, potiers, sculpteurs, tailleurs, graveurs vaquaient chacune à leur tâche.

Avant son départ pour les pays d'Asie, Thoutmosis avait profité de l'inaction des paysans pour en recruter une partie. Les troupes ne devaient revenir qu'à la prochaine saison du périt puisque la terre n'attendait pas les récoltes habituelles.

A Karnak, depuis le sacre du pharaon Thoutmosis, deux nouveaux pylônes avaient été dressés. Ils témoignaient comme il se devait de la grandeur et de la gloire du roi.

Deux pylônes qui, de leur hauteur gigantesque,

narguaient un ciel redevenu serein et pur. L'un, sur l'axe nord du temple, était constitué par d'énormes massifs en grès provenant des collines de Thèbes qui encadraient une porte de granit rose en provenance d'Assouan.

L'autre, sur l'axe sud, s'élevait en plein ciel, offrant sur ses parois, outre les hiéroglyphes indispensables pour raconter la vie et les exploits du pharaon, une particularité que l'on ne craignait pas de trouver grandiose. Cette caractéristique plutôt étrange consistait en un vaste escalier de pierres tirées des carrières de Tourah qui partait du socle et arrivait au sommet dans une foison de transcriptions peintes avec une infinie précision.

Dans les axes ouest et est, d'autres pylônes étaient à rénover. Certains ne demandaient qu'un simple brossage ou réclamaient une mise en forme plus complète qui, parfois, engendrait l'arrivée d'un nouveau style. Les peintres et les sculpteurs donnaient libre cours à leurs intuitions et leurs découvertes.

Depuis le début de cette brillante dix-huitième dynastie, époque où le pharaon Aménophis, premier de ce nom — à l'heure actuelle, son arrière-petit-fils grandissait à l'ombre des murs du palais de Thèbes — Karnak grouillait sous les visions les plus représentatives des dieux d'Egypte. Chaque pharaon y installait ceux de son choix et Thoutmosis n'était certes pas celui qui devait échapper à cette règle.

Les équipes de Djenani étaient prêtes. Depuis l'aube où elles avaient dû se conformer aux ordres des chefs de files et de chantiers, chacune écoutait attentivement les consignes et se dirigeait sur le site qui lui avait été imparti.

Beket avait, elle aussi, tendu l'oreille avec la plus grande attention, surprise de se voir désignée pour travailler au pylône extrême nord du temple, l'un des plus anciens qui montraient des signes d'usure occasionnés, dans la plupart des cas, par l'érosion du temps.

L'équipe dont elle faisait partie ne l'avait pas accueillie d'un bon œil. Certains avaient jeté des propos acerbes, hostiles, malveillants, pour la décourager et lui faire perdre l'attitude assurée qu'elle voulait imposer.

D'autres avaient lancé des boutades frisant une grivoiserie assez poussée pour faire rougir l'extrémité de ses oreilles. Cependant, Beket était trop enthousiasmée par ce travail pour montrer autre chose que de la bonne humeur. Et la raillerie des hommes n'avait fait que la stimuler.

Enfin, les plus récalcitrants lui avaient carrément assuré qu'elle ne tiendrait pas plus d'un mois sur le site du chantier et qu'elle réclamerait bientôt une place plus tranquille dans l'administration des travaux de Karnak, là où travaillaient les scribes du temple et où s'affairait toute une hiérarchie de petits postes obscurs.

Mais, à leur surprise, le mois s'était passé sans que l'enthousiasme de la jeune fille eût faibli et que son ardeur au travail eût tourné en contrainte. Quolibets et propos désobligeants glissaient sur elle comme l'huile parfumée dont elle enduisait son corps chaque matin. Mieux ! Elle s'intéressait tant à la tâche qu'elle finit par intriguer Amten, son chef de chantier et par susciter l'étonnement de plusieurs artisans que Beket avait jugés malintentionnés.

Ce jour-là, elle observait avec attention les dessins qui prenaient vie sous ses doigts et qu'elle traçait sur les murs du huitième pylône dont il fallait refaire entièrement le soubassement. Si ce mur-là était le plus dégradé de tous les pylônes du temple, il était aussi le plus grand et le plus élevé. Bâti en granit rouge d'Assouan, il délimitait la superficie entre la forêt de pylônes et la grande cour intérieure dans laquelle se déroulaient les processions du temple dédiées au dieu Amon. Des statues de pierre, de granit, de marbre et de calcite venaient en orner les bas-côtés, assurant le prestige et le rayonnement de l'ensemble.

Depuis qu'elle avait été affectée à ce travail de décoration, Beket étudiait le dessin et la forme des anciens motifs afin de ne pas trop modifier la structure de base par la modernité de son coup de pinceau. On lui avait demandé un travail de rénovation et non de création.

— Ce n'est pas une tâche aisée, fit Amten le chef de chantier qui, à son côté, passait un doigt averti sur les ciselures usées.

— Celles-ci ont été bouchées par le temps, répliqua Beket. Il faudrait les redessiner entièrement. La patine des ans en a occulté le moindre contour.

— On ne pourra pas les redessiner toutes.

— Pourquoi ?

— Parce qu'il faudrait plus de temps que tu ne le soupçonnes.

— Mais regarde, Amten, il reste des indices suffisants pour éviter les longues réflexions qui nécessitent le temps dont tu parles.

Amten la regarda et eut un hochement de tête assez dubitatif.

— Et, poursuivit Beket, si tu m'envoies l'un de tes hommes pour brosser énergiquement toutes les cavités apparentes, le contour des anciens dessins réapparaîtra sans tarder.

— Penses-tu que cela te faciliterait la tâche ?

— En tout cas, ce travail qui ne serait ni très long ni très contraignant avancerait le mien de façon prodigieuse.

Le balancement affirmatif de tête qu'esquissa Amten se fit moins perplexe. Il observa de plus près la paroi du mur et parut se décider.

Amten était grand et sec. Le dos un peu voûté, le buste creux et les épaules tombantes, il avait cette énergie farouche qu'ont les individus hâves et maigres quand, seul, le travail compte et qu'un résultat positif en découle. Son visage allongé riait assez rarement, mais ses yeux n'étaient pas tristes et la sévérité de son comportement s'était atténuée envers Beket depuis qu'elle avait fait preuve de détermination et de ténacité tout au long des premiers mois de travail.

Comme beaucoup d'artisans sur les chantiers, Amten passait au Khôl le contour de ses yeux, leur assurant ainsi une protection contre la poussière qui se détachait des murs, pénétrait sous les paupières et irritait les yeux les plus fragiles.

— Mouthep ! cria Amten en dirigeant son bras vers les ouvriers qui besognaient non loin de lui. J'ai besoin de toi.

L'homme interpellé leva les yeux sur son chef et attendit.

— Allons dépêche-toi. Viens là.

Mouthep lâcha aussitôt son travail et fit quelques pas d'une insolente lenteur vers Amten.

— Tu vas brosser activement toutes les entailles que t'indiquera Beket. Elles doivent être toutes dégagées pour qu'elle puisse ensuite y passer le bout de son pinceau.

Mouthep lança un œil sombre à Beket. S'il avait pu la tuer à l'instant, il l'aurait fait sans attendre. Pourquoi son chef l'avait-il choisi, plutôt qu'un autre, pour travailler sous les ordres de cette bécasse qui voulait en remontrer à tous ? Beket le toisa sans indulgence. Mais, dieu d'Amon ! Pourquoi fallait-il qu'Amten propose l'ouvrier le plus acharné contre elle ? De toute l'équipe, Mouthep était le plus pernicieux.

— Tu devrais avoir terminé ce soir, si tu travailles sans relâche.

Puis, il dicta encore quelques consignes et s'éloigna vers les ciseleurs qui s'activaient sur les bas-reliefs de la face opposée du pylône.

— Tiens ! fit Beket en se doutant déjà que les ennuis allaient commencer. Tu peux démarrer par l'extrême droite pendant que je travaille sur la gauche. Ainsi nous ne heurterons pas la rapidité de nos gestes.

— Je commencerai par où je veux, fit l'homme d'un ton cinglant.

Puis, il se posta au centre et feignit observer le travail qu'il devait faire.

— Si tu veux commencer par le centre, nous avancerons moins vite. Et moi, j'ai besoin de travailler de gauche à droite pour mieux comprendre les motifs qui sont en partie effacés. Alors, je te conseille de faire ce que je te demande.

Mouthep fit la sourde oreille et commença, lentement, pesamment, à brosser quelques entailles au centre du panneau de pierre. Une poussière fine se dégagea de la paroi et se mit à voltiger autour de son visage. Il toussa, cracha et décréta à voix forte que la brosse était inutilisable.

— Heh ! cria-t-il à l'un de ses compagnons qui avait stoppé son travail pour l'observer, un sourire ironique au coin des lèvres. Tu me files une gorgée de bière et, ce soir à la taverne, je t'en revaudrai deux. C'est un marché acceptable, non ?

L'autre désigna sa calebasse qui enfermait son casse-croûte et ses chopes de bière.

Sans plus se préoccuper de Beket, il but tranquillement à la gourde que lui tendit son compagnon en regardant l'horizon d'un air tranquille. Quand il eut fini, il revint à son lieu de travail, leva le visage vers le haut du pylône, eut un mauvais rictus qui laissait tout craindre et se laissa lourdement tomber sur le sol.

— Réveille-moi quand tu auras fini, persifla-t-il en regardant Beket.

La jeune fille eut envie de le gifler. Mais, cela ne pouvait que compliquer les choses et tourner inévitablement en sa défaveur. Dieu ! Que sa grand-mère Séchat avait raison lorsqu'elle affirmait qu'elle se heurterait à la cruauté des hommes si elle convoitait la réussite d'un travail qui n'entrait pas dans ses fonctions de femme !

A quoi bon montrer sa colère ? En un clin d'œil, ils allaient tous rire et se moquer d'elle, la traitant de folle et d'hystérique. D'autre part, tenter de discuter n'allait qu'attirer les commentaires les plus malveillants.

Que faire ? Ces quelques mois de besogne s'étaient relativement bien passés car jusqu'alors aucun homme n'avait été son coéquipier et elle avait exécuté son travail en solitaire. Mais, à présent qu'Amten reconnaissait sa compétence et désirait la valoriser aux yeux des autres, tout allait sans doute basculer dans l'horreur.

Beket refusa de perdre du temps en conjonctures diverses et, en un tour de main, prit sa décision. Elle se baissa, saisit la brosse de Mouthep et la lui balança à travers le visage. Surpris, il la reçut violemment en plein front et fut plus étonné encore de voir ses compagnons s'esclaffer.

— Retourne d'où tu viens, s'écria Beket. Je ne travaillerai pas plus longtemps avec un fainéant de ton espèce. Je dirai tout à l'heure à Amten que tu n'as pas assez dormi cette nuit.

Mouthep se releva lentement et, pendant quelques secondes, parut hésiter.

— Je ferai ton travail et le mien sans que personne ne m'aide et j'aurai terminé ce soir.

— Tu délires, cria un ouvrier en riant. Tu n'auras pas fini. A deux, il faut déjà plus d'un jour pour terminer cette besogne.

— Et moi, je te dis que j'aurai tout achevé.

Elle les toisa fièrement, puis elle reprit :

— Maintenant, j'en ai assez de discuter. Laissez-moi travailler.

*

* *

Jusqu'au soir, elle ne s'arrêta pas. Brossant énergiquement les cavités pour y passer ensuite la pointe de son pinceau effilé trempée d'encre noire. Demain, le graveur pourrait entreprendre son travail de ciselure.

Quand elle eut fini, son dos lui faisait mal et ses bras étaient devenus insensibles tant ils étaient engourdis. Mais, peu importe, l'ensemble du travail était fait et, lorsque Amten le verrait, il pourrait être fier d'elle.

Elle se délassa quelques instants en observant le haut du pylône qui lui faisait face. A l'étage au-dessus, là où la paroi quittait le bas-relief pour constituer le reste de la construction, tout était différent. Elle en admira les éléments qui la composaient et se mit à rêver sur la beauté de l'ensemble.

— De l'or et du cuivre noir, entendit-elle dans son dos. C'est absolument superbe.

— Je sais, murmura la jeune fille sans se retourner. Je sais. J'ai étudié chaque partie qui les compose.

Elle prit son souffle et murmura :

— Les équipes sont-elles toutes parties ?

— Toutes. Pas une n'est restée. Je savais que je pouvais te trouver là.

— Je t'attendais.

Djenani s'approcha de Beket jusqu'à frôler imperceptiblement son épaule. Il était grand, fort, bien bâti et portait la quarantaine avec une grande noblesse, bien que ses origines s'avérassent très simples. Depuis qu'il avait été nommé Grand Intendant des Travaux de Thèbes, il n'avait plus une seule minute à lui et s'activait d'un coin à l'autre de la capitale, là où un chantier se montait.

Il vint se placer à côté de la jeune fille et observa à son tour la paroi qui lui faisait face.

— Ce début de notre dynastie réalisait des merveilles, dit-il.

— Veux-tu dire que nous n'en faisons plus ?

— Si. Bien sûr. Notre façon de travailler le cuivre et l'or est aussi convaincante que celle de nos Anciens.

Il posa sa main sur l'épaule de la jeune fille et la pressa doucement.

— Puisque tu as fini ce travail et qu'Amten n'ira pas à l'encontre de mon idée, tu poursuivras celui que nous avons commencé ensemble, affirma-t-il.

— Vraiment ! fit Beket en levant le sourcil.

— Tu as fait tes preuves d'embauche. C'est bien. Chacun sait à présent que tu peux t'imposer.

Il saisit son bras et l'entraîna plus loin.

— Ces hommes sont trop rustres pour toi, conclut-il, il te faut des artistes plus compréhensifs, plus sensibles pour lesquels seule l'inspiration est en jeu.

Ils traversèrent une partie de la cour intérieure, contournèrent une allée de béliers en pierre, puis une statue gigantesque qui représentait la pharaonne Hatchepsout au pied du dieu Amon et une autre plus imposante encore qui montrait son aïeul Aménophis en toute-puissance, la tête rehaussée d'un disque d'or. Enfin, ils arrivèrent près du septième pylône.

Beket exulta. C'était le site où travaillait Djenani, du moins quand il n'était pas pris par un autre chantier qu'il devait en même temps surveiller. Au début de son engagement, Beket y avait travaillé quelques jours s'appliquant aux règles qu'elle devait observer.

— Regarde, Djenani, j'ai réalisé mon aplat de cuivre noir comme tu me l'as montré.

Elle se retourna et vit Djenani qui tenait un pinceau dont l'extrémité était recouverte d'encre d'or. Il avait des gestes précis, nets et rapides qui résultaient d'une expérience acquise au fil des ans et que nul autre, dans son entourage, ne pouvait surpasser.

— Non ! Beket. Tu n'as pas terminé. Regarde.

Et d'un trait d'encre d'or, il souligna le geste du guerrier qui se tenait à l'arrière du pharaon tout-puissant. La fresque était grandiose et représentait la victoire de Meggido. Les chevaux piaffaient, les chars se soulevaient, les casques brillaient et, sous le soleil ardent, les Egyptiens gagnaient la bataille avant même de l'avoir commencée.

— Tes ors, Beket, ne sont pas assez puissants. Ils doivent représenter la force et la grandeur, la toute-puissance des dieux qui protègent Pharaon. L'or est la couleur solaire. Ne l'oublie pas.

Djenani pointa son doigt sur un cercle qui symbolisait l'astre du ciel. Il braquait ses rayons au-dessus du pshent royal.

— Pour donner de la valeur à tes ors, tu dois les travailler en relief et non en creux. C'est exactement le contraire de ce que tu devais réaliser aujourd'hui. Il faut que tu maîtrises à fond la différence.

La jeune fille acquiesça, saisit son maillet et son ciseau puis hocha la tête et prit son polissoir.

Toute sa fatigue était partie. Ses bras avaient repris leur élasticité et son dos sa souplesse. Oui ! Elle allait travailler au polissoir. Il fallait atténuer tous ses cuivres pour faire ressortir ses ors. D'ailleurs, tous les contours de ses hiéroglyphes étaient à refaire.

— Vais-je travailler ici demain ? s'enquit-elle en posant son regard calme sur celui de son compagnon.

— Demain et les jours qui suivront. Je veux que tu sois associée à ce travail. Et puis, ne l'as-tu pas commencé ?

Djenani avait cette méthode efficace et stimulante de réunir tous ses artisans sur le même lieu de travail et, fait curieux, le geste des uns ne gênait pas celui des autres. Les sculpteurs taillaient leurs modèles. Ailleurs, les graveurs creusaient les hiéroglyphes et, ensuite, les peintres passaient leurs couleurs. Le polissage était souvent leur dernière besogne.

Si, parfois, le burin heurtait l'herminette, le ciseau, le pinceau ou le polissoir cela ne durait que quelques instants et Djenani, qui surveillait l'ensemble du travail, remédiait rapidement à cet état de choses.

— Tu n'as pas utilisé tes rouges. Ce sont eux, avec les ocre, qui donnent de la puissance au cuivre.

A nouveau, elle acquiesça et se mit à polir doucement les reliefs qu'elle recouvrit aussitôt d'or.

— N'es-tu pas fatiguée, Beket, après tout ce travail que tu as fourni aujourd'hui ?

— Un peu, avoua-t-elle.

— Alors, nous allons rentrer. Je vais te raccompagner.

Le cœur de Beket se mit à battre violemment. C'était la première fois que Djenani proposait de la raccompagner. Depuis la saison dernière du chemou, alors qu'elle était à Bouhen avec sa grand-mère et que celle-ci avait invité Djenani à passer quelques jours en leur compagnie, elle ne l'avait jamais vu en tête-à-tête. Il lui semblait même que, depuis cette date, il la fuyait dès que le travail du chantier de Karnak n'entrait plus en jeu.

Beket soupira. Où donc étaient passées ces éternelles heures de jeux qu'elle passait avec lui quand elle était fillette ? Où était ce temps qu'il lui consacrait quand, enfant, elle voulait tout savoir du secret des couleurs ?

Depuis, jamais elle n'avait pu plonger ses yeux dans les siens pour y trouver une lueur d'intimité qu'elle souhaitait depuis si longtemps. Il y avait toujours un membre de la famille pour l'empêcher de s'approcher de lui et, maintenant, il y avait le chantier qui l'écartait de son désir.

Djenani était le fidèle ami que Séchat, sa grand-mère, avait su découvrir un jour où celui-ci était tout jeune encore. C'était l'époque néfaste de la grande sécheresse qui avait engendré l'épouvantable invasion des grandes sauterelles rouges. L'époque où Satiah, sa mère, n'était pas encore la Seconde Epouse du pharaon[1].

Sans discuter, Djenani avait suivi Rekmirê et le futur pharaon dans les premières expéditions asiatiques et, au retour, Thoutmosis l'avait largement récompensé.

— Je ne suis plus au palais, fit Beket en se tournant vers Djenani. J'ai quitté l'appartement que ma mère m'avait laissé.

Comme il ne disait rien, elle ajouta :

— Depuis que ma grand-mère est morte, ma mère est triste. C'est curieux de voir comme elle est malheureuse alors qu'elle se heurtait sans cesse à elle pour des motifs parfois futiles. Elles n'avaient aucun point commun.

— Tu te trompes, Beket. Elles avaient de grandes affinités, mais ta mère n'a jamais voulu y porter attention.

Beket soupira.

— Je crois que tu as raison.

— Pourquoi as-tu quitté le palais ?

— Je n'y suis pas à l'aise.

— Mais n'as-tu pas un statut de princesse ? déclara Djenani, attendant visiblement que la jeune fille contestât. Ce qu'elle fit d'ailleurs aussitôt.

— Je n'ai jamais réclamé cet honneur. Je n'en veux pas.

— Pourtant, Beket, que tu le veuilles ou non, tu es la fille du pharaon.

1. Lire *Les Thébaines/L'Ombre du Prince.*

— Je veux peindre et tu le sais. C'est pourquoi j'ai quitté le palais.

Il se rapprocha d'elle, saisit son menton entre ses doigts et l'obligea à fixer son regard. Elle trembla un instant, mais ne broncha pas.

— N'y a-t-il pas une autre raison ? s'enquit-il avec douceur.

— Si, murmura-t-elle. Je ne supporte pas les concubines asiatiques du pharaon qui s'acharnent à me présenter les princes bâtards comme si je devais impérativement en choisir un pour époux.

Il lâcha son menton et prit sa main qu'il serra doucement dans la sienne. Elle était massive, carrée et chaude.

— Le pharaon ton père t'imposera un jour sa volonté. Celle de t'unir au fils de la Grande Epouse, puisque tu as du sang royal qui coule en toi.

— Aménophis ! s'écria-t-elle en riant.

— Qu'ai-je dit de si drôle ?

— C'est impossible.

— Pourquoi ? s'étonna Djenani en lâchant soudain sa main.

— Si je te le dis, vas-tu garder le secret ?

Il acquiesça de la tête et attendit.

— Ma mère et moi savons que, pour conserver une plus grande autorité sur les pays d'Asie, Thoutmosis désire que son fils aîné épouse une grande princesse mitannienne qu'il ramènera de Karkemish ou de Ninive.

Elle reprit brusquement sa main et la serra avec une brusquerie enfantine.

— Mais, je t'en supplie, Djenani, ne l'ébruite pas. C'est encore un secret d'Etat.

— C'est judicieux, éclata-t-il soudain de rire comme si un poids venait de le soulager. D'ailleurs, je n'arrivais pas à t'imaginer en Grande Epouse Royale. Le pharaon pense à tout.

— Mais rien ne l'empêche de me sacrer Seconde Epouse comme l'a été ma mère.

Elle sentit frémir sa grande main dans la sienne. Alors, elle le rassura par une chaude pression de ses doigts qui dut monter aussitôt dans leurs veines, car ils se regardèrent avec étonnement.

— Mais, je m'y oppose, assura-t-elle d'un ton ferme.

— Et, s'il t'oblige ?

A nouveau, elle s'esclaffa. Mais il perçut une angoisse dans son rire qui se mua très vite en un hoquet nerveux.

— Si le pharaon m'imposait une telle contrainte, alors j'adopterais aussitôt l'attitude de sa propre mère, Isis, la Grande Danseuse Sacrée qui était enfermée au temple d'Amon. Je sais que les prêtres ne m'interdiront pas leur porte, trop heureux de détenir un élément d'envergure pouvant jouer en leur faveur. Et, j'en trouverai bien un qui consentira à me laisser peindre.

Laissant errer son regard au loin, elle étouffa un soupir.

— Djenani ! poursuivit-elle, si je suis partie du palais, c'est aussi pour retrouver ma mère. Parfois, elle me manque. Elle a beau avoir des réactions inattendues, des gestes et des attitudes que je ne comprends pas, je l'aime telle qu'elle est.

— Satiah a toujours été imprévisible.

— Par exemple, jeta Beket, je n'ai jamais compris pourquoi, depuis quelques années, elle fréquentait tant le port et les quais de Thèbes, alors qu'elle préfère le désert et les grandes courses de chevaux. Il y a là une ambiguïté qui m'échappe.

Elle quitta lentement l'horizon des yeux et reporta son regard sur son compagnon.

— Depuis cette terrible inondation, elle n'y va plus. Comprends-tu cela, Djenani ? C'est étrange.

— Tu n'as pas à juger ta mère, Beket.

— Bien sûr, acquiesça-t-elle. Et c'est ainsi pour moi. Personne n'a le droit de me juger.

Le soir qui tombait les enrobait des lueurs rougeâtres et flamboyantes du soleil couchant. Dans les maisons, la fraîcheur commençait à apaiser les corps échauffés par l'insolent soleil de la journée. Du chantier de Karnak à la maison de Beket, la route n'était pas longue et la jeune fille regretta qu'elle fût aussi courte.

Pourtant, cette discussion en tête-à-tête qu'elle venait de tenir avec Djenani lui semblait nécessaire, essentielle pour amener entre eux des rapports différents, plus intimes, plus profonds.

Quand elle vit Cachou venir à elle, la mine inquiète par ce retard qui commençait à angoisser Satiah, elle sut que, désormais, sa mère permettrait que Djenani la raccompagnât chaque soir.

Etait-ce là une excellente façon de voir les choses ? Vers quoi Beket allait-elle donc dériver ? Une amertume ? Un bonheur profond ? Djenani avait une épouse et même si elle ne veillait pas jalousement sur ses fréquentations, elle restait du moins préoccupée quand celui-ci rentrait trop tardivement.

Djenani serra très fort ses mains avant de la laisser entre celles de Cachou qui, rieuse et zézayante, commençait à lui raconter les anecdotes de sa journée.

*
* *

Le lendemain, la chaleur faisait déjà son apparition dès l'aube. La terre éclaircie par le soleil était sèche, dure, craquelée et, des mottes compactes qui se formaient par suite des entailles que le manque d'eau empêchait de resouder, sortaient des scarabées à dos argenté qui couraient aussitôt se cacher dans le dédale des pierres du temple.

Le temps sec favorisait aussi l'arrivée des moucherons qui se collaient parfois à la sueur des hommes gênant leurs attitudes dès qu'ils faisaient un geste pour les écarter.

D'un mouvement patient, Djenani passa sa main sur son front, puis la redescendit sur son cou embué de sueur. Il refusait toujours de s'appliquer l'onguent parfumé sur la tête qui, en fondant sur les cheveux, écartait les insectes de toutes sortes.

Il recula et inspecta l'ensemble de ses artisans.

— Je veux qu'à la tombée du jour, cette fresque soit terminée. Nous n'avons que trop duré sur ce pylône. Demain, la paroi du sixième sera prête. Ce n'est pas la moins endommagée, mais c'est celle qui présente le plus de difficultés en matière de rénovation.

Artisans, ouvriers, apprentis tournèrent la tête dans sa direction et l'écoutèrent avec attention. Puis, d'un large geste de la main, Djenani balaya l'espace et désigna les alentours.

— Regardez, Karnak est un chantier en ébullition. Un travail achevé en appelle un autre. Pharaon ne désire plus s'arrêter. Il veut les récits de ses victoires, des légendes pour ses combats, des images à sa gloire et des couleurs pour rehausser sa grandeur dans l'éternité des temps.

Il jeta un bref coup d'œil à Beket qui, comme les autres, buvait ses paroles.

— Oui ! reprit-il en abaissant son bras. Pharaon est infatigable. Sans cesse, il commande une construction nouvelle, ordonne une sculpture, prévoit l'emplacement d'un temple, d'une statue qui reflète le symbole de ses exploits. Il fait élever obélisques et sanctuaires, graver la pierre, ciseler le cuivre et l'électrum et c'est vous qui en êtes la main première, la main exécutrice !

Les artisans acquiesçaient lentement de la tête. Djenani passa brièvement l'une de ses mains dans ses cheveux taillés court. Ils étaient d'un noir intense, parsemés de fils argentés. Quand il la glissa sur son front, il sentit à nouveau la moiteur qui s'en dégageait. Dans son cou perlaient quelques gouttes de sueur.

Bah ! Il pouvait bien avoir chaud, maintenant qu'il savait que Beket s'était défendue fort honorablement dans l'exécution d'une tâche difficile.

Pourtant, qu'avait-il craint ? Déjà, à Bouhen, là où un temple sur trois restait en principe inachevé, elle avait prouvé sa compétence. Certes, le travail avait été plus simple que sur le chantier de Karnak où tout était dicté sur des bases dont elle ne connaissait pas encore les rudiments.

Pourquoi avait-il précipité les choses ? Il aurait pu la laisser œuvrer sur les parois de pierre à restaurer simplement les ciselures effacées par le temps. Voulait-il voir jusqu'où allaient ses limites ?

Certes, il savait depuis longtemps — pour lui en avoir appris lui-même les principes fondamentaux — que la jeune fille prenait plaisir à fondre ses couleurs, à les composer et les étaler sur des parois passées à la chaux blanche.

Quand il s'arrêta de parler, les artisans se remirent scrupuleusement au travail, jetant de temps à autre un coup d'œil sur l'astre solaire qui ne les ménageait guère. Puis, Djenani apostropha Amten qui discutait avec le scribe des recensements de matières premières. Le chef de chantier lui fit signe que tout allait bien et poursuivit les instructions qu'il donnait à son subordonné.

Enfin, Djenani observa quelque temps le travail de Beket. Avec Memtou, le scribe des contours, elle traçait sur la surface lisse de la paroi un carroyage à l'encre rouge. Ce repère servait ensuite de proportion pour les figures qui devaient venir s'y imprimer. Sur cette mise à carreau que Memtou corrigeait quelquefois par l'apport d'une ligne, d'un trait, d'un angle,

Beket devait effectuer le dessin préliminaire que Memtou appuyait au trait noir, fixant alors le tracé définitif.

Djenani qui aimait se joindre à ses artisans et n'était jamais le dernier à faire sa part de travail venait de saisir une brosse de roseau et nettoyait un dessin resté à l'écart. Puis, il entreprit de le passer à la peinture. Il avait la main sûre, le trait habile, l'idée rapide et précise. Il recula pour mieux se rendre compte de l'effet obtenu et parut satisfait. Juste une légère rectification dans la longueur d'un rayon solaire qui brillait au-dessus d'Amon et il décida de reprendre l'examen de l'ensemble du panneau.

Jetant de nouveau un coup d'œil au travail de Beket, il vit que tous ses contours étaient posés et qu'à présent, elle cherchait ses couleurs. Sa palette était toujours extrêmement riche et Djenani, son maître, laissait son inspiration aller au-devant de ses désirs. L'essentiel étant que rien ne manquât à la diversité des teintes.

Djenani menait sévèrement le commerce de ses pigments de couleurs, car tout découlait du choix de ses produits de base. Les oxydes de fer qui traduisaient si bien les ocre venaient des montagnes nubiennes. Les silicates de cuivre qui, mêlés au jaune, donnaient cette extraordinaire luminosité de bleus et de verts, faisaient l'objet de marchés qu'il traitait dans les régions du nord. Quant au blanc, extrait du sulfate de calcium et au noir tiré du charbon de bois, ils étaient directement travaillés à Thèbes.

— Maître Dja ! Maître Dja ! Nous avons un problème sur la paroi sud du sixième pylône ! s'écria Youri, un artisan-graveur qui arrivait essoufflé.

Depuis toujours, ses hommes l'appelaient "Dja". D'où venait l'origine de ce surnom ? Il l'ignorait lui-même. Qu'importe ! Djenani aimait la simplicité du vocabulaire de ses hommes à partir du moment où ils n'étaient pas irrespectueux ni grossiers. Avant tout, il cherchait la bonne harmonie dans ses équipes, hélas quelque peu déstabilisées depuis qu'une femme travaillait avec eux. Pourtant, il devait avouer que Beket n'était ni provocante ni méprisante. Elle voulait simplement qu'on respectât son travail et ses idées. Youri s'énervait. Ses petites jambes courtes battaient le sol dur en même temps que ses mains frappaient l'herminette qu'il tenait dans la droite et le maillet dans la gauche. D'un grand geste, il fit signe aux autres de le suivre. Djenani lui emboîta le pas. Memtou et Beket les suivirent.

Ils traversèrent rapidement l'ancienne cour péristyle à l'ouest des quatrième et cinquième pylônes — lesquels avaient été élevés par le prédécesseur de Thoutmosis — et arrivèrent près de celui qui présentait l'objet du délit.

— Regardez, fit l'artisan-graveur. Le soubassement s'effrite à cet endroit-là.

Il désigna la pierre et y posa le doigt.

— On dirait un fragment qui n'est pas identique au reste, reprit-il. Tenez, regardez. Ici la pierre tombe en poussière.

Djenani saisit le ciseau de bronze et fit une entaille dans la roche. Un jet de poussière blanche en sortit aussitôt. Les artisans qui détouraient avec une minutie extrême le gigantesque visage de Thoutmosis en le faisant ressortir sur un fond qu'ils avaient évidé stoppèrent leur travail.

— C'est curieux, fit l'un d'eux en s'approchant. Quand j'ai creusé la pierre au niveau de l'arcade sourcilière gauche, j'ai eu l'impression que la pierre avait été colmatée.

— Alors, il faudra sans doute reboucher cet endroit-là, fit Djenani à Youri. Nous ne pouvons rien faire d'autre.

Il regarda Beket qui venait de poser le doigt sur la

friabilité de la roche. Elle toussa quelques secondes jusqu'à ce que la poussière disparaisse.

— Oh ! s'écria-t-elle. Là, une plaque.

Djenani s'approcha.

— On dirait que c'est du cuivre.

— Non, c'est du cèdre, jeta Beket. Je suis sûre que c'est du cèdre.

— Impossible, fit Memtou.

Têtue, Beket haussa l'épaule.

— Je dis que c'est du cèdre.

— Creusez la pierre, ordonna Djenani. Otez tout ce qui est friable, cuivre ou cèdre. Il faut dégager l'intégralité de ce pan.

Ouvriers et graveurs s'activèrent plusieurs heures, grattant sans relâche, provoquant l'effritement pour dégager le centre du panneau, dépoussiérant, essuyant et quand le travail fut achevé, on vit apparaître une grande porte façonnée en bois de cèdre.

— Tu avais raison, Beket, fit tranquillement Djenani.

Il frappa de son doigt la paroi ainsi dégagée. Le son rendu était sec, plein.

— Cette porte a dû être construite au temps d'Inéni, le Grand Architecte Royal de feu Aménophis le premier.

— Mais par qui aurait-elle été occultée ?

— Peut-être par Senenmout, l'architecte d'Hatchepsout. Il n'aimait guère le travail de ses prédécesseurs et s'efforçait toujours d'en changer la physionomie au profit de ses créations.

— Qu'allons-nous faire ? fit Memtou d'un air inquiet d'autant plus que s'approchaient Amten et deux scribes de la fonction publique.

— En référer à la prochaine assemblée du conseil, jeta Djenani d'un ton assez bref. Nous n'aurons pas à patienter très longtemps, elle aura lieu dans trois jours.

— Mais, rétorqua Beket, nous pouvons dégager

une surface plus grande. Cela nous donnera une idée précise.

— C'est à Pharaon de décider.

— Mais, répliqua Beket à nouveau, Pharaon est en expédition !

— Certes, appuya Djenani. C'est pourquoi l'assemblée du conseil devra commander l'exécution de ce travail.

— En attendant, puis-je rester sur ce chantier ? demanda Beket.

Elle savait que Djenani ne pouvait rien lui refuser. Elle jeta ses yeux clairs dans les prunelles sombres de l'intendant.

— Pourquoi ? Cette porte est presque entièrement dégagée. Que veux-tu faire de plus dans un temps aussi court ?

— Je voudrais poursuivre. Peut-on monter un échafaudage ?

Youri et Memtou qui s'étaient approchés eurent un sourire narquois et, si le chef de chantier retint le sien, c'était uniquement par respect pour Djenani.

Beket avait mûri sa demande, consciente qu'en présence de Djenani, personne n'oserait lui faire de remarque. Chacun savait que le maître Dja la protégeait et ne voulait formuler aucune critique à son sujet devant les ouvriers du chantier. Par contre, le fait qu'elle soit la fille de la Seconde Epouse du pharaon n'enlevait rien à leurs railleries lorsque Djenani n'était pas là.

Mesurant le privilège qu'elle détenait en cet instant précis, Beket en profita pour signifier :

— J'aimerais que l'on monte de suite un échafaudage.

Ils se regardèrent. Certes, ils pouvaient s'octroyer le droit de sourire, de murmurer, de l'observer en se gaussant, en ayant l'air de lui dire qu'elle n'était pas, ici, à sa place et que se mouvoir comme un homme sur un chantier était une provocation.

A la demande de la jeune fille, Djenani parut gêné. Youri et Memtou s'amusaient déjà de la réponse qu'il allait devoir lui faire et qui, à coup sûr, la révolterait. Jamais, maître Dja n'accepterait de monter un échafaudage pour satisfaire à son caprice.

— Que veux-tu poursuivre ? s'enquit-il d'un ton modéré comme s'il voulait gagner du temps.

— Je veux dégager le haut de cette porte. Je suis sûre qu'il y a autre chose.

— Maître Dja, fit Memtou, il n'y a rien d'autre au-dessus de ce pan de bois. La pierre reprend son aspect initial.

— Et moi, je dis qu'il y a autre chose. Regarde, Djenani, le grès n'est qu'en bordure et la friabilité de la roche semble reprendre au-delà. Mais, il faut un échafaudage pour le savoir. Fais-le monter, je t'en prie.

Une lueur tendre passa dans son regard et le Grand Intendant la reçut comme une promesse d'amour. Pourquoi Beket le troublait-elle ainsi depuis qu'ils travaillaient ensemble alors qu'il était marié depuis presque quinze ans ? Que diraient Pharaon et la Seconde Epouse s'ils savaient que son cœur battait pour leur fille ? Et que devait penser le kâ de la vieille Séchat qu'il avait autrefois rencontrée sur sa route alors qu'il était un simple petit scribe à la recherche d'un travail pour ne pas mourir de faim ?

— Dja ! Fais-le monter, je t'en prie.

Sa voix se modulait d'une tendre injonction. Elle savait qu'il était en mesure de refuser. Pharaon et son oncle Rekmirê interdisaient qu'elle travaille dangereusement. Mais ni l'un ni l'autre n'étaient à Thèbes. Ils guerroyaient bien au-delà des frontières égyptiennes.

Elle attendit, les yeux toujours fixés dans les prunelles de Djenani. Puis soudain, elle crut défaillir de joie lorsqu'il lança ses instructions d'un ton bref.

— Allons, dépêchons. Montez cet échafaudage. Je veux que dans deux heures à peine, nous ayons commencé à déblayer le haut de cette porte.

— Mais, objecta Memtou, nous n'avons pas terminé...

— Montez cet édifice, coupa sèchement Djenani.

Abasourdi, le chef de chantier se racla la gorge, hésita, puis voyant l'air déterminé de son chef, jeta ses ordres. Une équipe d'ouvriers s'affaira autour de l'énorme colonne. Les lourdes cordes de chanvre et les immenses planches en pin montèrent à l'assaut du pylône, rendant la voie accessible.

Quand tout fut en place, les pitons fixés, les cordes déroulées, les planches accrochées, la foule des ouvriers se serra et regarda l'ensemble du montage.

Une telle audace avait de quoi surprendre. Sceptiques, les uns se grattèrent la gorge, moqueurs, narquois, sûrs de l'échec que Beket allait essuyer. D'autres attendaient, prêts à s'esclaffer au moindre mouvement maladroit de la jeune fille.

Djenani les regarda d'un œil froid. Certes, pour plaire à Beket, il acceptait de jouer le jeu, mais il tremblait à l'idée qu'elle fît un faux pas sur la fragile plate-forme, ou pire qu'elle tombât et se brisât les reins. Et, dans un coin de son esprit, il se dit aussi qu'elle pouvait le ridiculiser et qu'il ne saurait comment effacer l'affront.

L'édifice installé s'accrochait à la paroi du pylône. Cordes et planches se maintenaient en équilibre. Djenani sentit la sueur perler à son front. Jusqu'à présent, Beket n'était jamais montée sur un échafaudage. Comment allait-elle grimper ? Personne n'irait lui tendre la main. Et, devant ses hommes, Djenani oserait-il avancer la sienne pour l'aider ?

Face à la gigantesque colonne, un silence pesant coupa l'espace.

— Laissez tomber la corde, jeta Beket.

Depuis qu'elle travaillait sur le chantier, la jeune

fille avait compris que, pour une plus grande liberté de mouvements, elle devait s'habiller d'une courte tunique et d'un corsage sans manche. Ses jambes étaient longues et fuselées, sa taille souple, ses épaules se mouvaient librement. Elle regarda la corde tomber près d'elle et la saisit prestement. Puis, quand elle l'eut calée entre ses pieds, elle l'enroula autour de ses chevilles et en quelques brassées bien étudiées, elle fut en haut du grand cordage, à la hauteur de la première planche qui l'accueillit avec bienveillance.

Son cœur se mit à battre. Ah ! Jamais, cette foule d'ouvriers ne comprendrait la joie qui la prenait à cet instant où, pour la première fois, elle découvrait son travail sous une autre envergure. Elle avait tant rêvé à ce jour-là. Seul, Djenani pouvait juger de son bonheur et elle savait qu'il venait de braver les hommes du chantier, prenant le risque qu'elle le ridiculise par une lourde chute ou son incompétence.

C'est donc à présent qu'elle devait poursuivre son audace et réaliser l'idée qui se précisait de plus en plus en elle.

Devant l'air abasourdi de chacun, elle prenait déjà les choses en main, calculant la mesure de son travail. Après tout, elle n'avait qu'à effectuer ce que les autres avaient fait en bas en prenant soin de multiplier les précautions de sécurité.

— Il me faut les outils ! cria-t-elle.

— Monte-les-lui, jeta Djenani à un ouvrier qui la regardait médusé.

Ciseau, marteau, racleur, polisseur, herminette et brosses furent aussitôt apportés. Ce fut Amten lui-même qui, ne pouvant s'empêcher d'admirer la jeune fille, monta sur l'échafaudage pour les lui apporter.

— Merci Amten, fit-elle en lui dédiant un large sourire. Je crois que je vais me débrouiller seule à présent.

Elle posa cet éventail d'instruments à ses pieds et commença tranquillement la besogne.

— Allons, cria Djenani, que chacun retourne à son travail !

Fragment par fragment, Beket dégagea le haut de la porte. C'était une merveille de couleurs qu'elle découvrait au fur et à mesure de l'effritement du calcaire. Sur un aplat de peinture à la poudre de lapis-lazuli, des fragments d'or brillaient comme des éclats de soleil en plein ciel d'azur.

Elle travaillait avec méthode et précision et y mettait à la fois un acharnement tel qu'à la tombée du jour, la fresque apparut dans presque toute son intégralité.

Djenani la rejoignit sur l'échafaudage quand tous les ouvriers furent partis. Debout, brossant toujours le calcaire, dégageant la dernière partie faite de fleurs de lotus délicatement rosées et de feuilles de papyrus couleur de malachite, elle se prit enfin à soupirer de lassitude.

— Regarde, dit-elle en se passant la main sur les yeux. Regarde la splendeur de ce tableau. Oh ! Dja, je n'ai jamais rien vu d'aussi beau.

Debout près d'elle sur le léger échafaudage, il pressa doucement l'une de ses épaules et elle se rapprocha de lui. Il eut soudain l'impression qu'il devait la protéger.

— Tes yeux sont rouges et fatigués. Cette maudite poussière doit te rendre à demi aveugle.

— Ce n'est rien, je suis si contente. Regarde, Djenani. Tout ce que j'aime y est. Le vert de la résurrection d'Osiris, le bleu des dieux, l'ocre de l'immortalité et le rouge de la force et des énergies.

Mais Djenani n'écoutait ni ne regardait la beauté des couleurs qui, presque agressives, lui faisaient face. Tendrement, il entoura les épaules de la jeune fille.

— Je n'ai fait que trembler, dit-il, en posant ses lèvres sur son cou.

Elle se retourna et se jeta subitement contre lui.

— Oh ! Djenani, fallait-il que je monte sur ce fragile édifice pour qu'enfin tu te décides à comprendre que je t'aime.

— Mais, fit-il...

Elle frotta ses yeux douloureux, mais au contact des lèvres chaudes de Djenani sur ses paupières, il lui sembla que les brûlures s'atténuaient.

— Pourquoi, ne m'as-tu jamais parlé seul à seul, à Bouhen ou ailleurs ?

— Peut-être avais-je peur ?

— Peur ?

Il hésita.

— Je t'ai connue si jeune.

Elle sentit à nouveau ses lèvres sur son cou et frémit de bonheur. Puis, sa bouche glissa sur la sienne et leurs souffles s'unirent.

Quand leurs lèvres se séparèrent, il chuchota :

— Je t'ai vue pousser comme une jolie fleur et quand je te voyais dessiner et peindre, mon cœur fondait de plaisir.

Elle se frotta contre lui, glissa l'une de ses cuisses entre les siennes. Leur peau nue et chaude se mêlait avec extase. Il frissonna et elle en fut délicieusement ravie.

— Oh ! Djenani, j'ai toujours su que tu serais mon maître. Je ne veux pas d'une vie fade et traditionnelle. Je ne désire aucun époux, aucun enfant. Je veux sculpter, graver et peindre. Je veux faire tout cela à tes côtés.

Les paroles de Beket le grisaient, le mortifiaient, le tuaient. Mais elles le transformaient aussi et le régénéraient. C'était comme une coquille qui craque, se désintègre et se pétrifie ensuite.

Que pouvait-il penser de cette porte décorée par un être de génie découverte par inadvertance sur le sixième pylône du site de Karnak, quelles réflexions pouvait-il dégager en toute sérénité alors que la bouche de Beket se fondait voluptueusement dans la sienne ?

Elle s'écarta un peu.

— Dja ! Descendons de cet échafaudage et aimons-nous. Je t'en supplie.

*

* *

Quand Thoutmosis décida de créer un nouveau jardin dans la partie sud de Thèbes, à la limite des cultures et du désert, le nombre de ses expéditions et de ses conquêtes était à son apogée.

Clos d'un côté par la bordure du Nil et de l'autre par l'apport de nouveaux temples dont Beket fut chargée des peintures et des décorations, l'ensemble fut entouré d'un grand mur de briques et nommé Médinet Habou. Certes, ce lieu devait subir par la suite bien des améliorations et des agrandissements jusqu'à devenir un site splendide et gigantesque.

Ce jardin qui devait offrir aux dieux quantité de fleurs, de fruits et de jeunes plants qu'on avait rapportés d'Afrique et d'Asie n'était, certes pas, vu d'un bon œil par les prêtres d'Amon. Elevé au dieu solaire, Thoutmosis bousculait l'ordre des choses. Thèbes ne se consacrait plus entièrement au culte d'Amon, le dieu des dieux. Par ses désirs de grandeur et de puissance, le pharaon s'associait à Rê d'une façon trop intime.

Ce fut donc tout naturellement que, pour les dignitaires et les nobles de Thèbes, ces jardins et ces temples furent appelés ceux d'Amon-Rê. Et, avant que Thoutmosis ne repartît en Asie, il les glorifia pour le plaisir de sa toute-puissance.

Bien entendu, l'investissement avait été lourd et il avait fallu puiser dans le trésor des prêtres. Plus de deux mille aroures furent utilisés pour cultiver et produire les divines offrandes. Vignes, champs de blé, d'orge et de lin émergèrent du sol dès la saison du chemou suivante.

On planta des grenadiers, des oliviers, des palmiers-dattiers, des perséas et des tilleuls. On fit venir des vaches laitières, des bœufs, des chèvres, des oiseaux, des singes. On mit le lait en jarres et on fit sécher viandes et poissons.

On fit percer le sol pour créer des bassins que l'on entoura de terrasses spacieuses de marbre et de granit rose. On meubla les maisons de fauteuils et de coffres ciselés, on les décora de fleurs et d'oiseaux, on les emplit de vases et d'ustensiles en or, d'objets en ivoire, en ébène, en quartz.

Puis, quand tout fut installé, Thoutmosis imposa qu'on peuplât les jardins et les habitations de gens et de serviteurs captifs, revenus des pays d'Asie. C'est ainsi que les enfants et les femmes des chefs du Retenou et du Mitanni emplirent ce vaste paradis de leurs jeux et de leurs rires, car personne n'y était maltraité.

Sanctuaires et monuments furent donc érigés en ce lieu pour le plaisir des dieux. Devant l'entrée du monument se dressaient deux colonnes de grès à seize pans. Le seuil de la porte était en granit rose et de chaque côté, des colosses représentaient le roi en costume jubilaire. La porte franchie, on accédait à un vestibule ouvrant au sud par un long couloir qui menait à des chambres ornées de scènes d'adoration et d'offrandes. Un long texte sculpté au-dessus de la façade et relatant les conquêtes multiples du pharaon avait exigé du temps et de la patience. Mais Beket s'en était tirée avec les honneurs dus à ses compétences.

Médinet Habou était une vraie splendeur. Pour éviter de contrarier plus longtemps les prêtres d'Amon, Rekmirê avait conseillé à Thoutmosis d'y introduire les autres dieux. En pierre blanche de Tourah, le temple qui, à l'origine, avait été dédié à Rê, le dieu antique, le fut aussi à Toth, dieu des sages, et à Ptah, dieu funéraire de la nécropole de Memphis.

Ces divinités installées, les prêtres d'Amon n'avaient osé faire les remarques qui, visiblement, irritaient les bonnes dispositions de Pharaon. Ce n'était pourtant ni l'envie ni les moyens qui manquaient au Grand Prêtre, trop habitué à ne voir qu'Amon diriger les lieux de Karnak depuis le début de la dynastie, pour montrer son désaccord. Car, selon lui, un dieu en amenait un autre et d'ici que Thoutmosis célébrât le culte d'un dieu qui ne soit pas des leurs, il n'y avait pas loin.

Les dignitaires qui servaient le pharaon pouvaient pourtant dormir en paix. Thoutmosis était trop célèbre pour que son image fût ternie par les critiques des prêtres. N'avaient-ils pas froncé du nez quand les nobles de Thèbes avaient décidé d'anéantir celle qui les avait placés si haut et rendus si puissants, la pharaonne Hatchepsout ?

Non ! Thoutmosis, le deuxième du nom, était indestructible. Et Hatchepsout n'était plus. Par la suppression de son nom, de ses récits, de son règne sur toutes les inscriptions des temples et des sanctuaires, il marquait bien son désir que le peuple l'oubliât à jamais. Celle qui avait usurpé le trône pendant si longtemps devait s'effacer définitivement aux yeux de son peuple.

Thoutmosis accomplissait ces actes de remise en cause, pour ne pas dire de vengeance, au cours des longues fêtes jubilaires quand processions et offrandes se succédaient et que l'on n'avait d'yeux que pour le pharaon régnant.

Le Jubilé était une cérémonie officielle fort complexe qui visait à réaffirmer et à renouveler les pouvoirs du pharaon. Pour l'occasion, celui-ci n'était pas en costume d'apparat. Il s'habillait d'un court manteau qui recouvrait ses épaules et portait un pagne court, laissant ses jambes musclées à nu. Son buste était sans pectoral ni autre collier royal et ses bras sans bijou. Il ne portait ni perruque ni casque, donnant ainsi au peuple l'image d'un simple mortel et non plus celle d'un dieu.

Seuls, son porteur de sandales et son porte-ombelle le suivaient comme une ombre. C'étaient là les seuls éléments de prestige qu'il s'accordait, car Pharaon n'aimait pas marcher pieds nus ni garder la tête au soleil.

Le Jubilé durait plusieurs semaines et les festivités avaient lieu dans tout le pays. Thoutmosis partait en procession à la rencontre des grands dignitaires, ceux du nord comme ceux du sud. Il recevait leurs hommages et contemplait le défilé des tributs apportés à cette occasion. Puis, il visitait à pied tous les sanctuaires rencontrés, précédé par un cortège de prêtres porteurs de pavois et d'offrandes, prêtres-lecteurs, prêtres-scribes et prêtres assignés aux onctions.

Enfin, l'arc à la main et le carquois au dos, il tirait des flèches en direction des quatre points cardinaux pour affirmer sa prise de possession bien au-delà de ses propres frontières.

La fête du Jubilé était un événement à la fois religieux, politique, social et économique. Il n'avait pas lieu tous les ans et seul, le pharaon décidait de sa célébration. Sa préparation mobilisait longtemps à l'avance les hommes et les ressources du pays, suscitant des expéditions militaires ou commerciales pour se procurer armes et bétail. On élevait sur les lieux de passage des obélisques, des temples, des sanctuaires.

Il fut décidé après ce jubilé tenu à la saison d'akhit que Pharaon repartirait en campagne asiatique. Depuis peu, l'Assyrie lui versait un tribut spectaculaire. Des lapis-lazuli aux éclats incomparables lui arrivaient du Mitanni et de Naharina. Jamais les

Egyptiens n'avaient vu d'aussi purs joyaux. Ils venaient directement d'Afghanistan par les vallées affluentes du Tigre.

Quant aux récoltes de Koush et de Ouaouat, elles venaient chaque année emplir les greniers égyptiens. Le Djahi envoyait son blé, le Retenou ses fruits et son huile douce, le Mitanni ses bovins et ses ovins et, surtout, arrivaient d'Asie les chevaux, domptés et dressés dans les vallées de l'Oronte, du Tigre et de l'Euphrate.

Puis, il y avait l'or dont les Egyptiens restaient si friands. L'or ! Elément indestructible et immortel comme la chair des dieux. L'or qui venait à l'Egypte de partout, du Sinaï, d'Afrique, du Koush et de Nubie.

Si l'or affluait de toutes parts en cargaisons remontant et descendant le Nil pour décharger à Thèbes son poids précieux, les autres minerais ne manquaient pas non plus en Egypte. L'argent lui arrivait de Mésopotamie et le cuivre de Chypre. Enfin, l'ivoire, l'ébène, les bois aromatiques, en particulier le santal, l'encens et la myrrhe venaient des possessions africaines, et plus spécialement du Pount, depuis que la pharaonne Hatchepsout avait réuni les deux traditions ancestrales.

Arrivaient aussi des produits manufacturés, cottes d'armes, lances de bronze, boucliers, couteaux, poignards, arcs et armes de combat. Et, pour en finir avec ces acquisitions, esclaves, servantes, femmes et enfants bouclaient les listes que les scribes inscrivaient scrupuleusement sur les rapports qu'ils remettaient à l'administration de Thèbes.

Il va sans dire que le pharaon était satisfait et lorsqu'au passage, il avait pris ce qu'il convoitait, fonctionnaires et dignitaires n'avaient plus qu'à se servir.

Thèbes, la victorieuse, Thèbes, l'indestructible devenait un gigantesque entrepôt de produits vitaux en provenance du monde asiatique et africain auxquels on pouvait ajouter les productions propres du pays.

Thoutmosis pouvait être serein. Pas un pays limitrophe n'échappait à son contrôle. Certes, son fils aurait à les surveiller, car les régions asiatiques avaient tendance à se rebeller à chaque changement de règne égyptien. Mais, en attendant que son héritier monte un jour sur le trône, Thoutmosis recevait, l'œil allumé de plaisir, ce genre de missive : “Il n'existe plus d'homme qui se rebelle contre toi jusqu'aux limites de ce qu'entoure le ciel. Nous viendrons le dos chargé de nos tributs pour nous incliner devant toi.”

Ces lettres arrivaient de l'Orient et de l'Occident. Il n'existait pas de saison pour Thoutmosis sans qu'il ne reçût un document flatteur et celui qu'il lisait, ce jour-là, nonchalamment étendu aux côtés de Menwi, la concubine mitannienne, relatait sa grandeur : “Ta Majesté, Oh ! Grand et Puissant Maître, a traversé l'eau de la boucle du Naharina en conquêtes et en force. Ton cri de guerre est éloigné et, à présent, nous sommes tes amis dévoués et reconnaissants. Et moi, le roi du Mitanni, je sais que tes ennemis rentrent dans leur trou et que la peur qu'ils ont de toi est au travers de leur cœur.”

Thoutmosis soupira d'aise.

— Es-tu heureux, mon maître ? susurra la belle Menwi qui, malgré ses trente ans, pouvait encore surpasser en séduction les plus attirantes filles du harem.

— Depuis que ton père est mort et que ton frère lui a succédé, je me félicite d'être le protecteur de ton pays.

— Je m'en réjouis aussi, mon maître.

Le pharaon déposa le document à terre et tourna son visage vers la jeune syrienne.

— Soit ! Tu es satisfaite de mon contentement.

Mais l'es-tu aussi à vivre dans ce nouveau palais ? Je n'ai entendu jusqu'alors ni plaintes ni griefs.

— Cette résidence est la plus somptueuse de toutes celles qu'ont bâties tes ancêtres. Je serais injuste de n'être pas heureuse.

Elle se coula entre ses bras puissants, le contraignant à la serrer contre lui. Quand il la tint contre lui, elle glissa sa main soyeuse sur le duvet de son bas-ventre et esquissa un sourire triomphant. Si Menwi s'acharnait tant à faire des grâces devant Thoutmosis, c'est qu'en dix années, elle ne lui avait pas encore donné d'enfants.

Certes, le trône était assuré par le fils aîné de la Grande Epouse Royale puisque la Seconde Epouse ne lui avait donné qu'une fille. Dieu d'Ishtar ! Une princesse qui ne pensait qu'à courir les chantiers de Karnak pour en décorer les colonnes.

Quant à Merti, la quatrième concubine officielle du pharaon, Mitannienne aussi puisqu'elle venait de Karkemish, ville syrienne située tout au nord de l'Euphrate, elle avait mis au monde trois filles et un garçon, mort en bas âge. Certes, un nombre incalculable de petits bâtards fourmillaient au harem, mais leur naissance n'était pas assez pure pour que le statut princier de Menwi et de Merti fût entièrement garanti.

Ce soir-là, profitant des bonnes dispositions du pharaon qui lui accordait une nuit entière, d'autant plus qu'à présent, ses visites étaient rares, Menwi s'acharna à récolter la précieuse sève qui la hisserait plus haut dans la hiérarchie du harem. Jusqu'à présent, la déesse Ishtar n'avait pas exaucé ses vœux.

Alors, en désespoir de cause, depuis quelque temps, elle se tournait vers Hathor pour lui réclamer ce petit mâle qu'elle désirait tant. La déesse égyptienne la comprendrait-elle mieux ?

— Tes visites sont rares, à présent, mon maître. Pourquoi ne viens-tu plus me voir aussi souvent ? fit-elle en se couchant sous le pharaon afin qu'il la possédât sans plus attendre.

— Sais-tu que j'ai fait un serment, murmura-t-elle en lui mordillant l'oreille.

Comme il ne répondait pas, elle poursuivit, plus pressante encore :

— Celui d'adorer tes dieux et de renier les miens.

Il la lâcha brusquement et sa tête vint en douceur heurter le moelleux coussin qui la retenait. Elle regretta aussitôt ses paroles.

— Pourquoi fais-tu l'inverse de ce que font tes consœurs qui se plaisent à conserver leurs dieux ? N'as-tu pas de scrupules à dire une telle chose ?

Elle se troubla quelques instants puis, soulevant son buste, elle se reprit et rétorqua avec une fausse modestie :

— Dis-moi qui tu veux que j'adore et je l'encenserai.

Il la toisa avec un brin de mépris.

— Moi.

Elle se jeta sur lui sans vergogne ni mesure mais il la repoussa d'un geste agacé et jeta d'un ton froid :

— Je n'ai plus envie de toi. Une autre fois, peut-être.

— Mon maître, s'écria-t-elle, que veux-tu que je fasse ?

— Rien d'autre que de prier tes dieux.

Il se leva, prit son pagne et l'enroula rapidement autour de ses hanches que Menwi avait tout à l'heure dénudées et, d'un pas décidé, sortit de la chambre.

Un homme l'attendait au bout du corridor. Il portait une perruque coupée au carré qui s'arrêtait net au-dessus des épaules. Agé d'une quarantaine d'années, l'intendant des concubines asiatiques de Médinet Habou combinait depuis longtemps zèle, calcul et patience pour grimper dans les hauteurs d'une hiérarchie administrative instituée de façon si complexe qu'il valait mieux ne pas déroger au bon ordre de ses structures.

Vêtu d'un pagne long qui enroulait son corps mince, il porta sur Thoutmosis un regard impassible. Puis il se courba jusqu'à terre et murmura :

— La jeune fille que vous convoitiez, Majesté, est prête. Elle vous attend. Voulez-vous la rejoindre ?

*
* *

Ouseramon était satisfait des travaux récemment terminés à Karnak. L'équipe de Djenani avait bien œuvré. Depuis que le pharaon avait décidé d'élever le nouveau palais de Médinet Habou, il délaissait celui de Thèbes où la Grande Epouse Royale résidait toujours.

Les travaux impressionnants effectués par Djenani à Karnak valaient bien que les prêtres fermassent les yeux sur ses amours avec la fille de la Seconde Epouse de Thoutmosis. D'autant plus qu'aucun scandale n'était venu ternir la réputation du temple d'Amon. Djenani et Beket cachaient leur passion au gré des sites où ils devaient se rendre pour restaurer ou décorer les temples.

Tantôt Memphis, Héliopolis, Abydos au nord, tantôt Edfou, Kom Ombo, Assouan, Aniba, Bouhen et même Soleb au sud. Les temples des villes égyptiennes réclamaient les uns après les autres les talentueuses équipes de Djenani. Elles dessinaient, décoraient, sculptaient, rénovaient. Les parois des sanctuaires étaient recouvertes des couleurs les plus chatoyantes et, pour plaire au pharaon son père, Beket s'appliquait toujours à reproduire de ses plus beaux hiéroglyphes ses succès, ses conquêtes et sa gloire.

Pas une paroi de granit ou de pierre n'échappait à son œil vigilant. Djenani la laissait agir dans son inspiration la plus complète. Etait-il seulement conscient que les réalisations finales de Beket ne seraient, plus tard, que des œuvres anonymes, faute d'être inscrites dans les Annales du Palais sous le nom de Beket ?

Anonymes ! Djenani y avait-il pensé ? Anonymes ! Les splendeurs murales de Beket, ses dessins, ses ciselures de colonnades et de bas-reliefs, ses décorations d'urnes et de jarres n'étaient, certes, pas plus signés que les œuvres des autres puisqu'il s'agissait de travaux collectifs, mais Djenani, lui ! pouvait profiter d'une inscription hiéroglyphique quelque part sur l'un des documents administratifs du Palais.

Djenani aurait rougi jusqu'à la racine des cheveux si la jeune femme l'avait amené à réfléchir sur la signature de ses œuvres. Mais, c'était ainsi. Beket travaillait pour lui et on ne pouvait changer l'ordre établi des choses. Elle avait failli à sa mission de femme, son devoir qui consistait à procréer, fonder une famille, donner des enfants à l'Egypte. Et, dans cet engrenage bien huilé de la société, si Thoutmosis acceptait de mauvaise grâce que sa fille restât peintre, il en refusait le côté officiel, attribuant en public tout le succès à son Grand Intendant Djenani.

D'autre part, comment Thoutmosis, le prince brimé si longtemps, écarté du pouvoir alors qu'il était en âge de régner, pouvait-il reconnaître l'œuvre d'une femme lorsqu'il revoyait la pharaonne Hatchepsout confortablement installée sur le trône qui lui revenait de droit ?

Mais, laissons le pharaon Thoutmosis à ses idées misogynes et à ses théories de gloire et de grandeur et revenons plutôt aux villes de Memphis, d'Abydos ou d'Edfou dans lesquelles les amours de Beket et du Grand Intendant se protégeaient des agressions extérieures. Ailleurs qu'à Thèbes, rien ne pouvait les ébranler et Beket n'envisageait même pas de réclamer à Djenani un meilleur statut que celui d'amante passionnée s'il s'ajoutait à celui d'artisane peintre.

*

* *

Après la naissance d'Aménophis, Mérytrê avait mis au monde un second garçon qui n'avait pas vécu, puis à nouveau deux filles Méritamon et Néfertari.

De son côté, Méryet, l'épouse de Rekmirê le Grand Vizir, accoucha d'un garçon qu'on nomma Paser et qu'on destina sans attendre aux futures armées du jeune Aménophis qui grandissait au Palais en muscles et en force redoutable.

C'est ainsi que les ans passaient et, chaque fois que Thoutmosis revenait d'une campagne asiatique, il étalait devant les yeux éblouis du peuple ses gloires et ses conquêtes, ajoutant au trésor de l'Egypte qui croissait, chaque année davantage, grâce aux tributs qu'il rapportait des pays extérieurs.

En cette année 1390 avant Jésus-Christ, le pharaon Thoutmosis rentrait de sa onzième expédition guerrière. Ouseramon, le Grand Prêtre de Karnak réfléchissait, le front plissé par une ridule qui se transformait en un sillon d'inquiétude lorsqu'il songeait aux multiples dépenses que ses scribes-comptables enregistraient sur leurs tablettes.

Des critiques commençaient à se faufiler au travers des murs qui formaient l'enceinte intouchable du temple d'Amon. Non des accusations, car personne ne pouvait rien reprocher au pharaon tout-puissant, mais des protestations qui, traversant les remparts de Karnak, venaient s'introduire jusqu'au centre de Thèbes.

Le nouveau palais de Médinet Habou était l'élément essentiel des griefs ainsi propagés. Thoutmosis ne s'en inquiétait pas. Rien n'était trop luxueux pour le maître des Deux Terres.

Ouseramon n'en dormait plus la nuit. Tous ces biens, ces joyaux, cette fortune dispensée ailleurs qu'au temple d'Amon l'indisposaient à tel point que de violentes aigreurs venaient perturber son estomac. Ouseramon ne cessait d'y penser et même si cet éparpillement du patrimoine égyptien n'ôtait en rien à l'immense pouvoir que les prêtres avaient accumulé au cours des siècles, cela pouvait fort bien dégénérer au fil des années à venir.

— Allons, fit une voix fluette dans son dos. Allons, mon fils, ne crains rien. Les dieux de Thèbes sont trop ancrés ici pour que tu les y voies délogés.

Ouseramon se retourna et vit que son vieux père, Amtou, n'était pas en retard au rendez-vous.

Le vieil homme serra son fils dans ses bras, puis l'observant avec attention, il s'écarta après s'être assuré de son inquiétude et tapota son épaule.

— Cesse de te faire autant de souci. Thoutmosis n'a nullement envie de bousculer les traditions.

— Le crois-tu vraiment ?

Amtou haussa les sourcils dans une attitude qui marquait son incompréhension et son indulgence sur les angoisses et les doutes de son fils.

— Il est trop nourri par les traditions et les mœurs qui ont bercé son enfance et celle de ses ancêtres pour accepter de tronquer la plus infime part qui revient aux dieux.

— Mais...

— Mon fils, affirma Amtou en relevant son buste creux. Sois plus tolérant. Thoutmosis rétablit juste le soleil dont les bienfaits regorgent d'énergie et de puissance. Allons ! Ce n'est pas un crime ni même un délit, que je sache. Reste confiant.

— Tes paroles, père, me réconfortent, pourtant Menkheper affirme que le palais de Médinet Habou va déstabiliser celui de Thèbes.

— Et pourquoi l'un détruirait-il donc l'autre ?

— Parce qu'à Médinet Habou vivent les concubines asiatiques et qu'elles prennent de plus en plus d'assurance. On dit qu'elles y prient leurs dieux sans aucune retenue.

Le vieil Amtou secoua la tête.

— Ouseramon ! Mon fils, ne t'est-il donc jamais venu à l'esprit que Thoutmosis s'est mis à exécrer le site où a régné sa rivale la pharaonne Hatchepsout ?

— Crois-tu donc que sa haine envers sa parente soit aussi farouche pour qu'il ose ainsi délaisser le palais de ses ancêtres en faveur de ce gigantesque bâtiment qui n'est qu'un ramassis d'Asiatiques ?

— Sa haine envers Hatchepsout n'est pas nouvelle. Chacun le sait, puisque sa revanche touche l'immortalité d'Hatchepsout.

Ouseramon hocha la tête. Son père fit observer d'un ton calme :

— Pourquoi s'acharnerait-il à effacer les textes des obélisques et des sanctuaires consacrés à la pharaonne, même jusqu'à ceux de son temple immortel de Deir-el-Bahari ? Pourquoi veut-il supprimer tout ce qui rappelle son règne et sa puissance ?

Ouseramon semblait plus détendu. Les paroles de son père le réconfortaient.

— Parce que c'est une femme et tu le sais, conclut Amtou en haussant l'épaule.

— Une femme ! Alors, pourquoi a-t-il laissé toute cette liberté à sa Seconde Epouse et à sa fille, les laissant vivre ailleurs qu'au palais ? C'est une coutume peu habituelle pour des filles qui ont du sang royal dans les veines.

— Voyons, Ouseramon ! Elles n'ont intenté ni l'une ni l'autre à la grandeur de sa puissance. Hatchepsout, elle, l'a fait.

Amtou redressa son buste creux et sembla reprendre un peu de sa force qui, ces temps-ci, commençait à s'estomper.

— Ouseramon, poursuivit-il de sa voix tranquille, le pharaon te néglige. Il ne vient plus te voir aussi souvent et te fait apporter ses dons et ses présents au lieu de te les amener lui-même.

Il se tut. Puis à l'instant où son fils voulut répliquer, il coupa d'un ton plus vif :

— Il est vrai que tu es trop seul. Pourtant, ne vois-tu pas qu'à tes côtés œuvre dans l'ombre le meilleur de tes éléments ?

Voyant l'étonnement s'inscrire sur le visage d'Ouseramon il poursuivit :

— Menkheper ! Mon petit, c'est Menkheper. Il est dans ton sillage. Laisse-lui quelques initiatives et il t'étonnera.

Menkheper était le jeune prêtre-lecteur d'Amon. Un titre prestigieux qu'Ouseramon lui avait donné plus par amitié que par confiance bien que le jeune homme apportât beaucoup de zèle à sa tâche.

Amtou observa son fils quelques instants.

— Ouseramon, dit-il encore, tu es cent fois plus rusé et cent fois plus fin que les autres prêtres. Prends un bon conseiller en la personne de Menkheper et ne sois pas hostile aux idées de Thoutmosis. Tu n'y gagnerais rien. Au contraire, tu perdrais tout. Conduis tes prêtres avec une extrême prudence et n'allume pas un feu de discorde et de tension.

— Mais père, ce n'est pas mon intention.

— Je sais. Aussi, dis-toi bien que je lis dans les yeux du pharaon comme à ciel ouvert et que je n'y vois aucune intention de troubler l'ordre des choses. Il s'est mis simplement à tolérer les dieux que lui rapportent les captifs asiatiques, comme il s'est mis à aimer leurs femmes.

— Les captifs ! Mais ces femmes qu'il aime comme vous venez de le dire, ce sont aussi des captives.

— A mon sens, c'est différent. Le pharaon est sensible à toutes ces beautés ramenées d'Orient à qui il laisse les plus grandes libertés. On dit même qu'il ne voit plus sa concubine Menwi, depuis que celle-ci lui a proposé de renier la déesse Ishtar pour adorer Hathor alors que, paradoxalement, il accepte que sa Seconde Epouse tolère les dieux asiatiques.

— Où veux-tu en venir ?

— Que Thoutmosis est prêt à accepter n'importe quelle originalité pour servir sa gloire et sa puissance et qu'il fait les choses à l'envers, sans pour cela vouloir renier Amon.

Têtu, Ouseramon objecta :

— Pas à mon avis. On dit qu'il se laisse influencer par Astarté, le dieu guerrier des Mitanniens et qu'il lui arrive de l'implorer lorsqu'il s'apprête à gagner une bataille.

Amtou secoua sa vieille tête rasée parsemée de veines apparentes.

— Viens, sortons un peu de ce temple et faisons quelques pas.

Puis, en marchant, il lui prit le bras. Un geste paternel, attentif, affectueux.

— Pourquoi ne prends-tu pas une épouse ? Ta condition de Grand Prêtre t'y autorise si tu rétablis la loi maritale en ce domaine.

Comme son fils se taisait, il reprit en tentant de comprendre les ombres d'inquiétude qui passaient sur son visage :

— Crains-tu le passé ?

Depuis qu'au temps d'Hatchepsout, le Grand Prêtre d'Amon Hapouseneb s'était fait assassiner pour des causes assez troubles où Méryet, la danseuse sacrée, avait été mise en jeu, la hiérarchie la plus élevée d'Amon ne prenait plus femme.

— Crains-tu le passé ? reprit Amtou. Une épouse t'équilibrerait, mon petit. Crois-moi. Dans son harem, Pharaon a plus d'une femme vierge et à la moralité intègre pour t'en laisser une.

Amtou se racla la gorge. Il craignit un instant avoir débordé de la tâche qu'il s'était assignée, celle d'ôter à son fils les doutes qui le submergeaient sur les idées du pharaon. Ouseramon ne répondit pas à son père. Amtou poursuivit :

— Allons, mon fils. Si tu ne veux pas de femme, prends ce Menkheper sous ton aile. Il t'aidera. Je sais qu'il est intelligent, fin, subtil.

Ayant contourné le sixième pylône, ils arrivaient près du lac sacré bordé de tilleuls et de palmiers-dattiers.

— Veux-tu venir te reposer quelque temps ? Ma maison est vide depuis que ta mère est morte.

Ouseramon regarda son père et le prit par l'épaule.

— Merci, père. Mais je préfère surveiller Karnak durant toutes ces agitations au palais de Médinet.

— Encore une fois, que crains-tu ?

— Tu te trompes, père. Cette fois, je ne crains rien. Je veux simplement détacher quelques prêtres à Médinet.

— Tu veux donc espionner le nouveau palais !

— Si Menkheper possède toutes les qualités dont tu me parles, il sera le chef de ces prêtres et me rapportera les éléments afin d'entretenir ou de supprimer ces craintes qui me tenaillent.

— Qui te dit que Menkheper acceptera une telle mission ?

— Pour moi, il le fera.

Amtou soupira. Il posa son regard sur l'horizon qui lui offrait une ligne de palmiers au dessin parfait.

— Ouseramon, si tes doutes se confirment, à quoi cela te servira-t-il ?

— A minimiser les dégâts.

Amtou s'emporta et sa voix se fit plus aigrelette.

— Mais, quels dégâts ?

Ouseramon fit un pas en avant vers son père. Puis, la mine soudain fermée, presque hostile, il jeta d'un ton ferme :

— Les dommages qui, par la suite, pourraient être engendrés par ses trop nombreuses conquêtes.

CHAPITRE V

Bien des années avaient passé et l'Egypte grandissait en puissance. L'Asie n'était plus loin pour ces pharaons qui ne rêvaient plus qu'aux victoires.

Quand le cheval sentit la soudaine inattention d'Aménophis, il se cabra et rejeta fougueusement sa crinière blanche en arrière. L'un de ses sabots arrière racla la terre asséchée depuis longtemps par le soleil et, d'un coup de reins brusque, prenant appui sur ses jarrets avant, il rua, laissant échapper un hennissement qui se répercuta jusqu'aux portes de Memphis.

— Oh là ! rugit à son tour le jeune homme en essayant de se rééquilibrer d'un coup sec, je pensais que ce cheval était dompté, mais je vois qu'il n'en est rien.

A l'autre extrémité de la cour, debout sur son char, Paser avait vu l'envolée de l'animal et sa crinière vaporeuse balayer l'espace en quelques secondes bien comptées. Il sourit et se mit à parier qu'encore une fois son ami aurait raison du cheval.

Pourtant, Aménophis laissa flotter les rênes dans sa main, car fortement distrait par le nuage de poussière qui avançait au loin et s'épaississait de plus en plus, son attention se déconcentrait.

L'épaisse vague poussiéreuse et grise qui s'approchait laissa peu à peu transparaître un bruit de roue et il chercha quelques secondes à en déceler la cause.

Il n'y parvint que lorsqu'il aperçut le char de Paser virer de bord et foncer vers ce brouillard poudreux qui occultait tout l'horizon.

Alors, il sut que Rekmirê, compagnon de jeunesse de son père, troisième des Thoutmosis, venait lui annoncer de fâcheuses nouvelles.

Le char de Paser s'arrêta dans un bruit mat. Les roues s'immobilisèrent, laissant suspendre un court silence dans la poussière blanchie par un soleil qui tombait dru sur le sable. Les chevaux des deux attelages se retrouvèrent naseaux contre naseaux.

— Père ! s'écria Paser.

Rekmirê lâcha les rênes qu'il tenait d'une seule main. A cinquante ans, il avait une poigne assez ferme encore pour conduire ses chevaux avec maîtrise et sauta sur le sol que l'approche du désert rendait sec et brûlant.

— Père, répéta Paser, la gorge nouée par l'émotion qui, bientôt, allait aussi étreindre chaque soldat.

Rekmirê serra son fils entre ses bras, puis regarda le jeune Aménophis qui venait de sauter brusquement de son cheval, s'avançant vers lui, le front barré par une fine courbe d'inquiétude.

— Majesté ! fit Rekmirê en se courbant devant Aménophis.

Le jeune homme se mit à blanchir, presque à trembler. Puis, une émotion vint remplacer aussitôt le mouvement de panique qu'il venait de trahir.

— Majesté ! s'étonna-t-il dans un murmure à peine audible. Pourquoi m'appelles-tu Majesté ?

Sceptique, il imaginait pourtant les mots qui allaient tomber de la bouche du conseiller de son père, des mots qu'il n'oublierait pas.

— Vous êtes le nouveau pharaon, Majesté. Car Thoutmosis, votre père, est parti rejoindre le royaume des dieux.

Le jeune homme resta pétrifié, ne fit aucun signe

ni geste, pensif, inerte, muet bien qu'une foule de questions encombrât son esprit.

Rekmirê posa la main sur l'épaule d'Aménophis et planta son regard clair dans les yeux sombres du prince. L'épaule qu'il pressait affectueusement était forte et musclée, plus encore que ne l'avait été celle de son père.

— Il faut rentrer tout de suite à Thèbes pour célébrer votre couronnement, Majesté, reprit Rekmirê d'un ton calme. La Grande Epouse Merytrê vous attend ainsi que tout votre peuple. Le pays ne peut pas rester plus longtemps sans maître.

Rekmirê retira sa main. Elle était grande, ferme et puissante. Ah ! Combien avait-elle tiré de flèches en compagnie de celui qui venait de mourir ? Qu'était devenu le temps où, côte à côte, Thoutmosis le détenteur de la gloire impériale, l'insatiable vainqueur des pays d'Asie, partageait avec lui des parties de tir à l'arc pour le seul plaisir de détendre leurs muscles ?

— Majesté ! fit-il avec hésitation.

Il s'arrêta. Le titre qu'il employait envers le nouveau pharaon l'étonnait à peine. Le jeune Aménophis n'avait-il pas épousé, juste avant de partir, Tiâa sa propre fille, sœur de Paser, faisant ainsi de Rekmirê le dignitaire le plus haut du royaume qui n'avait d'autre souci à présent que Paser assurât dignement la relève auprès de son compagnon de jeunesse, le nouveau Maître des Deux Terres.

Rekmirê, vieux conseiller de feu le pharaon avait toujours eu cette assurance tranquille, ce ferme pouvoir de persuasion qui donnait confiance et qu'avait toujours admiré Thoutmosis. Certes, à dix-huit ans, Aménophis devait tout apprendre. Pour le bouillant et fougueux jeune homme qu'il était, ces qualités-là devraient un jour lui être indispensables et, c'était à Rekmirê de les lui enseigner.

— Majesté, reprit tranquillement Rekmirê, il faut que vous appreniez dès à présent le nom et surtout l'importance et les activités de tous les conseillers de l'Assemblée qui vous attendent, la critique au bord des lèvres.

Aménophis avala sa salive, mais sa gorge était sèche et il ne put déglutir qu'une sorte d'angoisse sournoisement tassée au fond de son palais dont il devait se débarrasser au plus vite. Pour se donner une contenance, il observa attentivement le soldat qui lui faisait face. Rekmirê avait le torse dénudé, bruni par le soleil et les reins couverts d'un pagne long et plissé recouvrant sa taille et tombant sur ses chevilles encerclées de quelques anneaux d'argent.

Son allure distinguée forçait le regard. Mûr, mais jeune et actif encore, il pouvait enseigner au jeune pharaon les qualités intègres que réclamerait son pays et les subtiles stratégies guerrières que son père avait si bien su déployer.

Rekmirê avait encore la possibilité de voir défiler devant lui de nombreux jours d'honneurs et de gloire. Son heure était loin d'être achevée. A quarante ans, Méryet, sa femme, venait de mettre au monde une dernière fille, Thouya, qui promettait d'être aussi belle que l'était la nouvelle Grande Epouse.

Rekmirê pouvait être fier de ses enfants. Paser deviendrait le grand conseiller du pharaon. Tiâa était devenue reine d'Egypte. Quant à la petite Thouya, elle gesticulait, prompte et vive, dans son couffin d'osier comme une anguille prise dans une nasse en fibre de papyrus.

— Je compte sur toi, Rekmirê, pour m'enseigner tes connaissances, jeta le prince d'un ton affirmé. C'est ainsi que mon père l'aurait souhaité.

Il observa quelque temps l'attitude de son compagnon, enveloppée de gestes réservés, de mots et de propos sensés, raisonnables, amples et magnanimes qui n'avaient en rien mutilé son courage et sa bravoure tout au long de ces années passées aux côtés de Thoutmosis. Dans l'esprit de tous les soldats, sa valeur restait légendaire. N'était-il pas issu du grand Nekbet, Général de toutes les armées d'Aménophis, pharaon qui avait entamé cette brillante dix-huitième dynastie et qui avait combattu les Hyksos ?

A présent que son vieux compagnon Thoutmosis était mort, Rekmirê pensait qu'ils avaient, tous deux, bien employé leur vie. L'émotion qu'il chercha, soudain, à imprimer sur l'inquiétude du jeune Aménophis était celle d'un immense réconfort, d'un vaste souhait de gloire et de réussite.

Le jeune homme se racla la gorge qui, à son avis, restait encore trop encombrée.

— Depuis combien de temps servais-tu mon père, Rekmirê ?

— Depuis toujours, Majesté.

— Mais encore ? insista le jeune homme.

— J'avais dix ans à peine lorsque mon père, médecin de la reine Hatchepsout, me conduisit au palais. Quand je vis le prince Thoutmosis, je décidai d'instinct de le servir corps et âme jusqu'à mon dernier souffle. Alors, bien que je fusse de dix ans son cadet, nous n'avons plus cessé de nous mesurer fraternellement dans tous les combats[1].

Aménophis esquissa un sourire satisfait, presque complice qui, cette fois, sembla dénouer sa gorge. Il eut un geste vague qui rappelait ceux de ses attentes et de ses incertitudes lorsqu'il chassait dans le désert et qu'aucune antilope n'apparaissait dans les parages.

— Il est parti rejoindre le royaume d'Osiris avant toi, Rekmirê.

Il abaissa sa main et la posa sur son menton qu'une ombre enveloppait. Depuis qu'il entraînait ses chevaux, Aménophis n'avait pas eu recours aux

1. Lire *Les Thébaines/L'Ombre du Prince.*

soins du barbier et ressemblait aux hommes barbus des pays de l'est.

— Dix ans ! Tu étais bien jeune.

— Ces dix ans sans lui, Majesté, n'ont jamais compté pour moi.

Satisfait de cette réponse, Aménophis se tourna vers Paser, immobile, attentif aux paroles de celui qui, soudain, devenait le Grand Maître des Deux Egypte, le pharaon, le Taureau Tout-Puissant !

— Vois-tu Paser, dit-il au fils de Rekmirê, il est écrit que tu me serviras plus longtemps encore que ne l'a fait ton père envers le mien puisque tu es mon compagnon, mon ami, mon frère depuis que nous sommes nés. Et puis ta sœur, la belle Tiâa, qui est aussi la nouvelle Grande Epouse ne pourra que sans cesse te le rappeler.

Paser eut un air gêné. Comment répondre désormais au futur pharaon ? En était-ce donc terminé avec les rires, les jeux et les boutades, les joyeuses réparties qui n'en finissaient plus lorsque le désaccord s'établissait entre eux ?

— C'est là ton destin, Paser, et tu n'y peux rien changer, jeta le nouveau pharaon en posant amicalement sa main sur l'épaule de son ami.

Rekmirê hocha la tête et regarda son fils. Un solide garçon qui lui ressemblait par son tempérament tranquille et réfléchi, mesuré dans ses ardeurs, mais bouillant au combat. Déstabilisé tout à l'heure par la triste nouvelle, Paser se reprenait déjà et sa fougue anima son visage.

— Ameni ! jeta-t-il l'œil allumé d'un enthousiasme débordant, à présent, nous sommes indissociables. Nous combattrons ensemble et, côte à côte, nous connaîtrons les mêmes victoires.

Aménophis hocha la tête, heureux que son ami l'ait appelé par son diminutif, comme il avait coutume de le faire. Il eut une lueur de joie dans les yeux.

Exercés tous deux depuis leur plus petite enfance

aux combats les plus durs, aux chevauchées les plus intrépides, aux lancers de javelots et de flèches les plus audacieux, ils étaient rompus à toutes sortes d'exercices que l'on pratiquait dans la haute société de Thèbes.

Rien ne leur faisait peur. Ils domptaient, s'acharnaient, maîtrisaient chaque geste de bravoure et se taillaient toujours une part de victoire qui n'était pas la moindre, même s'il fallait se battre au corps à corps sauvagement dans la mêlée.

Chef des Archers d'Aménophis, Paser, qui lançait ses flèches à des distances que personne n'arrivait à égaler, n'était pourtant pas le meilleur lorsque les deux amis s'affrontaient.

Aménophis avait une telle force qu'il crevait les cibles les plus résistantes. Ses flèches ressortaient de l'autre côté de la paroi et allaient se ficher loin contre un arbre ou griffaient l'espace pour se piquer profondément en terre. Au début, la cible était faite en bois de sycomore qu'il fendait comme du papyrus, puis peu à peu, elle fut en cuivre qu'il arrivait à perforer sous les yeux ahuris de ses compagnons. Ses flèches décochées avec une telle violence allaient se perdre on ne sait où, arrêtées par l'horizon lui-même. Comment faire mieux ? Paser ne lui en tenait nullement rancune. Cela ne faisait que renforcer l'admiration qu'il portait au futur dieu d'Egypte.

*

* *

En quelques jours, Aménophis avait pris toute l'assurance qu'il fallait pour se faire craindre de ceux qui devaient lui obéir. La tolérance qu'il s'accordait — faveur qu'il ne voulait pas remettre en cause — allait vers son dévoué Paser et s'accentuait envers Kenamon, son frère de lait, fils du Grand Trésorier de Thèbes dont il avait partagé à la naissance les soins de la nourrice.

Il leva les yeux au ciel. Un regard sombre, presque noir, intransigeant, coupant et dur, qui ne s'adoucissait qu'à la pensée de la loyauté de ses fidèles. Il arrivait même, parfois, que sa mansuétude éclatât en bienveillance lorsque l'un de ses compagnons d'armes lui en remontrait en matière de combat.

Tête levée, il inspecta le ciel. Habitué au grand désert et aux vastes espaces que lui offraient les approches de la ville de Memphis, il renifla de ses narines infaillibles l'arrivée d'un proche khamsin. Dans deux jours à peine, le vent soufflerait et transformerait l'allure calme du désert. En quelques secondes, rochers et racines disparaîtraient, enfouis sous la force du vent. Des collines de sable, hautes comme des obélisques, cacheraient la course éperdue des oryx et des gazelles qui, apeurés, s'enfuiraient vers une zone moins tourmentée.

Demain, dès l'aube, Aménophis rejoindrait Thèbes et le palais de son père. Il devait y être avant l'arrivée du khamsin, avant que le trajet ne soit entravé par la violence du vent.

L'angoisse qui, tout à l'heure, stagnait encore au fond de sa gorge venait de disparaître. Le doute qui l'avait enserré brutalement faisait place, peu à peu, à la certitude qu'il serait, lui aussi, un grand pharaon, maître du monde, comme l'avait été son illustre père. Pour cette immense raison, il devait être couronné au plus vite.

Aménophis ramena son visage carré et volontaire sur ses deux compagnons qui attendaient ses ordres. Demain, tard dans la soirée, ils seraient tous à Thèbes. Les chevaux fileraient comme l'étoile d'Orion, sans même prendre le temps de s'arrêter à Hermopolis, Abydos ou Denderah.

Dans un brouhaha de chants et de musique, dans un halo épais et permanent d'encens et de myrrhe,

Amon, le dieu des divinités l'accueillerait en son sein avec les prêtres du temple, les dignitaires et la foule.

Mérytrê, sa mère, la Grande Epouse Royale, allait abandonner la haute coiffe aux vautours pour la remettre à Tiâa qui, assise sur le trône, dispenserait au peuple ses charmes et ses sourires. A seize ans, Tiâa était une belle fille de Thèbes. Grande, élancée, la taille fine et les cuisses longues, elle n'avait pas encore le buste généreux des femmes accomplies et ses seins qui n'arboraient, pour l'instant, que rondeurs et petitesses, paraissaient cependant durs comme des grenades à peine mûries par le soleil.

Non loin de Mérytrê, se tiendraient Satiah, la Seconde Epouse, et sa famille : Beket sa fille, Rekmirê son frère et Méryet sa belle-sœur.

Au second rang, paraîtraient les trois épouses asiatiques de son père, les princesses syriennes ramenées d'une expédition guerrière que Thoutmosis avait menée avec brio et qui, en son temps, avait scellé une entente entre le Mitanni et l'Egypte. Comme Mérytrê et Satiah, elles n'étaient plus de la première jeunesse, mais les fards et les onguents donnaient à leurs visages un air que n'altérait pas trop le temps.

Les festivités du couronnement dureraient plusieurs semaines, d'autant plus qu'elles s'accompagneraient des fêtes du Jubilé. Aménophis prendrait plaisir à suivre, en costume d'apparat, les processions d'usage sous les ovations de la foule. La barque royale suivrait le Nil, balayée par les palmes et les encensoirs. Puis, face au temple des offrandes, il bénirait la foule au nom des dieux qu'il incarnerait désormais.

Et, tout serait ainsi. Amon et Hathor lui offraient la vie, Horus le soleil, Mâat lui laissait le pouvoir de la justice et Thot celui de la sagesse et du savoir. Les prêtres portant l'huile sacrée se prosterneraient devant lui. Pharaon personnifierait à la fois faucon, ibis, vautour, taureau, vache et autres animaux sacrés. Enfin, au son des crotales et des sistres mêlé à celui des trompes, l'oracle dédié au nouveau roi serait proclamé.

Aménophis était confiant. A présent, le pays du Mitanni était une contrée florissante qui grandissait et prospérait avec l'aide et le soutien de ses amis égyptiens. Mais, son père mort, il fallait raviver la flamme de l'amitié en d'éternelles visites de convenances, d'autant plus que les pays voisins, la Babylonie, l'Assyrie et l'empire Hittite jetaient un œil concupiscent sur ce pays qui ne cessait de s'étendre.

Conscient qu'il aurait, lui aussi, à surveiller ses frontières s'il voulait, non seulement conserver les prérogatives des acquis de son père, mais les élargir et les consolider, il savait qu'il devrait se rendre sur place, de l'autre côté des frontières, afin de forcer le commerce, imposer sa culture, installer ses dieux et ses traditions.

Dès que les fêtes du sacre seraient terminées, Aménophis partirait en guerre vers l'Euphrate afin de conquérir de nouvelles régions, favoriser d'autres négoces, ouvrir des voies à la civilisation égyptienne.

Sur le chemin de Memphis qui l'emportait à Thèbes, Aménophis réfléchissait à tout ce qui l'attendait et, s'il prévoyait de patienter un peu avant son premier départ, c'est que l'attendait au palais sa bien belle épouse, Tiâa et qu'il lui serait agréable de laisser en elle le germe d'une proche naissance.

Certes, il lui faudrait aussi régénérer le harem par ses propres conquêtes. Car, si la jolie Tiâa sortait de la plus haute noblesse de Thèbes, il devait accueillir, comme son père, au sein de son palais des concubines asiatiques dont le charme lui ferait oublier les dures journées de combat.

Tiâa, la Grande Epouse régnerait à son côté, lui donnerait de beaux enfants, tiendrait son rang parmi les divinités égyptiennes qu'il fallait honorer de dons et de prières. Mais, Aménophis ouvrirait les portes de son royaume à d'autres femmes que celles d'Egypte. D'ailleurs, il s'en était fallu de peu qu'on lui fît épouser la fille du roi d'Artatama, cette province étrangère longtemps convoitée par son père et qui, enfin, ouvrait ses mines d'or, inexploitées encore, à la main-d'œuvre et au savoir-faire égyptien.

Il n'était donc pas exclu que, lors d'un retour d'expédition, l'une des princesses d'Artatama fût un jour sa Seconde Epouse. Tout comme Tiâa, elle disposerait de son palais, ses jardins, sa cour, ses biens personnels, suivrait son culte et adorerait ses dieux d'Asie.

D'autres dieux ! Déjà, il arrivait qu'Aménophis jetât étourdiment le nom de Reshep et d'Astarté, divinités asiatiques dont il commençait à connaître les bienfaits. Les prêtres d'Amon avaient beau faire la grimace devant certaines constatations, se heurtant à tout ce qui s'opposait à leur culte, Aménophis pressentait d'autres mœurs qui s'étendraient comme des idées nouvelles, porteuses de germes indestructibles.

*
* *

Satiah regarda sa fille et soupira de mauvaise grâce. Comment lui faire accepter un dialogue qu'elle refusait déjà avant de l'avoir abordé ? Cette discussion semblait prendre un tour inconfortable.

Têtue, Beket dériva sur un autre sujet. La conversation que lui proposait sa mère ne lui convenait pas. Depuis longtemps, la jeune femme pensait qu'elle pouvait mener sa vie à sa guise sans que sa mère se préoccupât de ce qu'il fallait ou ne fallait pas faire.

— Beket, reprit sa mère d'un ton sec. Je veux discuter avec toi de ce problème.

Elle prit le menton de sa fille et ajouta d'un ton plus adouci :

— Beket, ce n'est pas une tare d'être une seconde

épouse. Bien au contraire, c'est un privilège puisque, seuls, les grands personnages ont le pouvoir de suivre cette coutume.

Beket haussa l'épaule et détourna la tête. La main de sa mère frôla sa joue.

— Maman, nous en avons parlé dix, vingt, cent fois et tu sais que je ne partage pas ton avis.

— Mais pourquoi refuser d'épouser Djenani puisqu'il te le propose ? demanda Satiah en secouant la tête dans un signe de totale incompréhension. Etre sa seconde épouse serait pour toi une protection totale.

Beket s'éloigna de sa mère et se dirigea vers la grande baie qui ouvrait sur la terrasse. Celle-ci s'éclairait des derniers rayons solaires rougis par un astre qui éclatait encore en plein ciel. Il faisait lourd et sec.

— Maman, dit-elle en revenant auprès d'elle, quand voudras-tu comprendre que je suis bien ainsi et que je ne désire rien d'autre. Pourquoi veux-tu absolument me marier ? Ce n'est pas mon intention.

A nouveau, elle poussa un soupir d'entêtement et poursuivit :

— Seconde épouse ! Pourquoi m'affubler d'un titre que je ne convoite pas ?

— Ta position serait plus confortable.

— Quelle position ? fit Beket d'un ton excédé. Je suis différente des autres, maman. Tu dois le comprendre, car c'est toi qui m'as faite ainsi. Je ne veux pas d'époux, je ne veux pas d'enfants. Je préfère vivre à ma guise.

— Sur les chantiers avec les hommes ! Oui, je sais. C'est là ta vie et tu n'en désires pas d'autre.

Le ton sarcastique avec lequel sa mère avait jeté "avec les hommes" étonna Beket et elle s'en vexa.

— C'est exact ! Avec les hommes sur les chantiers, répondit-elle en pinçant la bouche.

Satiah s'élança vers sa fille et la prit dans ses bras.

— Ma chérie, jeta-t-elle d'un ton conciliant, je n'ai pas voulu te froisser. Je sais que tu aimes Djenani et que ses faveurs vont vers toi plutôt que vers sa femme. Et, j'ai compris depuis longtemps que tu préfères tes occupations d'artiste à celles d'épouse et de mère de famille.

Beket embrassa sa mère.

— Alors, maman, parlons d'autre chose.

Tout en montrant sa déception, Satiah approuva de la tête. Depuis que le pharaon Thoutmosis était mort, son visage avait pris des rides et son corps s'était un peu tassé. Mais, à quoi bon le maintenir jeune ? Pour qui ? Elle n'était plus Seconde Epouse du maître tout-puissant des Deux Terres et Mykos, le capitaine crétois qu'elle avait aimé quelques années et qu'elle n'avait jamais revu après les terribles inondations qui avaient anéanti son vaisseau, lui manquait.

Ce souvenir était si vieux. Elle s'y attardait chaque jour, absorbée par ses regrets, enfermant son secret profondément en elle.

Les seules réminiscences qui absorbaient Satiah lorsqu'elle pensait à Thoutmosis prenaient le pas sur le temps de sa jeunesse, quand le jeune prince n'avait pas encore constitué son maudit harem qui avait étouffé tous ses temps libres. Elle l'avait si peu vu, après qu'il eut mesuré la force de sa gloire impériale, que son amour pour lui s'était doucement effacé. C'est à peine si elle s'était réconfortée à l'idée que Mérytrê, elle aussi, une fois mis au monde ses six enfants, n'avait guère bénéficié des faveurs de son époux royal.

Mais, pour Satiah qui jouissait d'une liberté que ne s'était pas octroyée Mérytrê, Mykos avait pris la relève. Et, c'est dans le tranquille roulis du Nil, face à l'horizon qui se mêlait à l'azur du ciel et à la douce agitation du fleuve, que leurs amours s'étaient cachées.

Là, confortablement installés dans l'unique cabine du bateau, ils avaient vécu des jours de félicité chaque fois que le vaisseau crétois était revenu à Thèbes pour livrer les marchandises qu'il devait déposer à quai. Puis, Mykos repartait pour quelques mois, son bateau à vide et ne revenait chargé qu'à la saison suivante.

— Vas-tu retourner à Abydos ? s'enquit Satiah en détachant l'une des fines bretelles de sa robe pour dégager son épaule tant la moiteur de l'air était lourde.

— Sans doute, répondit Beket. Le travail du nouveau temple n'est pas achevé.

— Et ta maison l'est-elle ?

— Ce n'est pas “ma” maison. C'est celle de Djenani et de Léïla.

— Alors, tu la vois fréquemment ! s'exclama Satiah d'une voix ravivée par de nouveaux arguments.

— Je ne la vois et ne la fréquente pas. Peu m'importe Léïla, ce qu'elle fait, ce qu'elle pense, ce qu'elle aime. Je n'ai pas à m'en préoccuper. C'est à Thèbes qu'est ma vie personnelle. Ailleurs, à Memphis, Abydos, Coptos, Aniba ou Edfou, je n'y fais que travailler.

Elle regarda sa mère dévêtir son autre épaule et pensa que, depuis la dernière fois, elle semblait encore plus amaigrie.

— Et puis, assura-t-elle, si ma vie n'était pas à Thèbes, comment pourrais-je te voir aussi souvent ? Je n'ai plus que toi, maman. Rekmirê et Paser sont toujours à l'étranger. Depuis que Tiâa est reine, elle est inabordable. Quant à Thouya, elle n'est encore qu'une fillette.

— Tiâa n'est pas inabordable. Ce sont les gardes du palais qui font sans cesse obstruction.

— Mais pourquoi ?

— Sans doute parce que Mérytrê se conduit

comme une belle-mère autoritaire et toute-puissante. A présent que Thoutmosis est mort, elle se sent invulnérable, du moins quand Rekmirê n'est pas là.

Le regard de Satiah croisa celui de sa fille qui semblait ne pas être d'accord.

— Pauvre Tiâa ! poursuivit-elle. Sa condition de Grande Epouse la heurte à des problèmes auxquels elle n'avait jamais été confrontée.

— Ne crains rien pour Tiâa, maman. Aménophis est jeune et bouillant. Il va se libérer très vite du filet protecteur que lui tend sa mère. Il est pharaon, maintenant, et crois-moi, il ne se laissera influencer par personne.

Elle saisit une amande décortiquée dans la coupelle d'albâtre posée sur la table basse et la croqua en observant le corps alangui de sa mère. Satiah hocha la tête et appela Cachou qui ne devait pas être loin car, en un clin d'œil, elle fut à ses côtés.

Elle aussi avait pris de l'âge et ses formes s'étaient considérablement arrondies. Mais, elle zézayait toujours aussi gracieusement et ses hanches se balançaient encore souplement.

Quand elle fut près d'elle, Satiah tendit à Cachou la grande palme végétale afin qu'elle lui fît goûter la fraîcheur que l'éventail dégageait lorsque, dans un rythme régulier, il balayait l'espace autour de son visage emperlé de sueur.

Satiah se sentait épuisée. Cette discussion avec Beket achevait de la contrarier. Déjà à l'aube, elle avait reçu l'ordre de se rendre au palais sur les ordres de Mérytrê pour y voir sa nièce Tiâa qui se plaignait des premiers symptômes d'une grossesse difficile.

La jeune reine affectionnait particulièrement sa tante qu'elle ne voyait pratiquement plus depuis qu'elle vivait au palais et, comme elle savait que Satiah n'aimait pas venir dans la résidence de l'ancienne Grande Epouse, bien que Tiâa et Mérytrê ne partageassent pas les mêmes appartements, Satiah décela de suite une astuce de Tiâa pour qu'elle acceptât de venir lui rendre visite.

— Evente-moi, Cachou. Cela me fera du bien, dit-elle à la servante africaine. J'ai grand besoin d'air frais.

Cachou prit la palme et, s'agenouillant auprès de Satiah, la balança voluptueusement en esquissant le dessin d'un demi-cercle afin que l'air déplacé ait une plus grande portée.

— Veux-tu que je rafraîchisse aussi ton visage ? demanda-t-elle à Beket qui se laissait tomber nonchalamment aux côtés de sa mère.

— Je préfère que tu me masses avec de l'onguent de lotus. L'air devient lourd et pesant à mesure que la crue approche.

— Tu devrais passer ton corps à l'huile d'iris, fit Satiah en regardant sa fille allongée à ses côtés.

— L'huile d'iris ! Je n'en ai pas.

— Cachou ! s'écria-t-elle. Va en chercher.

Puis, regardant sa servante disparaître promptement par la grande baie ouverte, elle reporta ses yeux sur le corps de sa fille.

— Ne te néglige pas, Beket. Tu es belle et bien faite. Et, surtout, ne méprise pas les bienfaits de l'iris. Cette fleur, additionnée à de l'extrait de jujube, raffermit les pores de la peau et apaise le corps d'une façon extraordinaire. C'est une lotion qu'a toujours préparée Sakiet. Si tu vas faire un tour à l'hôpital, tu peux lui en demander.

— Bien sûr, maman, fit Beket qui commençait à se détendre depuis que sa mère semblait avoir abandonné l'orageuse discussion qui les heurtait tout à l'heure.

— Neb-Amon, ton grand-père, en avait toujours un petit flacon pour Séchat. Cet onguent qui, bien sûr, génère de multiples bienfaits par l'apport d'autres plantes, avait le don de la relaxer quand elle était très lasse.

— Je sais, fit Beket en souriant à sa mère.

Satiah regarda sa fille et poussa un léger soupir. Ses épaules s'affaissèrent un peu tristement. C'est vrai ! Elle oubliait toujours que sa mère Séchat avait élevé en partie Beket et que la jeune femme la connaissait peut-être mieux que Satiah elle-même.

— Tu salueras Sakiet de ma part, si tu vas le voir. Cela fait bien longtemps que je ne suis pas allée à l'hôpital. Tout doit être changé à présent. On dit que la grande salle de chirurgie s'est agrandie et que celle des soins attentifs comporte une annexe du côté du petit lac que Neb-Amon avait creusé pour le plaisir des yeux de ses malades[1].

Sakiet était le médecin en chef de l'hôpital de Thèbes. Ce même établissement qu'avait fait bâtir Neb-Amon sur l'ordre de la pharaonne Hatchepsout. Un hôpital qu'avait largement fréquenté Satiah au temps où son beau-père en était le chef incontesté, au temps où elle composait avec l'aide de ses subordonnés des remèdes pour les chevaux de Thoutmosis.

Une image qui faisait encore partie de sa jeunesse. Et quelle image ! Thoutmosis était alors très amoureux d'elle. Courses dans le désert, chasses et pêches dans les marais du Nil, aux abords de Thèbes, représentaient pour eux l'époque où nulle contrainte ne venait les perturber.

Quant aux chevaux de Thoutmosis, objet de toute son attention, ils avaient droit à la main guérisseuse de Satiah car, nul autre qu'elle, à cette époque, ne savait mieux les soigner. Les inflammations ou irritations de leurs yeux fragiles dues aux nombreuses piqûres d'insectes, de scorpions ou de petites vipères des sables, n'avaient aucun secret pour elle. Satiah

1. Lire *Les Thébaines/L'Ombre du Prince.*

savait aussi calmer les luxations ou les échauffements de leurs membres, retirer une épine de leurs sabots douloureux, soulager leurs flancs durcis par une alimentation qu'ils n'avaient pas digérée.

— A mon avis, maman, jeta Beket tout à fait détendue, ma cousine Tiâa n'a besoin que de se rassurer par ta présence. Je ne pense pas qu'il y ait en cause des problèmes de grossesse difficile. Les accoucheuses royales sont là pour surveiller l'évolution de sa maternité.

Cachou arriva, tenant en main une fiole d'onguent qu'elle posa sur la table basse. Beket la saisit et laissa courir ses narines sur l'orifice du flacon resté ouvert. Un effluve étrange assaillit son visage. Il était doux et âcre à la fois.

Quand la servante africaine l'eut dévêtie, elle s'allongea sur le sofa d'osier et laissa les mains expertes de Cachou glisser sur sa peau.

A côté d'elle, Satiah avait fermé les yeux et semblait se perdre dans des souvenirs qui n'appartenaient plus qu'à elle. Lorsqu'elle releva ses paupières, ce fut pour observer le corps nu de sa fille qui se détendait sous le massage de Cachou.

A trente ans, Beket avait conservé toute l'élasticité de sa jeunesse. Ses longues cuisses qui, mille fois, devaient arpenter les chantiers des temples, les carrières, les mines du désert, étaient fermes et brunies par le soleil. Car, la jeune femme portait plus souvent un pagne court qu'une tunique longue et encombrante qui eût gêné ses mouvements dans l'exécution de son travail.

Car, à présent, Beket s'était suffisamment imposée dans sa profession pour qu'on ne lui retirât plus la part de travail qu'on attribuait habituellement aux hommes. En cela, Beket avait gagné. Les échafaudages ne lui étaient plus interdits et elle se rendait dans les carrières pour choisir elle-même les blocs de granit, de calcaire, de marbre qu'elle devait décorer par la suite.

Sous le glissement des doigts de Cachou, l'huile d'iris et de jujube apportait un apaisement total à son corps. C'était si relaxant qu'à l'exemple de sa mère qui, maintenant, sommeillait à demi sur le grand sofa d'osier, elle se prit aussi à fermer les yeux et à somnoler à son tour.

CHAPITRE VI

Certes, sur la percée asiatique des expéditions de Thoutmosis, le jeune pharaon Aménophis n'avait plus qu'à se faufiler en vainqueur.

Tout aussi téméraire que son père, sinon plus, il mena son armée contre les coalitions successives des chefs étrangers installés sur les pays de l'Euphrate.

Cette expédition-là, en l'an sept de son règne, partie de Memphis un jour du premier mois d'akhit, avait été fort bien menée. Aidés par le Mitanni, les Egyptiens avaient conquis quelques petits territoires qu'Aménophis avait partagés avec ses alliés.

Mais, le pharaon ordonna de poursuivre au-delà de ses victoires et de pousser ses armées jusqu'au pays de Retenou, décidant d'assurer la mainmise sur l'empire qu'avait en partie conquis son père.

Infatigable, brave, audacieux, s'avançant avec assurance vers le pays ennemi, Aménophis promettait titres et biens à tous ceux qui lui seraient fidèles. Quand il traversa l'Euphrate, ses adversaires l'attendaient de l'autre côté du fleuve. Il fallut se battre au corps à corps, mais les hommes d'Aménophis étaient si bien préparés à cet exercice qu'ils remportèrent rapidement la victoire.

En une journée, les Egyptiens démantelèrent la ville, tuant les gardes et les sentinelles, pulvérisant l'armée entière, capturant plus de mille Asiatiques et s'emparant même d'une centaine de taureaux fougueux et puissants qui promettaient de belles saillies.

Tous les petits chevau-légers de bataille — ils se comptaient par milliers — qu'ils s'appropriaient avec des cris d'acclamations joyeuses s'ajoutaient aux innombrables armes de combat qui s'amoncelaient devant eux en un gigantesque trophée éclaboussé de soleil.

Au terme de la bataille, alors qu'il s'apprêtait à faire demi-tour, Aménophis aperçut son arrière-garde en prise avec une troupe asiatique qui avait dû se dissimuler dans un îlot de l'Euphrate. Fou de rage, il ordonna une subite volte-face, attaqua les inconscients, se battant lui-même à mains nues quand les flèches lui faisaient défaut et, sans un soupçon de lassitude alors que ses compagnons tremblaient de fatigue, il enleva brillamment la victoire devant le prince ennemi qu'il venait de capturer.

Une si belle conquête ne lui donna guère l'envie de rentrer en Egypte. Aussi, quand les tentes furent plantées et que son armée eut pris quelque repos, aux environs de Tjerekh, à l'est de Sheshrem, il marcha vers l'Euphrate que, pas à pas, il conquérait pour atteindre la ville de Niyi en Naharina.

Perchés au sommet de leurs murailles, les Asiatiques attendaient avec effroi Aménophis et ses hommes. Alors qu'un mouvement d'horreur passait dans leurs rangs serrés et tremblants, car ils n'étaient nullement préparés à cette invasion, les armures égyptiennes étincelaient et les pointes de leurs flèches accrochaient un soleil impitoyable.

Le Naharina ! Jamais encore un pharaon d'Egypte n'avait osé l'atteindre. Pourtant, ce n'était pas folie que de les attaquer et, pour Aménophis, triompher avec une telle force de combat demandait une facilité si désarmante qu'il fallut au pharaon déployer quelques subterfuges pour se convaincre que c'était plus compliqué qu'il n'y paraissait.

Le général Amennheb avait disposé son armée en rangs serrés. Une pluie de flèches jaillit des chars qui s'avançaient vers la muraille. Les Asiatiques lançaient des pierres et des bâtons enflammés qui s'éteignaient dès qu'ils tombaient à terre. Ils tentaient même d'envoyer de pauvres projectiles qu'ils avaient ramassés au hasard de leur effroi.

Puis, laissant leurs chars en bas de la muraille, Aménophis et ses hommes commandés par le général Amennheb se faufilèrent jusqu'à la ville haute et l'encerclèrent sans mal. Les villes avoisinantes furent saccagées, pillées. Les soldats égyptiens tuaient tout individu qui opposait une résistance, ne laissant la vie qu'à celui dont la soumission semblait totale. Ce ne fut que lorsque Aménophis eut fait le tri parmi les vaincus qu'il ordonna le repos de ses hommes.

— Campons près de cette ville, suggéra Kenamon en sautant de son char.

— Camper ici, à Mendjet ! Non, mon ami, rétorqua le pharaon. Puis, il désigna d'un doigt nerveux la campagne jonchée de corps transpercés, ensanglantés, mutilés et dont l'horrible vision pouvait soulever le cœur du plus vaillant des soldats.

Kenamon parut étonné. Frère de lait du pharaon pour avoir partagé le sein de la même nourrice, le jeune soldat n'en était pas à son premier combat. De taille petite, mais les jambes bien campées, les cuisses musclées et le torse imposant, Kenamon cumulait des fonctions prestigieuses allant du gouvernement des pays du Nord jusqu'à l'inspection des champs, des greniers, des troupeaux qui bordaient le Nil de Thèbes à Memphis.

Kenamon avait été quelque temps porte-étendard et flabellifère du jeune Aménophis, mais depuis qu'il se consacrait entièrement aux armées de Pharaon, il assumait d'autres fonctions plus distinctives encore.

Paser s'approcha de lui. C'était un bel homme à la parfaite stature. Plus grand et mieux bâti que Kenamon, plus fin et plus psychologue qu'Aménophis, Paser savait dissimuler ses intuitions, ses sentiments, ses craintes. En lui, transparaissait une force tranquille qu'il tenait de son père et de son arrière-grand-père, lequel avait été autrefois médecin et chirurgien à la cour de Thèbes.

De son carquois toujours empli des meilleures flèches, Paser savait toucher la cible la plus éloignée. Seul, Pharaon le dépassait en force, mais non en adresse.

— Il n'est pas question de camper parmi ces morts, fit-il à l'adresse de Kenamon qui observait avec un sang-froid évident le triste spectacle de la ville sanglante et vaincue.

Aménophis tendait toujours le doigt.

— Regardez au loin, fit-il en clignant de l'œil, je sens que quelque chose d'étrange nous attend.

Paser acquiesça.

— Pharaon a raison. Poussons plus au-delà de cette ville. D'ailleurs, il faut nourrir nos hommes et les vivres baissent. On aperçoit des champs là-bas. Cette région doit bien exploiter quelques cultures qui rassasieront les soldats.

L'avant-garde que suivaient les troupes poursuivit donc sa marche à travers la campagne de l'Euphrate, afin de s'y reposer, s'y abreuver et s'y restaurer avant de voir l'aube nouvelle se lever.

Aménophis, Paser et Kenamon avançaient en tête, le buste droit et le menton levé, la courte tunique fouettant leurs cuisses et le casque surmonté d'ailes de vautour rehaussant leur prestige.

Les trois chars filaient côte à côte, emboîtant l'ombre de leurs essieux qui se frôlaient à peine. Une forte brise venant du fleuve cinglait leurs visages, mêlant un ciel azuréen à la pesante atmosphère qui tombait sur le sol.

Soudain, l'environnement changea et tout devint plus agité. A la silencieuse et angoissante pesanteur des corps étendus sur le sol et que guettaient déjà hyènes et vautours, se substitua une effervescence bizarre. L'air s'allégea. Un parfum de délivrance emplit toute la contrée. L'eau du fleuve elle-même, débarrassée de toute trace sanglante, annonçait un renouveau.

Une immense plaine en contrebas, découvrant des arbres, des ruisseaux, de l'ombrage en quantité suffisante pour renaître, sidéra les trois hommes.

— Par le dieu Reshep, dieu hérétique de l'Asie, ce lieu est un véritable paradis ! rugit Aménophis en ouvrant d'étonnement un œil rond de plaisir.

— Et par le dieu Astarté, rétorqua Paser en riant, c'est là que nous allons nous délasser.

Mais, il était dit — et il fut écrit par la suite — que ce n'était pas encore le moment de repos pour nos hommes, même s'ils venaient de prononcer le nom des dieux asiatiques au lieu de jeter celui d'Amon, d'Hathor ou d'Anubis. Le pressentiment d'Aménophis s'avérait trop fort pour qu'il en restât là.

— Minhotep ! cria-t-il en se retournant vers sa garde arrière. Minhotep ! Viens de suite et décris-moi ce paysage-là sur ta tablette d'argile. Je veux de beaux hiéroglyphes qui restent à jamais inscrits dans les annales.

Docile, mais vif et alerte, les yeux enfoncés dans les orbites, le menton un peu fuyant, le front haut et bombé, le jeune scribe sauta de son char et vint se rendre compte de la beauté du lieu.

Des acacias, des saules pleureurs, des figuiers, des oliviers et d'autres arbres que les Egyptiens ne connaissaient pas, s'étendaient à perte de vue, offrant leurs ombrages à une vision plus étonnante encore.

Aménophis poussa un cri sauvage, sauta sur son char et sans plus attendre la réaction de ses compagnons, s'élança vers ce qu'il venait subitement de comprendre.

Des chevaux par milliers gambadaient, crinières au vent, sabots fougueux, reins puissants, humides d'un suint qui vint chatouiller et exciter les narines du pharaon. Ils étaient tous grands, forts, puissants. D'une taille bien au-dessus des petits chevaux égyptiens, légers, nerveux et rapides qui entraînaient avec célérité les chars des cavaliers égyptiens.

Ceux-là étaient d'une imposante carrure. Blancs, bais, noirs, fauves, ils avaient un long col, étaient hauts sur pattes et transportaient sur eux une élégance qui coupa le souffle d'Aménophis. Ils ruaient, faisant tournoyer inlassablement leurs superbes crinières.

— Ces chevaux-là sont royaux, murmura-t-il en les observant bouche bée. Il me les faut. Je veux les rapporter en Egypte.

Une lumière de nacre irradiait la campagne, nimbant l'atmosphère d'une auréole magique. Les chevaux galopaient, insouciants, libres, généreux de gestes et de hennissements joyeux. Leurs sabots ne soulevaient même pas la poussière tant le sol était humide d'ombre et de fraîcheur.

— Par tous les dieux hérétiques ! jura le pharaon. Autrefois, des Asiatiques que l'on nommait les Hyksos ont inventé les premiers véhicules pour se mouvoir avec rapidité dans le désert, alors que nous, Egyptiens, ne savions nous déplacer qu'à pied ou en bateau. Et voilà que ceux-là inventent les plus beaux chevaux du monde !

Il stoppa sa course et lâcha les rênes de son attelage. Les chevaux qui s'ébattaient devant lui avaient le poitrail arrondi et courbaient le cou avec grâce. Leurs crinières étaient épaisses et brillaient comme des cheveux de femmes. Les reins, les flancs luisaient dès qu'ils étaient dans un rai de soleil qui filtrait parfois entre deux arbres verts.

Ce ne fut pas le char d'Aménophis qui écarta les plus audacieux venus près de leurs congénères attachés à l'attelage, ce fut le saut de Pharaon sur le sol. Ils s'ébrouèrent avec fracas, raclèrent le sol de leurs sabots nerveux et, d'un bond, allèrent rejoindre la mêlée dense de leurs compagnons.

Soudain, les yeux ronds d'Aménophis s'écarquillèrent davantage. Un homme grand, mince, habillé d'un long pagne noir, épaules rondes et buste dénudé, tenait une corde à la main. Il la faisait virevolter au-dessus de la tête d'un cheval qui hennissait avec fracas.

Dans son ébahissement, Aménophis ne sut si l'allure de l'homme était plus majestueuse encore que celle du cheval. Fallait-il en conclure qu'il était un demi-dieu ?

Soudain, il le vit attraper le cheval par le col, pirouetter sur son dos et tenter de s'y asseoir. Mais le cheval rébarbatif ruait et cherchait à le jeter à terre. L'homme bondissait sans arrêt et très inconfortablement sur le dos de l'animal en s'accrochant à sa crinière pour ne pas tomber.

Il sauta ainsi sur le cheval durant quelques minutes, sortant de sa bouche une suite de sons gutturaux mêlés d'interjections incompréhensibles et rebondissant violemment sur sa croupe à chaque heurt provoqué par les ruades de l'animal. Il tressautait, mais ne tombait pas, voltigeant même lorsque le cheval lançait vivement ses membres postérieurs en soulevant son train arrière. Alors, déséquilibré, l'homme lâchait la crinière et devait faire de multiples contorsions pour arriver à la reprendre.

Enfin, sous les yeux hypnotisés d'Aménophis, l'animal se laissa faire.

— Qui es-tu ? cria le pharaon au cavalier.

— Je suis le prince Youkka.

— Es-tu du pays du Naharina ?

— Je suis de la ville de Niyi.

— Tu mens ! J'ai tué le prince de Niyi.

— Il avait un frère. C'est moi.

Aménophis s'approcha. La horde des chevaux était à présent près de lui. Des centaines broutaient tranquillement l'herbe fraîche qui bordait l'Euphrate. Des centaines caracolaient dans les ruisseaux qui jaillissaient de partout comme des perles de nacre auréolant de lumière la campagne.

— Pourquoi te croirais-je ? répliqua le pharaon. J'ai anéanti ta famille. Personne ne pourra plus te contredire.

— Que tu me croies ou non, cela m'est égal.

— Parce que seuls comptent tes chevaux ?

Youkka ne répondit pas. Satisfait d'avoir maté l'étalon, bien qu'un air blasé flottât sur son visage ambré aux yeux allongés, le cavalier flatta l'encolure du cheval et descendit à terre.

— Tu as deviné, Maître de l'Egypte. A mes yeux, seuls mes chevaux comptent. As-tu vu comme je sais les maîtriser ?

— J'ai vu. D'où viennent-ils ?

— C'est une horde qui descend des hauts plateaux d'Arménie. Ils sont arrivés juste quand tu es venu envahir notre pays.

— Pourquoi n'es-tu pas resté avec ta famille ?

L'homme haussa les épaules.

— Qu'importe. Je voulais partir.

— Parce que tu étais le cadet et que tu ne pouvais régner.

Youkka eut un sourire ironique.

— Décidément, Pharaon, tu devines tout.

— Allons, fit Aménophis conciliant, ne te plains pas. A vaincre ton cheval, je t'ai pris pour un demi-dieu.

— N'est-ce pas toi le dieu ? On dit qu'en Egypte, le pharaon personnifie toutes les divinités.

— C'est vrai. Mais, tu me plais. Je veux apprendre

à mater les étalons de la même façon que toi. Commençons de suite.

— Alors, saute.

Il lui désigna un cheval qu'il venait d'attraper par la crinière. Un bel étalon couleur fauve à la croupe luisante et aux pattes longues et fines dont l'extrémité se chaussait de blanc. L'animal secoua le col et souleva la lèvre supérieure, montrant ses grandes dents qui soulignaient une mâchoire puissante.

— Saute, fit à nouveau Youkka. Saute !

Aménophis sauta. Le cheval se cabra ne laissant nullement le temps à son nouveau maître de réagir. Il le balança violemment en tous sens et l'éjecta promptement sur le sol. Puis, il rua de nouveau quand il entendit le grand rire de Youkka.

— Regarde. Tu dois sauter en écartant les jambes. Et, quand tu retombes, tu serres ses flancs pour avoir plus de prise sur lui. Allons, recommence.

Aménophis exultait. Jamais encore, il n'avait dompté de chevaux. Les seuls qu'il montait en croupe devant les yeux souvent effrayés de ses compagnons étaient déjà entraînés à courir. En Egypte, il n'entrait pas dans les mœurs des cavaliers de monter les chevaux à cru. Seul, Aménophis pratiquait cet art que l'on disait barbare.

A l'idée de dompter cet étalon récalcitrant, Aménophis ne sentait plus sa fougue, sa joie. De ses jambes puissantes, il resserra, cette fois, les flancs de l'animal. Une onde de plaisir parcourut son grand corps secoué dans tous les sens quand il saisit la crinière pour mieux s'accrocher.

— Avance ton corps, Pharaon ! Fais-lui plier le jarret.

Aménophis rugissait autant qu'hennissait l'animal. C'était un concert étrange de bruits furtifs qui emplissait l'air tiédissant de l'atmosphère du soir.

— Respire un grand coup. Respire et penche-toi en avant ! Plus que ça !

Brusquement, ce fut à nouveau la chute. Le pharaon jura mais se releva et, avant que Youkka eût le temps de lui jeter un autre ordre, il avait de nouveau sauté sur l'étalon, balayant rageusement de ses jambes dénudées les flancs de l'animal.

— Tu en sais suffisamment assez, à présent, pour que mon regard se détourne de toi, jeta Youkka en sautant sur le cheval qui faisait face à celui d'Aménophis.

Il éleva un bras dans l'espace et, de sa gorge, sortit un grand cri qui sembla défier l'espace.

— Talonne, talonne. Couche-toi sur le cou du cheval et ne le lâche plus. C'est ainsi que tu le tiens.

Puis, poussant un autre cri, il détala dans la campagne suivi par son nouveau compagnon. La horde n'en finissait plus de longueur. Quand ils atteignirent l'endroit le plus aminci de l'Euphrate, là où une boucle s'incurvait entre deux monticules recouverts d'arbres aux essences les plus diverses et aux couleurs les plus variées, ils dépassèrent les derniers chevaux qui tranquillement buvaient dans le fleuve.

Passé les deux montagnes, une autre plaine s'étalait devant eux, plus désertique, plus chaude. Aménophis sur ses talons, Youkka quitta le fleuve pour entrer dans les terres. Le ciel commençait à se strier de couleurs orangées et des effluves bizarres emplissaient l'atmosphère.

Cette fois, le pharaon sentait le cheval qui se soudait à lui. La course devenait enivrante pour le cavalier et la bête. De son côté, Youkka et sa monture avaient des ailes. La plaine fut vite absorbée par un désert quasi vide de toute vie végétale, mais nos deux hommes se saoulaient de vitesse, emportant le sable chaud sous les sabots des chevaux.

Quand hommes et bêtes furent épuisés, Youkka stoppa net.

— Veux-tu que nous reposions là ?

— J'allais te le demander. Demain, nous regagnerons la horde. Et, si tu acceptes de me suivre en Egypte, nous materons tous ces chevaux et nous en ferons les meilleurs coursiers du monde.

Comme son compagnon se taisait, Aménophis reprit :

— Je te ferai Grand Maître de mes écuries royales. Je te donnerai un nom égyptien.

Pharaon s'allongea sur le sable. Il était de plus en plus chaud. La soirée s'annonçait brûlante.

— Dans les assemblées officielles tu t'appelleras Pensouker et, pour mieux t'intégrer à mon pays, tu épouseras une égyptienne. Cela te convient-il ?

— Ai-je donc le choix ?

— Non. C'est un ordre. N'oublie pas que j'ai vaincu ton pays et que j'ai tué les tiens.

Youkka plissa ses yeux jusqu'à les dissimuler complètement dans son visage mat et triangulaire. Puis, s'assurant que les deux chevaux étaient là, il les réunit par le col avec la corde qu'il avait emportée, attacha celle-ci autour de sa taille et s'allongea aux côtés d'Aménophis.

— Mon frère régnant sur le Naharina avait la mainmise sur tous les chevaux du pays. Régner ou non m'était égal, mais ne posséder aucun cheval m'était intolérable.

— Chez moi, tu les auras tous.

— Alors, je viens avec toi.

Il détendit ses longues jambes et ramena ses bras sous sa nuque.

— Ton Nil est-il aussi grand que l'Euphrate ?

— Plus vaste encore. Si tu ne blasphèmes pas notre dieu crocodile qui hante ses parages, il ne t'arrivera nul tourment, nul accident. Mais, n'aie crainte, tu seras libre de suivre ton culte et d'adorer tes dieux. Lequel pries-tu le mieux ?

Youkka leva les yeux au ciel. Il devenait rouge pourpre.

— Le soleil, fit-il. Et il s'assoupit.

*
* *

L'air était sec. Sur l'imposante terrasse qui s'avançait dans les jardins du palais de Naharina, un brouhaha indescriptible s'amplifiait d'heure en heure. C'était comme une soupape prête à exploser. Une sorte de machine infernale d'où s'apprêtaient à sortir, d'un côté, les élus et de l'autre les condamnés. Un jugement que créaient les humains au nom des dieux.

C'était l'éternelle histoire des vainqueurs et des vaincus qui faisait tant couler d'encre.

Affairé tant la besogne était longue et ardue, Minhotep était entouré de sa horde de scribes. Tous vêtus du pagne traditionnel, court, blanc et plissé, les cheveux coupés à ras des épaules, les jambes repliées sous leurs cuisses, ils encerclaient le Grand Scribe depuis l'aube, silencieux, attentifs, l'œil et l'ouïe en alerte, la tablette d'argile posée sur les genoux. Seule, une agitation intérieure, que les plus anciens dissimulaient avec habileté, devait étreindre les plus jeunes qui n'avaient encore jamais assisté à un recensement de prisonniers et de butin.

Assis sur le trône du défunt roi de Naharina, un large siège en bois rouge rehaussé d'or et de turquoises qui faisait partie du butin acquis, Aménophis s'apprêtait à regarder défiler les otages.

— Pentou ! cria Minhotep, tu inscriras tous les hommes en séparant ceux qui sont valides et ceux qui sont estropiés. Je veux que sur le nom de chacun figure l'anomalie ou l'aptitude qui le caractérise.

Il porta ses yeux sur le pharaon qui se laissait distraire par l'arrivée d'une colonie de petits singes capturés dans les jardins de Naharina. Puis, il revint au scribe Pentou qui commençait à tracer le plan de son travail.

— Tu ne placeras les borgnes et les édentés parmi les valides que s'ils présentent des muscles solides.

Mais, s'ils sont faibles d'ossature et s'ils n'ont pas les épaules puissantes, tu les passeras dans l'autre camp.

Entre ses mains, il roulait un papyrus vierge. Puis, il fit claquer ses doigts, écoutant le bruit sec et mat qui se répercuta parmi la cinquantaine d'oreilles qui l'écoutait. Enfin, arrêtant son regard sur le pharaon qui jouait distraitement avec un petit singe noir, il saisit le calame coincé derrière son oreille.

— M'as-tu compris ?

Le scribe subordonné acquiesça.

— Houry, tu inscriras les vieilles femmes et les enfants, fit-il en se tournant vers un autre de ses subordonnés qui, visiblement, attendait cet ordre. Fais-toi aider si la tâche est trop longue. Le cas de ces femmes est toujours plus compliqué que celui des hommes, surtout lorsqu'il se double d'une marmaille pleurnicharde à laquelle tu seras confronté. On murmure que parmi les prisonnières qui vont défiler se trouvent plus de six cents enfants en bas âge.

Il ramena le calame sur son oreille et enroula pour la dixième fois le papyrus vierge entre ses mains.

— Méfie-toi des plus âgées, elles sont souvent rusées et ont toujours quelque chose à cacher.

Houry étendit sur ses lèvres un sourire affirmé comme si la besogne qui l'attendait se révélait d'une simplicité extrême.

— Ne sois donc pas si sûr de toi, fit Minhotep d'un ton sec, tu ne connais pas ces vieilles qui entortillent leur monde aussi facilement que l'eau brille au soleil. Ecoute plutôt les gardes qui t'aideront. Ils ont été formés pour ça et s'y entendent.

— Vous ! Soyez attentifs, ajouta-t-il en se retournant vers deux grands scribes qui, la bouche close, le nez à l'affût et la perruque impeccable, scrutaient l'environnement avec suspicion comme s'ils devaient mener l'enquête du siècle.

Les deux scribes interpellés s'immobilisèrent,

l'esprit déjà bouillonnant de l'exploit qu'ils auraient bientôt à réaliser.

— Vous vous chargerez des jeunes filles. Trois gardes vous aideront si la tâche est dure, nous détacherons un petit contingent de soldats pour mater ces pucelles.

Les deux hommes acquiescèrent de la tête.

— Ne soyez pas indulgents. Restez impartiaux. Les plus belles créatures risquent de vous faire tourner la tête. Celui qui se laissera envahir par la faiblesse ou la pitié touchera de la bastonnade, cinquante coups. Foi de Minhotep !

D'un œil aigu, il s'assura que son langage était clair et ferme. Mais, pour pimenter son propos, il ne put s'empêcher d'ajouter :

— N'oubliez pas que ce genre de femelles cherchera à vous séduire, à vous corrompre, à vous envoûter peut-être. Et, qui sait ? A vous extorquer quelques secrets qu'elles n'ont pas à connaître.

Minhotep poursuivit ses ordres et ses instructions de longues minutes encore, fixant ainsi le premier sort des captifs. La suite de leur triste destin viendrait après.

La veille, Aménophis avait été saisi de surprise devant les armes de combat empilées les unes sur les autres et dont le sommet s'élevait d'heure en heure. Certes, un butin dont on parlerait longtemps.

Après le recensement des armes et des chars réquisitionnés, le pharaon était resté encore plus impressionné par la file interminable du bétail et surtout celle des cent taureaux qui, lourdement, avaient défilé devant lui. Des bêtes robustes, splendides qui, dans quelque temps, assureraient une abondante progéniture. Une aubaine d'envergure ! Grâce à cette gigantesque capture, l'Egypte serait pourvue en "taureaux puissants" des années durant.

Mais, ce matin-là où le butin de guerre devait illustrer la victoire, Minhotep n'en avait pas encore tout à fait terminé avec ses scribes. Restaient les bêtes et, pour les Egyptiens, ce recensement-là était aussi important que celui des prisonniers.

— Khat ! Tu inscriras le bétail, cria-t-il. Et ne t'avise pas d'oublier un seul âne.

Khat était le plus jeune scribe qu'avait recruté l'équipe de Minhotep. Agé d'à peine seize ans, il relevait le buste pour paraître plus grand et tenait droit le menton qu'il avait encore imberbe.

— Pas une mule, pas une chèvre ne doivent être soustraites de ton regard. Tu m'entends, Khat ! Pas une. Aiguise ton œil et fais marcher ta cervelle, car tu devras aussi écarter les animaux malades qui risqueraient de contaminer le cheptel.

Devant l'air satisfait du jeune scribe, Minhotep ajouta :

— Des hommes compétents t'aideront. J'ai pu mettre la main sur quelques paysans qui savent soigner les bêtes. Mais attention, ces hommes ne sont pas égyptiens, il faudra donc garder un œil vigilant sur leurs gestes et leurs agissements.

Khat hocha la tête. Après ce travail de haute responsabilité que lui confiait le Grand Scribe, il pourrait rentrer la tête haute dans son village et demander Iset en mariage. Plus rien ne s'y opposerait. Du titre "élève scribe", il passerait à celui de "scribe surveillant". Loin de lui serait le jour où le père d'Iset avait rétorqué vertement au jeune homme qu'il n'était encore qu'un gamin sans cervelle.

Enfin, les hérauts se présentèrent et le son des trompes se fit entendre. Pharaon s'impatientait et désirait que le long défilé commence. Pourtant, il laissait flotter sur ses lèvres fines un sourire engageant que ses conseillers enregistraient comme le signe d'une forte satisfaction.

Observant l'assemblée qui s'était agglutinée sur les bas-côtés de la terrasse pour ne manquer aucun détail du long défilé, car il s'agissait d'un véritable spectacle, Aménophis tapota du bout des doigts les deux bras de son fauteuil impérial.

— Allons ! jeta-t-il d'une voix forte, qu'on amène les captifs, hommes, femmes et enfants, je veux les voir tous passer devant moi !

*
* *

Le long cortège commença sa marche dès l'aube et ne s'arrêta qu'au soir du lendemain.

Le matin du premier jour, quand la file des hommes s'avança, les scribes et les soldats séparèrent les guerriers, les agriculteurs et les artisans.

Un brouhaha emplissait l'atmosphère. Supervisant l'ensemble, Pentou s'échinait à compter.

— Au total, cria-t-il d'une voix qui portait jusqu'au dernier rang de l'assemblée, deux cent cinquante hommes capables de se battre et d'être enrôlés dans notre armée. Il fit une pause, observa l'immobilité de son chef et poursuivit :

— Majesté, ils peuvent revêtir l'armure égyptienne. Vos soldats les endoctrineront sans difficulté. Ils sont prêts.

— Pas encore ! jeta le pharaon. Ne sais-tu pas, scribe, que ces gens-là ont encore besoin de peiner, de trimer avant d'accepter totalement nos coutumes ? Qu'on les laisse enchaînés jusqu'à Thèbes. Je verrai, ensuite, ceux qui méritent mon indulgence.

Pentou parut ahuri. Pourtant, Minhotep l'avait assuré qu'ils étaient tous mûrs pour un prompt engagement. Quand il se retourna vers son chef, il vit que le regard sombre et coupant de celui-ci l'enjoignait à rejoindre le rang des autres scribes. Il se prosterna devant le pharaon, mais celui-ci le questionnait déjà avant qu'il ne regagne sa place parmi les autres.

— Et ceux-là ? fit Aménophis en désignant du

doigt un groupe d'une trentaine d'hommes que Pentou avait placé sur le côté.

Ce fut Minhotep qui répondit précipitamment à sa place :

— Ceux-là, Majesté, ce sont des tireurs d'élite, capables de prouesses. Leurs flèches peuvent traverser le Nil sur toute sa largeur et aller se planter bien au-delà des champs qui le bordent.

— Sont-ils soumis ?

— Ceux qui ne l'étaient pas ont été tués. Ils étaient trop virulents et, de ce fait, dangereux. Ces guerriers-là, ajouta-t-il en désignant les hommes qui restaient, travailleront pour votre gloire, Majesté.

Il fallut qu'un test de leurs compétences soit effectué devant le pharaon pour le convaincre des qualités réelles des archers asiatiques. On les mit sur une file et l'on disposa des cibles à plus de cent et deux cents coudées pour juger de leur valeur. Ils firent de telles performances qu'Aménophis et Paser en restèrent ébahis.

Le pharaon pointa son doigt vers les deux plus habiles.

— Toi le chauve, dit-il en désignant l'homme au crâne rasé, et toi dont les cheveux sont aussi rouges que le sang brûlé, si je suis satisfait de votre comportement, vous ferez partie de ma garde personnelle d'archers. Qu'en dis-tu Paser ?

L'Intendant des Archers s'approcha des deux prisonniers, tâta leurs muscles encore bandés de leurs derniers efforts et approuva de la tête.

Vinrent ensuite les lutteurs. Une cinquantaine de colosses qu'une lourdeur extrême enveloppait de muscles et de graisse combattirent à mains nues contre de forts gaillards égyptiens qui les attendaient, jambes écartées et poings sur les hanches.

Les combats furent assez brefs, mais convaincants. Sur les cinquante lutteurs asiatiques, Pharaon en écarta douze qui, selon lui, n'étaient pas plus costauds qu'un soldat ordinaire.

— Ils feront de bons fantassins, jeta-t-il en esquissant une grimace satisfaite. On les placera en arrière-garde. Leur tâche sera de faire avancer les traînards.

On parlementa moins longtemps sur les paysans et les cultivateurs. Labourer, semer, récolter était une besogne partout identique, que le sol fût étranger ou égyptien. Seules, les traditions et les méthodes pouvaient changer, encore que celles du Naharina parussent assez évoluées. Leurs champs étaient dorés de blé mûr, leurs prés verts et gras et leur terre noire et argileuse promettait chaque année les plus belles cultures.

— Ces paysans seront affectés pour une partie dans la campagne thébaine et pour une autre dans celle d'Abydos, Thinis et Edfou. J'y ai pris beaucoup d'hommes pour renforcer mes armées et, à présent, ils sont trop entraînés et formés pour qu'ils retournent à la terre. Il faut les remplacer.

— Majesté, reprit Kenamon, il faudrait aussi en placer dans le fayoum.

— Tu as raison. Ils apprendront à récolter le papyrus dans les régions du delta.

Après le recensement des agriculteurs qui, eux aussi, furent enchaînés par les gardes afin que le trajet du retour se fît sans encombre, on fit défiler les artisans.

Le nombre des tailleurs de pierres était mince, presque inexistant, car les roches du Naharina n'étaient pas exploitées. En revanche, celui des menuisiers et charpentiers se dénombrait à quatre cent cinquante. Ils travaillaient une diversité de bois incomparable : l'acacia, le bouleau, le saule pleureur, le pin des montagnes et même un tendre bois rose dont l'arbre donnait à la fin de la saison du périt une multitude de petites fleurs aux teintes pâles et délicates.

— Majesté, fit Minhotep en brandissant une curieuse pince en métal, dont le bout se terminait par un long manche, c'est un outil dont ces gens se servent pour travailler et raboter leur bois.

— Passons, passons, fit Aménophis agacé. Où sont donc les chasseurs ? Pourquoi ne les as-tu pas encore fait défiler, Minhotep ? Ne vois-tu pas que je suis impatient de les voir ?

Mécontent de voir que l'outil repéré n'obtenait pas le succès qu'il escomptait, Minhotep fit disparaître la pince à bois dans un pli de son pagne, se jurant de la ressortir au moment adéquat et se retourna vers le pharaon.

— Ils arrivent, Majesté.

En fait, le Grand Scribe voulait réserver la surprise à son pharaon pour la fin de la soirée. L'arrivée des chasseurs prisonniers aurait été une sorte d'apothéose. Mais, Aménophis était si pressé de les voir qu'il en oubliait momentanément le défilé des femmes.

On passa donc au pas de course les potiers et les briquetiers pour ne retenir que les travailleurs du cuir et du métal qui, certes, seraient utiles à l'Egypte. Aménophis n'avait jamais assez de cottes de guerre doublées de peau, de bons boucliers, de casques solides et d'armes pointues bien aiguisées pour combattre ses ennemis.

Minhotep soupira. Certes, comment un soldat aguerri tel qu'Aménophis, d'une ardeur physique plus vigoureuse encore que celle de son père, pouvait-il s'intéresser aux potiers, aux peintres, aux sculpteurs et dessinateurs ?

La corporation des artisans défila donc devant le pharaon sans que celui-ci ne s'attardât davantage sur les compétences que certains, pourtant, auraient aimé montrer.

— Allons, vociféra Aménophis, cette fois il est temps d'amener les chasseurs !

Hélas, il fut déçu. Le pays du Naharina était une région de cultures où le cheval sauvage était roi. Il aurait pourtant dû s'en douter après l'extraordinaire chevauchée qu'il avait faite avec Youkka dans les vallons verdoyants du Naharina. Ici, il n'existait pas de grands espaces désertiques où l'homme est toujours à l'affût du grand fauve.

C'est ainsi que l'on ne put présenter au pharaon que des chasseurs de petits gibiers, de mangoustes, de grues cendrées, de bouquetins et de mouflons de montagnes.

— Liste du butin ? cria Kenamon quand la file des hommes se termina et que le son des trompes se fut arrêté.

— Mille huit cents hommes valides à ramener en Egypte, annonça le héraut préposé à cette tâche. Les malades et les estropiés ont tous été supprimés.

— Et sur ces hommes, coupa Kenamon, combien ont encore leurs femmes ?

— Six cents, dont cent soixante familles restent entières. Quatre-vingts d'entre elles emportent leurs biens personnels et quarante hommes, qui ne sont pas des princes, mais des nobles de Naharina, ont un harem ou plusieurs femmes.

Aménophis acquiesça. Minhotep poursuivit :

— Ces femmes nous ont suppliés de leur laisser emporter leur fortune. Ces biens sont essentiellement des bijoux et des parfums.

De nouveau, Aménophis acquiesça. Le sort de ces familles nobles réchappées du désastre l'intriguait toujours. Pourquoi, parmi tous ces captifs, existaient-ils ceux qui refusaient de se plier au vainqueur et ceux qui acceptaient la servitude du vaincu ? Parfois, Aménophis se posait la question. Autrefois, son peuple avait été dominé par les Hyksos, s'était plié aux lourdes contraintes que lui imposait l'ennemi, avait été battu, bafoué, humilié.

Non ! Un tel jour, Aménophis ne devait pas se laisser envahir par ce triste et sombre passé. L'Egypte était à présent invincible, imprenable, immortelle. Son père l'avait menée à la victoire et lui, son fils, la conduirait à la gloire.

— Et le bétail ! cria-t-il. L'a-t-on entièrement recensé ?

— Oui, Majesté, ponctua Minhotep de sa voix calme et tranquille. Trois mille bœufs, cinq mille ânes, huit cents taureaux dont cent étalons, cinquante oryx et cent vingt gazelles capturées récemment par les chasseurs du Naharina qui étaient parquées non loin de leur village.

— N'y a-t-il que cela ?

— Des porcs et des poulets par milliers, Majesté. Nous ramenons même un bouquetin et deux mouflons qu'un des nôtres a capturés sur la montagne rouge.

Le pharaon esquissa un sourire. Sa mémoire revint aux puissants taureaux qu'hier il avait vu défiler devant lui. Son prestige serait accru avec de tels atouts à présenter aux dieux de son temple.

— Et les armes ?

Bien que Kenamon en eût déjà annoncé le chiffre répété d'ailleurs à voix forte par le héraut et bien que celui-ci fût conséquent — tous le savaient — il comprit qu'Aménophis se repaissait de sa victoire.

— Neuf cents chars de combat, mille javelots et mille deux cents poignards à long manche, huit cents glaives recourbés, neuf cents haches à tranchant arrondi, deux mille lances lourdes et des milliers de massues et de boucliers.

— Et les chevaux ? hurla Aménophis.

Un silence se fit avant qu'une réponse ne vînt à ses oreilles. Les dignitaires se regardèrent. Paser et Kenamon échangèrent un signe étrange. Ce fut Minhotep qui annonça :

— Deux mille chevaux !

Le pharaon pointa son doigt dans l'assemblée :

— Youkka ! cria-t-il. Ce chiffre tient-il compte de ceux que tu me donnes ?

Superbe dans sa tenue noire, un bandeau entourant sa tête mais laissant flotter dans son dos la longue tresse noire, les reins dégagés de toute entrave, car son pagne qui descendait jusqu'à ses pieds n'était attaché que sur ses hanches, le prince de Naharina, qu'Aménophis n'avait pas abattu de son glaive, se détacha du groupe derrière lequel il était dissimulé.

Il avança d'un pas souple et félin. Son teint était sombre comme celui d'un bédouin et ses yeux étirés brillaient d'un éclat étrange que nul ne pouvait expliquer.

Il écarta les jambes et posa les poings sur ses hanches.

— Non. Ceux que je te donne sont au nombre de mille cinq cents.

— Alors, cela fait trois mille cinq cents chevaux que nous ramenons en Egypte.

— Le compte est bon, Majesté, fit Minhotep en se courbant jusqu'à terre. Si je n'ai pas annoncé les chevaux du prince, c'est que j'étais absent lorsque vous les avez découverts. Jamais, je n'aurais cru qu'une telle quantité puisse être regroupée en un seul endroit.

— Allons, fit Aménophis satisfait du chiffre annoncé, tout ceci est de fort bon augure. Poursuivons, à présent.

Il tendit la main vers Youkka.

— Viens de mon côté. Je veux qu'à présent tu sois honoré comme l'un des miens.

Le prince avança lentement. Il avait les hanches onctueuses et la démarche d'un chat sauvage prêt à sortir ses griffes sur le premier agresseur. Grand et mince, sa taille dépassait celle de tous les dignitaires qui entouraient Aménophis.

Le pharaon et ses amis observèrent en silence la

façon dégingandée avec laquelle il se déplaçait, balançant ses fines hanches comme s'il était à califourchon sur l'un de ses chevaux.

Quand il passa devant Paser, son visage triangulaire eut un sourire énigmatique. Sa bouche était petite et fine, semblable à celle d'une femme et ses lèvres avaient la rougeur d'une grenade mûre. Paser jeta ses yeux dans les siens et vit que l'étrange lueur qui s'y reflétait ne semblait pas lui être hostile.

Par contre, le coup d'œil sombre que lui lança Kenamon quand, le temps d'une seconde, il s'arrêta devant lui, laissa transparaître une franche malveillance. De ses yeux perçants, Youkka le jaugea et, sans attendre, lui rendit l'hostilité de son regard.

Puis, laissant les deux compagnons du pharaon s'interroger sur l'effet qu'il leur avait fait, il s'approcha d'Aménophis et inclina la tête. Quand il la releva, un léger sourire flottait sur ses lèvres. A présent qu'il avait la vie sauve, il fallait en impressionner d'autres. Dans l'assemblée, un grand calme s'était levé.

L'œil renforcé d'une attention nouvelle, le pharaon l'examinait en silence.

— Le cadeau que tu m'as fait est inestimable et mérite bien le titre que je te donne, dit-il enfin en tendant la main au prince.

Personne n'osa répliquer, mais chacun pensa que, si le prince n'avait pas eu cette générosité de cœur envers le pharaon, ce dernier l'eût tué aussitôt pour s'emparer des mille cinq cents chevaux sauvages.

— Quand tu seras Grand Maître de mes écuries à Thèbes, tu épouseras la sœur de Paser, mon compagnon d'enfance. Qu'en dis-tu, mon frère ? jeta le pharaon d'un ton éclatant en se tournant vers son ami.

Tout d'abord, Paser eut un sursaut d'étonnement. La veille, Aménophis lui avait demandé quelle serait la réaction de Rekmirê en apprenant cette soudaine décision et Paser avait rétorqué que, seul, le désir du Grand Maître de l'Egypte comptait.

Mais, la brutalité de cette annonce faite en public devant l'assemblée égyptienne le déconcerta. Pourtant, cette fois encore, il excusa le manque de délicatesse de son ami et son étonnement se mua en satisfaction, bien que dans cette affaire deux avis essentiels n'eussent pas encore été mis en cause, celui de son père Rekmirê et de sa plus jeune fille Thouya qui n'était pas encore pubère.

Epouser un Asiatique ! Comment réagirait sa sœur ? Il y avait tant de sang rebelle, côté femmes, dans sa famille depuis que l'audacieuse Séchat avait été Grande Scribe de la pharaonne Hatchepsout, que la désinvolte Satiah, Seconde Epouse, avait bafoué la vie du palais pour vivre sa propre liberté qu'il était presque normal que l'indomptable Beket préférât suivre une carrière de peintre et non se marier pour fonder une famille.

A présent, comment réagirait Thouya ? Paser, son frère, la connaissait comme une enfant bouillonnante et vive, n'aimant guère faire de compromis. Adolescente, elle était déjà impatiente d'on ne sait quoi, désireuse de tout, parlait déjà de vivre à grandes brassées effrontées et intrépides. Thouya voulait tout connaître, tout comprendre. Accepterait-elle de rester confinée dans une maison avec un époux sans doute conscient de ses qualités de prince qui réclamerait un jour son propre harem ?

— Dans un an ou deux, Thouya sera l'une des plus jolies filles de Thèbes, reprit Aménophis en observant le visage impassible du prince de Naharina. Et, n'oublie pas que sa sœur Tiâa est la Grande Epouse Royale. C'est donc un honneur pour toi.

Attentif, Youkka écoutait mais ne bronchait pas. Et, par-delà ses yeux perçants et noirs, que pensait-il ?

Le lendemain, on fit défiler les femmes. Houry, le scribe, aidé de plusieurs soldats, avait placé les vieilles et les enfants sur la file de droite et les beautés orientales sur celle de gauche.

En Egypte, seules les étrangères ramenées des expéditions guerrières, à l'exception des filles et sœurs de roi destinées au harem, étaient considérées comme serves. Beaucoup d'entre elles, les moins prudes ou celles qui, par leur indiscipline ou leur insoumission se faisaient trop remarquer, étaient cédées aux guerriers qui avaient servi Pharaon. Ceux qui ne voulaient pas les garder pouvaient les vendre à des marchands syriens, leur proposant ainsi, à prix élevé, une domesticité qu'ils avaient recrutée à bon compte dans leur propre pays.

En Egypte, l'acquisition d'une femme serve devait être enregistrée officiellement à un bureau gouvernemental. De leur condition sociale dépendait le degré de servitude envers leur maître.

Mais, ces serves avaient parfois une spécialité et, toujours scrupuleux de la progression de leur pays, les Egyptiens en tenaient compte. Les cultivatrices étaient placées dans de grands domaines appartenant à l'Etat. Elles devaient y travailler et se contenter pour survivre de leur seule récolte.

Celles dont le niveau intellectuel ou manuel était supérieur suivaient des formations qui leur permettaient d'accéder à des métiers confirmés. La plus douée pouvait alors entrer chez un bon artisan qui travaillait la pierre, le bois, le cuir, l'argile tout en effectuant la besogne de servante. Il arrivait même qu'un Egyptien de moyenne condition demandât à l'épouser.

Bien sûr, il existait aussi les plus raffinées, celles dont l'esprit aimait la musique, le chant, la danse et, si elles n'était pas dirigées vers le harem du pharaon, elles étaient achetées par les nobles dames des dignitaires, toujours en quête d'une jolie servante pour satisfaire les yeux de leurs invités lors des fêtes et des réceptions.

Quand Tetissana arriva en début de file, on sut de suite qu'elle allait semer l'agitation dans l'assemblée et parmi les membres de la cour.

Ses yeux noirs plongèrent hardiment dans ceux du pharaon, et elle chercha, de suite, à affronter son regard.

Elle avança de quelques pas, malgré la forte poigne du soldat qui la retenait et dont elle se dégagea vivement. Ses hanches rebondies et ses seins audacieux forçaient tous les regards. Quelques hommes se raclaient la gorge dans un rire à demi étouffé. D'autres la regardaient s'approcher avec un œil qui ne manquait pas d'éclat.

— Qui es-tu ? fit Aménophis sans cesser de l'observer. Pourquoi t'es-tu glissée parmi les vieilles femmes et les enfants ?

La femme eut un rire gras et sensuel.

— Je pourrais te répondre ceci : “Pour que tu puisses mieux me remarquer, Pharaon.” Mais, ce n'est pas vrai. Je n'ai rien à faire dans la file des vierges que, tout à l'heure, tu vas croquer des yeux.

Décidément, l'effronterie de cette femme dépassait la mesure. Mais, le pharaon était ainsi fait, il aimait la provocation quand celle-ci ne dérangeait pas le pouvoir dont il était le maître.

— Alors, que fais-tu dans cette file ?

— J'ai décidé d'aider les femmes âgées qui, privées des jeunes filles que tes soldats ont regroupées, n'ont pas assez de leur pauvre dos pour porter tous les enfants.

Le spectacle était en effet désolant. Les plus grands accrochaient leurs petites mains noires et sales au pagne déchiré de leur mère et les plus jeunes étaient attachés dans leur dos.

Le pharaon se mit à rire, accompagné de quelques sots qui se crurent fins en l'imitant.

— Veux-tu donc porter, à toi seule, sur ton joli dos toutes ces marmailles ? dit-il en désignant les dizaines d'enfants qui, apeurés, se cachaient derrière les corps usés des vieilles femmes.

— J'en porterai un chaque jour. Que cela te plaise ou non, Pharaon.

Deux gardes casqués, le javelot en main, la dague à la ceinture, la saisirent brutalement par le bras. Le plus âgé s'emporta :

— Assez discuté. Qui es-tu ?

— Oui, qui es-tu ? répéta Aménophis en cessant de rire.

— Et toi, Pharaon, es-tu aussi puissant qu'on le dit ?

Contrarié par son audace, Minhotep la bouscula. Elle chancela, mais fut aussitôt reprise par la poigne des soldats.

— Laissez-la parler, fit Aménophis.

Puis, regardant la fille aux hanches charnues et aux seins agressifs, il reprit :

— Allons, dis-nous ton nom ?

— Tetissana, la prostituée.

— Eh bien, toi au moins, s'esclaffa le pharaon, aucun homme ne risque de t'épouser.

Cette fois, un rire général accueillit la boutade.

— Pourquoi ? fit effrontément la fille. Autant te dire de suite que je refuse d'entrer dans ton harem.

— Ne crains rien, répliqua le pharaon, tu n'y entreras pas. Tu sèmerais la discorde parmi mes femmes. Et puis, ajouta-t-il en soupesant les formes alléchantes de la jeune fille, tu l'as dit, tu n'es qu'une prostituée. Tu iras donc rejoindre celles de ton genre. Soldats et marins ont fort besoin de filles comme toi.

La fille eut un geste de colère et les soldats esquissèrent un mouvement hâtif pour la retenir à nouveau, mais sur l'ordre d'Aménophis, ils reculèrent et se contentèrent juste de ne pas la lâcher des yeux.

— Ça aussi, je refuse. A Niyi, je tenais une maison de plaisirs. La taverne m'appartenait et j'y recevais la meilleure clientèle de la ville.

— Une maison de plaisirs ! intervint Aménophis en scrutant davantage les formes de la fille.

— Comme je te le dis, Pharaon. Il est donc juste de me laisser œuvrer parmi les tables garnies des vins les plus divers et les couches les plus moelleuses disposées à l'arrière de la taverne.

— Tu me sembles bien exigeante pour une prisonnière !

Tetissana se redressa, ignorant la douleur d'une épaule qu'un des deux soldats avait trop malmenée. Elle planta son regard hardi dans celui du pharaon et jeta tranquillement :

— Quand nous serons en Egypte, donne-moi un tel établissement et je te promets que j'y ferai merveille.

— Tu es folle ou insensée. Tu ne penses tout de même pas gagner le même argent qu'à Niyi ?

Tetissana rejeta la tête en arrière.

— Je te fais cette proposition, même si les gains vont à l'Etat de ton pays. Cela me semble honnête pour une prisonnière, fit-elle d'un ton mordant.

— Alors, nous verrons. Pour l'instant contente-toi d'obéir.

Il fit un signe de la main vers Minhotep et poursuivit :

— Qu'on la place en dehors de la file.

Ses compagnes captives avancèrent les unes derrière les autres. Les vieilles femmes défilaient lentement, les enfants accrochés à leurs bras, leurs jambes, leur taille, leur dos. Elles gardaient toutes au fond de l'œil une angoisse démesurée, sachant trop bien que le sort qui leur était réservé resterait longtemps sombre, du moins pour celles qui auraient la force d'atteindre le pays vainqueur.

— Eh toi ! fit Minhotep avant que l'une d'elles arrive au niveau d'Aménophis. Quel âge as-tu ?

— Seize ans.

— Que fais-tu dans cette file ? Tu devrais être parmi les vierges.

L'adolescente rougit et bafouilla :

— C'est que... Je ne voulais pas laisser ma mère.

— Qu'y a-t-il ? fit le pharaon dont l'œil de fauve venait de repérer l'algarade naissante. Qui est cette fille ?

— Allons parle ! fit un soldat en poussant brutalement la fille devant Aménophis.

— Je... Je suis l'aînée de treize enfants, bégaya l'adolescente. Vous... vous avez tué mon... mon père et ma... ma mère ne peut assumer seule la ch... arge de tous mes frères et sœurs.

Une vieille femme encore belle, mais lasse et usée se prosterna lourdement à terre.

— Pitié pour eux, Majesté. Pitié pour mon aînée qui n'a fait que suivre sa générosité de cœur pour aider sa famille.

— Que faisait ton époux ?

— Il curait les voies d'eau qui menaient au fleuve.

— Pourquoi s'est-il fait tuer ?

— Une flèche l'a atteint brusquement, là, fit-elle en se frappant la poitrine par deux fois.

Aménophis hocha la tête et regarda la fillette qui tremblait de peur.

— Là en pleine poitrine, poursuivit sa mère, toujours prosternée au sol. Juste avant qu'on le capture. Il se serait soumis, Majesté, et aurait pu servir l'Egypte loyalement.

— Qu'on les laisse ensemble, jeta aussitôt Aménophis en esquissant un geste magnanime.

Puis, d'un mouvement plus brusque, il réclama que le défilé se poursuive. Vieilles femmes et enfants passèrent ainsi devant le pharaon et ses dignitaires jusqu'à ce que la fin de la file amenât celle des jeunes femmes et des filles vierges dont une grande partie était composée d'adolescentes.

Tout commença de façon assez calme. L'enfilade

de filles était plutôt impressionnante et le pharaon détaillait chacune d'elles sans parler.

Il faut dire que, dans ce début de file, ne figuraient que les plus jeunes de douze à quinze ans, choquées par les événements et qui n'osaient broncher tant elles avaient peur. C'était à peine si elles pouvaient répondre quand le pharaon leur posait une question.

A la moitié de la file, vinrent les jeunes filles d'une vingtaine d'années. Lorsqu'elles étaient dociles, résignées, tout se passait vite. Mais, quand l'une d'elles cherchait à attirer l'attention, elle s'y prenait avec l'effronterie de sa jeunesse qui déclenchait aussitôt l'agitation vite refoulée par les scribes et les soldats. Il arrivait de temps à autre qu'Aménophis en écartât quelques-unes pour les regrouper en dehors de la file.

Quand Minhotep lâcha l'épaule de Kigirpa l'insoumise, la jeune fille se coucha brusquement sur le sol en un mouvement ondulatoire, mains à plat, prenant soin de laisser ses cheveux abondants d'un blond étrangement roux s'étendre autour d'elle.

Sa tunique était déchirée de l'épaule à la taille. Un sein petit et blanc pointait de façon fort audacieuse. Ses jambes longues et fuselées restaient jointes l'une contre l'autre.

Elle releva lentement son visage et ses cheveux se mirent à onduler le long de son dos, comme la cascade qui tombait des montagnes là où les chevaux sauvages de l'Euphrate se regroupaient.

Puis, s'assurant que le pharaon l'observait, d'un vif coup de tête, elle ramena la masse épaisse de ses cheveux sur son buste, couvrant ainsi son sein découvert. La blancheur nacrée de celui-ci disparut aussitôt des yeux écarquillés de l'assemblée.

Bras tendus, doigts écartés, le buste relevé, elle fixa le ciel.

— Comment t'appelles-tu ? cria le pharaon.

Minhotep voulut s'interposer et relever la fille, mais Aménophis l'arrêta d'un geste impératif.

— Qui es-tu ? reprit-il.

La jeune fille reprit sa position couchée, à plat ventre sur le sol. Puis, étalant à nouveau, autour d'elle, la masse rousse de ses cheveux, ramenant ses jambes sous son ventre, ses bras sous son buste, elle se colla, se plaqua, s'écrasa au sol de manière à n'offrir au public qu'un immense soleil écarlate. L'image qu'elle donnait à l'assemblée était assez fascinante. C'était une immense auréole de lumière rouge absorbant tout ce qu'elle frôlait. Il ne restait que l'essentiel. Kigirpa avait tout balayé autour d'elle, sous elle, en elle.

Elle se releva d'un bond inattendu.

— Je suis le soleil, Majesté, s'écria-t-elle. Pour vous servir.

Elle fit un autre bond en avant, s'immobilisa, leva une jambe jusqu'à ce qu'elle soit parallèle à sa tête.

— Regardez, Majesté, mon pied décroche le soleil. Il l'attrape, le séduit, le captive, mais ne l'emprisonne pas.

Puis, elle se cambra en arrière et son front toucha le sol. Enfin, pieds en l'air, elle se mit à marcher sur ses mains, décrochant ses hanches avec une grâce incontestable. Puis, sur une poussée circulaire, elle fit onduler si vite son ventre et ses reins que l'on eût dit une toupie en mouvement, échevelée, vivante et magique.

Soudain, elle s'arrêta de pivoter et ses pieds menus battirent la mesure d'une musique qu'elle se mit à chantonner. Une sorte de mélopée aux sons rauques et bizarres.

Ses cheveux d'or rouge balayaient le sol. Elle les déployait comme une traîne lumineuse, phosphorescente, magique. Fasciné comme le reste de l'assemblée, Aménophis ne détachait plus son regard de l'image troublante que la jeune fille offrait.

Ce fut lui qui vint à elle. De sa position inconfortable, tête en bas, qu'elle maintenait pourtant de bonne grâce, elle regardait les pieds du pharaon, tandis qu'il plongeait ses yeux sur la masse volumineuse de ses cheveux épais.

Kigirpa réfléchissait. Elle mit fin à la vrille de son corps et le laissa doucement osciller. Enfin, cessant toute agitation, l'une de ses mains agrippa l'un des pieds du pharaon.

— C'est le soleil qui vous retient, Pharaon.

Un soldat se précipita, mais d'un bond de chat, la jeune fille venait de se redresser et, se repositionnant de façon stable sur le sol, fixa le Maître de l'Egypte.

— Sans doute, es-tu la plus belle de ce défilé de femmes, dit celui-ci encore sous le charme de la danse imprévisible. Veux-tu être danseuse dans mon harem ?

— Majesté ! répliqua la jeune fille, vous faites erreur sur ma personne. Je ne suis pas danseuse.

— Peu importe, je t'engage dans mon harem.

Elle le toisa d'un œil narquois.

— Ce n'est pas ce que je désire.

— Que veux-tu alors ?

— Je veux épouser l'homme que j'ai choisi.

A son tour, il eut la prunelle moqueuse.

— Est-ce un soldat de ton pays ?

Kigirpa secoua négativement la tête. Le pharaon prit sa main et la garda dans la sienne.

— Je te conseille de ne plus aimer cet homme, dit-il en pressant si violemment ses doigts qu'elle en ressentit la pression jusque dans son corps.

La jeune fille planta son regard gris dans celui d'Aménophis. Ses yeux étaient allongés comme tous ceux de ces jeunes Asiatiques qu'il retenait captives. Mais, alors que les autres regards étaient profonds et noirs, les siens jetaient des lueurs bleues presque insoutenables.

— Ce n'est pas un soldat, jeta-t-elle.

— Alors qui est-ce ?

— Vous, Majesté.

On crut à une boutade que Pharaon allait punir sur-le-champ. Mais, fait étrange, personne n'osa rire. Un silence se fit dans l'assemblée. Intense, pesant, il raclait l'atmosphère comme une chaleur lourde qui n'arrivait plus à monter, à se dissiper.

Enfin, comme Aménophis semblait avoir le souffle coupé, des gardes s'approchèrent de Kigirpa, prêts à la saisir pour l'enchaîner et l'engeôler. Mais il était dit que l'audace de cette fille ne devait pas être punie.

La lourdeur de l'air s'allégea et le pharaon se mit à rire. Il fallut que Paser l'imitât et que son hilarité se communiquât à quelques autres pour qu'elle fût aussitôt suivie par celle de Kenamon, puis par toute l'assemblée. Alors, les gardes comprirent qu'ils pouvaient s'éloigner.

— Le soleil peut épouser le pharaon, plaisanta la jeune fille.

— Certes, répliqua Aménophis. Mais le soleil est toujours de souche noble.

— Je le suis.

— Alors ! Ton nom.

— Kigirpa. Je suis la fille du roi que tu as tué en plein cœur d'un seul coup de lance.

Les yeux d'Aménophis s'obscurcirent comme un ciel qui devient noir avant l'arrivée du khamsin. Il lâcha sa main qu'il tenait toujours dans la sienne, mais lui prit violemment le bras.

— Viens, fit-il.

Sa force était telle qu'il la traînait plus qu'il ne la conduisait. Elle se fit d'abord récalcitrante, puis dolente, lascive. Enfin elle devint souple et ondulante et se laissa mener.

Aménophis se fraya un chemin parmi l'assemblée devenue muette. Chacun essayait de retenir son souffle. Les dignitaires s'écartaient, les scribes semblaient médusés, les soldats levaient le javelot, prêts à l'abaisser au moindre geste suspect. Arrivé à hauteur du dernier rang de la foule, Aménophis jeta la jeune fille au pied de Youkka.

L'Asiatique parut surpris.

— Youkka ! Je t'ai dit que tu pouvais rester à mon côté. Mais, qu'importe si, lors de mes assemblées, tu préfères la solitude aux honneurs.

Il toucha du bout du pied la fille tombée à terre. Elle redressa vivement le buste, leva le visage sur celui qui, dans un instant, allait parler.

— Peux-tu me dire si cette fille est ta sœur ?

Kigirpa le devança.

— Qui est cet homme ? fit-elle.

— Le prince de Niyi. Pourquoi ne le connais-tu pas ?

— Majesté, mon père m'enfermait avec toutes mes sœurs issues de ses secondes femmes. Je n'ai jamais vu mes frères, fils de la première épouse de mon père.

— Alors, essaye de répondre à ma question et tâche de ne pas te tromper. Les murs ont des oreilles, dit-on, et le bruit a dû courir jusqu'à toi. Combien avais-tu de frères ?

— Deux, Majesté. Mais je ne les ai jamais vus.

— Tu mens.

— Je dis la vérité.

Se baissant pour être à son niveau, Aménophis la fixa longuement. Plongeant ses yeux dans ceux de Kigirpa, il sembla y voir une lueur de sincérité.

— Les filles du roi ont toutes été tuées.

— Pas moi.

Alors, le pharaon la releva brutalement et enserra son poignet gauche entre ses mains puissantes.

— Pourquoi ?

— Parce que juste avant votre agression, je voulais sortir et Satirna ma suivante m'avait habillée comme une servante. Vos soldats, Majesté, m'ont tout simplement prise pour une domestique. Cela m'a sauvé la vie. C'est une astuce vieille comme le monde.

Elle tentait de retirer sa main de la poigne forte du pharaon.

— N'avez-vous pas épargné toutes les servantes ?

Il s'apaisa et lâcha sa main. Du doigt, Youkka toucha le bras musclé d'Aménophis.

— Je ne sais si cette fille est ma sœur, puisque je ne connaissais pas la nombreuse progéniture femelle de mon père.

— Et pourquoi ? questionna le pharaon.

— Parce qu'il la tenait jalousement enfermée. Ne fait-on pas ainsi dans ton palais en Egypte ?

— Non. Les concubines ne sont pas des prisonnières. Elles peuvent sortir autant qu'elles le souhaitent. Il leur est simplement interdit de se donner à un autre homme que moi, le pharaon.

— Tu fais deux poids, deux mesures, pharaon. Les filles et les femmes nobles d'un côté, les servantes de l'autre.

— C'est évident, fit Aménophis en haussant l'épaule.

Youkka revint à Kigirpa.

— Peut-être dit-elle la vérité. Son cas est identique au mien. Personne ne peut nous contredire.

— Mais personne ne peut vous soutenir.

Youkka regarda sombrement Aménophis. Il avait dans l'œil une lueur de défi, une sorte de méfiance comme s'il restait sur ses gardes.

— Il me serait pénible de voir cette fille tuée par tes soins, Pharaon, jeta-t-il d'un ton bas. Surtout si c'est l'une de mes sœurs.

CHAPITRE VII

L'Euphrate fut traversé en son point le moins large, là où des bosquets prenaient racine quand le fleuve coulait bas. On y voyait même le fond obscurci par des pierres parfois coupantes, des touffes d'herbe gluante, des branches mortes et autres petits obstacles qui entravaient la marche des prisonniers.

En cet endroit le plus étroit de l'Euphrate, et malgré cette précaution, le passage du défilé n'avait pas été simple. Des mouvements d'eau, brusques et inattendus, que provoquait un vent sournois qui soufflait surtout quand le soleil tombait, amenaient des trous dans lesquels les enfants chutaient, du moins ceux qui étaient en âge de marcher, car il fallait que leurs mères portent les bébés assez haut sur leur dos pour éviter qu'ils subissent le même sort.

Il arrivait parfois — et ce n'était pas tous les jours — qu'un soldat compréhensif les aidât à soutenir les plus faibles ou même qu'un garde — certains se rappelaient sans doute avec émotion de leur progéniture laissée en Egypte — daignât porter un enfant sur ses épaules. Mais, c'était là un coup d'éclat qui ne se passait pas deux fois de suite pour la même femme.

A mi-chemin du fleuve, les conditions climatiques ne semblèrent pas s'améliorer. Quand le vent se fit trop violent et que les eaux de l'Euphrate s'agitèrent, la situation se compliqua et il fallut détacher un contingent d'hommes pour que le fleuve, devenu aussi perfide qu'un fauve dissimulé dans les branchages, ne noyât pas une quantité innombrable d'enfants.

Lorsque le vent de ces régions asiatiques soufflait au point de décrocher chaque racine du sol, l'Euphrate devenait aussi dangereux que le Nil. Le seul espoir des pauvres mères épuisées qui voyaient leurs enfants engloutis dans le fond d'un fleuve enragé résidait dans la détermination des Egyptiens à ramener le plus grand nombre d'enfants prisonniers faciles à se conformer aux règles de leurs dominateurs. C'était là une façon d'amplifier la puissance égyptienne par l'apport d'une jeune génération étrangère qui serait vite endoctrinée.

— A l'aide ! cria Mélita qui sentait son pied glisser sur une herbe gluante.

Elle n'était pas grande et tenait son bébé à bout de bras, élevé au-dessus de sa tête. Epuisée par l'effort qui raidissait son cou et paralysait la plante de ses pieds tant elle les rehaussait dans l'eau pour se grandir, elle sentit qu'elle s'affaissait.

Les deux vieilles femmes qui la suivaient tentèrent de la rattraper par la taille. Mais, trop faibles, elles ne purent qu'arracher la ceinture de sa tunique.

— A l'aide, cria l'une d'elles, voyant que la seule issue était d'alerter les soldats. A l'aide ! Une femme et un bébé sont tombés à l'eau.

Avant que les deux gardes qui patrouillaient aux alentours n'arrivent, une femme s'était brusquement précipitée sous l'eau. On entendit un clapotis mat et souterrain, puis un gargouillement étrange qui s'éteignit avec lenteur. On vit une auréole obscure se dessiner à la surface.

Soldats et vieilles femmes attendirent. Que faire d'autre ? Apparemment, ces gardes-là ne savaient pas nager. Enfin, une tête surgit de l'eau noirâtre, deux épaules, un buste, puis, les mains qui tenaient un paquet remuant que saisirent aussitôt les soldats. L'enfant se mit à crier. Il ressortait noir, gluant, méconnaissable, mais gesticulait tant qu'on ne pouvait craindre pour sa vie.

Sans un mot, les deux vieilles réclamèrent l'enfant pendant que les deux gardes, ahuris et immobiles, regardaient la nageuse s'ébrouer dans les flots agités. C'était une jeune fille, presque une adolescente. Pourtant, à l'observer de plus près, les soldats lui donnèrent environ seize ans, l'âge qu'il fallait pour se trouver dans l'autre file.

— Pourquoi n'as-tu pas dit que tu savais nager ? C'est un atout qui t'aurait distinguée lors du recensement.

La fille haussa les épaules et ne répondit rien.

— Mélita est morte, fit-elle aux deux vieilles qui berçaient l'enfant dont les cris ne pouvaient que prouver la bonne forme. C'était inutile que je la ramène. Qu'en aurait-on fait ? J'ai préféré sauver l'enfant.

— Petite, on t'a posé une question. Je te conseille d'y répondre, fit observer le plus âgé des gardes.

Mais les yeux de Mina se tournèrent vers le petit braillard. Ce bébé-là était robuste. Le danger qu'il venait de courir et dont il s'était tiré le confirmait.

Mina soupira. Son regard impuissant s'adressa aux vieilles femmes.

— Je ne peux pas m'en occuper. Vous le savez, j'ai douze frères et sœurs qui m'attendent.

Depuis longtemps, elle avait appris à ne plus bégayer lorsqu'elle parlait aux soldats. Assurance et confiance lui étaient revenues et les mots ne s'entrecoupaient plus dans sa gorge nouée.

L'un des deux gardes, le plus âgé, lui saisit violemment le bras, mais l'autre lui demanda de la lâcher.

— Pourquoi es-tu dans la file des vieilles et des enfants ? questionna-t-il d'une voix moins agressive que celle de son compagnon.

— Votre roi l'a permis.

— Tu mens, fit le soldat qui n'avait pas encore lâché son bras.

— Demande à tes supérieurs, si tu ne me crois pas.

Elle jeta sur lui un œil méprisant et haussa l'épaule.

— Vous écrivez tout et vous ne savez rien. Va voir le scribe de ton contingent et demande-lui de regarder sur sa tablette. Après tu me croiras.

A nouveau, elle planta ses yeux noirs dans ceux du soldat agressif.

— Maintenant, lâche-moi. Je dois aller rejoindre ma mère.

Soupçonneux, et surtout contrarié que cette fille lui en remontrât sur la façon dont il devait s'y prendre, d'autant plus qu'il ne savait pas lire, le soldat resserra son étreinte sur le bras de Mina. Mais, agacé, l'autre soldat intervint :

— Laisse-la et contrôle plutôt si ce qu'elle dit est vrai. Les tablettes du scribe sont à ta disposition. Vas-y de suite. Je prends ta charge de travail durant ton absence.

— Si tu mens, fit l'autre d'un ton irrité en se tournant vers l'adolescente, tu seras enchaînée.

Il s'éloigna en maugréant, car l'eau lui arrivait à mi-taille et il ne pouvait avancer sans buter ses pieds contre des racines englouties.

Quand il eut disparu, l'autre garde se tourna vers la jeune fille. Sa stature était imposante. Son visage carré, taillé dans la masse, bruni par le soleil n'offrait pas un mauvais regard. Certes, son attitude générale était plus engageante que celle de son hargneux compagnon.

Il rehaussa un peu son casque, histoire de montrer ses yeux clairs à son interlocutrice et esquissa brièvement un sourire.

— J'espère que tu dis vrai. Car si c'est un mensonge, tu auras des ennuis. On t'enrôlera dans la file des prisonniers attachés.

— J'ai dit la vérité. Lors du recensement, ma mère a parlé à votre pharaon. Il n'a pas refusé que je reste avec ma famille.

Le garde n'insista pas.

— Je m'appelle Horemb. Si tu as des ennuis, fais-moi appeler.

Etonnée, Mina observa le visage du soldat. Ses grands yeux gris semblaient doux et passifs. Cependant, elle ne répondit pas au sourire qui attendait le sien en échange. Son regard se perdit au loin. Elle pensait aux petits qui devaient réclamer sa présence et à sa mère qui s'inquiétait sans doute de ne pas la voir arriver. D'un mouvement souple des hanches, elle tourna les talons et s'esquiva.

Horemb suivit des yeux la jeune fille. Elle avançait avec lenteur dans le fleuve mouvant. Il la vit s'arrêter derrière un bosquet de papyrus qui surgissait de l'eau puis se diriger vers un femme qui l'attendait. Elle avait trois enfants accrochés à sa taille et en berçait un autre dans les bras.

Mina fit un signe à sa mère et, d'un coup d'œil, s'assura que ses autres frères et sœurs suivaient, aidés par les femmes de la file. Elle rejoignit les petits et attrapa le plus jeune qui avait de l'eau jusqu'au menton.

Soudain, une poigne forte lui retira l'enfant. Elle leva les yeux et vit Horemb poser le bambin sur ses épaules.

— Occupe-toi de celui qui est dans les bras de ta mère. Pendant ce temps, elle pourra se reposer.

— Pourquoi fais-tu cela ? questionna-t-elle. Les soldats nous aident si rarement.

Le soldat haussa l'épaule, mais son œil brillait de plaisir.

— Parce que tu es jeune, belle, courageuse et que tu souffres à voir ta famille ainsi maltraitée.

— Et, si je t'ai menti, m'aideras-tu ?

— Oui.

Il tourna vers elle un visage souriant. Mina eut un frisson. Oh ! Dieu d'Asie, que cela la réconfortait de trouver un peu de compassion chez cet homme !

— Mais, dit-il, en calant confortablement l'enfant sur son dos, tu n'as pas menti. Ton visage est sincère.

Pour la première fois, Mina se détendit et l'espoir revint dans ses yeux, amenant sur ses lèvres un sourire plein de charme.

Pourtant, il était dit que ce jour-là, l'aide d'Horemb ne devait pas se prolonger plus que le temps d'un sourire car des cris et des lamentations retentissaient ailleurs et, quand il vit l'agitation perturber la file des femmes, il lui fallut abandonner le jeune frère de Mina.

— Allons, fit-il, ce sera pour une autre fois. Je te promets que je reviendrai.

Les esprits de Mina retombèrent aussitôt à ras du sol, l'obligeant à reprendre en main ce qu'elle avait un instant oublié.

*

* *

Il y eut, ces temps-ci, un déferlement de vent sur l'Euphrate qui gonfla les flots et les rendit furieux. Parmi les regards chargés d'angoisse, beaucoup d'enfants et de mères perdirent pied et se noyèrent. Mais, la file des captives et de leur progéniture était si longue que, pour les Egyptiens, c'était une bien légère perte.

Enfin, la traversée de l'Euphrate prit fin et l'on aborda avec un peu plus d'espoir, malgré les nombreux disparus, la grande plaine syrienne qui s'étendait jusqu'à l'horizon dans des couleurs à demi voilées par la brume. Le vent s'était calmé, mais la pesanteur de l'air s'élevait de jour en jour.

La file des prisonniers encadrée par des centaines de soldats qui patrouillaient sur les bas-côtés s'allongeait sur une bande de terre chauffée par le soleil. Où étaient passés les ombrages du Naharina, la fraîcheur des arbres et des ruisseaux, la douceur des champs et des prés ? Après les dangers du fleuve venaient les périls d'une chaleur trop intense.

Ici, ce n'était plus que sable et cailloux, plages désertiques, gorges asséchées et pieds en sang.

— Les soldats ont dit qu'aux approches de Byblos, on reprendrait des forces, cria Tetissana à ses compagnes.

Elles étaient deux, dans cette portion de femmes captives, à soulager la condition des autres. Chacune à sa manière, mais avec un cœur généreux et une volonté de sauver leur espoir.

Consciente qu'elle plaisait à Horemb, Mina lui faisait des grâces discrètes, mais soutenues, aussi venait-il régulièrement s'inquiéter du sort de la file dont elle faisait partie, bien que deux de ses frères eussent péri dans le fleuve.

Tetissana, elle, agissait autrement. Contre du pain, des fruits et de l'eau fraîche que les soldats distribuaient aux enfants, elle offrait son corps blanc et pulpeux.

— Avant Byblos, bon nombre d'entre nous seront mortes, fit une vieille en berçant un enfant dans ses bras.

D'un signe de tête, elle montra sa vieille compagne qui ne pouvait plus avancer.

— Regarde-la, elle se déshydrate. Demain, elle tombera et servira de proie aux vautours. Puis, dans quelques semaines, ce sera mon tour. Je ne suis guère plus vaillante.

Elle regarda l'enfant que Mina avait sauvé de l'Euphrate.

— Qui élèvera ce garçon-là à présent que le fleuve a pris ma fille ?

— Moi, fit Tetissana. Je suis solide, j'arriverai jusqu'en Egypte.

La vieille femme soupira et ne répondit pas.

— M'en crois-tu incapable ? répliqua Tetissana. Ne t'inquiète pas. Ce n'est pas mon métier qui m'en empêchera.

La vieille femme retint une larme au bord de sa paupière.

— Ton métier ne me regarde pas. Je ne vois qu'une chose, tu nous aides et cela nous va droit au cœur. Que ferions-nous si tu n'étais pas là ? Chaque matin, le soldat que tu as comblé de tes bienfaits nous distribue une ration supplémentaire de poisson séché et de galette d'orge.

Tetissana hocha la tête.

— Alors, ne crains pas pour la vie de cet enfant. Je tiendrai ma promesse. Il est écrit qu'il arrivera sain et sauf en Egypte.

Non loin d'elle, un ricanement sinistre se fit entendre. Deux femmes échevelées traînaient les pieds en regardant le sol. Elles avançaient aussi péniblement que si elles avaient eu des poids attachés aux chevilles.

— Et l'eau ! cria l'une d'elles en portant la main à sa gorge. L'eau ! Les soldats ne nous en donnent pas suffisamment. Ils la gardent pour eux.

— Ils disent que nous ne rencontrerons pas de puits avant les abords de Byblos, jeta Tetissana en prenant l'enfant que lui tendait la vieille femme.

— Et ces maudites pierres qui entaillent nos pieds et les ensanglantent ! maugréa celle-ci en redressant son pauvre corps endolori.

— Allons ! Si tu veux, proposa Tetissana, je demanderai demain au soldat de te donner des linges pour les envelopper. Avec un peu de chance, la route après Byblos sera plus douce et plus herbeuse. Nos pieds guériront et nos gorges redeviendront fraîches.

Tetissana devait disposer d'un fort pouvoir de persuasion, car les trois femmes reprirent aussitôt espoir. Contrairement aux hommes, elles n'étaient pas enchaînées et, libres de leurs mouvements, elles allaient et venaient d'un bout à l'autre de la file. Certes, elles ne disposaient pas de la force masculine qui, rassemblée en une poignée d'hommes, pouvait créer une émeute meurtrière. Ensuite, elles étaient trop préoccupées par les enfants qu'elles devaient sans cesse aider, soutenir, surveiller et à qui elles devaient donner la chance de survivre à cet horrible marche sans fin.

Le jour, femmes et enfants marchaient sous une chaleur intense, une harde au-dessus de la tête pour les protéger d'un soleil mortel, une autre entourant un pied arraché, mutilé, souvent gangreneux.

Les vieilles femmes trop faibles qui ne pouvaient plus avancer, exténuées, déshydratées, étaient soutenues par les plus fortes. Mais, il arrivait souvent que les plus robustes s'effondrent, elles aussi. Alors, les corps qui s'affaissaient étaient laissés sur le chemin. La rudesse du soleil les achevait en peu de temps.

Seuls, les enfants épuisés avaient droit d'asile sur le dos des mules qui suivaient le convoi, du moins lorsque l'une d'elles était libre, car celles-ci se trouvaient souvent occupées par les gardes et les soldats qui les utilisaient une bonne partie de la journée.

La nuit, une accalmie venait raffermir leur triste moral et un espoir nouveau emplissait l'âme des plus enjouées. Tassées par petits groupes, deux ou trois gardes les surveillaient. Quelques-unes tâchaient de reprendre le maximum de force dans un sommeil souvent agité. D'autres tombaient dans une léthargie qu'il était difficile d'arrêter lorsqu'il fallait reprendre la route.

— Tetissana, jeta Mina d'un ton où la joie pointait, tu as raison, j'ai entendu les gardes discuter. Ils disent qu'après Byblos, la marche sera meilleure.

— Après Byblos, poursuivit Mina en caressant le

front de son jeune frère qui n'arrivait pas à s'endormir, Horemb m'a promis que tu monterais sur la mule blanche. Tu sais, celle qui te plaît et qui remue les oreilles quand tu la vois.

— C'est vrai, fit Khyto, une lueur joyeuse dans les yeux.

— Promis.

— Et si mon pied n'est pas guéri et que la fièvre m'épuise, pourrais-je garder la mule ?

Mina n'eut pas le temps de répondre. Dans la nuit chaude et sèche, une voix qui perça l'espace jeta dans son dos :

— Nous ferons mieux, nous soignerons ton pied.

Le soldat s'était approché. Il frôlait le corps de Mina. Elle sentit son odeur mêlée à celle de la sueur et de la poussière du chemin. Même la fraîcheur du soir qui tombait ne l'estompait pas. L'odeur d'Horemb était forte et rassurante, bénie des dieux pour Mina et ses compagnes.

— Allons, dors à présent, fit la jeune fille à son frère. Nous en reparlerons demain.

Tetissana s'approcha de la jeune fille et posa sa main sur son épaule. Une main qui autrefois avait été lisse et douce. Aujourd'hui, elle était calleuse et pleine d'entailles.

— Allons, ne t'inquiète pas, Mina, je veille aussi sur ton frère. Et toi, mon garçon, fit-elle en se retournant vers Khyto, tu vas me faire le plaisir de t'endormir si tu veux monter sur la mule blanche.

Soulagé par une telle promesse, l'enfant ne se fit pas prier. Horemb saisit la main de Mina et la garda dans la sienne. Alors, Tetissana hocha la tête et d'un regard complice les encouragea à se glisser à l'écart de la file. Ils s'éloignèrent ainsi, côte à côte, conscients l'un et l'autre qu'il ne s'agissait que d'une fugue nocturne, car il n'était pas question de mutiler une nuit de sommeil bienfaisante. La journée suivante serait si longue. Mina ! La douce Mina ! Que pouvait-elle faire sinon accepter cette affection qui sauvait sa famille, même si elle rêvait sans cesse au pays que, sous la contrainte, elle avait dû quitter ?

— Un de mes amis connaît un guérisseur. Il m'a promis qu'il viendrait voir ton frère.

— Merci, Horemb. Cela me soulage, car sa blessure est vraiment laide. Elle suinte et sent mauvais.

Elle se tourna vers son compagnon et le regarda dans les yeux, cherchant à y déceler un sentiment que la nuit occultait.

— Va-t-on bientôt arriver à Byblos ?

Mina frissonna de peur, car sa véritable question n'était pas celle qu'elle venait de poser. Mais, comment demander à Horemb ce qu'elle deviendrait en Egypte et ce qu'on ferait de sa famille ?

— Dans quelques semaines, nous devrions y être. Dès que nous serons dans la région de Gaza, la surveillance des gardes sera moins nombreuse et moins vigilante. Je pourrais être plus souvent avec toi.

Elle crut que son sang explosait. Ses membres frémirent. Enfin, elle osa.

— Et après ? murmura-t-elle.

Il lâcha sa main et passa son bras sur ses épaules. Elle se laissa faire, mais son esprit s'embrouillait dans d'inextricables questions.

— Après ! Je continuerai à te voir.

Enfin, elle décompressa. Si Horemb tenait sa promesse, tous les espoirs étaient permis. Peut-être la placerait-on servante dans une bonne maison ? Peut-être pourrait-elle garder un œil sur sa famille si celle-ci n'était pas trop loin d'elle.

— Horemb, chuchota-t-elle, je suis fatiguée et j'aimerais dormir. Demain, le jour sera de nouveau interminable. Veux-tu me raccompagner auprès de mon frère ?

Lorsqu'ils arrivèrent près du petit groupe où chacun était allongé à même le sol, un bras replié sous la tête, Tetissana s'était endormie.

— Veux-tu que je reste dans les parages ? proposa Horemb en aidant la jeune fille à s'étendre sur le sol où pas une couverture ne venait en adoucir la dureté.

— Horemb ! fit soudain Khyto en se redressant, est-ce que demain, je pourrai essayer ton casque ?

Horemb se mit à rire.

— Hé là ! Garçon, je croyais que tu dormais.

— S'il te plaît. Est-ce que je pourrai essayer ton casque ?

— Bien sûr. Et plus tard, si tu te conduis comme un honorable citoyen égyptien, tu auras le même.

— Et Mina, qu'obtiendra-t-elle si elle devient une citoyenne d'Egypte ?

Comme il paraissait embarrassé, Mina sermonna son frère.

— Khyto ! Il faut te reposer à présent.

Mais, sur cette promesse qui lui ouvrait un autre avenir, Khyto cette fois ferma les yeux.

En silence, elle passa la main sur ses paupières abaissées pour s'assurer qu'il dormait, mais elle sentit sous ses doigts les cils bouger. Depuis quelque temps, l'enfant ne parlait plus de son père tué par ces mêmes hommes dont il voulait revêtir le casque brillant. L'image s'effaçait-elle de son esprit en même temps que les promesses d'Horemb ?

*
* *

A Byblos, le convoi retrouva la fraîcheur des abords méditerranéens. Dans la file des jeunes captives, on comptait moins de mortes que dans celle de leurs compagnes plus âgées.

Kigirpa n'avait pas trop souffert jusque-là. Une mule avait été souvent mise à sa disposition et au cou de l'animal était pendue en permanence une gourde d'eau fraîche.

De son côté, quand il n'était pas trop distrait par

les chevaux sauvages qu'il se plaisait à dompter en compagnie de son nouvel ami Youkka, Aménophis demandait à la voir, si bien que, passé Byblos, Kigirpa avait partagé plus de dix-huit fois sa couche.

Et, sans rester plus qu'il ne fallait dans le sillage du pharaon — ce qu'il n'eût toléré pour aucune femme — sans vivre à ses côtés sous la tente que l'on montait pour lui chaque soir au centre du campement, avoir partagé sa couche tant de fois donnait à Kigirpa un statut privilégié.

Derrière son assurance, sa farouche volonté de ne pas devenir une simple concubine reléguée au harem du palais, Kigirpa cachait au pharaon une vérité qu'elle n'était pas prête à révéler, car bien qu'elle recueillît la semence divine d'Aménophis qui lui eût donné un fort beau bâtard, son joli ventre lisse et blanc n'était pas libre. Un autre y avait déjà planté le germe d'une vie. Ses fugues nocturnes, avant la sauvage agression égyptienne au palais de son père, ne l'avaient pas laissée vierge. Kigirpa était enceinte d'un Asiatique, l'un des siens dont elle ne révélerait jamais le nom à l'Egypte.

Mais, pour l'instant, elle refusait de se pencher sur les conséquences qu'allait engendrer un accouchement trop lointain. Elle plaisait au pharaon. Son charme et sa grâce asiatique, son esprit sans cesse en éveil, son immense envie de vivre jouaient favorablement sur ses humeurs. Elle avait l'art — et ce n'était pas simple — de le sortir du thème de la guerre, des combats, des sports et même de l'image qu'il se faisait de sa tendre épouse Tiâa qui l'attendait avec impatience, un deuxième enfant dans son sillage, peut-être même un troisième en son sein.

On disait que Thoutmosis, l'aîné, celui qui deviendrait un jour le quatrième de la dynastie portant ce nom, poussait comme un jeune papyrus bien arrosé et que ses frères promettaient d'être de même.

Enfin, Byblos, Tyr ! On s'approchait de la région

cananéenne. Bientôt, Kigirpa rayerait son pays de sa mémoire. Qu'importe ! Que pouvait-elle en penser de flatteur puisqu'elle était condamnée à rester emmurée dans le harem de son père dont les portes lui étaient fermées, à part celles de ses propres appartements.

Elle s'en tirait plutôt bien, Kigirpa l'insoumise ! Son père l'aurait sans doute tuée en apprenant qu'elle était sortie du harem vêtue en servante et qu'elle en revenait, un enfant dans son ventre.

Droite sur sa mule et côtoyant Satina, sa suivante, pour laquelle elle avait aussi réclamé une monture, Kigirpa se laissait aller à d'agréables pensées. Certes, la chaleur de la journée l'indisposait et la fraîcheur d'un ombrage l'aurait satisfaite plus que la compagnie de ce petit scribe arrogant et prétentieux qu'elle n'aimait pas et qui se faisait pompeusement appeler Grand Scribe Royal.

Minhotep ne la lâchait pas d'une semelle. On eût dit qu'elle représentait pour lui une proie facile. Il se mouvait sans cesse à sa droite, à sa gauche, devant elle ou dans son dos. Il la menaçait de son ombre permanente. Sans doute ne croyait-il pas à son histoire de fille de roi du Naharina. Sans doute aussi pensait-il que Kigirpa et Satirna n'étaient que deux filles de basse condition ayant mûri et calculé leur coup et qu'elles avaient profité du défilé devant le pharaon pour en jeter les bases.

On arrivait à Tyr. La file des jeunes vierges que précédait Kigirpa n'en finissait plus de traîner.

— Ton pays est-il encore loin ? Nous sommes lasses de traîner ainsi sous ce soleil pesant, fit Astarté en regardant le beau Min, maître d'armes du pharaon, qui tournoyait sur son char, non loin d'elle.

— A Tyr, vous vous reposerez, fit l'homme en lui décochant un sourire qui montrait, dans sa grande mâchoire carrée, une denture blanche et impeccable.

De toutes les beautés orientales choisies par Pharaon et ses hommes et qui, malgré leur humiliante capture, avançaient fièrement en tête de file, Astarté était peut-être la seule qui ne se fût pas encore soumise aux caprices des grands dignitaires.

Elle regarda Min, puis observa quelques secondes son attelage. Son char était un des plus beaux, plaqué d'argent, il brillait sous le soleil. Aux parois de l'élégante coque étaient suspendus son carquois, son arc et ses flèches. Deux javelots qu'il enjambait agilement barraient le sol de la plate-forme et sur l'arrière du caisson, capitonné de cuir durci, une panoplie de couteaux à lames recourbées était accrochée.

— De bien jolies armes syriennes, fit Astarté sans se démonter. Je les reconnais pour être des nôtres. Sais-tu t'en servir ?

Le sourire engageant de Min disparut. Vexé, il claqua son fouet sur les chevaux pour les faire avancer. Puis, prenant son élan, il fit brusquement tourner sa monture dans un crissement de roue et revint sur Astarté, la dépassa sans un regard et galopa vers un sourire plus engageant.

Elle se retourna et le vit côtoyer l'enfilade des captives dans un nuage de poussière. Une sélection avait été faite parmi les jeunes filles. Les plus belles — sans doute aussi les plus hardies — avaient été placées à l'avant du convoi et disposaient d'une monture. Il est vrai que pas une, à l'exception d'Astarté, n'avait échappé aux pressions soutenues de Paser, de Kenamon, de Minhotep, du Grand Trésorier, de l'Intendant des Armées, du Chef des Archers, de celui des Ecuries Royales et des autres dignitaires.

Privilégiées, certes, elles l'étaient si l'on en jugeait par la triste condition de la suite de cette même file. Mais combien avaient durement souffert de laisser leur virginité près d'un homme qu'elles détestaient.

Les autres, celles qui n'avaient pas été sollicitées, tourmentées, violées, suivaient à pied, quémandant des sandales que, parfois, elles arrivaient à obtenir quand elles montraient leurs pieds ensanglantés. Parmi ces jeunes filles, dont la moitié n'était encore que des adolescentes, restaient aussi les plus faibles que la chaleur, le soleil et la fatigue de la marche épuisaient. Alors, l'inexorable destin se poursuivait dans la hantise de mourir avec juste cet espoir que leur âme aille, dans l'au-delà, retrouver le pays qu'elles venaient de quitter.

Un instant, Astarté observa la file qui s'étendait sous ses yeux. Elle était longue, serrée, étroite. Elle n'apercevait que la vingtaine de montures qui leur avait été attribuée. Ses compagnes, juchées sur le dos des mules, s'affaissaient parfois de lassitude et, Astarté se demanda comment se sentaient celles qui suivaient à pied, le visage sali et les cheveux ternes, vêtues d'un pagne en loques, gris de poussière, souvent arraché par les aléas du voyage.

A l'exemple de la favorite Kigirpa, Astarté et ses quelques compagnes que favorisait le sort disposaient chaque soir d'un bac d'eau fraîche pour se laver le visage et les pieds.

Du regard, la jeune fille tenta de traverser le barrage des mules pour apercevoir ses compatriotes désavantagées, mais elle ne vit que le Maître Min qui revenait au galop, passant devant elle sans la regarder.

— Mon père se servait du coutelas à lame recourbée ! lui cria-t-elle, si tu veux je t'apprendrai à t'en servir.

Elle n'obtint pour réponse que le bruit d'un crissement de roues qui se prolongea longtemps dans ses oreilles. Alors, elle se redressa sur sa mule, hautaine et fière, le menton levé et les yeux perdus dans ses rêves qu'elle n'arrivait pas à oublier.

Passé Jaffa, le climat dc la région cananéenne se transforma. L'air souffla plus intense et plus sec et l'on recommença à souffrir de la soif. Il n'était plus question, même pour Kigirpa, Satirna et Astarté de perdre l'eau pour se rafraîchir le visage et les pieds. Les gourdes furent moins remplies. Il fallut boire parcimonieusement et bientôt au goutte-à-goutte jusqu'à Gaza, lieu du prochain approvisionnement.

De temps à autre Kenamon passait en revue l'enfilade des captives, mais la vitesse du galop l'empêchait bien souvent de se rendre compte du désarroi des captives et ce jour-là quand il arriva au bout de file, il fut surpris de voir qu'une dizaine d'entre elles ne tenaient plus le rythme de la marche.

Il stoppa ses chevaux et les observa en silence. Leurs vêtements n'étaient plus que des haillons sans couleur et sur leur visage traînait l'angoisse des plus mauvais jours.

Deux d'entre elles soutenaient une adolescente à demi évanouie.

— Qu'a-t-elle ? fit-il en tendant le doigt vers la silhouette pantelante.

— Son pouls ne bat presque plus. Elle ne veut ni boire ni manger et ses pieds la font souffrir. Il faudrait un baume pour les soulager.

— Tenez-la droite afin que je l'observe, fit Kenamon en laissant ses mains courir sur les rênes de ses chevaux.

Les deux jeunes filles tentèrent de la redresser et n'y arrivèrent qu'après de multiples efforts. Quand elle fut à peu près droite, elle tenta de lever la tête. Kenamon la regarda et ce fut l'instant où elle ouvrit les yeux. Un regard soyeux aux longs cils noirs qu'une pupille éteinte n'arrivait pas à enlaidir, un teint de pêche à peine mûrie par le soleil, une bouche petite, pulpeuse, mais craquelée par la sécheresse qui l'avait envahie.

— Depuis quand est-elle ainsi ?

— Depuis plusieurs jours, mais à présent son cas s'aggrave.

Quand l'adolescente tenta de sourire, consciente

que l'on s'occupait de son cas, elle ouvrit ses lèvres et, délicatement, découvrit une rangée de petites perles blanches qui ébranlèrent les émotions du Gouverneur des Pays du Nord.

Il descendit de son char et saisit la jeune fille dans ses bras. Elle était tremblante et hors d'haleine.

— Ne vous inquiétez plus pour elle, dit-il aux deux autres, interloquées par une décision si soudaine.

Puis, il plaça la jeune fille au fond du caisson de son char et saisit promptement les rênes de ses chevaux.

— Vas-tu un peu mieux ? demanda-t-il quand il eut effectué une chevauchée endiablée qui l'entraîna hors du convoi.

Il stoppa le char en pleine campagne, près d'un acacia qui offrait l'ombre à son désir soudainement décuplé par l'éclat des yeux qui l'observaient sans rien dire.

— Vas-tu mieux ? répéta-t-il, s'efforçant de teinter sa voix de douceur.

Elle hocha la tête d'un signe affirmatif. Il prit sa gourde suspendue à son char et lui passa un filet d'eau sur les lèvres.

— Bois, cela va te rafraîchir.

Elle avala quelques gouttes qui passèrent agréablement dans sa gorge enflammée. Il lui semblait revivre, mais la plaie de son pied lui rappela aussitôt la triste condition dans laquelle elle se trouvait. Elle fit la grimace.

— Qu'as-tu ? fit-il en l'observant.

Elle leva lentement son pied douloureux.

— Attends. Je vais serrer un linge sur ta blessure et tu ne sentiras plus rien. Et, tout à l'heure, lorsque nous rentrerons, je dirai au médecin du camp de le soigner plus énergiquement.

Il fit exactement ce qu'il avait dit, utilisant l'étoffe propre qui servait à essuyer la sueur de ses chevaux lorsqu'ils avaient trop longuement couru.

Puis, il entreprit de passer de l'eau fraîche sur son visage et abaissa l'infect linge qui recouvrait sa tête. Une masse de cheveux noirs croula sur elle. Ils étaient ternes et sales, mais Kenamon pressentit une merveille de soierie sous cette couche plombée de poussière grise qui se mouvait à chaque geste de la jeune fille.

Il passa de l'eau fraîche sur ses yeux, admirant le regard qui offrait à présent un peu plus de vivacité et d'ardeur. Il nettoya les craquelures de ses lèvres, humidifiant davantage la peau desséchée qui reprenait de la souplesse.

— Es-tu bien ? s'enquit-il.

Enfin, il ouvrit le haillon qui recouvrait son corps et le jeta au loin. Sa peau était laiteuse, nacrée. Ses seins petits, fermes et haut plantés. Il les humecta soigneusement d'eau fraîche, prenant soin d'en caresser la tendre pointe que le soleil écrasait d'un blanc étourdissant.

Son ventre était si plat que le creux du nombril paraissait large et imposant. Il y fit couler une goutte et en étala l'humidité tout autour. Fallait-il que, par ses gestes de tendresse, il lui fît payer à présent ceux de précipitation et de violence qui devaient suivre.

Quand il regarda ses cuisses fuselées, il vit qu'elles enfermaient un joli triangle soyeux et noir. Il ne put s'empêcher d'y mettre la main. Elle eut un sursaut qu'il n'attendait pas. Un mouvement d'autodéfense qui se mua brusquement en une angoisse exacerbée. Ces gestes-là n'étaient-ils donc que les prémices d'une agression fatale ?

La jeune fille respirait bruyamment, n'osant crier sa crainte devant ce qui l'attendait. Devait-elle en passer par là pour sauver son pied suintant qui, dans quelques jours, risquait de se gangrener ?

Elle remua son ventre quand la main de Kenamon se fit plus pressante et plus autoritaire. Se méprit-il à la vue d'un tel soubresaut qui n'était qu'effroi et horreur ? Un vent de folie le prit et plus rien ne compta pour lui que de s'approprier la virginité de sa captive. Il releva ses bras et les plaqua durement au sol au-dessus de sa tête. Puis, il écarta ses jambes, retira son pagne et se coucha sur elle.

Lorsqu'il la pénétra sauvagement, le cri de douleur qu'elle poussa se répercuta désagréablement dans ses oreilles. Il se retira dans un soufflement rauque, mécontent d'avoir pris son plaisir de la sorte. Puis, il eut honte, grogna et s'épongea le front avec le dos de sa main.

La jeune fille se mit à pleurer. Un chagrin silencieux, lourd, lesté du poids d'un viol qui ne l'avait que mutilée davantage. A quoi bon guérir son pied purulent quand un tel châtiment — qu'elle n'avait pas mérité — tombait ainsi sur ses épaules.

Retrouvant ses gestes attentionnés, Kenamon essuya ses larmes avec précaution et, plongeant ses yeux dans le regard apeuré de la jeune fille, il murmura :

— Quel est ton nom ?

Elle ne répondit pas et poussa un gémissement en ramenant sous elle, avec une gêne extrême, son pied douloureux et déformé.

— As-tu mal ? s'enquit-il.

Elle hocha tristement la tête dans un signe affirmatif. Oui ! mais Toy-oy souffrait autant de son ventre perforé que de son pied malade. Kenamon réfléchit quelques instants, puis la prenant dans ses bras, il la déposa délicatement et la cala dans le caisson arrière de son char. Elle s'y lova silencieusement et se laissa bercer par le cahotement des roues sur le sol.

— Je t'emmène au camp, dit-il. Les médecins vont soigner ton pied.

La campagne cananéenne défila à toute allure. Palmiers, saules, sycomores et pins-parasols formaient au passage du char un rideau presque infranchissable tant ils paraissaient serrés, laissant juste pénétrer ciel et soleil. C'est à peine si les chevaux de Kenamon touchaient la terre de leurs sabots effrénés. Son fouet claquait sèchement dans l'air appesanti de chaleur et la mince plate-forme sur laquelle il se tenait vibrait à chaque tour de roue.

C'est sur une étendue de fraîcheur qu'avait été disposé le camp du pharaon. Les grandes tentes en toile de lin abritaient les conseillers et les dignitaires. Les gardes couchaient dehors, le dos contre les toiles et la dague au poing. Tout un peuple grouillait autour du camp, barbiers, cuisiniers, serviteurs, palefreniers, médecins et autres personnels.

En quelques minutes, le char du Grand Conseiller fut aux portes du campement.

— Qu'on aille me chercher Men-Kenth ! ordonna-t-il aux gardes qui reculaient pour lui laisser le passage.

Men-Kenth était le meilleur praticien de l'expédition pharaonique. Certes, il n'avait pas pour habitude de soigner les prisonniers que l'on ramenait d'Asie. Aucun médecin d'ailleurs n'était désigné pour cette tâche. Mais, ce cas-là était inhabituel puisque c'était l'un des dignitaires les plus puissants d'Egypte qui réclamait sa compétence.

Dans le campement, Men-Kenth détenait une grande renommée pour avoir su soigner des cas de fièvres étranges qui s'étaient déclenchées en Asie sur des soldats égyptiens. Et si d'autres praticiens travaillaient à ses côtés, soignant les maux les plus futiles ou les cas les plus graves, Men-Kenth restait aux yeux de Kenamon le plus talentueux.

Quand il fut devant Toy-oy, il la détailla rapidement avant d'examiner son pied. Puis, il réclama de l'eau bouillante, des linges propres et sa sacoche de cuir.

— Qu'on me laisse avec elle, fit-il en jetant ses

yeux dans ceux de Kenamon qui ne bougeait pas d'un pouce.

— Mais...

— Grand Vizir ! J'ai dit qu'on me laisse seul avec cette jeune fille. Veux-tu que je la soigne ou non ?

Il regarda Kenamon s'éloigner et entreprit d'inspecter le corps de la jeune Toy-oy. Y découvrant ce qu'il cherchait, des traces de semence séchée sur le ventre de la jeune fille, il hocha la tête et soupira :

— Ne porte pas plainte petite. Tu perdrais plus que tu n'as à gagner. Après Paser, Kenamon est le plus haut personnage d'Egypte et ce n'est pas un monstre. Il va te prendre sous sa protection et tu deviendras une Egyptienne à part entière.

Toy-oy secoua la tête dans un signe affirmatif.

— Et puis, ton corps est intact. Tu n'as ni coups, ni blessures à part celle de ton esprit qui, très bientôt, va guérir.

Il observa minutieusement l'état de son pied. Le talon et la plante étaient infectés et la cheville enflée. Elle se teintait d'une couleur un peu violacée qui semblait inquiétante.

— Petite, fit-il en posant la main sur son épaule, l'état de ton pied est plus grave que celui de ton ventre. Oublie le passé, l'Asie et ta jeunesse. A présent, tu es une femme et si ce pied-là guérit, je t'assure que tu n'auras pas un vilain avenir.

*

* *

Enfin, les contours de l'Egypte se précisèrent. Le convoi arrivait aux abords d'El Kantara. De jour en jour, le pharaon se félicitait des tributs qu'il ramenait pour son pays. Il caressa le dos de Kigirpa et pensa brusquement à Tiâa, sa belle épouse égyptienne qui l'attendait dans son palais de Thèbes.

En avait-il terminé, cette fois-ci, avec les expéditions asiatiques ? Il ramenait tout de ces pays tant convoités par ses aïeuls. Il allait même imposer des femmes asiatiques en leur donnant des statuts que les princesses étrangères n'avaient encore jamais eus jusque-là.

— Allons, mon beau soleil, fit Aménophis à Kigirpa qui se détendait nonchalamment comme une chatte satisfaite. Allons, tu verras, dans quelques jours, que mon pays est le plus prestigieux du monde. Aucun autre ne lui est supérieur.

— Tout ce que ta bouche annonce est vrai, murmura Kigirpa en se frottant contre le torse puissant d'Aménophis. Un torse devenu velu faute des soins quotidiens du barbier.

Elle se lova dans le creux de son corps et chuchota en posant la bouche contre son épaule nue :

— Mes lèvres aussi s'apprêtent à prononcer des mots qui vont sonner à tes oreilles. Des mots qui, à l'avance, me transportent de joie. Veux-tu les connaître, mon doux pharaon ?

Il se redressa à demi et, caressant distraitement les seins délicats de Kigirpa, il questionna :

— Et quels sont-ils, mon beau soleil ?

Elle se fondit en lui, coula sa bouche sur le poitrail musclé qui s'offrait à elle, ondula des hanches en serrant de ses cuisses celles d'Aménophis et jeta dans un souffle :

— Un petit soleil se dessine dans mon ventre.

Kigirpa s'étonna de ne voir aucune réaction particulière animer l'esprit du pharaon. Alors, elle se mit à réfléchir et se dit qu'au palais une demi-douzaine de petits bâtards devaient courir dans les girons des nourrices.

— Majesté ! jeta-t-elle contrariée. N'es-tu pas content ?

— Bien sûr que si, mon soleil ! Cet enfant à venir me comble de joie. Mon palais est grand et nous saurons lui trouver la place qui lui convient.

Kigirpa soupira. Un doute se fit en elle. Avait-il deviné qu'elle était enceinte avant qu'ils ne s'unissent ? Sinon, pourrait-elle jouer la carte de la naissance qui tombe avant maturité ?

Certes, elle s'étonnait de cette réaction peu enthousiaste, bien que soulagée devant un pharaon qui ne cherchait pas plus d'explication sur l'origine de cette grossesse. Devait-elle, par ailleurs, être malheureuse qu'il accueillît cette nouvelle avec indifférence ?

Embourbée dans ces deux sentiments, Kigirpa prit le parti de détourner le sujet de la conversation et de le resservir plus tard, lorsqu'elle aurait d'autres données en mains pour revendiquer les privilèges de cette maternité.

Comme si leurs pensées de remettre cette discussion à un moment ultérieur étaient communes, Aménophis jeta d'un ton pleinement joyeux :

— Ah, mon Soleil ! Je te réserve une surprise. Le “Faucon” nous attend à Tanis !

— Le “Faucon” !

Le pharaon eut un éclat de rire.

— “Le Faucon”, c'est mon vaisseau personnel. Nous le prendrons sur les bords du Nil, jusqu'à Thèbes. N'en as-tu pas assez de ce long périple à travers le désert, les champs et les montagnes ?

— Que disent mes compagnes ? questionna Kigirpa d'un ton détaché.

— Tes compagnes ! Lesquelles ?

Il feignit de ne pas s'apercevoir de l'ombre contrariée qui se dessinait sur le visage de Kigirpa et répliqua d'un ton toujours jovial :

— Astarté ton amie ? Satirna ta servante ? Tiens, nous prendrons même cette petite Toy-oy qui est la protégée de Kenamon et dont la santé se rétablit.

— Je ne parle pas d'elles.

— De qui parles-tu alors ?

Il vit les yeux de Kigirpa s'assombrir.

— Hélas, celles qui restent.

Le pharaon détendit ses grandes jambes sur les coussins moelleux, puis appela son flabellifère. A présent qu'un soupçon de protocole réapparaissait après cette expédition qui en avait fait disparaître chaque élément, il fallait reprendre un peu de fermeté.

— Allons, Kigirpa. Le recensement des mortes durant cette longue route est à peine plus élevé que celui des femmes que nous avons dû tuer en Naharina. Leur sort aurait pu être bien pire. Quelques marches supplémentaires sur les bords du Nil ne peuvent plus les tuer à présent. Elles auront de l'eau en suffisance et plus de repos qu'elles n'en veulent, car je compte m'arrêter dans chaque ville qui borde le Nil, afin que l'on fête mes conquêtes et célèbre ma gloire.

Têtue, Kigirpa reprit, le front levé et les pupilles insolentes :

— Que vas-tu faire de toutes ces femmes ?

Il rit à gorge déployée, laissant l'essentiel de cette interrogation dans les brumes de sa réponse :

— Tu le sais, mon soleil ! Les plus belles qui sont encore vierges vont entrer dans mon harem.

— Et les autres ?

— Tu le sais aussi. Pourquoi me poses-tu la question ?

— Bien sûr. Majesté, tu me l'as dit et redit. Vous les utiliserez selon leurs propres dispositions, en tant qu'esclaves bien sûr. Qui dans les champs ou les maisons bourgeoises ! qui dans les fabriques de lin, de papyrus ou dans les bordels !

Il la regarda vaguement surpris et n'insista pas.

— Evidemment, reprit-elle, je ne parle pas de mon amie Astarté que j'ai mise en garde contre une virginité stupide qui ne pouvait que l'enfermer à vie entière dans ton harem.

— Le chef de ma garde personnelle s'en est bien

occupé, je pense, fit-il dans un rire tonitruant qui déplut à Kigirpa.

— Que compte-t-il faire ? L'épouser ou en faire sa servante ? rétorqua la jeune fille.

Certes, sur les instances de son amie, Astarté avait fini par comprendre le filet que lui tendaient les traditions et les mœurs égyptiennes. Vierge, elle était irrémédiablement destinée au harem d'Aménophis. Devenue femme, elle pouvait être offerte par le pharaon à l'un de ses dignitaires ou achetée par un riche étranger qui disposait d'un revenu introduit dans les caisses de l'Egypte.

C'est ainsi que, conseillée par Kigirpa, alors que Min le chef de la garde personnelle du pharaon rôdait autour d'elle, tenant ses chevaux d'une main et le fouet de l'autre, elle lui avait jeté d'un air insolent, teinté de charme et de provocation, les mots qui avaient décidé de son sort :

— Emmène-moi sous ta tente et je t'apprendrai à te servir du couteau syrien à longue lame recourbée.

Le sabre asiatique avait ainsi sauvé Astarté d'un destin qui l'eût tuée lentement. Quant au pied blessé de Toy-oy, il l'avait sorti d'une marche infernale qui l'assassinait lentement. Men-Kenth, le médecin ayant diagnostiqué la non-virginité de l'une et de l'autre, Pharaon, dans sa magnanimité, avait offert Astarté à Min et Toy-oy à Kenamon.

La suite revenait au bon sens de ses dignitaires. S'ils ne les épousaient pas, Astarté et Toy-oy resteraient des serves à la merci de leur maître, à moins que la ruse ne vînt titiller leur cerveau et que le vainqueur ne devienne le vaincu.

Après ces grands retours d'expédition, chacun savait qu'il en était ainsi pour toutes celles qui, entre les bras des dignitaires ou des hauts fonctionnaires, avaient subi leurs assauts amoureux. A elles de prouver, ensuite, leur intelligence et la mesure de leur ambition même si elles n'avaient pas la chance de

Kigirpa, d'Astarté ou de Toy-oy. La réflexion sauvait parfois les situations les plus désespérées.

Les genoux relevés sous son menton, Kigirpa soupira et prit le sage parti de ne plus insister sur le sort de ses compatriotes.

— Ton bateau, Majesté, est-il grand ?

— C'est le plus vaste de l'équipage. La proue et la poupe se recourbent comme la queue d'un scorpion et, quand tes mains s'accrocheront au bastingage en bois d'acacia, tes cheveux soulevés par le vent rivaliseront avec le soleil.

Les lèvres de la jeune fille esquissèrent un sourire. L'idée du vent s'opposant au soleil lui plut. Elle frémit de joie. Jamais encore, elle n'était montée à bord d'un bateau. C'était un plaisir qu'elle assimilait à son statut de favorite qu'elle ne devait laisser s'échapper à aucun prix.

— Tiâa, ton épouse viendra-t-elle à ta rencontre ?

Pharaon n'eut pas le temps de répondre. Un héraut venait sonner à la porte de sa tente. Quand sa trompe se tut, Minhotep entra et se courba jusqu'à terre, son torse balayant le sol. Kigirpa eut un soupir d'agacement. Ce petit scribe en faisait toujours trop.

Lorsqu'il se releva, son regard froid croisa celui de la jeune fille. Dieu ! Qu'elle ne l'aimait pas ! Elle le soupçonna même d'avoir trouvé le moyen de venir perturber leur entretien privé. De quel droit s'octroyait-il le pouvoir de venir troubler l'intimité du pharaon ?

Elle ramena sur son ventre rond le drap de lin blanc tombé à terre et tua du regard celui de l'audacieux scribe qui osait agrémenter son visage d'un sourire persifleur.

— Majesté, fit Minhotep. La liste de vos chevaux sauvages a régressé de quelques dizaines de têtes.

Aménophis se leva brusquement.

— Que dis-tu ?

— Une maladie, Majesté, qui vient d'abattre dix têtes en une seule nuit.

Comme si le ciel lui était tombé subitement sur le dos, Aménophis saisit son pagne et le passa autour de ses reins tout en suivant le scribe à grandes enjambées pressées, laissant Kigirpa mijoter sa douce vengeance.

Le pharaon ne marchait plus, il courait. Pehsoukher, son flabellifère et Kenamon, son conseiller, le rejoignirent alors qu'il arrivait dans l'enclos où étaient rassemblés la plupart des chevaux.

Certes, ils n'étaient pas tous là. Les plus sauvages, ceux qui n'étaient pas encore domptés, devaient rejoindre les écuries de Thèbes un peu plus tard, lorsque serait assurée la bonne mise en place de la première foulée et, surtout lorsque Youkka, qui devait retourner les chercher, aurait épousé l'Egyptienne que Pharaon lui destinait. Une excellente façon de le voir s'intégrer à la ville qui serait dorénavant la sienne.

Youkka était penché sur un grand cheval brun, couché en travers de la stalle. Il écoutait le cœur de l'animal battre faiblement. Deux hommes l'assistaient en silence, un maître d'écurie et un médecin-vétérinaire.

— C'est un mal étrange, dit l'un d'eux en hochant la tête dans un geste d'incompréhension. Leurs ventres gonflent comme s'ils avaient été piqués.

— Il n'y a pas de scorpions à cette époque, fit Aménophis.

— La piqûre d'un serpent, alors.

— Le venin les aurait fait vomir, assura le pharaon.

Youkka tâtait l'abdomen du cheval.

— Le mal semble plutôt attaquer leurs intestins. Je pense que c'est le changement de nourriture.

Le maître d'écurie eut un recul. Il lança à Youkka un regard sombre et soupçonneux. Qu'en savait-il, cet Asiatique au teint jaune et à la chevelure de femme ? Que pouvait-il savoir de plus que lui, cet étranger que le pharaon semblait ne plus vouloir quitter ?

Il se releva, observa l'animal couché qui, maintenant, présentait des difficultés respiratoires et, à nouveau, regarda Youkka d'un œil mauvais. Puis il jeta d'un ton vexé :

— Il me semble que l'herbe en Egypte est identique à la vôtre. Je la dirais même plus verte et plus grasse.

— L'herbe, oui ! fit Youkka d'un ton tranquille, ignorant l'agressivité du maître d'écurie. Mais, depuis que nous sommes arrêtés à El Kantara, ils absorbent du foin qu'ils ne digèrent pas. Au Naharina, ils ne mangeaient que de l'herbe fraîche. Leurs intestins refusent de connaître autre chose.

— Alors, il faut stopper de suite cet excédent de nourriture, trancha le pharaon. Mieux vaut les nourrir insuffisamment jusqu'à ce que nous soyons arrivés dans les riches plaines du Nil. Je refuse de voir ces animaux malades et mourir les uns après les autres.

Il se tourna agacé vers le maître d'écurie :

— Ces chevaux-là sont les plus beaux du monde. Ils nous mèneront à la gloire.

— Majesté ! Ils sont sauvages, insista le maître d'écurie.

— Dieu de Reshep ! jura le pharaon, si tu n'étais pas un aussi brillant maître d'écurie, Nakht, je te jetterais aux crocodiles.

— Il a raison, fit Youkka, ces chevaux sont spéciaux.

Surpris, Nakht le regarda.

— Mais, fit Aménophis, légèrement contrarié, toi et moi nous en domptons une dizaine chaque jour et tout se passe à merveille.

— C'est vrai, mais il n'en reste pas moins que ce

ne sont pas des chevaux de combat ni des chevaux ordinaires.

— Qui te le prouve ? Nous essaierons et nous verrons.

— Majesté ! Ils vous mèneront sur des pistes de gloire quand ils seront en plein désert, courant poumons ouverts derrière l'oryx, le mouflon ou l'antilope.

Il releva les narines, prit un souffle d'air dans la chaude écurie qui sentait l'herbe séchée et, ignorant la déception du pharaon, il poursuivit :

— Ou bien quand ils déploieront leurs muscles puissants pour vaincre la force de l'ours des montagnes ou celle du lion du désert.

Il croisa le regard d'Aménophis.

— C'est ainsi, Majesté, qu'ils vous mèneront à la gloire.

— Le crois-tu vraiment ?

— Emmenez-les sur un champ de bataille et ils périront par centaines. Ces chevaux-là sont faits pour la solitude dans l'immensité des plaines ou du désert. Leur puissante envergure s'accouple à la dimension de l'espace, pas à celle des humains.

CHAPITRE VIII

Comme Satiah, la Thébaine, avait été Seconde Epouse de Thoutmosis III, Kigirpa, la Syrienne, devint Seconde Epouse d'Aménophis II. Les rites asiatiques s'installaient lentement prenant leurs assises sur des dieux inconnus.

Il y eut deux campagnes asiatiques durant le règne d'Aménophis. La seconde fut plus brillante encore et le butin rapporté trois fois plus élevé. La dix-huitième dynastie se poursuivait de façon magistrale, étalant ses conquêtes par-delà tous les territoires étrangers.

Assurément, l'Egypte grandissait et prospérait depuis que les derniers pharaons avaient compris les rouages d'un pays charnière entre plusieurs continents. Et, bien qu'une forte influence asiatique fût en gestation et que les traditions menaçaient d'évoluer dans un sens qu'il n'avait pas prévu, le pays développait les ressources de son désert et de son fleuve tout en maintenant la main sur celles qui provenaient de l'extérieur.

Aménophis suivait à la perfection les traces de ses aïeuls. Il renforçait de plus en plus ses protectorats étrangers, d'autant plus qu'ils étaient garantis et surveillés par des garnisons égyptiennes implantées aux endroits stratégiques et confortés par de subtils jeux diplomatiques où mariages et otages se pratiquaient fréquemment.

N'y avait-il pas, alors, la menace d'importer en Egypte une culture nouvelle, des idées autres, l'apport de dieux inconnus et toute une remise en cause de la pensée ancestrale enracinée depuis plus de dix-sept dynasties ?

Mais, qu'importait ces évolutions puisque l'Egypte accueillait avec enthousiasme des produits ignorés jusqu'à ce jour et des techniques de recherche étrangère !

Nouvelle structure, nouveau langage et, puisque des dieux inédits venaient troubler ceux du panthéon égyptien, pourtant densément peuplé, les travailleurs asiatiques eux-mêmes pouvaient fort bien s'employer à des tâches égyptiennes, tassés à l'embouchure du Nil, là où l'agitation des peuples se faisait le plus sentir.

Lors de cette seconde expédition, Aménophis voulut mater les princes rebelles de la ville de Tikhesy, en Syrie. N'y parvenant pas, il les fit tuer, puis pendre tête en bas à la proue de son bateau afin que tous puissent s'assurer de son autorité suprême.

Souemniout, l'Intendant de la Marine Royale, un petit homme replet dont la bouche minuscule était perdue dans les doubles replis de son menton, n'avait jamais eu si fière allure lorsque son équipage défila devant "Le Faucon" devenu vaisseau pénitencier, lieu de verdict et de châtiment. Pour Souemniout, ces insoumis irréversibles, ces contestataires du droit égyptien établi depuis des siècles par les plus grands rois du monde, devaient périr au-dessus du Nil — le fleuve-dieu — et de ses puissances.

Le navire que les cordages avaient immobilisé sous le soleil de plomb tranchait le ciel de son mât central, forçant les regards à s'appuyer, sans que puisse dériver la moindre émotion, à cette proue conquérante qui balançait dans le vide les corps pendus des princes récalcitrants.

Souemniout avait défilé avec ses hommes sous le

regard satisfait d'Aménophis. Pas un rictus n'avait perturbé l'ordre parfait des plis de son gras visage et pas un geste qu'il eût mal contrôlé n'avait effleuré son auguste attitude. Toute la puissance de l'Egypte, toute sa force et sa grandeur que renforçait une ambition démesurée, se lisait dans ses yeux de babouin qu'il avait, pour l'occasion, ouverts plus grands qu'à l'ordinaire. Car Souemniout nourrissait une mégalomanie plus vaste encore que celle du pharaon lui-même.

Mais, en attendant que d'autres combats terrestres ou fluviaux vinssent enrichir sa panoplie de brillants exploits, tel un dieu immortel et vainqueur sur son char conduit par les chevaux asiatiques ramenés du Naharina, Aménophis se remémorait ses victoires.

C'est au cours de cette seconde expédition, qu'après avoir pris les villes du sud, il avait envahi le nord de la Syrie et contraint les peuples à se plier aux exigences draconiennes de leurs envahisseurs.

Aménophis, le deuxième du nom, installait l'Egypte sur des bases solides et fermes, une assise sans faille qu'avait largement amorcée son père Thoutmosis. Ah ! Certes, de tous ses ancêtres, n'était-il pas le plus grand ?

Entre ces deux grandes expéditions guerrières, il convoqua ses architectes et ses sculpteurs. Rien ne devait être trop beau à ses yeux. Rien ne devait manquer au prestige de sa gloire.

Il fit inscrire ses exploits sur les stèles du huitième pylône de Karnak et mentionner ses conquêtes sur celles de Memphis et d'Héliopolis. Il exigea qu'on fît graver sur les bas-reliefs les images de ses victoires, ses gestes de guerrier et de vainqueur et, surtout, ses captures. Puis, nourri de son triomphe, il réclama qu'on y mentionnât, sans rien omettre, la soumission des princes du Naharina, du Hatti et de Babylone et qu'on y détaillât les tributs et les offrandes qu'ils étaient contraints de faire aux dieux de l'Egypte.

Le Mitanni qui acceptait la suprématie thébaine depuis le règne de Thoutmosis implorait la paix et, pour que lui soit accordé un droit de vie paisible et la certitude de ne plus voir pointer sur lui le javelot égyptien, s'accordait à envoyer à ses insatiables voisins l'or et les turquoises de ses vastes carrières.

Dans la foulée de ses exploits, Aménophis ne s'endormait ni sur la façon de les transcrire ni sur celle de les mettre en valeur. Insatiable, boulimique d'éclats et d'honneurs, il réclamait que chaque pierre, stèle, pylône et obélisque témoignât de ses triomphes.

C'est ainsi que les termes les plus dithyrambiques firent une envolée extraordinaire dans l'esprit des artistes à qui la tâche fut confiée. On pouvait lire que Pharaon était inégalé, invincible, que toutes les terres étrangères étaient foulées par les pieds de ce dieu parfait, car il terrassait de son glaive tous ceux qui lui résistaient et que ceux-ci, une fois vaincus, ne pouvaient vivre que par son souffle. Roi des rois, prince des princes, dieu parmi les dieux, personne dans son armée ne pouvait bander son arc mieux que lui et transpercer des cibles de cuivre, personne ne pouvait ramener un nombre de trophées de chasse supérieur au sien, personne d'autre que lui n'osait dompter les chevaux sauvages et aucun autre bras n'était plus vaillant et plus puissant que le sien.

Toutes les outrances étaient permises, tous les excès de langage récompensés. Mieux, pour illustrer ses combats, Pharaon engagea des sculpteurs et des artistes qui représentèrent sur les parois de pierre ses efforts surhumains. Chevaux, fauves et rhinocéros aux dimensions singulières vinrent couronner tous les aspects de l'idéologie du héros tout-puissant. Le vaillant guerrier les dominait, les terrassait, les domptait.

Le nombre des constructions qui vint ainsi fleurir les bords du Nil devait témoigner de ce règne inoubliable. A Thèbes, les salles hypostyles des temples s'ornèrent de colonnes de pierres blanches travaillées à l'or fin. Des chapelles en grès rappelaient encore les victoires du pharaon et, sur les bas-reliefs, on y vit dessinée ou gravée la masse imposante des prisonniers qui, serrés les uns contre les autres, avançaient le dos courbé.

A El-Kab, Aménophis poursuivit la construction dédiée au dieu Toth qu'avait entamée son père. Près d'Eléphantine, c'est un temple de pierre monumental, entouré de murs en briques et serti aux quatre points de l'horizon de portes en cèdre, qu'il éleva pour consacrer le dieu Knoum, seigneur de la cataracte.

Il était écrit que le Nil n'aurait pas à se plaindre des largesses d'Aménophis et que les dieux seraient satisfaits de ses dons.

Puis, il termina en Nubie par le temple d'Amada dédié au soleil. Rê, le dieu égyptien le plus ancien, celui qui trônait depuis l'éternité au centre du ciel égyptien et qui éclairait la campagne entière de ses rayons dorés et brûlants.

Aménophis arrêta son char devant la tribune de l'assemblée regroupée sous le grand dais blanc que l'on avait piqué en terre. La toile de tente, rehaussée à l'effigie de l'aigle royal et du taureau puissant, dont chaque pan retombait lourdement au sol, apportait de l'ombrage aux spectateurs qui, tout à l'heure, applaudiraient le vainqueur de la course.

Les fêtes avaient commencé à l'arrivée de Moutmouia, fille du roi Artatama du Mitanni qui, pour consolider la fraternité entre son pays et l'Egypte, avait généreusement offert sa fille pour le fils du pharaon, le quatrième Thoutmosis — celui qui devait être le dernier de ce nom — afin qu'elle devînt sa Grande Epouse.

La princesse était arrivée en grande pompe, entourée de toute une armée mitannienne doublée de sa cour personnelle de plus de cent suivantes. Mais, qu'à cela ne tienne, il y avait de la place au harem du pharaon !

Le jeune Thoutmosis ne savait que penser. Il n'avait que quatorze ans à peine et voilà que son peuple le mariait à cette fillette asiatique, aux yeux noirs étirés en amande, à la peau fine et blanche, à l'apparence encore gracile, mais qui prédisait au jeune homme des charmes envoûtants et tentateurs auxquels il ne renoncerait certes pas.

Mais, pour l'instant, sa jeunesse inexpérimentée ne lui faisait entrevoir que quelques contraintes supplémentaires qui, sans doute, l'obligeraient à renoncer à son départ pour Memphis.

Quant à Moutmouia, la jolie princesse asiatique, elle ne semblait pas vouloir lâcher sa proie. Elle le regardait de ses grands yeux étranges et ouvrait délicatement les lèvres comme pour prononcer un mot mais rien ne sortait de sa jolie bouche. Elle le testait de loin, en silence, le jaugeait, le mesurait avec une assurance qui le déstabilisait. Par tous les dieux d'Asie ! Il voulait à la fois la regarder et être à six pieds sous terre.

Ce fut alors un jeu qu'elle s'octroya chaque fois qu'une manifestation officielle les rassemblait. Quand elle enveloppait de ses prunelles sombres et soyeuses la silhouette trapue du garçonnet, quand elle l'enroulait, déjà plus voluptueusement qu'il n'eût fallu pour lui faire perdre ses moyens, dans son filet tissé de subtiles manœuvres, elle l'amenait à coup sûr à s'intéresser à elle. Alors, Thoutmosis rougissait comme un enfant pris en faute.

Il fallait dire qu'Artatama, le roi du Mitanni, avait exigé que sa fille soit la Grande Epouse Royale du fils de Pharaon et non une vulgaire concubine reléguée au fond du harem. Aménophis avait alors suggéré, sur la demande de Tiâa, qu'elle soit Seconde Epouse, mais Artatama avait refusé net. Sa fille serait une reine d'Egypte et non pas une épouse de remplacement. De cela, Moutmouia était consciente et l'idée même de porter un jour la divine perruque au vautour la motivait doublement.

Ce jour-là, alors que les rayons de Râ tombaient dru sur le palais et qu'Aménophis avait rassemblé sa cour, ses dignitaires, ses prêtres, ses musiciens, ses porteurs d'offrandes et que les dieux étaient tous représentés, chacun sous le masque qui le caractérisait, Moutmouia portait l'audace de son regard sur Thoutmosis. Mais, les yeux de l'adolescent étaient fixés sur le char de son père qui s'avançait entre ceux de ses adversaires.

Moutmouia insista. Le jeune homme ne la regardait pas. Elle le vit soupirer. Certes, la princesse ignorait encore les motivations de ce souffle imperceptible qui passait entre les lèvres serrées de Thoutmosis. Plus tard, elle apprendrait que, pour son jeune mari, l'intérêt de la course était amoindri par le fait que tout ce rassemblement connaissait déjà le nom du vainqueur, puisqu'il fallait que ce fût le pharaon qui gagnât la victoire.

Elle lâcha donc du regard la silhouette de Thoutmosis et le reporta sur la piste.

Encore une fois, Aménophis en faisait le tour, les bras déjà levés en triomphateur alors que la compétition n'était pas encore commencée. Il tenait les rênes des trois chevaux sauvages qu'il avait matés lui-même, offrant au public ce visage satisfait, ce regard concupiscent orienté sur la foule qu'il déviait insensiblement, de temps à autre, sur la silhouette de Tiâa, sa Grande Epouse. Elle était majestueuse, belle encore, certes digne de porter la perruque au vautour et le collier de la déesse Hathor.

A sa droite, il vit Beket et la toute jeune Thouya, le vieux Rekmirê et son fils Paser. Puis, le tour de roue suivant, il reporta ses yeux sur Kigirpa, sa Seconde Epouse. Un frisson délicieux parcourut son échine. Quelle grâce, quel maintien ! Que d'incroyables folies allait-il encore faire avec elle lorsqu'il serait sacré vainqueur incontesté de cette course ?

Au crépuscule, Kigirpa insisterait pour venir féliciter d'une chaude caresse les chevaux asiatiques qui contribuaient toujours au succès de leur maître. Puis, quittant les écuries royales, ils feraient une longue promenade en char pour s'arrêter dans un champ de blé, une palmeraie, un chemin de vignoble ou tout simplement sur les bords d'un Nil qui les accueillerait sans façon, près d'un bosquet de papyrus ou de quelques ombelles déployées. Elle lui parlerait de sa fille élevée au harem et du nouvel enfant qu'elle attendait.

Le son des trompes et le déploiement des bannières vinrent distraire les alléchantes images nourries, pour l'instant, des cris de la foule. Alors, lentement, il tourna son regard vers Thoutmosis qui, trop timoré à son goût, deviendrait un jour le maître de l'Egypte. Il regretta tout à coup le fils cadet qu'il avait perdu dont l'étoffe et la carrure étaient celles d'un chef, non d'un rêveur comme son aîné.

Dans un accident de chasse, l'adolescent avait été mortellement blessé. Le harpon avec lequel il tentait de transpercer l'énorme hippopotame s'était retourné contre lui et l'avait saisi en plein cœur. La cour en avait eu du chagrin mais la présence de son frère avait vite remplacé son image dans l'esprit du peuple égyptien dont la seule préoccupation était qu'il y eût un héritier mâle pour ceindre la double couronne.

Certes, Aménophis regrettait que son fils Thoutmosis ne lui parlât jamais de ses propres victoires et que, dans le sujet de leurs conversations, il n'amenât pas assez le thème de la guerre, du combat, du butin, des peuples prisonniers et de tout ce qui engendrait la grandeur de son pays.

La seule fibre qui rattachait le pharaon à son fils était son goût pour la chasse, encore qu'il préférât la pratiquer en solitaire plutôt qu'en groupe et qu'il supportât mal d'avoir à exhiber ses trophées. Thoutmosis aimait partir au loin, presque s'exiler là où on ne pouvait le trouver, son arc et son javelot en mains. Tiâa, qui avait encore à l'esprit la mort de son fils cadet, ne respirait à nouveau que lorsqu'elle le voyait réapparaître aux portes du palais.

Pourtant, le pharaon supputait une hypothèse qui, pour lui, n'était pas la meilleure, mais elle cadrait tant avec la nature secrète de son fils qu'il la jugeait possible. Son goût pour la chasse en solitaire n'était-il pas un alibi pour demeurer quelque temps isolé, loin d'une ville agitée et bruyante ? Rêver aux abords d'un désert où passaient les caravaniers chargés de marchandises, rêver sur les bords d'un Nil où tombaient abruptement les derniers rayons solaires s'accordait trop à la nature de son fils pour qu'il en soupçonnât les effets.

“Mais rêver à quoi ?” se demandait le pharaon.

Aménophis écouta distraitement les derniers accords des trompes et vit que les fanions s'abaissaient. Son regard croisa rapidement celui de Thoutmosis. Oui ! Vaillant, courageux, brave ! Son fils l'était puisqu'il savait tirer à l'arc, lancer le javelot, chasser le lion et l'antilope, poursuivre l'hippopotame dans sa demeure secrète occultée par les marais sombres et épais, comme ce jour où, avec Khaemat et Tjanouni, ils en avaient abattu plus d'une dizaine. Vraiment ! C'était un signe. Aménophis ne devait pas avoir peur pour l'avenir de son fils, même s'il montrait trop souvent des signes excessifs de modestie et parfois de pudeur.

La foule commençait à crier. Au dernier rang, la classe moyenne égyptienne scrutait la piste avec une insistance qui démontrait son impatience. Devant elle, toute une jeunesse bouillonnante et exubérante, sortie des écoles de Thèbes et en attente de promotions nouvelles, s'égosillait sous le soleil que les grandes toiles tendues n'arrivaient plus à endiguer.

Sur les bas-côtés, les scribes avaient préparé leurs tablettes, leurs encres et leurs calames. Ils attendaient que les hérauts annoncent le début de la course et que les trompes se fassent à nouveau entendre pendant qu'une police discrète arpentait les arrières des tribunes.

Aménophis se redressa. Il aimait ces débuts de compétitions qui l'affrontaient à ses compagnons, bien qu'il fût toujours le plus fort.

Ses yeux s'attardèrent sur la rangée des dignitaires et des nobles qu'accompagnaient leurs épouses, toutes vêtues de tenues fastueuses. Un cône d'onguent surélevait leurs perruques brunes et le baume coulait, goutte à goutte, dans l'enchevêtrement des coiffures afin de les rafraîchir et de les parfumer.

Au premier rang, Tiâa, que tout à l'heure il n'avait pu qu'effleurer du regard, arborait une élégance sans pareille. Sa robe était un fourreau blanc plissé qui moulait ses formes rondes et pleines. Sur ses épaules dénudées, s'attachait juste une mince bretelle en fil d'argent parsemée de turquoises. Un grand collier de cornaline tombait sur son buste, recouvrant deux seins hardis voilés du lin le plus fin d'Egypte. Tiâa mettait un point d'honneur à être la plus raffinée des Thébaines lorsqu'elle paraissait en public. Tout était élégant, épuré, recherché dans ses vêtements, ses attitudes, ses poses et même ses répliques, qu'elle s'efforçait de ne pas jeter plus haut que les bonnes manières l'exigeaient.

Sa rivale, l'asiatique Kigirpa, n'était pas à vrai dire une véritable adversaire. Certes, elle gardait le privilège d'une jeunesse qu'elle-même n'avait plus mais, par ailleurs, Tiâa détenait le sang divin qui lui venait de l'union qu'avait eue sa mère avec le précédent Thoutmosis.

A l'approche de la quarantaine, Tiâa était encore belle. Ses maternités ne l'avaient pas épuisée, pas plus que les chagrins subis au fil des ans lorsque les dieux lui avaient pris l'âme de ses deux filles et de son fils cadet pour les emporter dans l'au-delà.

Tiâa croisa le regard de son époux et lui sourit. Puis, soudain, ses narines frémirent, elle eut un tic imperceptible qu'elle seule connaissait — en ce cas, elle mordillait légèrement sa lèvre inférieure — et elle fut prise d'un horrible doute. Elle avait beau ne pas considérer Kigirpa comme une rivale dangereuse, parfois cela dépassait la mesure acceptable comme en cet instant où elle se posait la question. Le sourire d'Aménophis lui était-il destiné ? Elle tourna lentement son regard vers Kigirpa qui, d'un signe de la main, balayait nonchalamment l'espace devant le regard satisfait du pharaon.

Nul n'ignorait que Kigirpa avait adopté d'autres attitudes que celles de la reine. Vive, enjouée, elle aimait le bruit, la musique et la danse, s'occupant volontiers de ses compagnes, venues comme elle du pays de Naharina ou du Mitanni, mais reléguées au harem pour les plaisirs éphémères et nocturnes du pharaon.

Fine et intelligente, l'ambition de Kigirpa était équilibrée. Elle était assez sensée pour reconnaître que l'astre des dieux, qu'il vînt d'Egypte ou de Syrie, brillait pour tous. La Seconde Epouse ne se mesurait que très peu à Tiâa et cela n'arrivait que lorsque sa jeunesse, encore trop apparente, était en cause.

Certains bruits qui circulaient au palais, du moins les plus malveillants, comme il en existe toujours au sein d'une communauté, disaient que Tiâa ne pouvait rivaliser avec la Seconde Epouse, car elle ne possédait pas l'or de son éblouissante chevelure. Ce soleil qui flambait comme une torche vive au-dessus de sa tête ou qui croulait comme des joyaux en cascade lorsqu'elle les ramenait en masse volumineuse sur son buste et ses épaules.

Kigirpa avait aussi ce geste secret et gracieux, un mouvement ondulatoire de la tête et des bras qu'elle avait appris à cerner de mystère. Une envolée, un élan qu'elle accomplissait tel un culte. Elle ôtait lentement les quelques épingles d'argent piquées dans l'édifice de sa coiffure. C'était alors un embrasement soudain de lumière que les dieux eux-mêmes ne pouvaient écarter.

N'était-ce pas ainsi qu'elle avait séduit le pharaon lorsque, prisonnière comme les autres, elle avait défilé devant lui, soulignant sa gracieuse présence de sa fascinante coiffure et lui criant qu'elle était le soleil ?

Persuadée que le sourire du pharaon lui était destiné, Kigirpa abaissa lentement la main. Le corsage de sa tunique qui moulait son buste parfait accrocha les regards et les plis de sa robe ocrée reflétèrent des ondes dorées au travers de son corps.

La jeune Moutmouia l'observait. Quand Kigirpa tourna ses yeux vers elle, elle sentit que l'adolescente bravait sa beauté, mais qu'en même temps, elle se demandait si elle devait prendre exemple sur sa conduite ou sur celle de Tiâa.

Parmi les dignitaires de Thèbes, le prince Youkka du Naharina se tenait là, longiline et altier, dans sa dignité de prince asiatique. Thouya, à qui l'on avait imposé de l'épouser, n'avait opposé aucune résistance. Bien au contraire, elle avait accueilli la décision du pharaon avec une joie non dissimulée, y trouvant l'avantage d'une situation non conforme aux traditions ancestrales qui gênaient toujours son esprit d'avant-garde.

Il est vrai que la bouillonnante Thouya, indomptable et téméraire adolescente, ne pensait qu'à quitter Thèbes, naviguer, explorer des contrées lointaines et de surcroît ne se trouvait-il pas que le charme sauvage et dru du prince asiatique stimulait ses sentiments en même temps qu'il décuplait son désir de s'aventurer enfin sur les terres d'Asie afin d'en rapporter des idées et des mœurs nouvelles. Par tous les dieux ! Sa propre grand-mère Séchat avait bien foulé le sol africain, pourquoi ne foulerait-elle pas celui d'Asie ?

Thouya était ainsi faite. Elle exécrait la sédentarité et les travaux de femmes au quotidien. Elle n'aimait que la bohème et la mobilité. Elle préférait le plancher inconfortable d'une barque, d'un navire, d'un frêle esquif ou celui plus incommodant encore de la mince plate-forme d'un char bien mené à celui d'un sol terrestre si fertile soit-il. C'est pourquoi Thouya se disait que l'amour d'un époux viendrait après l'amour du voyage.

Il faut dire aussi que, partie sur ces idées de rêve et d'aventure, un fait important la rassurait, la motivait, provoquait en elle une excitation qu'elle n'arrivait plus à maîtriser tant elle se faisait violente. Youkka lui avait assuré qu'un jour il l'emmènerait en Asie et, de tous ses rêves, c'était bien celui-là le plus beau.

Aménophis et ses compagnons de course firent une dernière fois le tour de la piste. Il y avait longtemps que la foule, faite de milliers d'Egyptiens de toutes conditions, s'était serrée à l'arrière des tribunes et acclamait les coureurs.

Les danseurs et les acrobates qui effectuaient des exercices d'adresse et de souplesse s'étaient retirés avec de lourds applaudissements. La musique couvrait les bruits les plus divers, cris de la foule, hennissements des chevaux et raclements de leurs sabots sur la terre, injonctions des cavaliers envers les palefreniers qui, une dernière fois, passaient en revue le harnachement des chevaux et, parfois, sifflement du fouet dans l'espace chargé de fougue et de fièvre.

Puis, quand les bruits se tassèrent, on passa quelque temps à des jeux plus consistants. Arrivèrent alors les lutteurs. C'était ainsi que débutaient toujours les combats. Certains se révélaient si âpres qu'ils allaient jusqu'à ce que l'un des adversaires se trouvât anéanti par son rival, brisé, disloqué, gisant sur le plancher qui l'accueillait avec fracas alors que le vainqueur, bras tendus, suant et crachant, respirait à grands coups le délire de la foule.

Les escrimeurs venaient clore les jeux de combats. Ils se battaient avec des gourdins et des massues à pointes effilées, retenant l'haleine exacerbée des spectateurs, tous enivrés de cris et de clameurs.

Chacun des combattants devait se préserver des coups de l'adversaire au moyen de courroies liées autour de son bras. A l'instant où le bâton devait atteindre l'autre, la courroie de l'adversaire sifflait, volait et venait s'abattre de plein fouet sur son visage. Il fallait non seulement éviter le coup de gourdin sur la tête qui la fracassait instantanément, mais se préserver de la courroie meurtrière qui, en un clin d'œil, arrachait un œil ou une oreille. Le combat cessait lorsque l'un des hommes gisait à terre, le crâne fendu pendant que l'autre, du sang coulant sur ses yeux, s'enivrait de sa gloire.

*
* *

Enfin, depuis quelques minutes, les conducteurs des chars se séparaient, chacun s'alignant sur le territoire qui lui était imparti. Un silence s'était abattu, appesanti par les bruits qui venaient subitement de s'éteindre, juste avant que ne retentissent les trompes sonores des hérauts.

Depuis des temps très obscurs — bien des pharaons eussent pu le certifier — la tradition exigeait que, lors des courses, les chars fissent dix tours complets de piste. Et, chacune venant après l'autre était plus opiniâtre, plus acharnée, plus violente et mortelle.

Le conducteur du char ne devait pas tomber à terre. S'il chutait, deux possibilités s'offraient à lui, l'une l'évinçait aussitôt de la course, l'autre lui laissait encore le goût de l'éventuelle victoire en bouche.

Certes, la solution la moins risquée pour le cavalier qui s'écroulait au sol était de chercher à s'esquiver sur les bas-côtés de la piste pour ne pas être écrasé par les chevaux en furie ou les roues traîtresses des chars, mais dans ce cas il était aussitôt disqualifié.

S'il choisissait la solution la plus osée, celle qui pouvait lui coûter la vie, il cherchait à remonter sur son attelage, du moins s'il n'avait pas versé. Dans ce cas, il se trouvait bien souvent confronté à l'obligation de se laisser traîner à terre quelque temps avant de pouvoir réagir, car remonter sur la plate-forme du char devenait un exploit quasiment impossible. Mais, si les dieux ne l'avaient pas abandonné et qu'il arrivait encore à respirer et à bouger au tour de piste suivant — car certains se faisaient traîner jusqu'à ce que mort s'ensuive —, il regrimpait sur le char, agrippait les rênes et poursuivait la course.

Au grand soulagement de ses compagnons d'armes, le pharaon ne concourait pas avec des adversaires égyptiens, si bien que Paser, Nakht, Amennheb et Kenamon qui, dans ces conditions, auraient eu à se mesurer avec lui, n'avaient pas à se soucier des conséquences, toujours fâcheuses pour eux, de l'éventuel échec d'Aménophis.

Combattant avec des Asiatiques, le pharaon ne s'en trouvait que plus hardi et ses compagnons plus libres.

Mais, ce point délicat retiré, il n'en restait pas

moins que les adversaires qui attendaient en piste étaient tous d'acharnés conducteurs et connaissaient l'art de la conduite d'un char, si complexe fût-il. Par tous les dieux du Tigre et de l'Euphrate ! N'étaient-ce pas leurs aïeuls asiatiques qui, lors de leurs invasions en Egypte au cours de la dynastie précédente, avaient introduit chez eux le cheval et le char ?

Les hommes se défiaient du regard, les uns mesurant leurs forces respectives, les autres essayant de détecter les faiblesses de leurs adversaires. Ils avaient tous, cependant, cette façon de propulser leurs énergies au-delà de la piste, devant la foule qui les fixait avec intensité.

Les chevaux étaient harnachés aux couleurs des chars et des tuniques. Celle d'Aménophis était blanche rayée de bleu et se détachait sur son corps bruni par un soleil qui venait sans cesse lécher sa peau dénudée quand, à cheval, il traversait le désert durant des heures et ne revenait au palais qu'à la tombée du jour.

Puisqu'il fallait consacrer l'arrivée d'une princesse asiatique, Aménophis avait pris pour adversaires onze prisonniers ramenés du Naharina, quatre du Mitanni, trois de Babylone et l'unique Hittite, fils d'esclave ramené d'une lointaine campagne lors du règne de son père. Ce détail certes, n'était pas réjouissant pour tous. Chacun savait que celui qui pouvait battre le pharaon deviendrait son ami, et cette hypothèse pouvait en assombrir plus d'un parmi ses fidèles.

Les chars étaient alignés dans un ordre impeccable, les uns à côté des autres. Serrant fermement les rênes dans leurs mains moites, assurant l'équilibre de leurs pieds, la force et la souplesse de leurs cuisses, la mobilité de leur torse, ils regardaient fixement l'horizon qui se dessinait dans la courbe de la piste, puis évaluaient la justesse de l'extérieur et l'étroitesse de l'intérieur. Enfin, ils jaugeaient la dimension des bas-côtés pour se tirer d'affaire en cas de chute.

Au cri du départ, ils démarrèrent dans un soulèvement de poussière qui empêcha toute vision. Il fallut attendre qu'un demi-tour complet fût effectué pour que la foule pût distinguer les occupants des chars.

Au second tour, deux attelages se renversèrent. L'un des conducteurs fut projeté au travers des roues d'un char syrien. L'homme qui l'avait culbuté était petit de taille, mais suffisamment habile et robuste pour maîtriser ses chevaux. Visiblement, ses yeux hagards et la crispation de sa mâchoire montraient qu'il n'avait plus que folie en tête. D'ailleurs, excitant ses chevaux furieux, il s'acharnait à piétiner le corps d'un des malheureux adversaires, déjà disloqué, qui s'en alla heurter mortellement les autres chars.

L'autre homme renversé eut les dieux qui jouèrent en sa faveur. D'un coup de reins rapide, il put se dégager de l'attelage du Syrien et se rabattit sur ses chevaux dont l'un se relevait, entraînant l'autre à faire de même. Saisissant comme un halluciné le bord de la coque incurvée, il fut traîné pendant quelques mètres, mais aucun autre char ne l'accrocha et il réussit à grimper par-dessus le bord du caisson, saisit les rênes qui battaient l'air avec un claquement sec et se rééquilibra.

Au tour de piste suivant, il se retrouva côte à côte avec Aménophis qui, de son œil d'aigle, malgré la concentration qu'il s'efforçait de garder pour maîtriser l'effort de ses chevaux, n'avait rien perdu de la scène. Le réchappé était le seul Hittite de la course, sans doute aussi le plus âgé et, en un éclair, Pharaon put jauger sa maîtrise et sa grande habileté de manœuvre.

Au quatrième tour, les essieux en lame de scie d'un conducteur mitannien cisaillèrent les roues de deux Babyloniens. Bloqués et ne pouvant freiner l'allure de leur attelage, ils furent aussitôt projetés sur la piste. Le jet brutal les pulvérisa l'un et l'autre loin du centre, écartelant et broyant leurs os. Aucun des deux ne se releva.

Le cinquième tour n'apporta aucun accident. Aménophis sentait le souffle chaud du Hittite dans son dos et cela lui fut désagréable. Devant lui, deux Mitanniens menaient la course. Le pharaon rugissait en silence, ses mains se crispaient, dures et humides tant il suait sur les rênes de ses chevaux. Il fallut les sixième et septième tours pour évincer six conducteurs du Naharina et le huitième pour qu'il ne restât plus en piste que le pharaon, le Hittite et deux Mitanniens.

Les sabots des chevaux d'Aménophis décollèrent du sol. Lors d'une course, il pratiquait toujours ainsi, donnant le maximum de lui-même dans les deux derniers tours.

Ses grands alezans sauvages qu'il avait domptés lui-même lui faisaient honneur, tant ils étaient fougueux, tenaces et déterminés, mais ils ne menaient pas la course et Aménophis se concentrait sur la façon dont il devait se débarrasser du Hittite qu'il sentait toujours dans son dos et du Mitannien qui restait en tête. Par contre, il savait que les autres concurrents seraient hors de course au départ du neuvième tour.

Ses alezans menaient un train d'enfer. A présent, ils semblaient avoir compris qu'ils devaient devancer les Mitanniens et laisser le Hittite derrière eux. Les roues crissaient sauvagement et le claquement des fouets battait un rythme étrange dans l'espace.

En amorçant le huitième tour, le Hittite se rapprocha du pharaon. Tendus, l'œil aux aguets, ils coururent quelques secondes côte à côte. La sueur coulait abondamment sur leurs corps et tombait le long des muscles de leurs cuisses. Sans les deux Mitanniens qui les devançaient toujours et dans un sursaut prolongé identique, ils allaient l'un et l'autre à la victoire.

Faisant vibrer son fouet au-dessus de ses chevaux, Aménophis vit soudain la faille qui menaçait l'un des rivaux de tête. Elle résidait dans la nervosité du cheval extérieur. L'animal avait peur et ne se maîtrisait que par l'assurance des deux autres.

Il laissa en mémoire ce détail, si important fût-il, et lâcha un peu la bride de ses chevaux. A présent, il fallait jouer serré. Dans quelque temps, il ne croirait plus au jeu furieux des Mitanniens qui le devançaient. L'un d'eux serait vite évincé, car s'il ne soufflait pas de fatigue, son cheval apeuré, l'écume à la bouche et la crinière en folie, tenait moins bien la route et les autres semblaient capituler.

Par contre, il craignait cet idiot de Hittite qui, acharné et tenace, ne désarmait pas et semblait capable de gagner la course. Ses chevaux avaient déjà prouvé leur endurance et leur agilité à se relever d'une chute souvent fatale. Les essieux pointus fixés sur ses roues étaient conformes à la règle du jeu. Chacun pouvait harnacher ses chevaux et son char comme bon lui semblait.

Surpris de voir le pharaon lâcher du terrain, le Hittite crut en sa victoire, d'autant plus que les deux Mitanniens perdaient de la vitesse et se trouvaient à présent sur sa ligne de conduite. Quant à Pharaon, il n'avait qu'un peu de nerf à reprendre pour se trouver, lui aussi, sur le même axe de parcours. Mais, une impression soudaine lui souffla de ne pas le faire et il resta à l'arrière, un peu en retrait.

Le Hittite sentait la réticence d'Aménophis et eut un geste sec en tirant sur les rênes de son cheval central, un rictus qui ne put échapper au pharaon vint fleurir sur ses lèvres épatées et il fouetta ses chevaux. Serrant sur sa droite, puis sur sa gauche, il frôla l'attelage des deux Mitanniens et, s'assurant que ses essieux s'encastraient dans ceux de ses adversaires, il coinça les deux chars.

Un bruit sec qui déchira l'espace zébra le silence. Deux souffles identiques, deux paniques semblables se confondirent, puis ce fut l'emmêlement des chars, la culbute, l'écrasement et les deux rivaux du Hittite roulèrent quelque temps, écrasés non par les chevaux mais par cette masse de bois et d'acier que le choc avait pulvérisée.

Durant la collision, Aménophis qui avait repris du nerf et de la vitesse tourna la tête et vit l'horrible spectacle. Le fouet du Hittite cinglait ses oreilles. Ce qui restait du corps des deux hommes roula sur plusieurs mètres dans un nuage de poussière. C'était étrange, il avait cette impression que lui-même avait les os rompus. Il perdit de la vitesse et entendit les sabots des chevaux du Hittite s'éloigner.

Dieu de Seth ! Il fallait à tout prix le rejoindre, le disqualifier s'il ne pouvait l'atteindre. Il fallait écraser cet infâme adversaire qui n'était qu'un vil prisonnier, un otage rapporté de guerre. Il sentit qu'il ne pourrait jamais proposer l'amitié à ce vainqueur-là, même s'il admirait sa force et son courage.

Aménophis rageait en silence. Ses chevaux devaient remporter la victoire. Le Hittite et lui amorçaient le dernier tour, celui qui consacrerait le vainqueur. D'un seul coup, le pharaon ne sentit plus sa fatigue. A présent, il ne craignait plus rien. Un roi ne se faisait pas battre par son esclave. Il talonna le Hittite avec acharnement. Son fouet lui cingla le visage et laissa une balafre sur sa joue gauche, entraînant sur son passage un lambeau d'étoffe qui découvrit son épaule.

Le pharaon soupira. Las, certes il l'était, mais point déconcentré ! Aménophis frotta ses yeux rougis par le soleil. Bien qu'elles fussent enduites de khôl pour les protéger, ses paupières le brûlaient douloureusement. Il n'y prit cependant garde et son fouet déchaîné s'abattit à nouveau sur le Hittite encerclant sauvagement son corps. L'homme se propulsa violemment en sens inverse et le fouet glissa des mains du pharaon.

Ce dernier tour s'achevait dans des clameurs indescriptibles. Les hurlements de la foule stimulaient étrangement les deux derniers adversaires. Exorbités, leurs yeux ne voyaient plus. Bouchées, leurs oreilles n'entendaient plus. Les chevaux épuisés écumaient, hennissaient. Quand le Hittite chercha à déstabiliser le pharaon de son essieu meurtrier, Aménophis concentrait son attention sur la fragilité nerveuse dont l'un de ses chevaux semblait soudain être atteint.

Face à cette idée sécurisante, le pharaon maîtrisa sa colère et relâcha son attention. Mais, ce n'était là que feinte du Hittite dans laquelle il tombait lourdement. A mi-chemin de la piste, l'essieu de l'adversaire l'accrocha et le choc l'atteignit de plein fouet. Dans une embardée de crinières blanches, ses chevaux se cabrèrent. Certes, trop habitué à les dompter, il tint le coup et redressa rapidement son attelage. Cependant, privé de son fouet, il ne put que hurler à ses chevaux de repartir et rattrapa le Hittite dans l'avant-dernière courbe qui amorçait la fin de la piste.

Le public ne criait plus. Les souffles se retenaient au travers des gorges anxieuses, tendues. Les deux chars se trouvaient côte à côte dans une course follement effrénée.

Le Hittite fouettait ses chevaux. De beaux pur-sang arabes, petits et rapides, qu'aucune nervosité ne semblait accaparer. Comment Aménophis avait-il pu croire à la fatigue de ces chevaux-là ? Quelle méprise !

Soudain, le Hittite l'accrocha de nouveau, presque de front, et son char se porta brusquement à la verticale, le déséquilibra et l'entraîna sur le côté. Aménophis ne réussit à le rééquilibrer qu'à la force de ses poignets. Quand il put le ramener à l'horizontale, il avait totalement glissé à l'extérieur de l'attelage. Ses pieds frôlèrent la poussière et sa tête heurta le sol. Il ne put que se rattraper désespérément aux rênes qu'il n'avait pas lâchées. Ses chevaux ne semblaient pas avoir perdu de leur assurance et sitôt redressés, ils reprirent de la vitesse. Mais, le Hittite avait une nette avance et amorçait l'arrivée.

Aménophis devait faire vite. Ne réussissant pas à remonter sur son char, tant la course éperdue de ses chevaux était hallucinante, il s'efforça de maintenir sa tête hors du sol et s'accrocha à la queue du cheval le plus proche, puis remontant doucement, agrippa sa crinière et d'un saut prodigieux, souple comme un félin, sauta sur son échine.

Le cheval ne s'effaroucha pas. Son maître avait tant de fois effectué ce geste qui amorçait une course au corps à corps qu'il sentit à peine la prise de l'homme sur son dos. D'un autre bond, tout aussi agile, Aménophis se retourna sur le dos du cheval et sauta dans son char. Enfin, il réussit à reprendre les rênes et, dépassant le Hittite éberlué, il arriva en fin de piste avec juste une tête d'avance.

Kigirpa, la Seconde Epouse, jeta ses yeux sur la foule. Puis, s'assurant qu'on ne l'observait pas, se glissa en silence dans l'espace étroit que lui frayaient ses suivantes, pour aller rejoindre le vainqueur qui l'attendait déjà dans son char.

CHAPITRE IX

Beket saisit le maillet et le ciseau et dégagea le pourtour d'un visage qui n'avait plus de relief. Il s'agissait de le faire réapparaître tout en y apportant une note créative. En passant la brosse sur la poussière de plâtre qui obstruait l'ensemble, elle observa attentivement le dessin et vit que le visage n'avait plus aucune expression.

Elle décida de lui donner les formes et les contours de la physionomie d'Aménophis, ses yeux allongés à la pupille claire et fluide, son front large et ses pommettes saillantes, son sourire enjôleur et son cou dégagé entouré du collier d'Horus aux perles de turquoise.

Quand elle aurait rendu vie et chaleur au visage de son tout-puissant pharaon, elle pourrait prendre un peu de repos. La fresque entière était presque prête à supporter les regards des dignitaires les plus exigeants. A présent, les ouvriers peintres pouvaient achever le travail.

D'une main précise, d'un geste rompu à toutes difficultés de parcours tant elle avait effectué cette esquisse, elle fignola le dessin des lèvres, rompant un peu l'extrémité de leur courbe pour suggérer l'ambiguïté du sourire. C'était toujours ainsi qu'il se présentait à la foule, la bouche étirée en un pli charmeur, avec juste ce qu'il fallait de faconde pour qu'aucun regard ne lui résistât.

Puis, elle observa la pose du buste, la forme des épaules et l'expression des mains tendues qui, paumes ouvertes, offraient un grand scarabée d'or au dieu Amon. Elle n'avait nul besoin de les transformer et elle s'en tiendrait à rehausser les couleurs qui en composaient l'ensemble.

Oui ! Le tout lui paraissait homogène, harmonieux et lui plaisait bien au-delà de ce qu'elle avait pensé. Ses dessins éclataient de vie et de vérité, plongeant l'œil de celui qui les regardait dans une clarté éblouissante, un étonnant mélange de réalisme et de poésie.

Ah ! Certes, Beket ne pouvait qu'être satisfaite. Les séances d'offrandes étaient toutes réussies. Amon acceptait dans un sourire bienveillant les parfums et les joyaux qu'offrait le pharaon pour son peuple. Les oiseaux, les fleurs et les hautes tiges de papyrus envahissaient tout l'espace, ne laissant que la respiration de multiples petits aplats de plâtre blanc qui venaient en éclairer l'ensemble.

Beket avait fait en sorte que sa stèle soit parfaite. Sur le côté interne, on admirait Aménophis dans toutes ses positions d'assemblées officielles. Debout sur son char, il tendait les bras au dieu qui le regardait de son œil complaisant. Assis, il écoutait, les mains posées à plat sur son pagne plissé qui lui recouvrait les genoux. De profil, il attendait que son vizir vînt l'entretenir du dernier propos à débattre devant une foule attentive.

Le côté externe laissait apparaître, dans des couleurs chatoyantes d'ocre rouge et de vert tendre, des scènes de pêche et de chasse. Aménophis tirait à l'arc, tendait un filet, harponnait un hippopotame, serrait entre ses bras vigoureux la gueule d'un grand lion du désert ou courait, debout sur son char, derrière une antilope qui filait comme le vent. Ainsi traduites par Beket, la force et la bravoure du pharaon étaient si apparentes, si convaincantes qu'on ne pouvait que s'incliner devant elles.

Oui ! Aménophis pourrait être satisfait des travaux qu'elle avait menés. Elle se posait en vrai chef de chantier, en grand peintre et, à présent qu'elle imposait son art, son style, Djenani lui faisait entièrement confiance et ne récoltait plus à lui seul le fruit de son travail.

D'ailleurs, depuis quelque temps, elle se faisait appeler Bek. Un nom, après tout, qui ne faisait qu'abréger le sien. Certes, son cartouche la mentionnait au féminin et elle ne pouvait renier son sexe. Mais, peu importe ! Le style qu'elle imposait, depuis presque douze ans, sur ses bas-reliefs, ses parois de sanctuaires, ses colonnes, ses pylônes et les grandes urnes des temples de Karnak mûrissait, grandissait et elle voyait enfin s'étendre le profit de ses œuvres.

Et le pharaon, son père, pouvait aussi être satisfait de sa besogne. Le nouveau sanctuaire qu'il offrait au dieu Amon lui apporterait, assurément, la réciprocité qu'il en attendait, majesté, gloire et puissance.

Beket, qui n'ignorait en aucun point l'histoire de Karnak savait que, depuis le Nouvel Empire qui débutait la dix-huitième dynastie, les bâtisseurs n'avaient cessé d'y travailler, construisant pierre à pierre, au fil des crues qui s'écoulaient, le plus grand ensemble de temples jamais édifié sur les bords du Nil.

Beket se plaisait à Karnak. C'était là son lieu de prédilection. Il y avait tant à voir, à connaître, à rénover, à créer, qu'elle ne pouvait s'en lasser. Elle travaillait même en collaboration avec les prêtresses d'Amon, femmes érudites qui tenaient une parcelle du clergé de Karnak, pour illustrer leurs textes de ses plus beaux hiéroglyphes.

Si elle avait travaillé, durant quelques années, avec

une ardeur et un acharnement dont elle seule connaissait les tenants et les aboutissants, sur les chantiers de Coptos, de Memphis, de Denderah ou d'Hermopolis, c'était pour y apprendre la technique, l'expérience, la maîtrise nécessaires et réussir brillamment sa mission. A présent, elle se destinait aux travaux de Karnak, désirant apprendre chaque jour ce qu'aucun autre site en Egypte ne pouvait lui offrir. Beket n'ignorait pas que les premiers blocs décorés dans une fine pierre calcaire dataient de Sésostris, un pharaon du Moyen-Empire qui, pour l'occasion de son jubilé, avait élevé un temple dont la blancheur restait si éclatante qu'on avait peine à lui attribuer tant d'années d'existence.

Puis, faisant suite à l'invasion des Hyksos repoussés définitivement par le premier des Aménophis, Thèbes était devenue la capitale des pharaons et Karnak avait pris sans cesse de la majesté et de l'ampleur en même temps que les prêtres, nommés aux plus hautes fonctions administratives, développaient leur puissance.

De Karnak, il fallait faire un site unique au monde. Chaque pharaon ajoutait ses propres monuments, ses obélisques, ses pylônes, ses salles hypostyles, ses chapelles, ses cours et ses jardins. Chacun, l'un après l'autre, embellissait, élevait, agrandissait, rénovait. Après les périodes d'invasion où il fallut tout reconstruire, il devint indéniable que l'action d'élever un édifice aux dieux apportait au pharaon la valeur essentielle qui lui conférait la gloire immortelle dans sa vie de l'au-delà.

Il était donc fréquent, et Beket le savait aussi, qu'au lieu de jeter la pierre d'un monument détruit, on la réemployait dans de nouvelles constructions. Les temples subissaient ainsi des métamorphoses continuelles, absorbant leurs propres substances.

Karnak ! Foyer religieux par excellence, certes. Mais aussi animation intense qu'il fallait vivre au quotidien et que chaque habitant de Thèbes connaissait. Les commerces pullulaient, l'artisanat s'y développait. L'agriculture rendait tout ce qu'une terre prospère pouvait lui apporter. L'administration, dans le bâtiment comme dans les autres domaines, était complexe, stricte et n'admettait aucune faille ni faiblesse.

Beket se plaisait sur les chantiers de Karnak. Chaque jour pour elle passait trop vite et elle savait que sa vie sur terre ne serait pas assez longue pour qu'elle puisse réaliser sereinement tous les projets qui s'agitaient dans sa tête. Elle avait encore tant à apprendre, même si elle savait tout de l'extraction et du transport des pierres, de la construction des murs, de la pose des dalles et de l'installation des colosses dont les pharaons étaient de plus en plus friands.

Après l'époque des pyramides, puis des obélisques, Aménophis III, dans son désir de grandeur, ne ferait-il pas construire deux gigantesques statues, gardiennes de son temple funéraire, le représentant assis sur un socle de pierre ? Deux géants au regard fixé sur le monde égyptien, érigés sur d'énormes assises racontant en images l'histoire des dieux du Nil et la toute-puissance qu'apportaient les deux terres réunies.

Tapie dans la profondeur calme et obscure d'un sanctuaire ou juchée sur un échafaudage face à la paroi pierreuse d'une colonne, Beket respectait son travail et l'agitation qui en découlait : le fracas des outils qui venait chanter à ses oreilles, les maillets qui frappaient la pierre, les ordres des contremaîtres et les cris des manœuvres et, même parfois, les chants dont les ouvriers accompagnaient leur besogne.

Beket aimait tout ce qui se rapportait à son métier, jusqu'aux énormes tas où s'empilaient des milliers de briques crues qui séchaient au soleil. Cela n'annonçait-il pas que de nouveaux monuments viendraient prendre la relève des anciens ?

Quand Beket regardait les lourds bateaux à quai qu'on déchargeait dans le port de Thèbes et la lente progression des blocs de pierre, de marbre ou de granit posés sur les longues glissières tirées par plusieurs rangées d'hommes, elle pensait inévitablement aux merveilles qui en ressortiraient.

Pour en revenir au premier temple d'Amon construit au Moyen-Empire par Sésostris, vinrent s'ajouter, à la périphérie de Karnak, les chapelles royales et le premier reposoir de barque solaire. Puis, le père d'Hatchepsout fit ériger les quatrième et cinquième pylônes, le temple d'Amon-Rê et bâtir, à l'ouest, la grande cour des processions et des festivités. Quand, à son tour, Hatchepsout prit le pouvoir, elle éleva le temple de Mâat en quartzite rose qui s'ouvrait vers l'est et s'adossait aux premiers sanctuaires dont les jardins s'étendaient vers le sud en franchissant le huitième pylône.

Alors que Beket n'était encore qu'une adolescente, son père Thoutmosis III faisait construire le sixième pylône et ouvrait, à l'est, un nouveau sanctuaire marquant ainsi l'entrée définitive de l'ensemble du temple. Des murs d'enceinte avaient été élevés par Hatchepsout pour que la ville-temple, dépositaire des croyances religieuses égyptiennes, fût retirée de Thèbes qui, elle, devint la capitale administrative et commerciale.

Plus au nord, on voyait le sanctuaire du dieu Ptah, détenteur de toute la liturgie ancestrale, le temple de Nout à la dépouille de vautour, le sanctuaire de l'Akhmenou aux parois monumentales ornées exclusivement de plantes et d'animaux, le temple de Khonsou, celui du dieu lunaire, le sanctuaire d'Opêt et, en regardant au-delà, le Lac Sacré qui, par deux fois déjà, avait été creusé, chaque fois plus largement et plus profondément.

Le temple où travaillait Beket était proche de la plus ancienne des salles hypostyles, construite par le père d'Hatchepsout. C'est là que, fréquemment, elle allait chercher son inspiration, la quintessence qui, par la pensée, arrivait toujours à se dégager du reste.

Alors dès l'aube, quand les rayons de Râ n'avaient pas encore absorbé la fraîcheur matinale, elle s'imprégnait tout entière dans ses réflexions, jaugeant de son esprit vif, ardent, tonique, ce qu'il fallait enfouir ou faire surgir.

Entre les rangées de hautes colonnes, une toiture de grosses dalles pierreuses dont les extrémités prenaient appui sur les murs latéraux lui offrait la lumière directe du soleil au travers de fenêtres à claustra qui éclairaient l'ensemble à la façon d'une cathédrale. L'immense nef centrale était rectangulaire. Coupée en deux parties, elle était séparée par les obélisques qu'avait élevés Hatchepsout. Une cour à ciel ouvert permettait à Beket de venir rêver à ses heures de détente.

Au temps de son adolescence, Beket y venait souvent avec sa grand-mère Séchat qui lui parlait d'Hatchepsout et de son père le pharaon Thoutmosis. Et, lorsque Satiah, sa mère, les accompagnait, elle regardait pensivement le sommet des colonnes en murmurant : "Comment peut-on construire aussi haut vers le ciel ? A croire que les dieux eux-mêmes ont aidé à ces réalisations." Beket l'écoutait bien que ces paroles ne fussent que chuchotées. Mais, elle n'insistait pas, car une opinion de sa part aurait contrarié sa mère qui refusait qu'elle travaillât comme un homme sur le chantier des temples.

Alors, en silence, elles traversaient les cours à ciel ouvert débouchant sur des espaces qui se resserraient davantage à mesure qu'on progressait vers le sanctuaire.

Elles longeaient une succession interminable de petites salles aux fonctions variées qui correspondaient entre elles par des couloirs exigus et dont chacune avait un rôle différent. On parcourait les salles d'offrandes, celles de consécration et de prières, les lieux d'onction et les magasins qui enfermaient les denrées non périssables, meubles et objets divers destinés aux dieux. Quant aux aliments, ils étaient enlevés le jour qui suivait l'offrande et remplacés par des denrées fraîches.

Toutes ces salles étaient le véritable organe liturgique qui composait l'ensemble de Karnak. Au fond, là où les murs se rétrécissaient et s'abaissaient au point qu'il fallait courber l'échine pour passer, le sanctuaire d'Amon apparaissait dans toute sa profondeur, éclairé par des lampes toujours allumées. Des prêtres affectés à cette tâche essentielle venaient régulièrement remplir d'huile les petites vasques d'albâtre dont les flammes vacillaient comme des papillons nocturnes et phosphorescents.

Beket porta son regard en bas de l'échafaudage qui la soutenait. Il n'était pas très haut. Elle en avait grimpé de plus élevés lorsqu'elle avait décoré le quatrième pylône et surtout de plus fragiles lorsque, travaillant sur des parois trop lisses, les pitons s'accrochaient insuffisamment dans la pierre, risquant de déstabiliser l'ensemble.

Celui-ci n'avait que quatre coudées à peine. Avec précaution, elle s'avança sur le bord. Qu'avait-elle à transpirer de la sorte ? Depuis quelques minutes, son front était anormalement moite et elle sentait une sueur froide couler le long de son dos. Elle ressentit le besoin impératif de descendre.

A nouveau, elle regarda le sol. Un malaise la saisit. Elle chercha du regard la corde qui pendait à l'extérieur de la planche. Celle-ci devenait trouble, brouillée par un écran fugitif et noir. De la main, elle tâtonna et réussit à la saisir.

— Kenthy ! cria-t-elle.

A l'opposé de l'échafaudage, Kenthy grimpait lestement. La vue du jeune ouvrier la rassura et elle se sentit plus à l'aise. Ses esprits redevinrent clairs. Elle aspira une grande bouffée d'air chaud.

— Il faut polir ce bloc, Kenthy, dit-elle en redressant son buste que le malaise avait affaissé. Je le veux lisse comme un œuf. C'est la seule partie qui reste vierge, il faudra y inscrire un texte qui flatte Pharaon. Je vais t'envoyer le ciseleur et le peintre-scribe.

Son visage esquissa une grimace, sa bouche se pinça et elle porta la main à son ventre, puis sur ses seins. Une forte nausée l'envahit, laissant un goût amer dans sa gorge.

— Qu'as-tu maître Bek ? fit le jeune ouvrier en voyant son visage pâlir.

Beket reprit son souffle. Oui ! Qu'avait-elle ? Jamais encore elle n'avait ressenti ce genre de malaise. Serait-il possible qu'elle fût enceinte ? Un frisson de déplaisir la parcourut. Refusant cette idée, elle se retourna vers Kenthy et jeta d'une voix qu'elle essaya de rendre ferme.

— Ce n'est rien. Je crois que je suis lasse. Je vais aller me reposer quelque temps. Il faut que je sois prête pour l'Assemblée des Artisans. Djenani n'est pas encore rentré d'Héliopolis, je dois le suppléer.

— Mais...

— Allons, Kenthy, je vais très bien.

Elle jeta un coup d'œil à terre.

— Tu descendras les outils après avoir terminé ton travail et nous verrons ensemble demain ce qu'il reste à faire.

Elle saisit la corde tressée en fibre de papyrus, s'y agrippa et l'enroula autour de son pied.

— Attends, Maître Bek, cria Kenthy, je vais t'aider. Tu ne me parais pas en état de descendre seule.

— Mais si, je t'assure. Laisse-moi, ne t'inquiète pas.

La corde enroulée à ses pieds, la fibre rugueuse collée à ses paumes, elle ferma les yeux et se laissa glisser lentement. Dès qu'elle fut au sol, elle fit appeler son conducteur qui, rênes en mains, arrivait à toute volée avec son char que tiraient deux petits alezans bruns. C'était à croire qu'en bas, on avait déjà détecté son malaise et tout organisé pour la reconduire chez elle. Ce qui ne lui plut guère.

— Eh bien, Penhuy, tu parais plus pressé que moi-même.

— C'est qu'il faut faire vite, rétorqua le conducteur. Ta mère, Grande Beket, n'est pas bien. On m'envoie te chercher.

Beket eut un sursaut et tout se remit en place dans son corps et son esprit. L'image de sa mère souffrante vint déloger ses craintes, ses soupçons, son propre malaise.

Elle sauta dans le char à côté de Penhuy et, comme celui-ci démarrait déjà dans un claquement sec de fouet, elle se retint à la mince rambarde fixée sur le devant du caisson. Depuis que Satiah ne voyageait plus, Penhuy était à son service. Excellent conducteur, habile et rusé, il connaissait tous les rouages d'un itinéraire complexe pour le suivre vite et bien.

Les grandes allées de Karnak défilèrent à un train d'enfer. Ils passèrent le temple d'Opêt, celui de Khonsou et laissèrent sur la gauche le Lac Sacré et sa bordure de palmiers. Arrivés près de l'enceinte, ils sortirent par la porte ouest, la plus éloignée du centre de Thèbes, ce qui leur évita de traverser l'intense trafic des commerçants, artisans, muletiers, chameliers et, surtout, des chars qui encombraient les rues les plus étroites.

Un peu plus tard, ils passèrent le portique à colonnes de la grande villa de Satiah. L'allée bordée de sycomores et d'acacias l'accueillit dans de chauds effluves mêlés aux suaves odeurs des lotus qui oscillaient sur l'eau claire du bassin. Elle traversa d'un pas hâtif la terrasse emplie de la lueur ocrée du soir qui commençait à tomber et pénétra dans la grande salle d'entrée au dallage blanc orné d'oiseaux et de fleurs.

Beket trouva sa mère alitée. Cachou et deux autres servantes se tenaient à son côté, l'œil triste et les lèvres closes. Quand elle s'approcha de Satiah et qu'elle vit ses yeux fermés, sa tête immobile, son corps sans aucune réaction, elle eut un choc et faillit se trouver mal. Cachou se précipita vers elle et Beket tomba dans ses bras, inconsciente, presque inanimée.

— Dieu du ciel ! s'écria la servante.

Puis, elle se mit à pleurer à chaudes larmes sur l'épaule de Beket qui reprenait ses esprits. Dans la chambre brûlait de l'encens et l'odeur âcre s'imprégnait jusqu'à la grande baie qui donnait sur les jardins, s'évaporant dans l'espace en volutes opaques.

— Oh ! gémit Cachou. Ta mère ne réagit plus depuis ce matin, les médecins ont dit que son âme avait presque quitté son corps.

— Pourquoi sont-ils partis ?

— Ils ne peuvent plus rien faire. Ils m'ont assuré que les prêtres allaient venir réciter leurs incantations.

Beket se dégagea de l'étreinte de Cachou et courut vers sa mère. Ses yeux étaient voilés et ses mains tremblaient.

— Maman, chuchota-t-elle en ployant son corps sur celui de sa mère immobile.

Puis, elle se tourna vers les servantes tassées les unes contre les autres qui gémissaient à voix basse et, d'un geste de la main, les congédia.

— Laissez-moi seule avec elle.

Mais au passage, elle retint Cachou.

— Reste. Tu nous connais trop pour ne pas entendre ce que ma mère peut me dire.

Satiah ouvrit les yeux et sourit faiblement à sa fille. Un grand spasme d'amour secoua Beket. C'était comme un vent d'azur qui agitait une branche sur laquelle tenait une fragile feuille. Elle posa doucement sa tête sur le buste de sa mère et, quelques instants, écouta son cœur battre.

— Tu vois, ma fille, je ne suis pas aussi résistante que ta grand-mère. Son âme n'a quitté son corps qu'à plus de quatre-vingts ans. Moi, je n'en ai que cinquante.

— Maman, le dieu Osiris ne te réclame pas encore. Pourquoi veux-tu me quitter si vite ?

— Et toi, souffla faiblement Satiah, pourquoi as-tu éprouvé ce malaise en me voyant si faible ? Ce n'est pas dans tes habitudes d'être émotive à ce point.

Beket sentit qu'une lourdeur appesantissait sa paupière. Une larme en perlait le bord, prête à tomber. Dans un instant, elle glisserait sur sa joue et Satiah l'apercevrait.

— Pourquoi ? chuchota Satiah.

Comme sa fille se taisait, elle voulut élever la main. Beket la saisit et la serra presque religieusement. Puis, elle la porta à sa bouche et y posa un baiser léger, délicat comme un souffle de brise nocturne qui s'estompe au premier jet de lumière.

— Je crois, maman, que je suis enceinte.

Satiah soupira. Les mots qu'elle venait de prononcer semblaient l'avoir épuisée. Il se passa de longues secondes où, les yeux dans les yeux, mère et fille s'observèrent. Chacune cherchant refuge dans le regard de l'autre.

Puis, Satiah entrouvrit à nouveau les lèvres, un borborygme s'ensuivit, puis une expiration courte, une haleine qui se brise.

— A présent, souffla-t-elle, Osiris peut me prendre. Je suis heureuse.

A quoi bon expliquer à Beket qu'une fille cachée à Bouhen était née de ses amours avec Mykos le Crétois ? Elle n'en avait plus le temps.

*
* *

Beket n'assistait aux Assemblées des Artisans que lorsque Djenani restait bloqué sur un chantier de province. Tâche qu'en principe elle effectuait avec plaisir. Mais, ce matin-là, une lassitude extrême la taraudait. Elle n'avait pris aucun repos, préférant veiller sa mère jusqu'à son départ. Beket ne l'avait quittée qu'une fois pleinement assurée de son sommeil, décidée à revenir à son chevet après l'Assemblée et à y rester le temps qu'il faudrait. Penthy, à qui elle déléguait ses pouvoirs, préviendrait le chantier et donnerait ses instructions afin que les travaux se poursuivent normalement.

Silencieuse et discrète, Cachou était restée à son côté, l'assurant de sa fidèle présence. Puis, lasse, mais remise de ses malaises, Beket avait pris le chemin du palais.

La salle d'audience se tenait derrière la terrasse, face au soleil levant, baignée de lumière et ombragée par des perséas séculaires qui étendaient leurs branches jusqu'à terre.

De grands jardins fleuris l'entouraient et des fontaines distribuaient leurs jets d'eau claire et bleutée. Accourant à chaque arrivée d'un haut fonctionnaire, de jeunes servantes proposaient de rafraîchir leurs visages, leurs mains et leurs pieds chaussés de sandalettes qu'ils ôtaient à cet effet. Puis, avant de franchir la salle d'audience, ils se désaltéraient avec des boissons fraîches disposées çà et là sur des tables basses.

Si Beket était nerveuse, elle s'efforça de ne pas le laisser paraître. La jeune fille qui à son arrivée s'était occupée de son bien-être, passant un onguent frais à la fleur de lotus sur son cou, ses bras, ses jambes, était une jeune esclave syrienne qu'Aménophis avait ramenée du Mitanni. Ses grands yeux étaient aussi sombres qu'une nuit thébaine sans étoile et l'ombre de ses cils venait jeter sur ses joues le velours qui donnait à sa peau le mystère oriental dont s'éprenaient tant les dignitaires égyptiens.

C'était une adolescente. Elle se présenta nue devant Beket avec juste une ceinture qui recouvrait ses hanches et son pubis duveteux. Ses jambes étaient longues et fines, ses bras minces et gracieux et l'harmonie de son jeune corps promettait d'éblouir bien des regards à commencer par celui du pharaon lui-même.

— Veux-tu que je t'évente un peu ? proposa-t-elle à Beket alors qu'elle venait de lui rattacher ses sandales.

La jeune femme acquiesça de la tête et se laissa bercer par le lent mouvement de la palme au-dessus d'elle. Elle pensa à l'enfant qu'elle attendait et se demanda comment elle pourrait assurer son travail si des malaises aussi impitoyables la menaçaient. Dieu du ciel ! Elle ne voulait pas être mère. Elle ferma un instant les paupières, les rouvrit et vit que l'adolescente, devant elle, l'observait.

— C'est bien. Tes soins m'ont revigorée, dit-elle en se levant. Je me sens plus détendue que tout à l'heure. Dis-moi, sais-tu si Nout assistera à cette séance ?

— Je pense qu'elle sera là, noble Beket, car le chambellan du Grand Paser l'a annoncée hier lorsqu'il a recensé tous les fonctionnaires de cette séance.

Beket hocha la tête. Elle était heureuse qu'elle fût là. Deux femmes présentes dans une telle réunion ne s'avérait pas trop lorsque les hommes en constituaient la majeure partie. Nout était l'épouse d'un des dignitaires de l'Assemblée. Femme de tête, dotée d'un énergique tempérament, elle tenait avec une maîtrise sans faille la Grande Intendance Artisanale du harem royal.

Dans l'entrebâillement de la porte encadrée de lourdes colonnes de marbre noir surmontées d'un chapiteau de pierre, elle fit, des yeux, le tour de la grande salle et ne vit ni le haut fonctionnaire ni son épouse Nout. Leur présence immédiate l'eût rassurée d'instinct. Elle étouffa un soupir de regret et poursuivit du regard la petite assemblée déjà présente.

Que faisait là Kenamon, Gouverneur des pays du Nord, installé aux côtés de Souemniout, Intendant de la Marine qui, pas plus que lui, n'était concerné par cette audience ?

De la main, ils lui firent un salut, mais ne se levèrent pas. Beket savait depuis longtemps que toute susceptibilité à cet égard aurait menacé sa vie professionnelle. Elle ne s'en formalisa donc pas. D'ailleurs, arrivaient juste derrière elle Minhotep, le Grand Scribe du Trésor et Khâ, le Sculpteur des Travaux de Thèbes. Ils s'inclinèrent devant elle.

— Ta présence ici, Grande Beket, nous fait penser que Djenani n'est pas là.

Bien sûr ! C'était Minhotep qui venait de parler. Beket esquissa un sourire en dirigeant son regard sur lui. "Toujours aussi peu fin, pensa-t-elle, à faire ainsi remarquer que je ne suis là que lorsque Djenani ne peut assurer sa présence."

— En effet, rétorqua la jeune femme en s'inclinant légèrement devant les deux hommes pour les saluer de façon courtoise.

— Est-il encore sur un chantier de province ? s'enquit le Grand Khâ en jetant sur elle une ombre de sollicitude que teintait une légère ironie.

— Ses artisans n'ont pas encore terminé le nouveau sanctuaire d'Héliopolis dont les travaux ont commencé juste après la dernière crue du Nil.

— Je le croyais à Bubastie, fit Minhotep en avançant son menton osseux et carré et en déployant dans l'espace la manche de sa tunique longue.

— Non, jeta Beket, car le chantier de Bastet est terminé depuis longtemps.

— Je pensais qu'il y avait encore beaucoup à faire.

— Certes non, Minhotep ! reprit Beket en souriant. Je puis t'assurer qu'il est achevé. J'y ai moi-même apporté les dernières retouches.

Elle avait jeté cette information d'une voix sûre et tranquille, persuadée que Minhotep devait connaître le déroulement de ce chantier dans ses moindres détails pour avoir, lui-même, avancé les fonds afin d'achever le travail. Mais, la suite du propos resta en suspens car Méry, le Grand Prêtre d'Amon, arrivait, suivi de Pehsoukher, flabellifère et lieutenant du pharaon.

Beket salua Méry qui répondit à son signe par une brève inclination de tête. Puis, il se tourna vers Khâ pour discuter quelques instants avec lui d'une affaire concernant le temple d'Amon et revint à Beket.

— J'ai appris que ton équipe d'artisans avait terminé le chantier du nouveau sanctuaire de Karnak. Les peintures extérieures sont parfaites. Tu as su remarquablement présenter la gloire et la grandeur de notre pharaon. Mais, pourquoi n'y as-tu inscrit aucun hiéroglyphe ?

— C'est prévu, répondit Beket. Il reste encore un panneau à couvrir.

— Bien ! Bien ! fit Khâ.

Puis, il se tourna vers l'entrée, n'écoutant plus Beket, car le pharaon arrivait avec Paser et Hapou, le Grand Architecte Royal.

Ce fut une sorte d'agitation mesurée, calculée, ordonnée qui s'ensuivit avant que chacun aille prendre place devant les tables basses disposées en cercle dans la salle.

Arrivèrent les scribes au nombre de huit. Ils s'alignèrent en silence derrière les fonctionnaires et prirent aussitôt leur position assise, tenant sur leurs genoux la palette, le papyrus, l'encre et les calames dont ils avaient besoin pour écrire.

Nout leur emboîtait le pas. C'était une grande femme assez impérieuse, le nez fort et busqué, le sourire généreux, mais l'œil sombre et assez suspicieux. Elle vint se prosterner devant le pharaon. Puis, tournant un peu la tête elle salua l'assemblée, dirigea son regard vers son époux qui, aux côtés d'Aménophis, se délectait de sa confiance et de son soutien. Enfin, elle regarda Beket et vint s'installer auprès d'elle.

Aménophis avait accroché sa barbe postiche et recouvert son buste du grand pectoral de lapis-lazuli entremêlés de perles de cornaline et de turquoises. Son pagne blanc et impeccablement plissé était identique à celui de Paser et, tandis que celui-ci jetait son regard en direction du flabellifère qui humait l'atmosphère, Aménophis posa ses yeux sagaces sur Beket et lui lança d'un ton tranquille :

— Beket, mes intendants m'ont rapporté que ton sanctuaire d'Amon était achevé et que les scènes qui me représentent en "Majesté" sont merveilleusement réussies. Je passerai demain les voir. Veux-tu m'accompagner ?

Une onde de plaisir parcourut la jeune femme.

— Avec joie, Grand Pharaon.

Puis, la discussion tourna sur les travaux du palais, ceux de Coptos, de Memphis, d'Héliopolis où il fut question de l'avancement du chantier de Djenani et à ce propos, Khâ fit remarquer que les équipes de l'intendant n'étaient pas assez renforcées, ce qui amena une ombre de plaisir sur le visage de Minhotep.

Quand le planning des nouveaux chantiers fut terminé, Nout prit la parole en énonçant le budget dont elle avait besoin pour rénover les ateliers du harem, ceux de céramique, de poterie, d'émaillerie et ceux plus complexes de joaillerie.

— Je peux te fournir la moitié du budget que tu me demandes, fit Minhotep en levant l'ossature de son menton carré. Quel est ton atelier le plus rentable ?

Nout prit une attitude combative et l'amande de son œil s'élargit en une expression d'agacement.

— Je vais te contrer, Minhotep, et te dire que le moins lucratif est celui de la joaillerie, car tu me fournis le dixième de ce qu'il me faudrait pour occuper à plein temps mes artisans.

Minhotep eut un sourire condescendant avant de répliquer :

— Je t'ai avancé les feuilles d'argent et les turquoises que tu m'avais demandées.

— Oui, Minhotep, rétorqua Nout en lui dédiant à son tour un sourire qui n'avait rien d'indulgent. Mais je veux de l'or en suffisance pour exécuter les bijoux que Pharaon aime voir briller autour du cou de ses concubines.

Ce fut l'instant que choisit Beket pour s'interposer :

— Grand Minhotep ! assura-t-elle, je réitère moi aussi ma demande.

— Laquelle ? fit celui-ci mécontent.

— Mais, tu le sais bien. La même que Nout. Je veux disposer de plus d'or que tu ne m'en donnes pour la réalisation de mes ouvrages.

— N'en as-tu donc pas assez ?

— Trop peu pour effectuer les aplats sur lesquels les peintures doivent se superposer.

— Majesté, fit-elle en se retournant vers Aménophis, cela rehausserait votre grandeur.

— C'est exact. Je crains, Minhotep, fit le pharaon en souriant que tu devrais ouvrir un peu plus grand les coffres de ton trésor.

— Comme il vous plaît, Majesté, répondit le Trésorier contrarié par une conclusion aussi hâtive. Cependant, il ne faut pas oublier le temple d'Aton.

Les dépenses que nous engagerons pour l'élever seront plus importantes que prévu.

— La construction du futur temple d'Aton n'est pas encore votée, s'écria Méry le Grand Prêtre, en agitant ses mains dans l'espace.

— Ne peut-on la voter aujourd'hui ? proposa Hapou l'architecte qui, visiblement, voulait déstabiliser Méry auquel l'idée d'un temple consacré à Aton déplaisait fortement.

— Certes non, renchérit Méry d'un ton agressif.

Chacun savait que le Grand Prêtre s'opposait farouchement à ce qu'un temple d'Aton vînt perturber l'ordre bien établi du culte d'Amon et qu'il se battait farouchement pour en retarder la réalisation faute de pouvoir l'évincer.

— Oui, reprit l'architecte Khâ, pourquoi ne voterions-nous pas aujourd'hui la mise en œuvre de ce projet depuis trop longtemps remis en cause ?

— Ce n'est pas l'ordre du jour ! s'écria Méry.

— La règle n'a jamais écarté un nouveau point à débattre en séance, jeta Khâ. D'autant plus, Majesté, ajouta-t-il en se tournant vers Aménophis, qu'un vent créatif tourne en faveur de votre protégée.

Puis il désigna Beket qui se mit à rougir. Ce n'était guère dans les principes du Grand Sculpteur de flatter ainsi ses travaux et, par ces louanges inattendues, Beket y vit la nette intention de déstabiliser le pharaon pour lui faire accepter le vote de la construction du temple d'Aton.

— Qu'en dis-tu ? fit Aménophis à Beket.

La jeune femme hésita. Elle ne voulait pas contrer Méry qui l'avait soutenue contre les autres lorsque au début de sa carrière, ils s'étaient tous opposés à ce qu'elle exécutât son travail comme un homme.

— Je pense qu'il ne faut rien précipiter, fit-elle.

Hapou et Khâ la regardèrent avec suspicion.

— Mais si nous votons, prendras-tu ta part dans la réalisation de cet ouvrage ?

— Assurément, répondit Beket. Mais, dans ce cas, j'aimerais débattre de mes idées personnelles avec le Grand Prêtre d'Amon.

Méry la regarda, vaguement étonné, un brin de satisfaction allumant son visage. Rassurée, Beket venait de jeter en quelques mots les principes de la sagesse que lui avait enseignés sa grand-mère, Séchat. Ménager la chèvre et le chou !

*
* *

En venant de l'ouest, l'accès du temple d'Amon se faisait par voie d'eau. Le cortège des funérailles de Satiah, la Seconde Epouse, suivait le Nil en bateaux. Les grandes barques étaient toutes alignées les unes derrière les autres, naviguant lentement au rythme des rames qui battaient régulièrement le fleuve.

Les pleureuses en longues tuniques bleues se serraient dans l'embarcation qui précédait la barque de la défunte et, dans celle qui suivait, les proches parents écoutaient avec tristesse et résignation les lamentations des jeunes femmes qui honoraient le dieu des morts. Agenouillées, elles levaient les bras au ciel et imploraient Osiris d'accueillir la défunte au pays éternel.

Rekmirê et son épouse Méryet, leurs enfants Thouya et Paser — Tiâa, la Grande Epouse était aux côtés du pharaon — enfin Beket et Djenani se tenaient debout dans la légère embarcation qu'un dais blanc recouvrait afin que le soleil ne vînt pas perturber davantage leur chagrin.

La barque qui contenait le cercueil était richement décorée. Des fleurs et des feuilles de palmiers avaient été disposées autour du sarcophage et au-dessus du catafalque. Sur les côtés, quatre colonnes en bois de cèdre soutenaient le grand baldaquin qui apportait l'ombre nécessaire au repos de la morte.

Suivaient les barques des amis et compagnes de la défunte venus pour lui rendre un dernier hommage et tenant en main l'offrande qu'ils allaient, dans quelques heures, déposer dans la chambre funéraire. Il s'agissait souvent d'un objet qu'avait particulièrement aimé celui ou celle dont l'âme quittait la vie terrestre. Une coupelle, un article de toilette, un bijou, une statuette, un coffret, un papyrus sur lequel était inscrit une prière ou un hymne.

Enfin, venaient les embarcations des domestiques qui veillaient aux présents plus lourds et plus consistants, constitués de boissons et de mets que l'on déposerait, tout à l'heure, près du sarcophage de la défunte.

Les plus petites barques contenaient des urnes de vin, des jarres d'huile, des galettes, des fruits et des sucreries afin que la morte ne manquât d'aucune nourriture dans sa vie de l'au-delà. Suivaient aussi les hommes chargés de découper les viandes de volailles, de porc et de bœuf que l'on déposait dans une chambre spéciale dont l'accès n'était donné qu'à deux serviteurs fidèles de la famille pour éviter toute possibilité de vol par les pilleurs du désert.

En fin de file, les grandes embarcations qui contenaient le mobilier de la défunte débarqueraient dans quelque temps les coffres, le lit, les tables, les chaises et fauteuils de la Seconde Epouse pour qu'elle retrouvât le milieu réconfortant dans lequel elle avait coutume d'évoluer.

A la descente des bateaux, le convoi funèbre s'organisa avec une extraordinaire minutie. Tout d'abord, on sépara les hommes et les femmes. Puis, famille, amis, connaissances, dignitaires, fonctionnaires, furent placés dans le cortège selon les titres, les âges, les honneurs dont ils bénéficiaient.

On plaça le sarcophage sur un traîneau muni de patins, tiré par des hommes à la musculature impressionnante. Puis, quatre colosses apportèrent deux grandes statues à l'image de la défunte. Elles avaient été taillées dans un fin granit rose et portaient sur leur socle des hiéroglyphes retraçant la vie de la Seconde Epouse. Placées à la porte de la chambre funéraire, elles avaient pour mission de garder le sarcophage qui contenait la momie.

Pour parcourir le long chemin qui séparait le Nil des nécropoles de Karnak, l'ordonnancement du cortège fut parfaitement respecté et l'on suivit à pas lents le catafalque tel qu'on l'avait disposé à la sortie du fleuve.

Scrupuleusement préparée par les scribes d'Amon et supervisée par Méry le Grand Prêtre, la procession s'engagea sur les quais de Thèbes, entre les rangées serrées de la foule venue pour la circonstance. La police sillonnait les parages afin qu'il n'y eût aucune perturbation dans le bon déroulement des choses.

Beket était descendue de l'embarcation la tête floue et les jambes molles, ne sachant plus si elle devait penser à la disparition de sa mère ou à l'enfant qu'elle portait. Trop de choses s'étaient passées hâtivement ces derniers temps pour qu'elle pût y réfléchir de façon détendue et sereine.

Sur le bateau, la jeune femme s'était laissée aller, sans qu'elle en eût vraiment conscience, à un demi-sommeil sur lequel avait veillé Cachou, installée à son côté. Durant le temps du parcours qui séparait l'habitation de la Seconde Epouse du cimetière de Thèbes, alors que les barques sillonnaient le Nil au gré du battement des rames, son état s'était maintenu. Mais, à présent qu'il fallait marcher longuement dans les allées de Karnak, sous un soleil plombé, allait-elle supporter la pénible journée qui s'annonçait devant elle ? Déjà les soixante-dix jours de momification s'étaient difficilement passés et elle ne cessait d'être lasse et souffrante, vomissant parfois avant même d'avoir absorbé une quelconque nourriture.

Beket ressassait des pensées sombres et tristes, allant jusqu'à se dire que la vie dans l'au-delà était peut-être plus attrayante que celle d'ici-bas. Pourquoi n'avait-elle encore rien dit à Djenani ? Une question qui, certes, restait incomplète, puisqu'il fallait en ajouter une autre : Pourquoi Djenani ne remarquait-il rien de son angoisse, ni de son état de santé, persuadé, sans doute, que la seule cause de sa lassitude provenait du deuil qui la frappait ?

Depuis l'aube, Beket avait les yeux secs. Mais elle savait que, passée la cérémonie des obsèques, les larmes tomberaient, l'une après l'autre, lourdes du poids de la solitude dont elle prenait tout à coup conscience.

Sa mère ne l'avait certes pas toujours comprise, enfermée dans le paradoxe de ses théories qui oscillaient entre la sécurité qu'elle désirait pour sa fille et la liberté qu'elle voulait lui voir conserver. Cependant, elle n'avait jamais vraiment obstrué la voie de sa carrière, dissimulant toujours ses oppositions, ses sentiments contraires derrière une étoffe affective qu'elle avait tissée au gré de ses instincts, de ses accès généreux et de ses fantaisies.

Satiah s'était éteinte doucement la nuit qui avait suivi l'Assemblée des Artisans et Beket, à la fois triste et révoltée, avait vu lentement la mort s'emparer de sa mère. Presque inconsciente tant elle était faible, elle avait murmuré le dernier adieu à sa fille. Sereine, elle avait soudain souhaité que son âme se détachât lentement de son corps pour aller rejoindre Osiris. Mais qui voulait-elle retrouver ? Le pharaon Thoutmosis dont elle avait été la Seconde Epouse ou l'atmosphère étrange qui l'entourait depuis la mort de celui-ci ?

Empruntant la grande porte ouest de l'enceinte de Karnak, le cortège déboucha sur une allée de sphinx qui bordait l'une des grandes cours centrales. Assis sur leur socle de pierre, ils semblaient défier le destin terrestre et ses prérogatives. Le granit dans lequel ils étaient taillés offrait la ciselure de leur tête d'homme au regard serein et celle de leurs pattes de lion que supportaient trois hautes rangées de pierres historiées.

Le sarcophage, avançant devant les deux grandes statues de granit allongées côte à côte, glissait sur les patins du traîneau. Encadrant les deux chargements, huit soldats de la garde d'Aménophis, solides gaillards casqués, javelot au poing, pagne court laissant leurs cuisses musclées à la cruelle morsure du soleil, surveillaient les alentours en rythmant leurs pas sur celui du long cortège.

La Grande Reine Tiâa — nièce de la défunte — avançait aux côtés du pharaon qui avait ordonné de grandes et belles obsèques pour celle qui avait tenu le rôle de Seconde Epouse de feu Thoutmosis son père. Satiah méritait les honneurs que lui devait ce titre.

Derrière le pharaon et la Grande Epouse, avançaient lentement les parentes. Thouya, Ahotep, l'épouse de Paser, Méryet celle de Rekmirê et Beket qui n'avait pas voulu laisser Cachou parmi les servantes. Celle-ci, d'ailleurs, était trop préoccupée par la santé de sa maîtresse pour la laisser agir à sa guise dans cette atmosphère de fournaise.

Kigirpa et les concubines du harem suivaient les pleureuses qui, avec de grands gémissements, frappaient dans leurs mains et entonnaient des mélopées que scandaient les harpistes aveugles. Les musiciennes restaient un peu en retrait, non loin des prêtres-lecteurs qui, un rouleau de papyrus en mains, s'apprêtaient à réciter les hymnes consacrés aux dieux pour que le kâ de Satiah s'en aille retrouver Anubis, le dieu des nécropoles avant de rejoindre Osiris, le maître des morts.

Les grandes allées du temple qui constituaient la voie sacrée, ombragées de perséas et de sycomores, que suivit le cortège débouchèrent, soudain, sur une tribune surélevée qui dominait un bassin relié au Nil par un canal. Le cortège s'arrêta et les pleureuses stoppèrent leurs lamentations. C'était l'instant où il fallait que, de leurs voix graves et puissantes, les prêtres-lecteurs récitassent leurs hymnes. Les musiciennes agitèrent leurs sistres et leurs crotales et la lecture des hymnes commença tandis que Beket épongeait son front embué de sueur que Cachou s'efforçait de protéger sous l'ombelle qu'elle tenait.

Puis, le cortège prit le long chemin en escaliers qui menait à la chapelle rouge d'Hatchepsout. Satiah l'avait connue au temps de sa petite enfance et Pharaon voulait, là encore, lui rendre cet hommage. Moins rancunier que son père dont le règne avait été abrégé par le pouvoir suprême de la pharaonne, Aménophis était trop empli de ses propres gloires pour lui en tenir rigueur.

Le temple d'Hatchepsout comportait deux salles reposoirs qui avaient pour fonction d'accueillir sur son socle central les offrandes d'onguents et de parfums. Les prêtres déposèrent des lampes à huile qui diffusaient une odeur de myrrhe et d'encens. Puis, deux jeunes danseuses se détachèrent du cercle des musiciennes et vinrent honorer la déesse Hathor. La statue de marbre noir à tête de vache surmontée du disque solaire, qu'avait particulièrement vénérée Hatchepsout, trônait en majesté. Les musiciennes déposèrent au pied du temple une petite urne de parfum d'où sortait une fumée opaque et odorante.

A cette odeur entêtante, Beket pâlit. Voilà que ces maudites nausées la reprenaient. Elle vacilla et serait tombée sans l'aide de Djenani accouru qui, du coin de l'œil, l'observait depuis que le cortège avait quitté les bateaux. Car, la procession était ainsi ordonnée, regroupant les hommes d'un côté, les femmes de l'autre.

La jeune femme passa sa main sur ses yeux. Des

points noirs et insistants dansaient avec fureur devant ses paupières fermées. Elle les releva et vit un immense flot de gens tourné vers elle, l'observant avec curiosité.

— Tu n'es pas en mesure de poursuivre, Beket, il faut rentrer, chuchota Djenani à son oreille.

— Si ! Je suis capable, rétorqua la jeune femme dans un sourire crispé qu'elle n'arrivait à détendre qu'en regardant Cachou qui tentait de comprendre.

— Mais tu es lasse et tu ne tiens plus sur tes jambes !

— Je t'en prie Djenani. Je veux accompagner ma mère jusqu'à sa demeure éternelle.

Mais, l'odeur entêtante des onguents qu'agitaient les prêtres se répercuta dans sa tête, enfermant en elle un dégoût qu'elle ne put surmonter et, implacable, le vertige la saisit de plein fouet. Elle chuta en avant. D'un geste prompt, Djenani la retint.

— Cachou, insista celui-ci en se tournant vers la servante. Pourquoi est-elle aussi lasse ? Cela ne lui ressemble pas.

La vieille africaine tourna lentement sa tête de droite à gauche, montrant ainsi qu'elle ne pouvait rien dire.

— Allons, reprit Djenani d'une voix menaçante. Ne me dis pas que tu ne sais rien. Beket te raconte tout.

La servante secoua la tête.

— Si tu me caches quelque chose, s'emporta Djenani, je te ferai jeter aux crocodiles.

Cachou s'affola. Le Grand Intendant des Artisans semblait s'impatienter. Jamais encore, elle ne l'avait vu ainsi. Son habituelle tranquillité et la mesure de ses propos étaient plutôt légendaires. Or, voilà que son regard devenait noir et que ses lèvres se pinçaient en un rictus qu'elle ne connaissait pas. Une grimace impérative, presque furieuse. Alors, lentement, son regard glissa sur le ventre de sa maîtresse.

Sur le coup, il ne sembla pas comprendre et ses yeux se reportèrent, indécis, sur ceux de la servante. Elle réitéra la trajectoire de son regard en l'accompagnant, cette fois, d'un geste à peine esquissé avec la pointe de son index dirigée sur le ventre de Beket.

L'esprit de Djenani fut enfin plus ouvert à cette forme d'explication et, subitement, un déclic se fit en lui, lui ramenant en mémoire certains détails dont il n'avait pas mesuré l'importance. Quand il ramena Beket contre son épaule, leurs yeux se croisèrent.

— Un enfant ? chuchota-t-il.

Elle bougea tout doucement la tête.

— Allons, fit-il, une étincelle joyeuse dans l'œil et le sourire aux lèvres, une petite infraction au protocole de ce cortège ne se remarquera guère et quoique le Grand Prêtre et sa horde de scribes en disent, je reste avec toi.

Puis, il passa un bras autour de sa taille pour la soutenir plus fermement. Rassurée, Beket soupira et redressa son buste que recouvrait une tunique légère, se laissant aller à de si puissantes mains. Leur pression était si forte qu'elles arrivaient à la maintenir droite. Dieu d'Horus ! Cet enfant qu'elle sentait à présent dans son ventre et qui semblait prendre toute son énergie ne pouvait être qu'un mâle.

Tiâa, la Grande Epouse, n'avait pas été sans remarquer le malaise de sa cousine. Mais, sa position de reine lui interdisait d'intervenir. Elle s'autorisa donc, de temps à autre, à jeter un coup d'œil dans sa direction pour s'assurer que les choses ne s'aggravaient pas.

Même Kigirpa jetait un regard curieux et amusé sur la physionomie à la fois tourmentée et joyeuse de Djenani qui soutenait Beket. Cachou l'avait vue murmurer quelques mots à l'oreille de Satirna qui l'accompagnait, ainsi qu'elle le faisait toujours, lors des interminables processions de Karnak. Satirna avait hoché la tête, regardé en direction de Beket et, d'un geste machinal, agité l'éventail de palmes fraîches au-dessus du visage de sa maîtresse.

Oui ! Kigirpa avait deviné depuis longtemps ce que Beket s'acharnait à cacher. Elle l'avait vue vomir juste avant le festin que Pharaon avait donné en l'honneur des fêtes consacrées au dieu Knoum, le dieu bélier. Les odeurs des mets que l'on préparait et qui n'étaient pas encore servis lui avaient donné la nausée. Certes, c'était là un indice indéniable.

Sans connaître profondément Beket, Kigirpa l'appréciait. L'audace de cette femme la surprenait vraiment. Que l'on osât exercer la profession d'un homme la subjuguait. Certes, elle pouvait comparer cette hardiesse à son effronterie d'antan lorsqu'elle avait affronté la volonté d'Aménophis. Mais, son acte audacieux n'avait fait qu'engendrer le désir sexuel d'un pharaon alors que Beket avait détourné les lois misogynes des hommes.

Kigirpa laissa peser un instant son regard sur la silhouette de Beket. Ne disait-on pas que dans sa famille, depuis qu'une pharaonne avait ouvert une voie libératrice à ses congénères, les femmes descendantes de Séchat la Scribe ne se laissaient pas faire ? Tant d'énergie et de courage la fascinait et Kigirpa ne cessait de penser à l'opiniâtreté de certaines femmes qui, lorsqu'elle était bien dirigée, les hissait plus haut que l'homme. Se laissant bercer par cette idée régénérante, ses esprits revinrent à l'objet véritable du cortège.

Les obsèques de la Seconde Epouse de feu Thoutmosis III l'impressionnaient davantage que celles de Mérytrê la reine.

Sans doute parce qu'elle-même était l'épouse secondaire de Pharaon. Et Kigirpa entendait bien ne rien manquer des festivités mortuaires en l'honneur de Satiah afin qu'elle s'en remémorât chaque détail pour les calquer plus tard sur ses propres projets.

Quand le cortège reprit sa route, il se dirigea vers

la cour du temple d'Amon où trois salles contiguës les attendaient afin de recevoir les offrandes sous forme de chants et de prières. Sur le parvis au dallage de pierres blanches, pourvu de points d'eau, de bassins et de petits canaux parallèles qui servaient aux ablutions et purifications, le soleil tombait dru, atténué fort heureusement par les nombreux et luxuriants jardins qui les côtoyaient.

Beket put se rafraîchir et reprendre des forces. L'eau dans laquelle elle plongea tout entière lui parut délicieuse et, cette fois, les incantations qui se poursuivirent dans de longues fumigations d'encens ne la perturbèrent plus.

Le crâne rasé, huilé, bruni par le soleil, les muscles des épaules, souvent saillants, qui sortaient de l'emmanchure dégagée de leur tunique en peau de léopard, les prêtres d'onction s'affairaient. Ils avaient les yeux maquillés de khôl et de poudre de galène. Dans un rythme lent et régulier, ils balançaient leurs encensoirs, tandis que les prêtres d'offrandes, vêtus de longues robes blanches taillées dans le lin le plus fin d'Egypte, ordonnaient aux danseuses de jeter des pétales de fleurs sur le dallage des bassins.

Ce ne fut vraiment que lorsque le cortège atteignit l'espace des tombes de Karnak que Beket se sentit tout à fait bien. L'ombre des couloirs la revivifia et elle sentit que à nouveau, elle pouvait se concentrer sur l'image de sa mère.

Après avoir laissé, sur sa droite, les hypogées, ces endroits aux salles basses mais peu profondes, destinés aux tombes des défunts dont l'origine n'était pas noble, le cortège s'engagea vers les stèles funéraires des Thébains dont les finances pouvaient assumer les frais les plus élevés.

Le tombeau de Satiah ne pouvait être à proximité de celui de sa mère, pas plus qu'il ne pouvait être à côté de celui de son père. Son statut de Seconde Epouse réclamait une tombe royale. Elle avait été construite de son vivant et les plus grands peintres y avaient apporté leur concours, souvent rectifié par les idées personnelles de Beket.

Le portique à colonnes qui menait au corridor intérieur était sculpté dans la pierre. Il délimitait l'endroit où s'arrêtait une partie du cortège. La foule des serviteurs et des servantes qu'augmentait celle de la population de Thèbes n'entrait pas à l'intérieur des tombeaux. Seuls, les parents, amis et connaissances, les hauts fonctionnaires et leurs épouses accompagnés des domestiques chargés de réapprovisionner les denrées périssables du défunt avaient le droit d'y pénétrer.

Déjà, à l'entrée de Karnak, une partie de la foule était restée sur la rive ouest de Thèbes. Certains s'étaient aventurés du côté des magasins et des commerces, abandonnant définitivement le convoi dont le défunt, après tout, ne les concernait pas. Toute une vie grouillait dans l'agglomération voisine et c'était, pour eux, l'occasion de vivre un instant qui n'était pas coutumier.

Beket marchait devant Djenani. Le couloir étroit et sombre menait aux chambres de culte. La jeune femme les connaissait pour y avoir travaillé — on l'a dit — avec les peintres chargés des décorations. Elle reconnut donc les bas-reliefs, les murs et les plafonds qui s'étendaient dans des couleurs d'une richesse incroyable.

Il y avait une vaste salle qui donnait sur trois autres plus exiguës. Dans la plus grande, les domestiques déposèrent les urnes de vin, la bière, le pain, les fruits et autres denrées alimentaires qu'ils renouvelleraient afin que la défunte ne soit pas privée de nourriture durant la vie dans l'au-delà.

Beket jeta un coup d'œil sur les parois des murs blanchis à la chaux, recouverts des scènes quotidiennes qu'avait vécues la Seconde Epouse. Ainsi, alternaient des parties de pêche en barque, des scènes de baignades, de repos, de maquillage et de toilette, des scènes de cérémonie et de festins, de danse et de musique. Le tout était dilué dans un ensemble parfait de fleurs et de feuillages, d'oiseaux et de petits gibiers d'eau qui s'égaillaient sur toute la surface peinte.

Et puis là, près d'un angle de la salle, figurait un grand vaisseau, au mât unique qui retenait un voilage déplié, à la proue recourbée comme une queue de scorpion, terminée par une figure crétoise, Beket ne connaissait qu'une partie de cette histoire. Jamais sa mère ne lui en avait parlé. Cachou en avait juste souligné l'importance, décrétant qu'il fallait que le vaisseau tangue sur des flots déchaînés et que les oiseaux qui le survolaient rappelassent l'inquiétude d'une crue dévastatrice.

En passant, elle caressa du doigt les eaux du Nil déchaîné qu'elle avait dessiné. Pourquoi sa mère ne s'était-elle pas confiée plus souvent à elle ? Ce bateau avait-il abrité des amours fautives ? Jamais Cachou ne lui en dirait plus et jamais Beket ne chercherait à en savoir davantage.

Les petites salles étaient destinées aux offrandes de parfums et d'onguents. Quand, après y avoir récité quelques prières, le cortège quitta la proche famille, Beket se trouva collée à Djenani, tant les murs se faisaient étroits.

Ils empruntèrent des couloirs obscurs dont la courbe les étonnait parfois. Quand Beket sentit la main de Djenani sur son épaule, elle fut heureuse qu'enfin il sache qu'elle attendait un enfant. Il resserra son étreinte et l'assura de sa présence, car à présent, les couloirs étaient si resserrés que seule une personne de front pouvait en suivre les méandres.

Devant eux, les prêtres qui menaient le cortège usaient du rituel de la torche. Toute la nécropole n'était que points de lumière. Dans cette obscurité, il fallait que les lampes à huile continssent une sorte de sel, empêchant ainsi la fumée qui eût été irrespirable dans les ténèbres de ces couloirs.

La dernière salle, assez vaste elle aussi, celle qui contenait le mobilier de la défunte, ou du moins les meubles qu'elle avait aimés dans sa vie terrestre, conduisait au puits dont l'ouverture était ingénieusement cachée.

Les amis et les connaissances de la défunte, les hauts dignitaires s'étaient arrêtés dans les chambres de culte pour y prier les dieux qui les accompagnaient et, seuls, restaient le pharaon et sa famille qui s'engagèrent précautionneusement dans le puits.

La chambre funéraire de la Seconde Epouse était spacieuse. Le sarcophage fut déposé sur un socle de pierre. Il était en albâtre blanc avec des portes factices ciselées et décorées. Deux yeux fendus et allongés de noir, ceux d'Osiris, avaient été peints à hauteur du visage de la défunte afin qu'elle puisse voir tout ce qui concernait la vie sur terre. Son bâ qui planait au-dessus d'elle se chargerait de relier en permanence la vie de son corps et celle de son âme. La tête de Satiah avait été reconstituée par un masque qui recouvrait le visage de sa momie afin que son bâ puisse facilement la reconnaître entre les milliers de morts qui étaient enterrés à Karnak.

Beket avait peint elle-même le masque de sa mère. Elle avait choisi un matériau solide réalisé dans un amalgame de papyrus de toile de lin et de plâtre, puis moulé et décoré à l'or mêlé de petites pierres précieuses, privilège dont seule la famille royale pouvait disposer. Des hiéroglyphes sur le sarcophage relataient les instructions des deux divinités protectrices des morts, Anubis et Osiris. Le cercueil intérieur en forme de momie décorée, bandelettes entrecroisées et parfaitement dessinées, enfermait la momie véritable.

Quand le sarcophage fut en place et que les prêtres-lecteurs eurent récité les incantations qui devaient accompagner cette phase cérémoniale, les deux statues à l'effigie de Satiah furent posées de chaque côté du sarcophage, veillant ainsi sur la défunte.

Les prêtres d'onction firent brûler de l'encens, de la myrrhe, puis avec précaution, ils déposèrent sur le sarcophage les quatre canopes qui enfermaient les viscères de la défunte. Chacun d'eux était fermé au moyen d'un couvercle à l'effigie d'un animal, un chacal, un faucon, un chat, un chien.

Le cheval n'avait pas été oublié et Satiah, qui l'avait particulièrement aimé dans sa jeunesse, s'en occupant et le soignant lorsqu'il était pris de quelques petites affections, le retrouvait superbe et puissant dans sa tombe. Il était représenté par un char en miniature tiré par deux beaux alezans que l'on avait posé entre les canopes et le Livre des Morts constitué par un rouleau de papyrus entièrement couvert de textes religieux.

A côté du sarcophage, on déposa les objets ayant servi à la vie quotidienne de Satiah. Puis, on y ajouta les statuettes aux figurines mortuaires qui symbolisaient les domestiques afin que la défunte soit assurée qu'on la servît dans l'au-delà.

Parmi les objets, Beket plaça une barque miniature pour que sa mère puisse voyager dans sa vie future comme bon lui semblerait.

Rekmirê s'avança et observa quelque temps la barque miniature que venait de déposer Beket. Puis, sur un coup d'œil de celle-ci, assorti d'un lent mouvement de tête, il déposa d'un geste respectueux dans la minuscule ouverture du bateau un scarabée d'or sur lequel était inscrit le nom de Thoutmosis.

Geste qui rappelait à tous l'appartenance de sa sœur au tout-puissant pharaon dont elle avait été la Seconde Epouse. Le scarabée évoquait aussi le prolongement de la vie au-delà de la mort.

CHAPITRE X

Le jeune Thoutmosis observait le grand sphinx dont la tête se détachait du voile énigmatique de l'espace. Il prenait appui sur le banc de sable qui recouvrait à présent tout son socle. C'est à peine si l'on voyait les colossales griffes sculptées dans la pierre que le sol masquait chaque jour davantage.

Il y avait tant d'années que les pharaons passaient devant lui, conduisant leur char au galop et se contentant juste de croiser son regard, qu'ils en avaient presque oublié son regard implorant. Et voilà que le fils du vieil Aménophis II, contrairement aux autres, s'attardait sur sa silhouette périlleusement ensablée.

Le sphinx séculaire allait-il enfin vivre la fin de l'agression des sables remuants du désert ? Pouvait-il espérer de meilleures dynasties à venir ? Son œil sceptique plongea dans celui du jeune Thoutmosis qu'aucun éclat n'avait encore couronné.

Tous ces rois qui venaient de se succéder et qui se disaient invulnérables et grands n'avaient été qu'un amas d'orgueil et de vanités. Imperturbable et muet, le sphinx leur gardait quelque rancune et le dieu Ptah lui-même ne semblait pas se soucier de son sort.

Les crues du Nil se succédaient avec la même régularité, ponctuant parfois leur flux avec un retard qui terrorisait tant les Egyptiens qu'ils jetaient dans le fleuve les dons les plus coûteux. Les guerres élargissaient les frontières du pays et ramenaient des prisonniers et des esclaves. Les échanges commerciaux s'étendaient, les idées évoluaient et de nouvelles structures prenaient forme.

De telles réflexions pouvaient inquiéter notre sphinx et lui enlever tout espoir de survie, surtout quand de nouveaux dieux s'installaient, très à l'aise semblait-il, dans le panthéon des vieilles divinités égyptiennes.

Les pharaons passaient, les temps changeaient. Or, à quoi pouvait penser un sphinx, si gigantesque fût-il, s'il n'avait plus l'autorité que lui avaient donnée ses ancêtres ?

Derrière lui s'érigeaient les pyramides dont il était le gardien séculaire. L'immensité du ciel le happait avec une sérénité qui n'était plus à démontrer et son grand corps de lion à tête d'homme, à cœur de pierre battant comme celui d'un enfant à qui la vie réclame l'éternité pour devenir un vieil homme, frémissait d'inquiétude.

Thoutmosis eut une expiration qui remit ses poumons en éveil. Depuis quatre heures qu'il dormait, assis au pied du socle ensablé, il se perdait dans un labyrinthe de questions qu'il n'arrivait pas à débrouiller. Ce sphinx calmerait-il ses doutes ? L'homme et l'animal allaient-ils se comprendre ? Savaient-ils que chacun d'eux, avec la concentration nécessaire, pouvait résoudre le problème de l'autre ?

Le gardien du double horizon fixait le jeune homme, posant à son vis-à-vis l'unique question qui le préoccupait. Thoutmosis le regardait étonné. Allait-il percevoir l'appel du mystère mieux que les autres ? C'était tout à coup comme un grand vide qui s'emplissait de la magie du silence, une apparence qui le portait vers l'infini, vers l'au-delà où les dieux eux-mêmes pouvaient se perdre.

Le jeune homme revenait sans cesse à son idée de départ. Hélas ! Détour implacable que d'autres avaient voulu cerner avant lui. Depuis qu'il était à Memphis, il refoulait les idées les plus fantasques. Et, pourtant ! Si ce n'était que l'évidence, la proie inévitable dont son cerveau venait de s'emparer ! Thoutmosis réfléchissait. Ce matin même, il lui semblait encore que son corps avait changé, que son esprit comprenait les énigmes de la vie, les vérités et les erreurs, le sens du respect et celui des valeurs.

Et voici que ce soir, il se prenait à douter de tout et à regretter son séjour à Memphis.

Il fixa ses yeux au loin, bien au-delà de la ligne rougeâtre qui annonçait l'arrivée du soleil couchant. Par tous les dieux anciens ! Ce grand sphinx, assurément, l'interrogeait et il ne pouvait lui répondre. Pire ! Plus le temps passait, plus la crainte ne cessait de l'envahir et le maître de Giseh paraissait indifférent.

Thoutmosis tenta de ravaler son angoisse. Memphis l'avait pourtant aidé, compris, guidé dans ses recherches métaphysiques. Il y avait appris les valeurs que Ptah enseignait à ceux qui le vénéraient. Ptah ! Dieu de la ville égyptienne et du Mur Blanc qui avait si longtemps protégé les anciens pharaons de leurs agresseurs, terribles peuples de la Mer, puis sauvages tribus des grands plateaux du désert qui les assaillaient de toutes parts.

Certes, Thoutmosis admirait son maître et si Ptah le fascinait autant, c'est qu'il avait accordé sa mansuétude et sa bienveillance à ses ancêtres Chéops et Chéphren lorsque ceux-ci avaient osé entreprendre les plus grandes constructions jamais encore élevées, les pyramides.

A Memphis, là où le clergé l'avait envoyé pour y faire son éducation spirituelle, l'adolescent y avait aussi adoré Astarté, divinité syrienne que son grand-père Thoutmosis, le deuxième du nom, avait installée pour favoriser les échanges avec les pays étrangers. Etait-ce la faille qui troublait tant le jeune homme ? Adorer un dieu qui venait d'on ne sait où représentait-il un danger pour son équilibre mental ?

Dieu de Ptah ! A Memphis pourtant plus qu'à Thèbes, le jeune Thoutmosis se sentait à l'aise, comme pris dans une enveloppe qui moulait son corps à merveille. Il flânait avec délice aux approches du désert, il musardait dans les marais touffus qui bordaient le fayoum, il discutait avec les paysans, les bergers, les commerçants qui venaient du nord.

Et voilà que du temple de Ptah, à peine son instruction morale faite, il devait partir. Un coup d'œil au sphinx lui rappela les sombres doutes qui ravageaient son esprit.

La veille, en compagnie de Janouny et de Khaemat, deux jeunes nobles de Thèbes qui, depuis son enfance, étoffaient sa vie quotidienne, il était parti dans le désert en direction des pyramides.

Une chasse pourtant comme tant d'autres, une distraction qui, selon les habitudes, se soldait par quelques prises légères que les jeunes chasseurs offraient au temple. Le dieu Ptah les remerciait d'un œil bienveillant et les exhortait à s'adonner aussi à d'autres réflexions plus profondes que ces jeux terrestres et puérils.

Pourtant, à cette chasse-là, les yeux levés au ciel, Thoutmosis n'était pas concentré. Le voyant distant, absorbé par on ne sait quelles incertitudes, ses compagnons étaient repartis, laissant le jeune roi dubitatif, assis au pied du sphinx, face à ses hésitations et aux questions qu'il ne pouvait résoudre.

De toute la journée, il n'avait pu lever l'arc et aucune de ses flèches n'était venue se planter au cœur de l'antilope. Alors, saisissant son carquois pour le poser sous sa tête, il s'était allongé en attendant que le sommeil vînt le terrasser sans pour autant lui faire oublier ses angoisses.

L'air chaud soufflait doucement sur son corps, l'enveloppant d'une onde sereine et bienveillante. Les vagues de sable ne se soulevaient qu'à peine et, en retombant, elles semblaient s'endormir avec lui.

Il pensa à Tiâa, sa mère qui lui demandait de revenir à Thèbes. Voilà deux crues déjà que son père, le grand Aménophis, deuxième du nom, ne se relevait plus et qu'une douleur entamait, chaque jour davantage, son cœur qu'il avait trop malmené. Il fallait bien, à présent, que son grand corps usé par les excès qu'il n'avait jamais su maîtriser réclamât un repos.

Thoutmosis ferma les yeux. La nuit tombait, douce et silencieuse, absorbant la portion de chaleur qui restait pour glisser entre le sable et sa peau une fraîcheur nouvelle. Dans son immobilité inaltérable, le grand sphinx l'observait toujours. Thoutmosis soupira. Peut-être que l'antilope qu'il n'avait pas tuée à l'aube dernière viendrait lui souffler la réponse.

A peine son esprit fut-il assoupi, repris par la quiétude du sommeil, qu'une voix lui parvint. Elle venait des profondeurs du sable, mais se détachait nette et claire et le jeune homme sursauta.

— Regarde ! entendit-il. Les dunes de sable m'ensevelissent et personne n'y porte remède.

Une onde de plaisir secoua le corps de Thoutmosis. Ses yeux s'ouvrirent et son buste se releva. Un instant, il hésita, mais la joie se faisait trop intense en lui pour qu'il négligeât une telle aubaine.

— Toi, répondit-il en plongeant ses yeux étonnés dans ceux de la statue de pierre, toi ! Le plus grand et le plus antique des sphinx, toi le gardien de la nécropole par où vient le soleil et par où s'envolent les morts, toi que le pharaon Chéphren fit tailler, élever, sculpter, peux-tu me dire si je serai un grand pharaon ?

— Quelle réponse veux-tu que je te donne ? répondit le colosse de pierre en faisant battre ses cils ensablés.

— Quelle promesse veux-tu que je te fasse ? rétorqua le jeune homme en redressant son buste encore ensommeillé.

— Ne remarques-tu donc rien ?

Alors, Thoutmosis rêva qu'il ouvrait ses yeux et remuait ses paupières. Puis, se levant, il marcha lentement sur le sable poussiéreux.

— Devrais-je me rendre compte d'une menace qui te perturbe ? jeta-t-il en fixant le regard du sphinx.

— Délivre-moi des dunes que le vent me lance par je ne sais quel défi. Regarde, mon socle est enfoui et, bientôt, je ne pourrai plus ni voir, ni entendre, ni même respirer. Comment veux-tu que j'aide ton peuple si le sable m'envahit jusqu'au sommet de la tête ?

Bien que l'air se fît assez frais, une onde de chaleur parcourut le corps de Thoutmosis. Au fond, à gauche, il vit la pyramide de Chéphren, à droite celle de Chéops. Elles s'élevaient en plein ciel, dressant leurs pointes agressives pour forcer les regards afin que l'on se préoccupât des craintes que nourrissait leur protecteur.

— Ta bouche ne m'apprend rien, reprit Thoutmosis d'une voix calme. Je vois bien que le sable t'ensevelit. N'y a-t-il pas d'autres statues de pierre que le sable enferme aussi, depuis des siècles, au plus profond d'elles-mêmes ?

Un silence s'établit, un vide énorme, écrasant, aussi pesant que la pyramide de Chéphren qui, à présent, l'observait aussi, lui rappelant que privée de son gardien séculaire son sort ne pesait pas lourd. L'instant d'un éclair, Thoutmosis sut qu'il venait de jeter une sottise au visage de son ami le sphinx.

— Pardonne-moi, murmura-t-il, je suis conscient du mal qui te ronge.

— Alors, que peux-tu faire ? murmura le sphinx. Chéphren qui m'a élevé, pierre par pierre, ne ménageant ni sa peine ni ses dons, Chéphren qui, investi de tous les pouvoirs, m'a donné le souffle de vie afin que je puisse tout observer et tout entendre, n'a exigé qu'une seule condition.

— Laquelle ?

— Tu le sais. Celle de veiller son tombeau pour l'éternité. Si mes yeux et mes oreilles disparaissent sous le sable, si ma pensée ne peut plus fonctionner, comment remplirai-je la mission qu'il m'a confiée ?

— Chéphren ! Etait-ce un grand pharaon ?

— C'était un roi capable, ambitieux et digne d'incarner les dieux.

Thoutmosis hocha la tête.

— En serai-je un, moi aussi ?

— Pars ! Retourne à Thèbes, tu n'as plus rien à faire à Memphis. Ton père est mort et la double couronne qu'il t'a déjà donnée en co-régence t'attend.

— Mon père est mort ! s'écria Thoutmosis, les yeux exorbités de frayeur.

— Allons ! Ne crains rien, reprit gravement le sphinx. Ainsi va la vie terrestre. Seule, celle de l'au-delà compte. Ton père était un noble pharaon. Son âme est partie rejoindre les dieux dès que tu t'es endormi à mes pieds.

Le jeune homme frissonna. Il sentit ses paupières étrangement humides, mais il freina l'élan émotif qui le submergeait tout à coup.

— Un messager est en route, reprit le sphinx. Ne l'attends pas, c'est inutile. La Grande Epouse Tiâa ne cesse de jeter un œil dans ta direction. Sa peine est grande et elle est impatiente de te voir. Va ! Tu seras un pharaon sensé, loyal, juste envers ton peuple et généreux envers les dieux.

Le jour s'était levé. Debout, Thoutmosis observait en silence son nouvel ami. Certes, son cœur battait comme s'il allait éclater mais, paradoxalement, une paix intérieure se mit à gravir les échelons tourmentés de son esprit. Une assurance qu'il n'avait jamais ressentie vint raffermir son maintien.

Jambes écartées et pieds plantés dans le sable, regard hardiment plongé dans celui du sphinx, Thoutmosis ne sentait plus le vent qui soufflait et lançait avec persistance les grains menus du sable sur son visage.

D'un raclement de gorge, il éclaircit sa voix et lança d'une voix forte :

— Je suis heureux que nous ayons trouvé le moyen de dialoguer. Sans cette discussion avec toi, je n'étais rien. Dès que j'aurai la certitude d'être un pharaon sage, je désensablerai ton socle et, entre tes pattes de pierre, j'élèverai une stèle qui scellera pour l'éternité notre entente.

— Alors, nul ne t'oubliera et celui qui saura m'écouter, comme ce jour tu l'as fait, je lui parlerai de toi.

*

* *

Moutmouia reprit sa respiration. Elle ne sentait plus la douleur. Des femmes épongeaient son front qui ruisselait de sueur depuis que les contractions l'avaient prise.

La jeune femme avait fermement refusé d'accoucher à la façon égyptienne, debout, les pieds posés sur une pile de briques, laissant les matrones recueillir l'enfant qui tombait.

Contrairement à la coutume, Moutmouia avait voulu voir l'enfant émerger de son corps tendu et douloureux. A peine était-il sorti de son ventre, à peine avait-elle entendu son cri impatient et rageur que ses intuitions s'étaient révélées justes.

Ce fut Thouya qui posa son fils sur son sein blanc et dénudé. Il était encore recouvert du magma visqueux qui l'enveloppait. Moutmouia sentit aussitôt la chaude pression du petit corps sur le sien et remercia la déesse Ishtar de l'avoir ainsi comblée. Certes, à peine avait-elle épousé le jeune pharaon qu'elle lui faisait déjà don d'un fils fort et vigoureux.

Tous les grands de la cour, nobles et dignitaires, avaient assisté à l'accouchement, serrés comme des poissons dans un filet, à la porte de la chambre royale. Les uns n'avaient vu que peu de choses, se contentant des bruits qui arrivaient à leurs oreilles, car les femmes se tenaient au premier rang, bien décidées à ne pas laisser aux hommes leurs prérogatives de génitrices.

Et maintenant, on répercutait dans le palais, partout aux alentours, hors de l'enceinte royale et dans la ville de Thèbes que Moutmouia, la princesse syrienne ramenée du Mitanni, devenue Grande Epouse de Pharaon, venait d'accoucher d'un fils. Un petit mâle à moitié asiatique qui ferait son chemin sur le long parcours que lui traçait l'Egypte.

Oui ! Moutmouia remerciait Ishtar, la grande déesse qui apportait la vie et l'amour dans le pays qu'elle ne pouvait oublier. Une onde de satisfaction, un frisson jusqu'alors inconnu, parcourut tout son être. C'était comme une grande vague de plaisir qui balayait son corps magiquement redevenu souple et mince.

Thouya la borda, presque maternellement, avec des gestes aussi tendres que bienveillants. Puis, voyant que la jeune mère venait de fermer les yeux, elle reprit l'enfant et le tendit aux accoucheuses.

— Il faut que je quitte le palais, dit-elle à une jeune servante qui demandait à tenir l'enfant.

L'accoucheuse regarda l'adolescente qui osait prétendre tenir l'héritier du trône, eut un haussement d'épaule et appela l'une des nourrices chargées de veiller sur l'enfant.

— Allons, Minah ! fit Thouya en consolant la jeune servante. Tu auras bientôt tes propres enfants et nul ne t'empêchera de les porter. Celui-là est l'enfant royal et il ne t'est pas destiné.

Voyant la mine consternée de l'adolescente, elle ajouta en riant :

— Tu sais bien que, seules, les nourrices royales ont le droit de le porter. Allons, ne fais pas cette tête et retourne à tes occupations. Quand la Grande Epouse sera réveillée, tu lui diras que je suis allée voir ma cousine Beket. C'est aujourd'hui que l'on coupe la natte d'enfant à son fils et qu'on lui fait porter un pagne d'adolescent. C'est un rite que je ne veux pas manquer.

Puis, elle se tourna vers une seconde nourrice qui arrivait, entourée des épouses de quelques dignitaires encore là et de plusieurs domestiques qui se tenaient dans l'expectative des instructions à venir. Thouya fit un salut et tourna les talons pour ne pas s'attarder davantage.

Mais, arrivée à la terrasse qui menait au portique à colonnes, lequel débouchait sur les jardins conduisant à l'extérieur de l'enceinte royale, elle se heurta à Shattrah, la Grande Nourrice Royale, épouse du Scribe des Comptes du harem qui la retint par le bras.

— Thouya ! Est-ce vrai que tu quittes le palais ? Oh ! Je t'en prie, il faut que tu m'accompagnes.

Thouya s'approcha de la jeune femme et l'embrassa cordialement. Puis, posant ses mains sur ses épaules, elle s'excusa.

— Cela m'est impossible, Shattrah. J'ai promis à Beket, ma cousine, de venir l'assister le jour où son fils quitterait son état d'enfant.

— Mais, tu ne peux pas me laisser seule, gémit sa compagne. Je connais à peine la Grande Epouse. Ta présence me sera d'un réconfort immense.

— C'est impossible. Beket m'attend et je ne peux la décevoir.

— Retarde ta visite de quelques heures. Je te demande d'être avec moi juste pour le réveil de la reine.

— Elle est satisfaite, heureuse et en pleine forme. Tu ne crains rien, je t'assure.

— Mais toi, tu la connais si bien, insista Shattrah. Je t'assure que je ne sais pas comment l'aborder.

— Mais le plus simplement du monde. Demande à voir l'enfant et la glace sera rompue.

Thouya fit un pas en arrière, mais Shattrah lui attrapa le bras.

— Non ! Tu ne peux pas me faire ça. J'ai besoin de toi.

Elle se frappa le front et reprit d'un ton alarmé :

— Ah ! Pourquoi m'a-t-elle choisie pour être la Grande Nourrice de son fils ? Il y a tant de princesses asiatiques au harem pour remplir cette fonction !

— Elle a voulu plaire à son époux en choisissant une pure Thébaine. Shattrah ! C'est un honneur pour toi. Ne l'oublie pas.

— Mais, je n'en demandais pas tant, gémit la jeune fille.

Thouya regarda son amie et la vit si désemparée qu'elle pressa son épaule et l'entraîna hors de la terrasse.

— C'est bon, je t'accompagne. Mais, je t'en prie, demande à l'un de tes domestiques d'aller prévenir ma cousine que j'aurai quelques heures de retard.

Fort heureusement, la Grande Epouse s'éveilla peu de temps après. Allongée sur son lit en bois d'acacia soutenu par d'énormes pattes de lion aux griffes sculptées d'or, Moutmouia se redressa et réclama son fils.

Enfin, elle pouvait prendre le temps de l'observer, le palper, le détailler, le tourner et le retourner sous l'œil vigilant des nourrices. L'enfant était à demi asiatique. Un fils d'Egypte au visage quasi inhabituel sur lequel s'accordait un teint beaucoup plus pâle qu'il n'était permis aux héritiers du trône. Les fils des pharaons naissaient en principe avec une peau mate et sombre dont les origines étaient plus proches de la Nubie que des pays du Nord.

Quant aux yeux, ils étaient si fendus qu'ils se fermaient dans les replis des paupières. Mais lorsqu'ils s'ouvraient, ils s'étiraient déjà avec une grâce peu habituelle et l'on décelait sans peine le charme dont il saurait si bien user par la suite.

Moutmouia l'admira et porta son petit crâne à peine duveté à ses lèvres. Le contact de sa bouche sur la peau de son fils lui plut et elle sourit à son entourage.

— Ce sera le plus grand pharaon de notre dynastie, murmura Thouya qui venait d'entrer et qui, précautionneusement, se penchait sur elle pour lui baiser le front.

Elle se redressa et des yeux fit le tour de la chambre.

— Cependant, Majesté, toute cette agitation qui vous cerne n'est guère favorable au rétablissement qu'il vous faut.

— Laisse, Thouya, fit-elle à sa compagne. J'ai besoin de voir le monde bouger autour de moi. Fais plutôt entrer les princesses syriennes afin qu'elles témoignent de mon bonheur tout neuf.

— Majesté, ce n'était pas prévu, jeta sa compagne en s'inquiétant pour Shattrah qui attendait dans le couloir que Moutmouia lui donnât l'ordre d'entrer.

Elle n'eut, pourtant, pratiquement rien à dire ni à faire, car une envolée de jeunes femmes asiatiques vint papillonner avec fracas autour de la reine. Les robes et les voiles colorés d'ocre, de carmin, d'indigo — il faut dire que les Syriennes ne s'habillaient pas de blanc comme les femmes égyptiennes — virevoltaient joyeusement près de Moutmouia, formant un curieux amalgame dans le classicisme habituel des Thébaines.

Parmi les concubines de Thoutmosis et les femmes du harem, certaines Asiatiques avaient des privilèges que Moutmouia leur avait octroyés dès qu'elle avait revêtu la perruque au vautour qui lui donnait tous pouvoirs.

Plusieurs d'entre elles bénéficiaient même de privilèges assez conséquents comme celui de sortir du palais pour assister à des fêtes de province ou simplement se propulser dans la ville pour s'y promener, rêver, vivre un autre rythme que celui auquel elles étaient astreintes au harem bien que celui-ci, on l'a vu, ne fût pas un univers totalement clos.

Au hasard de leurs petites pérégrinations, quelques-unes avaient même réussi à nouer une intrigue amoureuse avec un Egyptien commerçant, artisan ou simplement dirigeant une exploitation agricole, et avaient sollicité de la reine la permission de les épouser. Certes, cela n'était toléré que si la jeune fille n'avait eu aucun rapport intime avec le pharaon, car un rapprochement sexuel avec Thoutmosis eût pu engendrer un petit bâtard princier et, surtout, il n'était pas permis qu'une femme ayant appartenu au pharaon — même une seule nuit — pût revenir à un autre homme.

Bref, Moutmouia, princesse mitannienne et Grande Epouse Royale veillait avec bienveillance sur sa cour féminine asiatique, multipliant ses triomphes puisque le jeune pharaon ne lui avait imposé aucune Seconde Epouse égyptienne.

Elle avait tant observé Kigirpa, la Mitannienne, qu'elle connaissait les atouts qui, immanquablement, la plaçaient en avant. Bien entendu, pour plaire à tous, car elle était consciente qu'au sein d'une cour égyptienne, il lui fallait aussi le soutien des Thébains, venait en tête son extrême jeunesse, puis ses qualités physiques. Elle dansait, nageait, tirait à l'arc, partait en char et montait même à cru sur son cheval. Tant de capacités sportives étonnaient Thoutmosis et subjuguaient la cour, d'autant plus qu'elle savait se faire belle et désirable lorsqu'elle paraissait en public aux manifestations officielles du palais.

Enfin, elle sautait à pieds joints comme une jeune chèvre, trop rusée pour être prise au collet sur des valeurs plus sûres, telles que la sagesse et l'intelligence, ayant pris conscience qu'une jolie tête devait être assortie de finesse et de clairvoyance pour être respectée.

Enfin, Moutmouia fermait le cercle de ses compétences par le don qu'elle avait de séduire un époux qui, certes, partait souvent en guerre, mais qui, revenu, se pliait à ses désirs comme elle l'entendait, lui laissant juste l'illusion qu'il était seul à commander. C'était à tel point que, par messager interposé qui régulièrement faisait le trajet de Thèbes au pays du Mitanni, elle avait réussi à convaincre son père, le roi Artatama, qu'il devait envoyer une autre de ses filles pour être Seconde Epouse du pharaon.

Thoutmosis n'avait rien trouvé à redire. Comment d'ailleurs pouvait-il s'y opposer, quand il savait qu'au harem, le soir tombé, de belles et jeunes Egyptiennes dont certaines étaient issues de la plus pure noblesse — il en restait heureusement tout un lot — n'attendaient que son signe pour venir le distraire sur sa couche. Car, tout pharaon rêveur et sensible qu'il fût et de surcroît fortement épris de Moutmouia, cela n'empêchait guère qu'il fût amoureux ailleurs.

Bien qu'elle fût un peu épuisée par l'accouchement qui s'était fait attendre, Moutmouia se sentait pleinement détendue. Après le défilé des princesses syriennes et celui des concubines captives, elle savait que viendraient les jeunes femmes égyptiennes qui se prosterneraient bas devant elle.

Puis, dans quelques jours, viendraient aussi les nobles de Thèbes et de province. Empreints de dignité et de prestance, ils se courberaient avec respect devant la reine sans oublier d'admirer l'héritier de la couronne. Moutmouia avait prévu un mot pour chacun et si l'un s'attardait trop sur le teint blanc de l'enfant — ce teint des Asiatiques qui, d'ailleurs, faisait la beauté de sa mère — elle sourirait avec grâce et répondrait que chaque héritier de pharaon enfermait son mystère. Celui-ci était sain et bien portant. Ce n'était certes pas son hérédité orientale qui l'empêchait de rire, de pleurer, de crier, d'agiter ses jambes minuscules et nerveuses et de vouloir saisir, déjà impérativement, de ses petits doigts serrés, tout ce qui bougeait devant lui.

Soudain, on annonça l'arrivée du pharaon. La Grande Epouse et Thouya se regardèrent. Cette visite était inhabituelle. Puis, Moutmouia se mit à rire tandis que sa compagne s'inquiéta du retard qu'elle prenait à rejoindre Beket, sa cousine.

Accompagné de Tjenoun et de Khaemat, Thoutmosis entra dans la chambre. Les deux dignitaires s'approchèrent. L'un était robuste, carré d'épaules, puissant de taille et roulait ses épaules comme s'il était un lutteur accompli. L'autre avait un corps plus délié, quelque chose de subtil et fin. Ses hanches de félin se balançaient souplement et tout son corps se mouvait avec grâce. La force de l'un en faisait un chasseur averti, l'habileté de l'autre un tireur d'élite comme il en existait peu dans tout Thèbes.

Ils encadraient tous deux le pharaon, observant avec insistance cet enfant que les dieux devaient protéger de la mortalité infantile afin qu'un jour, il puisse monter sur le trône.

Thoutmosis paraissait à la fois ému et satisfait. Il prit le bébé dans ses bras et le retint contre lui, surpris d'entendre un aussi jeune cœur battre avec tant de force. A coup sûr, cet enfant-là risquait de devenir un athlète. Sa morphologie ressemblait à celle de son grand-père, le teint pâle et les yeux fendus en plus. Ses membres déjà longs battaient l'air avec énergie et sa taille assez grande débordait largement des mains qui l'enfermaient.

Le pharaon inspectait son fils. Tous les aspects de l'enfant lui paraissaient importants. Puis, voyant que Menna, le Grand Scribe, avançait vers la reine, il s'écarta légèrement de son épouse pour laisser place au nouvel arrivant.

Menna observa longuement le bébé en hochant sa tête aux yeux de fouine. Son regard furetait avec insistance sur le corps de l'enfant mais, n'y trouvant aucun défaut, ses yeux enfin brillèrent de satisfaction.

Le Grand Architecte, les Vizirs, le Chancelier de Haute et de Basse Egypte, les Inspecteurs des Champs et des Troupeaux, ceux des Ecuries et des Greniers à blé, les Porte-étendard, les Flabellifères, tous défilèrent devant la reine étonnée qui n'avait pas prévu ce déferlement de dignitaires avant plusieurs jours. Fallait-il donc que Pharaon fût aussi pressé de leur montrer qu'il n'avait engendré ni un monstre ni un héritier anormalement constitué, juste un petit asiatique qui promettait d'être beau ?

Puis vint Méry, le Grand Prêtre d'Amon avec ses gestes calculés, pesés, étudiés et son visage triangulaire sur lequel venaient s'inscrire deux yeux étrangement gris. Le sourire ambigu qu'il esquissa de ses lèvres petites et minces apparut, cette fois encore au regard de Moutmouia, comme un mauvais pressentiment.

De toute la cour de Thèbes, seul Méry l'indisposait. Et, plus les Egyptiens prenaient conscience qu'il existait un monde au-delà de leurs propres frontières, un monde qui ne connaissait ni Osiris, Amon, Ptah, Toth, Horus ou Anubis, plus Méry devenait agressif envers elle, comme si Moutmouia était la seule dépositaire de ces nouveaux dieux qu'adoraient les populations de l'Asie, Bâal, Astarté ou Ishtar. Mais, bah ! Depuis quelques décennies, il y avait toujours à Karnak, au temple d'Amon, un ou deux ennemis du pharaon critiquant les nouvelles pratiques religieuses qui se faufilaient dans la population égyptienne.

Moutmouia regarda presque insolemment Méry. Certes, elle remerciait Ishtar, la déesse-mère de son pays, vêtue de plaisir et d'amour, chargée de vitalité et de volupté. Ishtar qui lui avait donné un fils sain, beau et robuste.

Comme tous les clergés établis et fortifiés depuis des siècles, celui d'Amon était puissamment riche. Conservateur et gardien des anciennes croyances, des coutumes solidement implantées qui, dans le passé, s'étaient faites indétrônables, le temple d'Amon se promettait de ne pas faillir et de ne chuter sous aucun prétexte. Or, Méry sentait que la Grande Epouse asiatique, usurpant la place d'une Egyptienne, ne faiblirait pas non plus.

Certes, Moutmouia restait suffisamment fine et diplomate pour respecter comme il se devait la puissante hiérarchie des prêtres d'Amon. Elle acceptait d'en suivre les rites lorsqu'il le fallait, quand du haut de son trône royal, la perruque au vautour posée sur sa jolie tête brune et les pieds sur le tabouret à coussin d'or, elle observait tranquillement de son regard sombre le flottement des grandes robes blanches qui circulaient entre les encensoirs, les sistres et les crotales. Les parfums lourds et entêtants arrivaient à ses narines et les musiques aigrelettes à ses oreilles, tandis qu'à son esprit venaient les hymnes endormeurs.

Méry regarda froidement l'enfant qui avait du sang d'Asie dans les veines. Son regard croisa celui de Thoutmosis. Il s'inclina, mais ses yeux ne s'abaissèrent pas, frôlant de son arrogance mesurée l'apparence calme et tranquille du pharaon. "Jamais nous ne faiblirons", disaient ses pupilles dilatées de colère tandis que celles de Thoutmosis rétorquaient : "Vous les prêtres, il faudra bien qu'un jour vous cédiez un peu de votre puissance et de votre autorité."

— Thouya, j'aimerais me reposer, à présent, fit

Moutmouia en tendant sa main à la jeune femme qui la prit aussitôt.

L'injonction était suffisamment claire pour qu'on y vît le soudain désir de la reine à rester seule.

— Mon amour, dit-elle au pharaon qui ne parut nullement gêné par ce mot de tendresse que lui octroyait son épouse devant ses compagnons, toi aussi tu dois partir. Thouya dit que je dois me reposer.

— Laisse-moi regarder encore quelques instants cet enfant qui emplit de joie mon esprit, objecta Thoutmosis. As-tu oublié que je pars dans une semaine à peine ?

— Nullement, répliqua Moutmouia en souriant. Je n'ai rien oublié. Ni la promesse que tu as faite à ton grand sphinx ni celle dont tu m'as généreusement gratifiée.

— Majesté ! s'écria Thouya, l'absence de Pharaon permettra à votre corps fatigué de bien se reposer et lorsqu'il reviendra de Memphis, sa mission accomplie, nous pourrons préparer notre départ pour le Mitanni.

Vingt ans séparaient Thouya de la Grande Epouse. Mais, la jeunesse qui caractérisait Moutmouia était remplacée par la sagesse et l'expérience qui marquaient sa compagne. Bien qu'elle eût quarante ans, Thouya était aussi dynamique que le jour où elle avait séduit Youkka le prince asiatique que le pharaon lui avait fait épouser.

C'était au temps où le père de son époux, le terrible pharaon Aménophis II, avait conquis de façon sanglante les pays du Retenou et du Naharina. Laissant un protectorat égyptien au sein des pays assujettis, afin que la soumission demeure et que les tributs affluent, il avait décidé de ramener en Egypte le seul prince échappé du massacre et qui, en outre, le fascinait par ses aptitudes à dresser les chevaux.

Youkka, le séduisant prince d'Asie, dont l'éternel

pagne long et noir entourait toujours ses hanches souples de grand fauve, Youkka fou des chevaux et des grands espaces avait dû épouser Thouya, jeune Thébaine et fille du haut dignitaire Rekmirê qui s'était fait valoir à la cour d'Aménophis.

Ce n'était pas que ce mariage, aussi imprévu pour l'un que pour l'autre, eût été un échec. Bien au contraire ! Dans sa jeunesse, Thouya avait été une indomptable, rêvant de folles équipées, de voyages insensés, de fortes émotions, bref, d'une vie qui se trouvait à l'opposé des autres jeunes filles élevées dans sa condition. Le sang de la vieille Séchat, son aïeule combative, qui coulait en elle en avait fait une aventurière.

Ce mariage inopiné avait fortement comblé ses désirs et, s'il y avait eu de la part de Youkka une réticence compréhensible au début de leur union, celle-ci s'était vite atténuée au cours des années explosives qu'ils avaient vécues ensemble.

Comment ne pas comprendre l'amitié profonde qui liait Thouya à Moutmouia, alors que deux fois déjà, elle était allée au pays du Naharina ? Et, deux fois, elle en était revenue convaincue que l'Egypte n'était pas le pays maître du monde et qu'ailleurs, les idées, les mentalités et les structures pouvaient se révéler aussi justes que les siennes.

Tardivement, un fils était né, puis un autre. Enfin, pour combler ce bonheur, la petite Tiyi avait vu le jour un beau matin de la saison d'akhit alors qu'une floraison de lotus s'ouvrait sur les grands bassins du jardin.

Certes, le couple était heureux. Thouya et son époux rêvaient à la plus haute destinée pour leurs enfants. Pourtant, la naissance d'Ay, d'Anen et de leur sœur était trop tardive pour leur apporter le bien-être qui les eût incités à suivre une vie plus calme et plus sédentaire. Le sort en avait décidé autrement. Youkka, à qui le pharaon avait donné un poste de confiance au temple de Memphis avait reçu un violent coup de sabot sur la tête en voulant dompter un cheval trop rétif. Tombé à terre, traîné au sol dans une course effrénée et mortelle, il ne s'en était pas relevé.

Déstabilisée par cet accident qu'elle n'avait pas prévu, sa fille à peine née, Thouya avait quitté son poste de Grande Prêtresse du temple d'Aton à Memphis pour élever ses enfants au palais de Thèbes. La capitale des pharaons l'attendait. Thèbes était la ville de ses ancêtres et, bien qu'elle nourrît des idées autres que celles des vieilles traditions égyptiennes, Thouya y avait ses racines.

Oui ! Thèbes redevenait son berceau, son gîte, son foyer, le lieu qui la rattachait à sa famille. Thèbes la rappelait à ses devoirs d'Egyptienne, l'attachait aux origines de ses traditions et aux principes de ses mœurs. Mais, pour la déstabiliser quelque peu, Thèbes lui soufflait aussi un petit vent qui provoquait ses instincts de voyageuse. Autrefois déjà, Thouya la Thébaine avait su adoucir l'inquiétude de Moutmouia la Syrienne lorsqu'à son arrivée au palais, elle s'était sentie trop isolée pour vivre en harmonie avec elle-même.

C'est ainsi qu'à la mort de Youkka, le prince asiatique devenu Egyptien par la force des choses, Thouya s'était installée avec ses enfants au palais de Thèbes, de la façon la plus naturelle qui soit.

Une grande amitié, amorcée autrefois, s'était instaurée entre l'impétueuse Egyptienne et la prudente Syrienne. Les deux femmes s'étaient appréciées, aimées et partageaient une identique complicité.

— Notre départ ! jeta Moutmouia en plissant ses yeux de joie. Notre départ pour le Mitanni !

Elle esquissa une moue enfantine qui laissait transparaître un brin de mélancolie et reprit :

— Et mon enfant ! Crois-tu qu'il sera suffisamment fort pour supporter mon absence durant les quelques saisons qu'imposera ce voyage ?

— Regarde ce gros garçon, répondit Thouya en riant, on dit qu'il est robuste comme l'était feu son grand-père.

— Certes, admit la jeune reine. Mon fils semble aussi robuste qu'un socle qui soutient les obélisques du temple. Mais, tes enfants, Thouya ! Pourront-ils se passer de toi ? Ils n'ont déjà plus de père.

— Est-ce un reproche que tu t'obliges à me faire ?

Moutmouia saisit brusquement la main de sa compagne et la porta à ses lèvres.

— Oh ! Que non. Je suis si heureuse que tu viennes avec moi au Mitanni.

— S'ils n'avaient pas été aussi jeunes, je crois que je les aurais emmenés avec moi. Oui ! Cela m'ennuie de les laisser durant ce long voyage. J'ai l'impression de les abandonner. Mais, j'ai promis à mon défunt époux d'aller prier sur sa terre d'origine son dieu Astarté qui est aussi le tien.

— Astarté ! murmura la reine. Astarté, le dieu héroïque et guerrier de mes ancêtres les Asiatiques.

Thouya hocha la tête.

— Ce périple sera pour moi le dernier. Après, je me consacrerai à l'éducation de mes enfants. Ils auront besoin de moi à mon retour.

Elle entoura tendrement les épaules de la jeune reine. Moutmouia paraissait presque vulnérable dans sa robe de lin blanc. Ses cheveux dénoués et brossés récemment par l'une des servantes enveloppaient son buste, laissant à demi nus ses seins que recouvrait juste un voile léger et transparent. La jeune femme tourna son fin visage vers sa compagne, offrant son regard rêveur. Thouya fut émue. Moutmouia aurait pu être sa fille et pourtant, elle se conduisait parfois en folle adolescente avec elle.

— Laisser mes enfants au palais pendant cette

absence qui se prolongera sans doute trois ou quatre saisons me réconforte. Le Mitanni est si loin !

— Je serai bien ingrate, Thouya, si je n'avais pu accéder à ton désir. Oublies-tu que c'est toi qui m'as prise en amitié quand je suis arrivée en Egypte, apparemment sûre de moi, mais en réalité morte d'inquiétude à l'idée de ne pas plaire au pharaon et à son fils que je devais épouser ?

Thouya soupira.

— A qui ne plais-tu pas ?

— A Méry.

Elles éclatèrent de rire.

— Méry est un prêtre stupide qui refuse de comprendre que le monde est plein de dieux qui ne sont pas ceux de l'Egypte. Que l'univers ne se borne pas aux frontières de son pays, même si les pharaons se plaisent à en repousser les limites.

Moutmouia prit son menton entre ses doigts, réfléchit quelques instants et jeta d'un ton soupçonneux :

— Crois-tu vraiment qu'Ishtar a les pouvoirs d'Amon ?

— Bien sûr.

— Je ne le croyais pas lorsque je suis arrivée en Egypte. Je pensais que votre peuple était le plus fort, que vos dieux agissaient en souverains uniques.

— Depuis, il s'est passé bien des crues du Nil, répliqua Thouya en soupirant.

— Le crois-tu vraiment ? J'avais douze ans et me voilà de vingt ans vieille.

A nouveau, elles se remirent à rire. Puis, posant son index sur le front, Thouya s'écria :

— Dieu d'Amon, d'Ishtar ou d'Astarté ! Peu importe. Sais-tu que Shattrah, celle que tu as nommée Grande Nourrice Royale attend à la porte de ta chambre depuis que les dignitaires sont passés. Peut-elle entrer ?

*
* *

Retenue par la reine plus longtemps qu'elle ne l'avait prévu, Thouya n'arriva chez Beket que le lendemain. Djenani avait dû repartir sans pouvoir l'attendre car un chantier le retenait sur le site de Thinis pour plusieurs semaines.

— Je t'attendais depuis hier ! s'écria Beket en apercevant sa cousine. Quel dommage que tu n'aies pu assister au banquet ! Nous aurions pu le retarder de quelques jours, mais mon fils était trop impatient pour repousser cet événement.

Elle désigna de la main son fils qui se jetait joyeusement dans les bras de sa tante.

— Regarde, affirma-t-elle d'un air convaincu, Bek n'a-t-il pas l'air d'un petit homme depuis qu'il n'a plus sa natte d'enfant et qu'il porte un pagne et une ceinture ?

A cette époque de l'Egypte ancienne, les enfants restaient souvent nus ou portaient une sorte de linge qui se passait entre le haut des cuisses et s'attachait autour des hanches. Puis, à six ans, les filles pouvaient se vêtir d'une tunique et les garçons d'un pagne retenu par une ceinture à laquelle ils suspendaient un petit couteau dont le manche était en bois de sycomore. Cette coutume qui transformait psychologiquement l'enfant en adolescent n'était, certes, valable que dans la société élevée égyptienne. Les filles et les fils de paysans, quelquefois d'artisans et, surtout, les jeunes servantes au service des hauts dignitaires, restaient nus beaucoup plus longtemps.

— Beket, s'excusa Thouya en embrassant sa cousine, je n'ai pu faire autrement. La reine accouchait de son fils. Il m'était impossible de la quitter.

— Est-il beau et fort au moins ?

— Il est solide comme un roc. C'est un enfant qui fera un fier et puissant pharaon. Il réclame déjà beaucoup d'énergie à sa mère et la reine est encore assez faible. Quand passeras-tu la voir ?

— Peux-tu m'annoncer pour demain ? s'enquit-elle avec une désinvolture qui révélait son manque d'enthousiasme pour la naissance d'un futur pharaon à demi asiatique.

Elle esquissa une moue grimaçante.

— A moins, reprit-elle, que ma visite puisse attendre quelques jours. Cela me permettrait d'achever les peintures des salles funéraires du temple de Thoutmosis sur lesquelles je travaille actuellement.

— Ma tante ! Il est dommage que vous n'ayez pas été là à la cérémonie qui a fait de moi un garçon !

— Bek ! fit Thouya en serrant l'enfant contre elle. J'ai beaucoup pensé à toi. Mais, vois-tu, il m'était très difficile, pour ne pas dire impossible, de laisser la reine alors que les dieux faisaient naître le futur pharaon d'Egypte.

Elle caressa la tête rasée du garçonnet.

— Comprends-tu cela ?

L'enfant hocha la tête, puis, volubile, reprit :

— Regarde, je n'ai plus ma natte.

A nouveau, Thouya caressa la tête rasée de Bek que l'on avait enduite d'une huile parfumée au lotus. Hier encore, il avait cette unique natte longue, disposée sur le côté, qui tombait sur son épaule.

— Regarde, reprit l'enfant toujours aussi loquace, mon pagne descend jusqu'aux genoux et ma ceinture a une boucle d'argent.

Il porta la main à sa ceinture et en retira le couteau qui y était suspendu.

— Mon père me l'a donné pour couper les roseaux du marais.

— Dieu d'Horus ! fit sa tante en riant. Quel homme, à présent, fais-tu là ! Vas-tu déjà chasser l'hippopotame caché dans les marais du fleuve ?

— Oh non ! fit l'enfant en arrondissant ses yeux d'épouvante. Tu sais bien que je n'aime pas la chasse.

Ce couteau me permettra de tailler les racines des roseaux pour me faire des calames et des pinceaux. Et je veux dessiner les sculptures que je réaliserai plus tard dans la pierre.

L'enfant avait un visage agréable. Ses yeux noirs bordés de longs cils sombres se teintaient d'une lueur fugace et dorée lorsqu'ils s'emplissaient d'enthousiasme. Bek était un garçon bien bâti. De taille moyenne, ses épaules étaient larges et rondes. Ses bras semblaient solides et l'on remarquait déjà ses mains carrées aux doigts courts qui ne demandaient qu'à exprimer le talent qui commençait à poindre dans sa jeune tête.

— Il veut toujours être sculpteur, répliqua sa mère en tendant à Thouya une coupe de miel arrosé de vin frais.

— Goûte-moi ce nouveau miel, Thouya. Il vient du désert de Libye. Des apiculteurs des pays du Nord se sont installés à l'est de Négadah, à la frontière du désert libyque. C'est le clergé de Karnak qui a financé leur installation. Il paraît qu'elle est assez impressionnante tant il y a de ruches et la moitié de la production doit revenir aux prêtres d'Amon.

— Il nous prend tout, ce clergé d'Amon, soupira Thouya.

— Mais voyons, Thouya, cela me paraît tout à fait normal, puisque ce sont les prêtres de Karnak qui financent l'opération, rétorqua Beket en haussant le sourcil. Il est juste qu'ils en retirent le bénéfice.

Si les deux cousines s'entendaient à merveille, elles ne discutaient, cependant, que rarement du problème de la puissance des prêtres d'Amon, seul point de divergence qui les opposait l'une à l'autre.

Beket restait trop reconnaissante au clergé de Thèbes qui l'avait soutenue au début de sa carrière de peintre, affrontant même les propos du pharaon afin qu'elle pût œuvrer comme elle le souhaitait sur les chantiers de Karnak.

Par contre, Thouya qui avait épousé un Asiatique adhérait depuis longtemps à des théories différentes. Aussi, concevait-elle très mal que le pouvoir égyptien soit maîtrisé en presque totalité par les prêtres de Thèbes qui supervisaient le pays en toute-puissance par la seule force d'Amon.

Le clergé de Karnak qui totalisait un chiffre impressionnant de scribes et de prêtres savamment hiérarchisés était devenu si riche et son influence si grande que tout était filtré par eux, tamisé, décortiqué, soupesé par leurs services qui s'étendaient jusqu'à l'extérieur de Thèbes, et concernait tous les domaines, administration, agriculture, artisanat, commerce, politique et religion.

Par l'intermédiaire du clergé de Karnak, le dieu d'Amon devenait si peu tolérant envers les autres divinités que Thouya s'efforçait de combattre cette inégalité par une théorie bien compréhensible qui allait au-devant des concepts de province. Certes, il lui fallait des appuis qu'elle trouvait en la personne de la reine Moutmouia et de ses compagnes asiatiques pour rétablir le culte de Toth qui s'amenuisait à Memphis et celui de Min que Thouya et son époux avaient longtemps représentés à Héliopolis qui, elle aussi, perdait de la puissance en même temps que beaucoup d'autres.

Les provinces du nord, d'ailleurs, commençaient à murmurer que les rigueurs extrêmes qui leur venaient de Thèbes prenaient beaucoup trop d'ampleur et Thouya, à sa grande joie, pressentait une agitation latente qui frissonnait dans les villes du delta.

Le jeune garçon avait pris la main de sa tante et la gardait dans la sienne. Chose étrange, il semblait aimer ses propos lorsqu'elle discutait de Toth, d'Anubis, d'Hathor, de Mâat et même une fois, il avait ressenti une curiosité extrême lorsqu'elle lui avait parlé d'Ishtar et d'Astarté, les dieux qui venaient des hauts plateaux de l'Euphrate.

Mais ses idées à ce sujet s'éloignèrent rapidement, car une jeune fille, presque une adolescente, aussi discrète que silencieuse s'approcha des deux jeunes femmes.

— Lydie ! jeta Beket en prenant son fils par l'épaule et en le poussant vers la jeune fille. Occupe-toi de Bek pendant mon absence.

— Oh non, maman, supplia l'enfant. Tu m'as promis que le jour où je serais un jeune homme, je viendrais avec toi sur ton chantier quel que soit le lieu où tu travailles.

— Une promesse est sacrée, fit Thouya conciliante. Emmène-le avec toi, Beket. Je reste avec Lydie et je vous préparerai, pour ce soir, ce divin petit plat de purée de lentilles au cumin.

Elles éclatèrent de rire. Chaque fois que Thouya venait voir sa cousine, elle cuisinait le seul mets qu'elle savait faire et qui consistait en la préparation d'une mixture faite de lard d'oie sauvage et de lentilles écrasées mêlées de miel et parfumées au cumin.

Lydie embrassa l'enfant et se tourna vers sa mère.

— Ne t'inquiète pas, je reste avec Thouya, fit-elle.

Puis, voyant que Beket n'insistait pas et semblait s'être rangée au désir de son fils, elle tapota la joue de l'enfant, redressa le pan central de son pagne qui tombait entre ses cuisses et poursuivit d'une voix tranquille :

— Dès ton retour, Bek, nous terminerons les dessins des céramiques que nous avons commencés. Il faut les finir si nous voulons que Lydie en fasse exécuter les poteries.

La jeune fille était crétoise. Ses fonctions près de Beket se révélaient multiples. Servante, compagne, éducatrice et à l'occasion, suppléante sur les chantiers des petits travaux de bas-reliefs qu'exécutait de plus en plus Beket, car avec l'âge, elle avait dû abandonner les entreprises de grande envergure.

Un matin où la crue du fleuve faisait déborder son lit sur toute la campagne avoisinante, Djenani l'avait trouvée étendue, molle, disloquée, inanimée sur la berge du Nil. La barque qui l'avait amenée était en piteux état, presque fendue en deux, et la tête de la jeune fille avait pris un tel choc sur la pierre d'arrimage que ses esprits avaient sombré dans le chaos le plus sombre. Elle avait été soignée et, quand elle avait pu raconter son histoire, à laquelle d'ailleurs Beket n'avait pas cru un instant, elle avait décidé de la garder malgré le mystère qui l'entourait.

La seule certitude était l'origine crétoise de Lydie. Mais au-delà l'histoire n'était guère crédible et Beket restait sceptique. Sans argent, elle avait, disait-elle, partagé son destin avec un matelot du port de Memphis, plus pauvre qu'elle, qui ne possédait qu'une barque en sapin dont les multiples fissures laissaient passer l'eau. Echoués sur le rivage de Thèbes, Beket n'avait jamais retrouvé le matelot et Lydie n'en avait plus reparlé.

Une autre certitude sur l'énigme qui entourait la jeune crétoise était la valeur des peintures qu'elle effectuait sur les éclats de grès et d'argile. Pour expliquer ce fait qui étonnait Djenani et Beket, elle disait avoir travaillé comme ouvrière dans une fabrique de poterie crétoise.

En dehors de cette explication plutôt succincte, ajoutée à celle qu'elle devait rechercher à Thèbes un parent décédé, Lydie ne parlait jamais de son passé.

*
* *

Beket conduisait elle-même son char lorsque le trajet n'était pas long. Et, son domicile étant proche des temples de Karnak, il lui fallait peu de temps pour atteindre son lieu de travail.

Elle tendit les rênes à son fils. Il la regarda étonné.

— N'es-tu pas un homme à présent ? fit-elle d'un ton amusé.

Une lueur joyeuse dansa follement dans les yeux de l'adolescent et il ne se fit pas plus longtemps prier. Il saisit avec une adresse flagrante — qui fit penser à Beket qu'il n'en était pas à sa première expérience — les rênes de l'attelage et fit cingler le fouet au-dessus de la crinière des chevaux sans pour autant les toucher.

Certes, Bek avait beaucoup d'assurance pour mener le char de sa mère dans la grande allée qui traversait les jardins de Karnak. La jeune femme souriait et refusait de s'étonner. Où son fils avait-il pris cette assurance et cette décontraction à conduire un attelage ? Avec son père lorsqu'ils partaient ensemble dans le désert ? En compagnie de Nekmin, le jeune conducteur récemment engagé par Beket qui semblait tant lui plaire ? Peu importe ! Bek savait tenir des rênes et c'était là l'essentiel.

Ils longèrent dans un galop savant l'allée qui menait aux béliers, puis celle qui conduisait au petit temple de Min et atteignirent dans un envol non moins spectaculaire le Lac Sacré que Bek se prit à contourner avec la plus grande dextérité.

— A te voir aussi impétueux, cria Beket dans le souffle du vent qui lui arrivait au visage, les prêtres qui te voient passer et qui ne manquent pas de t'observer derrière les colonnes de leurs temples vont colporter que tu es insolent envers Amon.

— Pourquoi, maman ? rétorqua l'adolescent en riant. Ce sont les chevaux qui sont exaltés et fougueux, pas moi.

— Alors, ralentis un peu, car j'aperçois déjà l'œil menaçant du Grand Prêtre de Min qui t'épie derrière le mur d'enceinte du temple des offrandes.

Bek maîtrisa un instant ses pulsions et tourna la tête, mais reporta aussitôt son regard sur la ligne d'horizon qu'il devait atteindre. Ce ne fut guère long, car ils arrivaient déjà aux portes des monuments funéraires.

Quand ils entrèrent dans les couloirs qui menaient aux salles des temples, l'obscurité et la fraîcheur de l'atmosphère les surprirent. La longueur des corridors intérieurs était telle qu'à chaque fois Beket profitait de ces instants pour concentrer son esprit sur son travail et ne pas faillir à la pensée d'Amon qui, en principe, guidait la qualité de ses ouvrages.

Amten, l'un des chefs de chantier, et Mouthep, l'ouvrier ciseleur toujours récalcitrant envers l'autorité de Beket, étaient déjà à pied d'œuvre. Plus loin, dans un angle de la pièce, Kenthy l'apprenti tourna la tête et sourit à la vue de Bek qui accompagnait sa mère.

— Salut, fit la jeune femme en inspectant rapidement l'ensemble du travail. Il me semble que tout est largement avancé. Nous devrions avoir terminé d'ici deux à trois jours.

— Sûrement pas, grommela Mouthep.

Beket désigna l'emplacement du bas-relief qui comportait encore quelques espaces vierges.

— Parce que tes inscriptions ne sont pas assez précises ? rétorqua-t-elle en passant le doigt sur les signes que ciselait Mouthep. Comment veux-tu que Kenthy y passe son or s'ils ne sont pas plus appuyés ?

Puis, elle prit son fils par l'épaule.

— Travaille avec Kenthy. Tu l'aideras à passer l'or fin sur les entailles que vient de faire Mouthep. Moi, je vais achever le plafond. Il reste la scène finale de l'offrande de Pharaon au dieu Amon.

— Je crois, fit le jeune Bek, que si les dessins de Mouthep étaient moins appuyés, ils gagneraient en précision et en détails.

Il pointa son indcx sur l'ouvrier graveur.

— Pourquoi ne travaille-t-il pas au marteau et au petit ciseau d'acier plutôt qu'au burin ? L'œil du dieu aurait dix fois plus d'intensité s'il était moins marqué et celui de l'aigle gagnerait en puissance.

Mouthep lui jeta un œil chargé de hargne.

— Après la mère, le fils, grommela-t-il.

— Cela suffit Mouthep, jeta Beket. Je sais que tu ne m'as jamais appréciée, mais cela me laisse indifférente, car je suis ta supérieure, que tu le veuilles ou non. Et, si avec moi, tu avais réagi avec plus d'intelligence, à présent tu serais sans doute chef-artisan et peut-être même à ton compte.

Elle haussa les épaules et poursuivit :

— Seulement, tu as préféré te mettre constamment en travers de ma route malgré ton impossibilité à me déstabiliser.

Amten laissa tomber son bras et stoppa son travail. Puis, d'un pas nonchalant, s'approcha de Mouthep.

— Ce petit n'a pas tout à fait tort, dit-il en clignant des yeux sur le panneau des hiéroglyphes qu'effectuait l'ouvrier graveur.

Il poussa l'adolescent contre la paroi de pierre.

— Montre-nous ce que tu sais faire. Après, nous discuterons.

Certes, s'il ne s'était agi du fils de Beket, Amten n'aurait pas bronché, car une réplique de sa part l'aurait amené à des représailles qui eussent été désagréables. Mais, le cas s'avérait différent et il se doutait que sa proposition ne pouvait que flatter la jeune femme.

— Seul le résultat compte, fit-il encore pour appuyer sa demande.

Sans se faire prier davantage, l'adolescent prit le marteau et le petit ciseau d'acier et se mit aussitôt à rectifier les quelques détails qui lui semblaient imprécis. Pendant ce temps, Beket grimpa sur le petit échafaudage qui lui permettait de peindre le plafond.

Depuis la naissance de son fils, elle hésitait à travailler sur les chantiers extérieurs, exposée au soleil trop ardent, ce qu'elle faisait depuis presque quinze ans. Cependant, restée agile et experte à manier le pinceau et le burin, elle effectuait toujours des travaux en hauteur. Mais, ce jour-là, à la voir aussi ardente et passionnée devant son travail, qui eût pu soupçonner qu'elle s'était dit que le jour où son fils travaillerait à son côté, elle penserait à lui laisser la place.

Le plafond était coloré de multiples teintes : les ocre, les verts, les bruns, les bleus s'étalaient dans une gamme qui explosait de splendeur. Pas un espace n'était libre. Seule respirait la blancheur du plâtre qui, entre chaque motif, venait aérer l'ensemble.

A l'instant où Beket passait son fin pinceau sur le tracé de l'œil qui guettait le kâ et le bâ de Pharaon, Bek observait attentivement les dessins qu'il venait d'achever.

— Parfait, fit Amten en donnant au garçon une légère bourrade dans le dos. Si ta mère accepte, je t'engage à Deir-el-Médineh sur le chantier de la Vallée des Rois. Le nouveau temple d'Anubis consacré au maître des Deux Egypte n'aura pas trop d'un apprenti de plus.

— Un apprenti ! murmura Bek d'un ton contrarié en se tournant vers sa mère qui venait de sauter sur le sol pour observer le travail de son fils.

— Oui, un apprenti, fit-elle en souriant tout en glissant un coup d'œil du côté de Mouthep qui avait pris le parti de ne plus rien voir ni ne plus rien dire. Ne t'imagine pas que tu vas échapper aux corvées du métier. Il te faut d'abord acquérir toute l'expérience de l'écriture historiée.

Bek ne répliqua pas. Mais dans sa tête se déroulait bien autre chose que des histoires de pinceau, de calame et de petits ciseaux d'acier. Il se voyait déjà devant d'énormes blocs de quartz, de granit ou de marbre, taillant des statues gigantesques comme seuls les pharaons savent les apprécier.

Thoutmosis avait recruté plusieurs milliers d'hommes pour occuper le chantier de Giseh. Des hommes de toutes origines étaient venus par colonnes entières se mettre à sa disposition. Des soldats au repos en attente d'une solde qui, faute d'expéditions guerrières, ne venait pas, des paysans libérés des travaux des champs en cette saison d'hiver, des artisans, des esclaves et, pour les travaux les plus durs, des repris de justice surveillés étroitement par la police du désert.

A l'idée de toucher un salaire, ils avaient tous une motivation qui les empêchait de penser au rude travail qui les attendait. Mais, hormis cette exaltation, ils avaient aussi une chose en commun : la crainte du désert. Ils le redoutaient autant qu'ils craignaient le dieu Seth, dieu des forces obscures, dieu du mal et de la trahison.

Pour eux, le désert était un lieu de perdition où hyènes et vautours attaquaient le malheureux voyageur perdu en quête d'un point d'eau pour se désaltérer. C'était aussi le risque fatal qui desséchait les corps des plus démunis, blanchissait les os sous le soleil aveuglant après que le vent du khamsin les eut dispersés aux quatre coins du désert.

Enfin pour eux, simples êtres mortels, c'était là, sous les pierres chaudes qui s'entassaient les unes sur les autres, que dormait le vil scorpion dont la queue agressive s'enroulait en spirale et dont le dard empoisonné piquait le premier dormeur qui se reposait d'une marche épuisante.

Combien d'entre eux auraient préféré que le chantier fût situé sur les calmes et tranquilles berges du Nil, là où ils pouvaient entrevoir les abords rassurants d'un champ de blé ou la silhouette d'une route étroite bordée de palmiers et d'acacias !

Mais nul ne devait refuser les ordres du pharaon, même si le risque encouru était démesuré et même si certains trouvaient le gain trop mince, pas un ne pouvait se permettre de critiquer le lieu où ils auraient à besogner du lever à la tombée du jour. Car, point n'était de petit gain pour le fainéant, le vaurien, l'inactif, celui qui préférait pourrir à l'ombre d'une prison plutôt que d'avoir peur du désert.

Pour Maya l'architecte, les craintes étaient tout autres. Pourtant, aussi étrange que cela puisse paraître, elles se ressemblaient. Depuis quelques semaines, le jeune homme avait le sommeil trouble et, si les dieux venaient le rassurer, cela ne faisait qu'augmenter la portée de sa mission.

Quand Thoutmosis lui avait commandé ce travail, Maya s'était senti tiraillé entre la joie et le doute, l'ambition et la peur. Et voilà qu'on le parachutait dans ce désert immense et silencieux devant des constructions dont les mesures restaient à définir tant elles étaient gigantesques. Face au sphinx et aux trois pyramides qui perçaient le ciel avec tant d'audace, Maya sentait son esprit vaciller.

Comment pouvait-il se déterminer devant un tel destin ? Les pyramides semblaient le narguer. Leur cime atteignait un degré de hauteur que le plus léger des scrupules ne pouvait affecter et l'ambition de Maya s'écrasait devant elles. Il lui fallait la maîtriser comme on dompte un cheval sauvage qui n'a jamais encore tiré de char, mais qui comprend ce qu'on attend de lui.

Pour ne pas commettre d'erreurs, Maya étudiait depuis des mois la structure gigantesque de l'ensemble, ordonnée en plusieurs édifices et située à la lisière extrême du désert occidental. Thoutmosis avait exigé un mur d'enceinte pour protéger le sphinx des agressions du sable perpétuellement agité par les vents. Un mur haut, mais bien proportionné, solide, mais esthétique.

Haut ! Maya était allé au plus près des pyramides pour comprendre le site du plateau de Giseh. En fonction des points cardinaux, il avait dessiné un mur circulaire parfaitement horizontal qui créait un horizon artificiel.

Du centre de son croquis qu'il avait aussitôt imaginé sur le sol, il avait visé le point du lever et du coucher du soleil et, par mesure de prudence, l'avait concrétisé au moyen d'une ouverture ménagée dans l'extrémité d'un piquet de bois. La bissectrice de l'angle formée par les deux points lui avait permis de calculer les dimensions de son mur d'enceinte.

Ainsi, prenant en cause les données qu'il connaissait et qu'il avait étudiées, le rempart ne serait ni trop élevé, ni trop bas par rapport aux constructions environnantes.

Solide ! Maya avait prévu d'utiliser les carrières avoisinantes, celles du plateau de Giseh. De belles pierres blanches lisses et poreuses à la fois, en grès dur qui ne se laissait pas ronger par le temps. Maya avait sous la main la même pierre de construction robuste et majestueuse dont était revêtu le soubassement de la pyramide de Chéphren. Ainsi l'harmonie du site serait préservée.

Peu s'en fallait donc pour que notre jeune architecte se fît avantageusement remarquer par le pharaon Thoutmosis, si du moins tout allait comme il l'avait prévu.

Il inspecta le dessin du sphinx qu'il avait griffonné la veille sur un papyrus enroulé dans la manche de sa tunique. Certes, il avait toujours quelques ostracas à portée de main pour noter un détail, une forme, une ligne qu'il ne voulait pas oublier et dont il pressentait avoir l'utilité un jour ou l'autre.

Son sphinx était dessiné avec justesse et précision. La courbe pure du visage qu'il en avait rendu l'étonnait encore tant elle était dépouillée de toute inutilité. Les proportions colossales de la statue étaient préservées en même temps que sa grâce naturelle. L'expression de la tête était douce, légère et tranquille. Malgré le caractère typiquement nubien et la bouche un peu molle, épaisse comme l'était celle de ces peuplades vivant au sud de l'Egypte, les traits du faciès s'imprégnaient d'une finesse d'exécution remarquable.

Son sphinx était parfait, moulé de chair et de pierre. En lui glissait la vie des siècles passés et à venir, coulait le sang versé par des guerres lointaines et, par-delà le mystère de son regard, signait l'espoir de tout un peuple.

Il posa son dessin à terre et le cala avec deux pierres plates. Puis, s'apprêtant à marcher vers le socle enfoui sous le sable, une voix dans son dos le fit sursauter.

— Maître, faut-il commencer le travail ?

Maya se retourna. Un homme d'une quarantaine d'années l'avait rejoint. La taille assez petite, le front haut et le regard clair, il se trouva près de Maya quand celui-ci posa la main sur son épaule.

— Rien n'est trop tôt, je pense.

Maya esquissa un sourire hésitant. Certes ! Rien n'était trop tôt pour commencer l'œuvre qui parachèverait celle que ses ancêtres avaient faite. Il eut un regard vers la grande pyramide qui semblait s'éveiller pour vivre, elle aussi, l'agitation qui, dans quelques instants, allait bourdonner dans tout le désert.

Puis, il abandonna la vision de l'énorme construction et reporta son regard sur son chef de chantier. Comme le jeune architecte, il avait un pagne court sur les hanches, les cheveux coupés ras au-dessus des oreilles, arrivant à peine dans le cou et les pieds chaussés de sandalettes faites en fibres de papyrus.

Mais, en le détaillant de très près, il lui manquait ce qui caractérisait tant son jeune maître, l'œil avisé et l'esprit sagace.

— Penthy, que peux-tu bien faire sans les autres ? jeta-t-il d'un ton neutre.

— Rien, maître.

— Mais si. Tu peux regarder.

D'un bond de chat, Maya grimpa sur le premier arrivage de pierres que l'on avait disposé sur le sol, puis monté en gradins avant de le laisser entre les mains des ouvriers.

S'équilibrant sur deux pierres, il inspecta scrupuleusement l'horizon.

— Ils arrivent, dit-il. Regarde, Penthy ! C'est tout Memphis qui semble venir à nous.

Le maître de chantier esquissa une moue de sa bouche ronde et lippue. Il connaissait l'ardeur et l'enthousiasme de son jeune maître pour l'avoir vu étudier et travailler avec son père quand celui-ci, décédé déjà depuis deux crues du Nil, était le Grand Architecte des Travaux de Memphis.

— Croyez-vous que Pharaon est avec eux ?

— Peut-être bien, rétorqua Maya. Et c'est pour cela qu'il faut préparer de suite son arrivée sur le chantier.

— Maître, nous ne pouvons rien faire avant que tous les ouvriers soient là.

— Accueillir Pharaon et ses dignitaires, Penthy, est déjà une besogne qu'il faut savoir organiser.

Encore une fois, le maître de chantier se prit à sourire sur le débordement d'enthousiasme de son maître. Puis, sautant sur le monticule de pierres où était installé Maya, le buste droit et la main en visière pour inspecter l'horizon, il observa lui aussi la ligne bleutée et lointaine où pointait une ombre mouvante.

— Je ne vois qu'une immense traînée de poussière blanche.

— Justement ! C'est derrière ce nuage qu'ils se tiennent et qu'ils avancent. Ils sont tous pressés les uns contre les autres. Force ton regard, Penthy, et tu verras les formes se dessiner.

L'assistant de Maya se fit silencieux. Il se concentra quelque temps pendant que son maître redescendait sur le sol. Puis, soudain, il les vit et imagina la lente file d'ouvriers, de carriers, d'artisans, d'esclaves et de repris de justice avancer vers les grandes pyramides...

Au loin, derrière les baraquements de bois et les toiles de tentes qu'on avait montés quelque temps plus tôt et sous lesquels devaient loger les chefs de chantiers et d'équipes, les artisans chevronnés et tout le personnel hiérarchique, la ville de Memphis se dessinait dans l'ombre encore trop matinale pour que le soleil en effaçât les contours.

Enfin, les formes se précisèrent. La longue file des hommes à laquelle s'ajoutaient les bœufs, les chameaux, les chevaux et les mules, avançait lentement. Suivaient les chariots qui transportaient le matériel et l'outillage.

Les réserves de nourriture, composées essentiellement de galettes d'orge, d'oignons et de poissons séchés, et les autres d'eau indispensable pour les gorges asséchées, avaient été chargées sur les ânes et les mules.

La longue traînée humaine et murmurante déambulait en direction du désert, emportant avec elle une lassitude déjà installée au cœur de sa marche lente.

Puis, une rumeur indescriptible emplit soudain l'espace et ce fut très vite un déferlement immense qui semblait incontrôlable. Maya et Penthy se trouvèrent encerclés, entraînés dans un gigantesque va-et-vient qui n'avait plus de sens ni de mesure.

Les hommes se croisaient, s'arrêtaient, se doublaient, criaient, vitupéraient, se battaient, s'accolaient. Tous vêtus d'un pagne de grossière toile qui recouvrait leurs hanches et le haut de leurs cuisses, les épaules et le torse dénudés, ils s'entêtaient à s'invectiver, ruer sur le premier qu'ils attrapaient comme si chacun pensait que l'autre allait bénéficier d'un traitement de faveur meilleur que le sien.

Certains même allaient jusqu'à se battre, tombaient à terre, mais se relevaient aussi vite. Les plus sensés leur criaient de cesser leur violence par crainte des représailles.

Il fallut la police du désert qui patrouillait à côté pour ramener l'ordre en un temps record. La bastonnade mata les plus récalcitrants et supprima les irréductibles.

Alors, les chef d'équipes et de chantiers, les maîtres d'œuvre, les artisans chevronnés purent enfin ordonner, diriger, commander. Chacun se trouva, en l'espace de quelques minutes, pourvu d'un travail qu'il ne devait plus lâcher du lever au coucher du soleil.

Alors que les ordres avaient été distribués aux équipes et que le travail s'accomplissait dans une distribution de gestes parfaitement organisée, sous les menaces parfois du fouet ou du bâton, les sons des trompes vinrent distraire leurs oreilles. Il y eut une accalmie de quelques minutes et un messager annonça l'arrivée du pharaon dans un déploiement de bannières colorées.

Thoutmosis conduisait lui-même son attelage. Une rangée de chars l'encadrait et, bien qu'on ne pût encore distinguer aucun dignitaire, on sut à la fougue des chevaux et à l'ardeur des cavaliers que Tjanouni et Khaemat l'accompagnaient.

Ce fut dans un sillage de poussière que Thoutmosis salua son ami le sphinx.

— Oh ! Toi, grand gardien de l'espace. Depuis que mon bien-aimé père, Aménophis deuxième du nom, est parti rejoindre les dieux de l'au-delà, me voici sacré Pharaon des Deux Egypte et je viens accomplir la mission que tu m'as donnée. C'est par le bras de mon fidèle architecte, par celui de mes artisans et de mes conseillers que va se réaliser ton vœu le plus cher, celui d'être désensablé.

Un silence que personne n'osa rompre s'établit entre Pharaon et la colossale statue de pierre. Les hommes avaient momentanément arrêté leur travail, trop heureux de souffler quelque temps avant que la nuit tombât.

— Mais, je ne m'en tiendrai pas là, reprit Thoutmosis en fouillant le regard placide du sphinx. J'irai bien au-delà de tes désirs, car je vais faire construire un mur d'enceinte qui te préservera de toutes les agressions à venir. Un mur qui te cachera aux yeux avides des étrangers, des violeurs de nécropoles, des bandits du désert en quête de n'importe quel méfait.

Il frappa dans ses mains et ce fut Menna, le Grand Scribe fringant et satisfait de sa personne, qui sauta de son char, entraînant derrière lui toute une nuée de scribes qui sortaient d'on ne sait où. Ils s'alignèrent en demi-cercle autour de lui et attendirent, le calame et la tablette en main.

— Maya, fit Thoutmosis en se tournant vers le jeune architecte qui patientait, l'esprit bouillonnant de ce qu'il devait dire, as-tu commencé ton travail ?

Le jeune homme leva la tête. Il avait fait une table provisoire d'un monticule de pierres qui, tout à l'heure, lui servait pour observer l'horizon. Il y avait posé ses dessins, ses croquis et ses calculs.

— Comment penses-tu réaliser ce mur ?

— En pierres de la région. Majesté. Les carrières du plateau de Giseh sont encore exploitables. Elles fourniront assez de matière première pour réaliser l'enceinte entière ainsi que la stèle prévue que vous désirez ajouter devant le sphinx.

— Je veux qu'elle soit posée entre les pattes du lion.

— Ce sera fait selon votre désir, Majesté.

Un peu plus loin, les scribes s'affairaient. Chacun

transcrivait avec le zèle qui lui était propre les paroles du pharaon et celles de l'architecte, les menus gestes et les bruits qui parvenaient à leurs oreilles attentives. Menna les surveillait, allait d'un bout à l'autre le long du demi-cercle qu'ils formaient, prenant parfois le temps de s'approcher d'un dignitaire et de lui glisser un mot à l'oreille.

Ses petits yeux obliques et plissés fouillaient l'anomalie à détecter ou le détail qu'aucun de ses scribes ne pouvait voir. En cela le Chef de la Police du désert, à qui rien ne pouvait échapper, lui prêtait main-forte. Enfin, ils remarquaient sans doute, l'un et l'autre, l'ultime précision qui viendrait appuyer de son importance le rapport définitif à remettre au Grand Vizir.

Menna observait tout. Cela allait du répit de la seconde que l'un de ses hommes s'accordait au claquement de langue ou à la volée d'une œillade que l'autre s'octroyait. Menna épiait chaque geste prémédité ou non, fait de silences, de soupirs, d'attentes. Que l'un regardât un peu trop loin et l'autre pas assez, qu'il restât trop immobile ou qu'il remuât à l'excès, Menna constatait, enregistrait, notait. Tout s'inscrivait dans sa prodigieuse mémoire.

— Ton assistant a-t-il été bien formé ? reprit Pharaon en s'adressant au jeune architecte.

— Oui, Majesté. C'est un homme qui a travaillé sur les chantiers de mon père, celui qui fut le Grand Directeur des Travaux de Memphis et que vous avez bien connu.

— C'était en effet un grand architecte et je souhaite que tu lui ressembles. A présent, montre-moi tes dessins et explique-moi tes calculs. Je veux comprendre ce que tu vas faire.

Menna ne broncha pas et s'exécuta. Il savait qu'il n'était pas certain que le pharaon pût comprendre ses commentaires trop mathématiques pour un non-initié. Cependant, Thoutmosis fit mine de les assimiler et parut satisfait.

Les jours et les semaines qui suivirent, rien n'entama la bonne marche du travail. Les premières pierres taillées, équarries, posées sur un sol qu'il avait fallu minutieusement égaliser, amorçaient la construction d'un mur haut et solide.

Dans la carrière qui s'adossait au désert, tout au sommet du plateau de Giseh, l'exploitation de la roche se faisait par des poignées d'hommes divisés en clans qu'une stricte hiérarchie séparait.

Chaque matin, Maya y passait pour laisser des instructions reprises par les chefs d'équipes qui dirigeaient les ouvriers et les carriers. Quand la conduite du chantier d'extraction lui paraissait en règle, il se rendait sur les lieux de la construction. Mais, ce matin-là, en arrivant près de la paroi rocheuse, il vit que les hommes avaient extrait des blocs trop imposants et inutilisables.

Observant les gigantesques pierres anguleuses mal équarries, il en fit part au chef de chantier et il fut décidé qu'elles seraient taillées sur place avant d'être transportées près du mur d'enceinte où elles étaient entassées avant d'être utilisées.

Scinder une fraction de roche était une besogne délicate et peu s'en fallait, si la pratique n'était pas bonne, pour qu'elle n'éclatât en morceaux inégaux. Afin de gagner un temps précieux pour effectuer cette tâche ingrate, Maya avait mis au point une méthode qui reprenait une ancienne technique.

Il arrivait fréquemment que se détachent de la paroi rocheuse des blocs au calibre inutilisable. Dans ce cas, ils étaient découpés à l'aide d'une pointe métallique que l'on enfonçait au maillet dans des encoches qui délimitaient la surface à tailler. Mais le travail s'avérait long et fastidieux et, souvent, les glissements de la pointe faisaient éclater trop tôt le bloc, entraînant des coupes inutilisables.

Les pointes que Maya utilisait pour cette périlleuse besogne étaient faites dans un bois spongieux. Seule, l'extrémité en métal permettait la pénétration au maillet et, lorsqu'elles étaient suffisamment enfoncées dans la pierre, il n'y avait plus aucun risque de mauvaises cassures. Maya les mouillait copieusement. Lorsque le bois regorgeait d'eau, il faisait éclater la pierre et la cassure était nette, là où l'encoche avait été faite.

Quand les instructions de Maya furent données, ce matin-là, sur le chantier d'extraction et qu'il se rendit sur celui du mur d'enceinte dont la hauteur commençait à surgir du sol, un faucon passa au-dessus de sa tête.

Le ciel lui parut lourd et une chaleur plus pesante encore aspirait tout sur son passage. Il resserra les rênes de son attelage et les mena au galop. La route qui traversait le sud du désert était la plus courte, mais il la connaissait si bien que pas un instant il ne fut déstabilisé par le vent qui se mit subitement à souffler sans que rien ne l'eût présagé.

Quand il fut devant le sphinx, un simple regard l'avertit que les hommes ne travaillaient plus en cadence et que les chefs d'équipe faisaient claquer leurs fouets dans l'espace, signe de leur profond mécontentement.

Tirant, traînant, poussant les blocs sur des rampes huilées qu'il fallait disposer sur le sable, les hommes n'avaient pas le cœur à l'ouvrage. Maya leva les yeux. Le sable voltigeait par petites secousses, heurtant ses paupières, son front et son visage.

— Le khamsin, murmura-t-il.

Certes, Maya était jeune, mais son père l'avait très tôt emmené sur les chantiers de Memphis et même sur ceux de Thèbes où le pharaon Aménophis avait élevé des obélisques. Il savait donc que lorsque soufflait le khamsin, les chantiers s'arrêtaient, bloqués comme une charnière disloquée qui ne pouvait plus fonctionner.

— Le ciel est chargé, fit Penthy en inspectant les traînées opaques qui obstruaient par endroits un ciel habituellement bleu azur.

— Peut-on prendre un peu d'avance ?

Mais le regard qu'il lança sur les hommes lui fit comprendre que le ralentissement du travail n'allait certes pas cesser.

Menna le scribe, qui arrivait de Memphis, arrêta son char près d'eux et en descendit précipitamment. Le vent se soulevait davantage et les menus grains tombaient sur sa perruque noire soigneusement coupée au carré.

— Mes hommes aussi vont refuser de travailler, annonça-t-il contrarié. Ce vent risque de se renforcer d'heure en heure.

Comme pour lui donner raison, une rafale lui coupa le souffle et il dut attendre qu'elle passât pour continuer son propos.

— Nous allons prendre un retard considérable, il faudrait activer la cadence pendant quelques heures avant qu'il ne soit impossible de poursuivre. Tout à l'heure, les hommes ne vont plus penser qu'à se protéger, ils vont courir pour s'adosser contre les baraquements et ne s'en écarteront que le khamsin passé.

Ils observèrent quelque temps la masse d'hommes qui s'activaient courbés pour éviter que le sable n'effleurât leurs visages. Ceux dont les yeux piquaient trop se les cachaient d'une main, ce qui les empêchait de travailler à la cadence désirée.

Mais les fouets claquaient et, tant bien que mal, le travail se poursuivit. Scrutant à nouveau l'horizon, l'architecte et le scribe virent qu'un messager de Memphis arrivait dans leur direction. L'homme avait pris ses précautions et ses épaules étaient recouvertes d'une courte cape qu'il pouvait rabattre sur ses yeux en cas de tempête.

Le messager stoppa son attelage dans un nuage qui occulta quasiment l'entourage des trois hommes et leur annonça que le pharaon ne viendrait pas, ce jour-là, honorer le chantier de sa personne. Il avait vu un troupeau d'antilopes passer au ras de la lisière du désert. Or, Tjanouni et Khaemat trouvaient l'occasion trop belle pour manquer une chasse qui risquait d'être fructueuse et Thoutmosis avait décidé d'accompagner ses deux amis.

Puis, de ses yeux à moitié recouverts par le linge qu'il avait précautionneusement emporté, le messager fit le tour du chantier et jeta d'une voix haute et importante, comme s'il annonçait l'annulation d'un départ d'expédition guerrière :

— Pharaon autorise les deux chantiers à stopper le travail le temps que soufflera la tempête.

*

* *

Peu de temps après, dix chars pourvus de chevaux fougueux passèrent devant les chantiers arrêtés. Le nuage de sable qu'ils soulevèrent se mêlait à celui du khamsin qui soufflait de plus en plus fort. Par endroits, les dunes commençaient à enfler. Ailleurs, des trous se creusaient laissant au désert l'apparence d'un paysage bosselé que des sillons venaient aussitôt imprimer de leurs traînées blanchâtres.

Thoutmosis ne craignait pas ces tempêtes qu'il avait maintes fois affrontées. Le khamsin faisait partie des risques de la chasse.

Debout sur leurs chars, le pharaon et ses compagnons tenaient solidement en mains leurs rênes, car les chevaux avaient beau être hardis et fougueux, il n'en restait pas moins qu'ils n'aimaient guère sentir peser sur eux ce déferlement de sable et qu'ils se laissaient vite effrayer par la violence croissante de la tempête.

Les conducteurs menaient leurs attelages bon train. Ils étaient deux par char. Il fallait que l'archer pût avoir les mains libres pour tirer ses flèches quand un animal fuyait devant eux.

Le char de Thoutmosis était certes le plus beau. Entièrement recouvert de feuilles d'or, il brillait comme un soleil. L'intérieur de la caisse était doublé d'un bois précieux et sa courbe gracieuse taillée en coque permettait de s'y tenir à deux. Pour l'instant, le pharaon se préoccupait de traverser sans grand dégât la bourrasque qui s'annonçait de plus en plus brutale, tandis que son compagnon scrutait, à travers le sable qui giclait de partout, l'antilope, l'oryx ou le petit renard du désert qu'il fallait aussitôt dépister.

D'une main sûre, il conduisait ses deux chevaux arabes rapides et agiles moins perturbés que leurs congénères qui galopaient à leurs côtés, des chevaux asiatiques solides et endurants mais moins performants dans le désert que sur les vastes plaines bordant l'Euphrate d'où ils venaient presque tous.

Thoutmosis se félicita donc d'avoir choisi, ce matin-là, ses deux petits chevaux arabes pleins de vélocité, habitués à fouler le sable du désert par tous les temps. A son côté, plissant les yeux et scrutant attentivement l'horizon, Khaemat tenait l'arc et la flèche, prêt à tirer.

Comme les bédouins, ils avaient recouvert leur visage d'un large bandeau blanc qui les empêchait d'avaler le sable, mais leurs yeux découverts rougissaient et commençaient à piquer. Accrochés à la paroi intérieure, les carquois bourrés de flèches attendaient. Malgré le vent qui ne perdait pas de son intensité, l'allure se faisait de plus en plus rapide et lorsqu'ils atteignirent les profondeurs du désert, ils commencèrent à distinguer les animaux.

Ils fuyaient le khamsin et, dans la panique, certains animaux affolés remontaient le désert en sens opposé, s'offrant innocemment aux armes redoutables des chasseurs. C'est ainsi qu'ils virent trois gazelles voler vers eux avec cette naïveté effarouchée qui les faisait s'immoler. Deux d'entre elles tombèrent sous les flèches, mais l'une réussit à s'échapper, tournoyant sur elle-même et filant subitement en sens opposé.

Sous l'assaut du sable, les chasseurs s'excitaient, prenant à témoin le ciel qui s'assombrissait chaque heure davantage. A nouveau, la loi du désert leur donna raison. Un troupeau d'oryx venait dans leur direction. De grands et lourds animaux qui heurtaient pesamment le sable de leurs sabots nerveux. Quand ils virent la ligne des chars bloquer leur course, ils prirent peur et dans l'affolement, ils se pressèrent les uns contre les autres, entrechoquant leurs bois, emmêlant leurs propres pattes jusqu'à se faire culbuter par les plus forts.

Certains chutèrent, d'autres ne purent virer et, entraînés par la folle course, furent projetés au-devant des chars d'où pleuvaient les flèches qui les atteignaient en pleine poitrine.

Le sable volait de plus en plus dense et, bientôt, recouvrit les coques des chars dès qu'ils se furent arrêtés. Visages tournés vers leurs captures, les chasseurs n'y prenaient presque plus garde, heurtant les roches qui, brusquement, se dégageaient du sol.

Toujours emmêlés, les oryx les plus vigoureux cherchaient à échapper au massacre. Un grand mâle se détacha soudain du groupe et, d'un bond prodigieux, se propulsa dans l'espace invitant ses compagnons d'infortune à le suivre.

— Regardez, cria Tjanouni à ses compagnons, nous en avons tué plus d'une vingtaine. Si nous ne ramassons pas leurs corps tout de suite, le sable va les recouvrir. Nous ne les retrouverons pas.

— Il y en a d'autres, rétorqua Khaemat en plaquant l'une de ses mains sur ses yeux rougis. La moitié du troupeau seulement a réussi à faire demi-tour.

Thoutmosis lâcha un instant les rênes de ses chevaux pour s'essuyer lui aussi les yeux qui, à présent, le démangeaient fortement.

— Laissons-les, jeta-t-il en haussant l'épaule. Ce n'est plus une chasse, c'est un carnage. Contentons-nous des bêtes qui sont tombées.

L'un des chasseurs qui occupait le bout de la file descendit de son char et inspecta le sol jonché d'animaux tués.

— Je ne suis pas d'accord, Majesté, rétorqua-t-il. Cette chasse est une aubaine. Pensez au temple de Ptah à qui vous allez en faire don.

Les oryx qui avaient pu suivre le grand mâle étaient déjà loin des yeux des chasseurs, profitant de leur robustesse pour braver leurs poursuivants. Mais, les plus faibles qui commençaient à émerger de la mêlée, voyant que la pluie des flèches s'était arrêtée de tomber sur eux, en profitèrent pour détaler dans le sens opposé.

Le khamsin les enveloppa de son souffle foudroyant et, bientôt, aux pieds de nos chasseurs, il n'y eut plus que les pauvres animaux morts dans les sillons épais que le sable commençait à recouvrir.

Avec des gestes exercés, Thoutmosis et ses compagnons les ramassèrent et les entassèrent dans leurs chars.

CHAPITRE XI

La cour de Thoutmosis était en émoi. Depuis plusieurs semaines, on préparait le grand voyage qui devait renforcer les liens amicaux entre l'Egypte et le Mitanni. C'était la première fois que le palais de Thèbes se déplaçait pour un si long séjour et, dieu d'Amon, quel séjour ! Jamais encore, dans ses déplacements, la cour n'avait dépassé Memphis et le delta.

Tôt levées le matin, tard couchées le soir, Moutmouia, la Grande Epouse et ses suivantes ne rêvaient plus qu'au chemin qui devait les conduire, non sur les berges du Nil dont elles commençaient à connaître tous les aspects, mais à leur terre natale lovée tout au nord des hauts plateaux, entre le Tigre et l'Euphrate.

Thouya débordait d'enthousiasme. Depuis plusieurs jours, elle ne cessait de questionner Moutmouia sur les régions qu'elles s'apprêtaient à traverser ou sur les dieux qu'en invitée respectueuse elle se disposait à honorer. Elle parlait aussi des mœurs qu'elle allait rencontrer et vantait sans cesse les qualités de l'époux syrien qu'on lui avait fait épouser pour des raisons diplomatiques. Thouya en oubliait presque qu'elle s'était déjà rendue avec Youkka en Asie. Elle se laissait bercer par les mille événements exotiques que Moutmouia lui contait avec cet air extasié qu'elle prenait chaque fois que son pays maternel était en cause.

Il faut dire que, de son côté, le roi Artatama du Mitanni vivait depuis quelque temps dans un climat de jubilation intense. Il attendait impatiemment son gendre, le pharaon d'Egypte, afin de lui donner en mariage une autre de ses filles, la princesse Iâret. Que de festivités il s'apprêtait à suivre en compagnie de la cour de Thoutmosis ! Que de réjouissances, de festins et de chasses fabuleuses allaient venir renforcer les liens qui s'étaient créés entre les deux pays !

Quant au pharaon, il pensait surtout aux échanges fructueux qui viendraient enrichir la terre des rois égyptiens. Les riches et vastes plaines qui entouraient le Tigre et l'Euphrate n'étaient certes pas démunies de trésors que convoitaient les yeux avides des rois d'Egypte.

Hormis le plaisir du voyage, la reine Moutmouia ne contenait plus sa joie tant elle était heureuse de ramener sa jeune sœur Iâret en Egypte et, qu'à cela ne tienne, elle pouvait bien la partager avec son pharaonique mari puisqu'elle se promettait de conserver les privilèges de la Première Epouse. Ne venait-elle pas de mettre au monde un garçon vif, alerte, bien façonné, déjà puissant dans la force de son jeune âge ? Un fils à demi asiatique qui, un jour, serait lui aussi pharaon d'Egypte.

Le premier arrêt de la cour fut Denderah où le vieux temple qui datait du pharaon Pépi Ier laissait encore voir ses colonnes de pierre surmontées de hauts chapiteaux décorés qu'avait rénové la reine Hatchepsout. Dédiée à Horus, la construction haute et carrée, recouverte de hiéroglyphes de la base au sommet, s'élevait en plein ciel comme un signe prometteur. La pharaonne Hatchepsout avait bien fait les choses et le temple reluisait de merveilles. Moutmouia eut au passage quelques pensées respectueuses et admiratives envers cette souveraine qui avait si bien su mener son peuple pendant presque vingt ans.

Puis, quittant Denderah avant d'atteindre Abydos, la campagne se modifia en faveur d'une verdure plus jaunâtre. Très différente de celle qui s'étendait au sud de l'Egypte, la teinte ocrée de la terre étonna Moutmouia et ses compagnes. Les dunes libyques commençaient à poindre et le calcaire raviné qui croulait de la montagne laissait traîner avec langueur un sable inexorablement rouge.

Ici, aux confins de la Libye et de son vaste désert où chaque jour passaient d'interminables caravanes de marchands, ne s'accrochait plus la terre riche, noire et argileuse que l'on voyait descendre jusqu'à Bouhen. Là, des oueds conduisaient aux montagnes extrêmes où le soleil se levait dans un ciel étonnamment clair. Le sol était doré, sableux, calcaire.

Le désert apparaissait plus mystérieux encore. On pressentait déjà les carrefours qui appelaient l'industrie et le commerce. Quelque chose vibrait comme un appel sourd et lointain. Les puits nombreux et profonds permettaient aux voyageurs de boire comme ils le désiraient. On remplissait les gourdes à volonté. Serrées les unes contre les autres, les caravanes avançaient vers un delta grouillant de bruits et de couleurs qui les menait à l'entrée des villes méditerranéennes. On sentait l'ambiance agitée du fayoum et, plus Moutmouia et ses compagnes montaient vers le nord, plus leur cœur battait la chamade.

A Hermopolis, la cour de Thèbes ne s'arrêta que quelques instants pour filer jusqu'à Memphis où, chaque fois qu'il y venait, le pharaon retrouvait d'anciennes habitudes de jeunesse.

Moutmouia et ses suivantes paraissaient agitées. Le delta présentait tant d'alternances, tant de visions étranges et d'images inhabituelles que chacun de leurs regards s'inscrivait dans leur mémoire et que chacun de leurs gestes les étonnait encore tant ils semblaient empruntés.

A l'exception de Thouya qui le connaissait pour y être venue plusieurs fois, ce delta les rendait mal à l'aise. Mais la ville de Memphis, par les splendeurs qu'avaient apportées les pharaons des dynasties précédentes, accrocha le regard des jeunes femmes. Là où le Nil coulait entre les montagnes et un riche plateau herbeux, la Haute Egypte cédait allègrement le pas au bas pays où, deux mille ans plus tôt, le pharaon Ménes avait élevé le célèbre Mur Blanc pour protéger son peuple des agressions extérieures. Durant des dynasties entières, c'est là que les pharaons s'étaient succédé avant de choisir leur siège à Thèbes, les riches plaines du delta leur permettant de mieux vivre. A cette époque, chasse et pêche s'y révélaient si abondantes que mieux valait ne pas vivre ailleurs.

Après un coup d'œil de connaisseuse et sur le sage conseil de Thouya, Moutmouia éprouva le désir de s'arrêter sur le plateau de Giseh pour y admirer les pyramides dont les pointes agressaient l'azur sombre du ciel. Le mystérieux sphinx désensablé qui, maintenant, s'élevait en gardien séculaire derrière un mur protecteur haut de cinquante pieds, modela sur elle l'énigme de sa présence, refusant de lui céder un seul pouce du secret qu'il enfermait. Moutmouia frémit à l'idée qu'il n'appréciait peut-être pas les dieux hérétiques qu'elle entraînait avec elle.

Mais, la Grande Epouse refusa de s'attarder sur une impression aussi peu agréable et préféra concentrer ses idées sur celle qui réglait son souffle, sa vie, ses espoirs et ses joies, la belle déesse Ishtar aux multiples pouvoirs.

A Memphis, il y eut un arrêt où les festivités et les processions parvinrent à distraire les esprits les plus vacants. Ce n'était certes pas Thouya qui se comptait parmi ceux-là. Prise d'une soudaine frénésie, elle n'eut de cesse de sillonner les alentours, là où s'étendait la périlleuse frontière des marais, pour s'imprégner de l'atmosphère d'une vieille histoire qui relatait l'aventure de Séchat, sa grand-mère, venue désespérément s'y perdre pour tenter de retrouver sa fille enlevée par d'odieux dignitaires jaloux de sa renommée.

Memphis étant l'arrêt qui clôturait le périple d'Egypte, on y célébra donc cérémonies et réjouissances assorties de longues processions qui se déroulaient dans les rues de la ville sous les vivats d'une foule délirante. Dans sa mansuétude, le pharaon accorda aux travailleurs de toutes sortes le privilège de ne pas travailler le dernier jour des festivités afin que la densité du peuple fût plus forte pour l'ovationner.

Ville la plus importante après Thèbes, capitale du commerce et de l'industrie, Memphis agissait comme une plaque tournante de l'Egypte. On y fabriquait le matériel de guerre et on y construisait les navires de la flotte royale. Le trafic de toutes les branches du Nil convergeait vers son port si bien que Thèbes y avait une sorte d'agence où, tout naturellement, les affaires se traitaient.

Le port de Memphis, à l'embouchure du delta, grouillait d'animation. Les kébénites, navires construits à Byblos et vendus aux Egyptiens, s'y alignaient par centaines. Les dockers y travaillaient en permanence, chargeant et déchargeant les navires. Les marins s'interpellaient, accrochés au grand mât central ou courbés à la proue pour arrimer le navire.

Et là, au carrefour de la mer Rouge et de la Méditerranée, Memphis brassait toute une vie étrangère. Ville-tampon entre la Libye et la Syrie, elle faisait office de point stratégique sans que cela fût affaire compliquée.

Enfin, ce fut à Tanis, dernière halte dans ce pays béni des dieux, que Thoutmosis décida de suivre une chasse à l'hippopotame. Situé à l'embranchement de la fourche du delta, le paysage commençait à prendre une allure inhabituelle et le soleil devenait plus rigoureux.

Les troupeaux de bœufs que le convoi du pharaon dépassait sur la route étaient semblables à ceux des grands urus qui peuplaient la vallée et les abords du delta. Plus de cinq cents bêtes avançaient serrées les unes contre les autres, d'un pas tranquille et lourd, pesant comme un marteau sur le sable brûlant du désert. Leurs cornes acérées soulignaient la puissance de leur imposante stature.

Pour être matinal sur les lieux de la chasse, il fallut ce soir-là monter les tentes à la lisière du delta. La chaleur commençait à tomber et le jour s'amenuisait, striant le ciel de larges traînées rosâtres qu'un bleu tenace engloutissait encore par intervalles.

Des consignes avaient été distribuées aux jeunes femmes qui suivaient le convoi, car l'approche imminente du fayoum révélait parfois des surprises nocturnes assez désagréables. Cela pouvait aller de l'approche inopinée des crocodiles cachés dans les fourrés de papyrus et qui, tôt le matin, avançaient sournoisement sur les berges, à l'apparition subite des gardiens du marais, pauvres êtres hirsutes à demi sauvages vivant dans les épais fourrés et parlant un dialecte incompréhensible. Ces pauvres hères privés de femmes devenaient quasiment hystériques devant l'apparition de ces jolies créatures qui venaient perturber la chaude et moite atmosphère de leur environnement.

La chasse fut décidée dès l'aube qui suivit leur première nuit au bord du fayoum. Dense, au point qu'à cet endroit les marécages laissaient à peine pénétrer le soleil, la végétation semblait secrète et ténébreuse, emplie de bruits étranges et de teintes sombres.

Ici, les marais cachaient toute une vie ignorée des autres que, seuls, les gardiens connaissaient. A l'exception de Thouya qui jubilait, tant elle rêvait depuis longtemps d'une telle aventure, les autres jeunes femmes se regardaient dubitatives, se posant mille questions auxquelles il n'y avait pas de réponse.

Pour sillonner les étroits chemins traversés de lianes et de racines bourbeuses, il fallait utiliser de petites embarcations qui se faufilaient aisément entre les fourrés de papyrus. Lorsqu'un écueil infranchissable obstruait la route, les chasseurs reculaient pour suivre une autre voie.

Thoutmosis et ses compagnons de chasse étaient regroupés sur la plus grosse embarcation. Devant eux, une dizaine de guides, de forts et puissants athlètes qui ressemblaient plus à de curieux animaux qu'à des hommes, les invitaient à les suivre.

Ils enfonçaient prudemment les gaffes pour faire avancer les bateaux. Parfois, l'un d'eux se retournait, embourbé dans la vase. Derrière eux, quand la voie était libre, les menues barques passaient, frôlant les branches tordues et les feuillages qu'il fallait sans cesse écarter. L'eau n'arrivait pas à niveau d'épaule et les fourches se piquaient là où elles trouvaient une molle profondeur pour s'accrocher.

Les gardiens inspectaient les alentours avec cette expérience qu'ils avaient acquise depuis des siècles. Leur chevelure broussailleuse tombait dans leur dos, leurs yeux à l'affût s'agitaient en permanence. Ils étaient entièrement nus et, de leurs reins vigoureux, ils battaient la cadence en émettant des sons bizarres qui sortaient directement de leur opulente poitrine. Eviter les impasses qui les eût automatiquement menés vers des périls insoupçonnables restait le principal souci des chasseurs.

Moutmouia et Thouya, accompagnées de leurs servantes, étaient les seules femmes du convoi ayant accepté d'emblée de suivre la chasse. Leur passeur semblait connaître ce milieu redoutable aux périls survenant à chaque instant.

La première partie du périple fut mouvementée. Quand la Grande Epouse aperçut le saurien qui barrait le passage, elle étouffa un léger cri.

— Vite, écartons-le, cria Thouya en frappant de sa gaffe l'eau où s'aventurait le crocodile.

Moutmouia qui ne ramait pas cria au passeur d'avancer plus vite. Mais, celui-ci ne put qu'agiter sa fourche et la barque fit un écart. Il fallut la rééquilibrer en enfonçant solidement la rame dans la boue gluante du fleuve.

— Où est-il ? jeta Thouya en observant prudemment les alentours alors que ses compagnes étaient mortes de peur, bien que Moutmouia s'efforçât de ne pas montrer sa frayeur qui l'eût diminuée aux yeux des autres.

— Là ! fit-elle en pointant le doigt sur sa gauche.

Des branchages tordus, des lianes enchevêtrées cachaient le crocodile, mais elles sentaient la pointe de la mortelle mâchoire braquée sur elles.

Le passeur commençait à suer. Il jeta les yeux en direction des embarcations qui le précédaient. Celle du pharaon et de ses hommes marquait le début de la file. Dans sa marche, le guide des jeunes femmes avait pris du retard et, derrière lui, il n'y avait plus personne. Trop concentrés sur les hippopotames qui reniflaient dans les parages, les chasseurs étaient à l'affût et personne ne se souciait d'eux.

Soudain, une farouche racine s'agrippa à la coque légère et de nouveau, celle-ci bascula, entraînant un large cercle qui se dessinait sur l'eau du marais. L'embarcation tournoya, vira dangereusement sur la gauche et les femmes crièrent à l'unisson.

— Il faut attendre que le cercle disparaisse, jeta le passeur d'une voix presque éteinte comme s'il voulait se rassurer sur la portée du danger.

— Ne parlons plus, chuchota Thouya quand la barque se fut stabilisée, et restons immobiles.

De longues minutes où seuls les cris d'oiseaux

aquatiques perturbaient le silence se passèrent et bientôt le cercle disparut. Ce ne fut que lorsqu'ils furent tout à fait certains de l'éloignement du saurien que trois gardiens vinrent à leur rencontre, sans doute alertés par les hommes du pharaon.

Enfin, quand les embarcations furent sorties des épais marais, le Nil se fit un peu plus large. Mais il restait bourbeux et l'on sentait que le fond du fleuve était empli de ces racines tentaculaires qui, à tout instant, pouvaient les entortiller mortellement.

Dans la boucle marécageuse qui enserrait deux bras du Nil, là où les papyrus lançaient hardiment leurs tiges à section triangulaire et leurs ombelles chevelues à des hauteurs prodigieuses, la barque des jeunes femmes retrouva enfin l'ensemble des chasseurs qui, l'œil et la narine en alerte, scrutaient les alentours ne pensant qu'aux hippopotames qu'ils allaient capturer.

Moutmouia et ses compagnes n'avaient plus assez de leurs yeux, de leurs oreilles, de leur esprit pour observer chaque danger qui risquait de surgir à la moindre inattention.

Ce fut alors que le premier hippopotame se présenta. Il avançait au rythme de sa pesanteur, contrarié de ce dérangement intempestif inhabituel. Sans doute avait-il commandé aux autres d'attendre qu'il vînt leur donner le cri d'alarme.

Mais, subrepticement un autre monstre apparut. L'animal devait être sa femelle, car elle paraissait inquiète et ne regardait qu'en direction du mâle. Soudain, devant les yeux ébahis des jeunes femmes, elle ouvrit grand la mâchoire et Thouya qui retenait son souffle vit un labyrinthe de chairs roses et visqueuses enfouies dans la montagne remuante d'une langue molle et gélatineuse.

Cessant le mouvement oscillatoire de son pas nonchalant, la femelle s'immobilisa, observant toujours le mâle qui avançait prudemment vers les chasseurs.

Puis, elle referma sa volumineuse mâchoire avec un bruit qui ressemblait au chuintement que font les peaux de buffles tannées bouillonnant dans les immenses bacs à teinture.

Thouya et ses compagnes ne respiraient plus tant l'heure était devenue incertaine. Avec effroi, elles virent qu'à peine refermée, la gueule du monstre s'ouvrait à nouveau. Ses énormes molaires apparaissaient comme d'effroyables outils tranchants émergeant entre les replis de graisse qui fléchissaient à chacun de ses mouvements.

— Bâille-t-il ? fit Moutmouia en réprimant un petit geste nerveux de la bouche.

Thouya ne put s'empêcher de sourire.

— Peut-être.

— Ces bêtes-là, reprit le passeur qui tentait plus volontiers de se rapprocher des autres chasseurs que de lancer le javelot sur l'énorme carcasse de l'animal, sont plus dangereuses dans l'eau du Nil où elles se meuvent avec aisance que dans un champ de papyrus.

Gueule ouverte, le mastodonte à présent s'approchait, écrasant de ses pattes informes et lourdes le sol bourbeux du marais, dévastant tout sur son passage. Les racines craquaient, les herbes disparaissaient, les troncs des papyrus tremblaient. L'eau même baissait de niveau là où l'hippopotame s'arrêtait pour observer son mâle qui, méfiant, s'approchait toujours des chasseurs.

Certes, le mâle restait sur le qui-vive. Pourtant, pas un homme n'avait encore le javelot dressé et chacun s'efforçait de calculer l'angle le plus subtil pour réussir une prise impressionnante.

D'un geste de la main, les chasseurs réclamèrent le silence, scrutant avec attention la sombre carcasse au dos qui s'agitait mollement comme une énorme montagne qui, soudain, allait s'écrouler. Mais, l'animal était loin de sombrer dans la peur. Au contraire, ses yeux enfouis dans des replis graisseux jetaient des lueurs combatives qui eussent étonné plus d'un homme s'ils avaient pu les entrevoir.

L'eau sous les coques était peu profonde et l'air s'emplissait d'un silence pesant, latent, comme si tous les bruits attendaient l'instant unique pour déferler tous ensemble.

Quand les deux autres monstres arrivèrent, se plaçant à l'arrière de leur compagnon, les chasseurs comprirent que l'heure du combat était arrivée. Passeurs, barreurs, harponneurs, guides et chasseurs, chacun se tint en alerte. L'ombre déployait d'étranges formes devant le soleil. Un ibis noir à tête de vautour passa, aussitôt suivi d'une armée d'oies sauvages, étrangères à cette curieuse attente qui opposait l'homme à l'hippopotame.

— Que le dieu Hapy nous protège ! cria le pharaon en levant son javelot.

L'une des deux nouvelles bêtes qui avait rejoint à présent la femelle souleva des nuages de boue en s'approchant des chasseurs. L'autre lui emboîta aussitôt le pas. Les quatre masses sombres crevaient maintenant la surface de la lagune. Les chasseurs tentaient de les encercler, mais pour l'instant, c'était les énormes animaux qui entouraient les hommes. Et, pour eux, ce n'était pas là une position souhaitable.

Une odeur fétide emplit soudain l'air, car les bêtes rejetaient de leurs poumons une puanteur qui atteignait désagréablement le nez des chasseurs. Moutmouia et ses compagnes avaient posé la main sur leur bouche et s'efforçaient de retenir leur respiration.

A cet instant, il est certain que si le pharaon avait jeté un simple coup d'œil dans leur direction, il eût aussitôt crié qu'elles s'éloignassent de ce lieu maudit et qu'elles rentrassent au camp accompagnées de deux ou trois guides. Mais, il était loin de penser à elles et n'avait d'yeux que pour les mastodontes qui commençaient à s'énerver sérieusement.

La flèche partit dans un jet fulgurant et fut suivie d'une autre non moins foudroyante. Elles atteignirent un dos pierreux qui frétilla et scintilla dans le soleil couchant. Oui ! Le dos de ces animaux n'était pas autre chose qu'une surface lisse et dure comme celle des obélisques que les pharaons élevaient pour célébrer leur puissance. Les flèches ricochèrent et allèrent se tordre dans les méandres bourbeux du marais.

Alors, le pharaon dressa haut son javelot. Il pensa à son père qui crevait d'un seul coup la gorge de ces horribles bêtes. Allait-il faire moins que lui ?

La pointe alla se ficher dans les chairs de l'énorme babine de la femelle qui ne poussa même pas un cri d'angoisse. Sans doute n'avait-elle fait qu'effleurer la masse inerte de l'animal. Mais, le coup inoffensif avait attiré la colère du mâle. Il se mit à rejeter des nuages de vapeurs nauséabondes par les narines et fit un bond en avant, puis un autre.

— La percée, cria un chasseur. Laissez-le s'avancer et reculez les embarcations.

L'hippopotame fut un moment déstabilisé, car pris dans son élan, aucune autre flèche ne vint percer son cuir épais. Les autres le suivirent et, pesamment, la flèche toujours accrochée à son énorme babine, la femelle les imita.

Les barques reculèrent lentement, laissant les bêtes s'agglutiner vers le tracé du centre qu'ils venaient de dégager. Vint alors se dessiner une danse complexe et parfaitement rythmée. Comme les chasseurs venaient d'entourer les quatre animaux qui, brusquement, durent se sentir en position inférieure, le gros mâle sembla consulter les autres, puis plongea lourdement, rapidement imité par les autres.

Moutmouia se mit à crier, car sous l'eau les énormes bêtes faisaient trembler le Nil entier.

Thouya jeta les yeux sur la barque où, déjà depuis quelque temps, elle et ses compagnes se tenaient en mauvaise posture.

Les hippopotames se semblaient plus vouloir arrêter leur étrange ballet nautique, plongeant, faisant surface, replongeant et lorsqu'ils sortaient de l'eau, attendaient qu'une flèche vînt se piquer quelque part dans leur graisse.

— Nous allons tomber ! cria l'une des jeunes servantes.

— Tenez-vous au bastingage ! hurla Thouya.

— La barque ne peut plus se redresser.

Moutmouia s'était renfoncée dans le fragile esquif depuis longtemps, n'osant pointer son nez pour observer le périlleux spectacle.

Certes, les hippopotames ne pouvaient pas poursuivre longtemps leur habile manœuvre, car flèches et javelots pleuvaient sur leur dos dès qu'ils resurgissaient à l'air libre. Mais, du moins, ils tenaient encore l'avantage de la situation, car d'une seule poussée, deux d'entre eux firent chavirer six embarcations, jetant les hommes dans une mêlée scabreuse. Hélas, sur les douze qui tombèrent, sept seulement se relevèrent et l'on pouvait supposer que les cinq manquants avaient été écrasés par les masses géantes.

Mais la chasse ne s'arrêta pas pour autant. Le pharaon qui avait eu la chance de ne pas figurer dans la liste des perdants travaillait au javelot et ses hommes à l'arc.

Quand l'une des flèches atteignit l'œil d'une bête, un son rauque s'échappa de sa gorge. C'était comme un bruit de tonnerre que l'on entend si rarement en Egypte. Aussitôt, la pointe du javelot de Thoutmosis vint heurter son poitrail. L'animal redoubla le bruit de sa plainte et tomba, un énorme flot sanguinolent s'échappant de sa gueule béante.

Une flèche siffla dans l'air. Elle atteignit la femelle

qui venait d'apercevoir son mâle disparaître lourdement dans les eaux glauques du marais. La pointe de l'arme qui n'avait fait qu'effleurer son flanc droit l'excita davantage. Furieuse, emplie d'une rage qui se décuplait chaque seconde davantage, elle se rua de tout son poids sur la barque de Thoutmosis et la fit voler dans l'espace avant même que celui-ci pût déterminer l'ampleur du désastre.

A nouveau Moutmouia qui, de temps à autre, relevait avec précaution son buste enfoui dans la barque et levait un œil pour jauger la situation, se mit à crier. Le pharaon et trois de ses hommes avaient été projetés en l'air, loin de la barque, comme des fétus de paille.

S'il ne s'était agi de Thoutmosis, pharaon de l'Egypte, nul n'aurait accouru. Les risques d'une chasse aussi périlleuse étaient ainsi. Seule, la réussite du chasseur était en cause et, pour lui, mieux valait périr sur le lieu du combat qu'emporté dans son lit par une triste maladie.

Mais, le maître incontesté du pays, le "dieu vivant sur terre" étant l'objet de l'accident et l'avenir du pays étant en jeu, une équipe d'hommes abandonna la chasse et se mit en devoir de le chercher avec une farouche ténacité.

Les dieux ne voulaient sans doute pas encore s'emparer du kâ de Thoutmosis, car les chasseurs le retrouvèrent juste inanimé, le visage enfoui dans la boue du marais. Deux de ses compagnons d'infortune avaient eu la même chance, mais le troisième ne fut pas retrouvé. Sans doute happé au passage par la gueule du crocodile qui, plusieurs heures durant, sillonnait dans les parages.

Le pharaon sauvé et mis à l'abri de tout autre risque, la chasse se poursuivit jusqu'à ce que la femelle, bien endommagée, tombât d'épuisement et, devenant une cible facile, les projectiles acérés lancés sur elle entraînèrent rapidement une mort fatale.

Moutmouia à qui l'on avait appris que son époux se remettait de sa chute s'était enfoncée à nouveau dans la barque et Thouya, la tête relevée, ne perdait rien de la bataille. Après avoir retrouvé ses esprits et pris quelques instants de repos, le pharaon ne put supporter l'inactivité. Aussi, se leva-t-il pour prendre son javelot. On l'avait intentionnellement placé à son côté, car on supposait fort justement que ses forces remises, il reprendrait le combat.

S'apprêtant à retrouver ses compagnons de chasse, il s'arrêta subjugué face à l'énorme gueule ouverte qui s'opposait à sa route. Allait-elle l'engloutir stupidement ? Il leva son javelot, mais sentit son bras trop mou pour forcer le destin. Alors, il l'abaissa. Pourtant, la fascination de ce profond tunnel de chair écarlate le reprit à nouveau. Les mâchoires étaient bordées d'une rangée de dents aiguisées comme des crocs. Celles du bas étaient aussi longues et puissantes que les faucilles des paysans qui fauchaient le blé mûr de leurs champs. A coup sûr, elles étaient des armes redoutables.

L'hippopotame s'approcha, les mâchoires en avant. Il déglutit bruyamment. Thoutmosis eut un recul, une brève peur. La pensée qu'il pouvait disparaître en un clin d'œil dans ce labyrinthe tranchant le ramena sur terre et c'est avec une conviction plus acharnée qu'il releva son bras.

L'agressivité, la colère, la fierté du chasseur et l'honneur qu'il mettait dans ce geste, empreint de prouesse et de savoir-faire, fit le reste. La pointe acérée du javelot traversa la gorge du mastodonte. Sans même reculer, il vomit aussitôt un énorme jet de sang noirâtre.

Plus loin, le dernier animal qui, jusqu'alors, n'avait reçu que quelques flèches sembla réfléchir et, lentement, recula. La dernière envolée de projectiles ne l'atteignit que légèrement dans le dos.

Le quatrième hippopotame refusait de se faire tuer

pour venger ses compatriotes. Il disparut lourdement, lentement comme il était venu. Alors, les chasseurs s'affairèrent aussitôt sur les trois énormes carcasses qui gisaient devant eux comme le symbole de leur gloire, de leur force et de leur invincibilité. Ils brandissaient leur arme devant les trophées qui symbolisaient en même temps l'effigie de leurs compagnons disparus comme tous les héros des grandes chasses dans l'action du combat.

Plus tard, on hisserait les carcasses sur de grands rondins de bois en direction des fabriques qui dépèceraient les animaux pour en retirer toutes sortes de bienfaits utiles à la nation.

Mais, retirer sans dommages les hippopotames de la lagune dans laquelle ils étaient morts restait une délicate opération, car les eaux étaient infestées de crocodiles à la recherche d'une nourriture miraculeusement tombée à portée de leurs gueules. Et, s'ils n'arrivaient à saisir la chair de l'hippopotame, ils saisissaient bien souvent celle des hommes qui cherchaient à les en priver.

Quand les hippopotames étaient à terre, les crocodiles s'infiltraient sur les berges par centaines, attirés par l'odeur du sang et des abats qui coulaient de leurs entrailles. Des harponneurs les attendaient, leurs longues hampes terminées en pointe de bronze. Il fallait leur incroyable maîtrise pour en venir à bout. La hampe fourchue devait frapper le reptile à la base de la nuque pour sectionner aussitôt l'épine dorsale. Sinon, le saurien en colère se tordait en crachant une écume blanchâtre et pouvait entraîner un ou deux hommes dans la puissante spirale de sa longue queue d'écailles.

Débarrassés des reptiles auxquels on enlevait aussitôt la peau pour de multiples usages, on se préoccupait de l'hippopotame toujours étendu sur le sol. Sa chair enrobée d'une graisse succulente était tendre et fine. Parfois, on la conservait dans la saumure, parfois, on la fumait ou la séchait selon les besoins de la cause.

Le cœur, le foie et tous les autres viscères de l'animal avaient un goût que prisaient tant les Egyptiens que la capture d'un seul de ces animaux était une vraie fête. Les dents en ivoire de l'hippopotame avaient autant de valeur que les défenses d'éléphants achetées dans le pays du Koush, bien au-delà de la cinquième cataracte. Quant à leurs peaux résistantes à toute épreuve, tannées et travaillées avec soin, elles étaient destinées pour l'armée qui en faisait des casques et des boucliers plus légers et plus souples que l'acier. La peau d'hippopotame avait aussi l'avantage d'être plus supportable sous l'intransigeant soleil d'Egypte.

Mais, avant ce long travail consistant à traîner les hippopotames dans les diverses fabriques qui devaient les dépecer, la fin de la périlleuse aventure se déroulait alors que les derniers rayons de Rê tombaient sur le fleuve.

Le delta s'assombrissait et les chasseurs décidèrent de rentrer au camp. Moutmouia et ses compagnes se sentaient lasses. Thouya se laissait bercer mollement par le va-et-vient de la barque qui, à travers les bosquets, les ramenait au rivage. Les crocodiles, on l'a dit, suivaient le sillage des embarcations prêts à saisir une manche, une main, un pied qui dépassait de la coque légère.

Heureusement, le trajet fut court et bientôt les berges du fleuve apparurent entre les ajoncs et les racines de papyrus hautes comme des dunes. Les premières embarcations du convoi étaient déjà amarrées. Moutmouia et ses suivantes sortirent de la barque à moitié somnolentes.

Lorsque Thouya mit le pied sur le sol, elle vit le reptile dérouler ses gros anneaux bruns et verts devant elle. Lascif et sinueux, il fixa insolemment ses yeux rouges dans les siens. Thouya laissa son autre pied en suspens au-dessus de la barque. Un cri s'étouffa dans sa gorge. Elle revit en une brève seconde Youkka son époux traîné sur le sol par le cheval sauvage en une course meurtrière. La seconde qui suivit fut pour ses trois enfants élevés au palais avec le fils de Moutmouia.

Puis, le sang de Thouya se glaça dans ses veines. Elle vit le cobra monter à l'assaut, droit et raide comme un piquet de bois, prêt à lancer son venin mortel.

Moutmouia et ses compagnes marchaient au loin en direction du camp. Le cœur de Thouya s'était arrêté définitivement de battre avant que la langue acérée du reptile ne lui sautât à l'épaule. On eût dit qu'elle avait choisi l'instant de sa mort pour ne pas trépasser dans les horribles souffrances qu'engendrait le venin du serpent dans le corps de sa victime. Elle retomba molle et pantelante dans la barque, la tête penchée hors de l'esquif.

Malgré les recherches que l'on fit quand Moutmouia s'aperçut de sa disparition, on ne retrouva pas son corps.

La traversée du désert au-dessus du Sinaï dura plusieurs semaines. Moutmouia restait triste et alanguie depuis l'étrange disparition de son amie Thouya. Mais, le voyage se poursuivait et il lui fallut, bien que désespérée, ne plus penser qu'à sa jeune sœur Iâret donnée par son père au pharaon afin qu'il en fît sa Seconde Epouse.

Moutmouia soupira et posa son pied sur le sol. Pour elle et ses suivantes, afin de rendre leur voyage plus confortable, on étendait des tapis épais sous la tente, ce qui permettait aussi de les préserver des insectes qui s'infiltraient par les multiples fentes. Moutmouia dormait mal et se réveillait lasse. L'ombre d'une inquiétude la taraudait et Thouya n'était plus là pour apaiser ses craintes avec ses enthousiasmes débordant de bonne humeur et d'entrain. Moutmouia ne savait plus discerner ses bonheurs de ses appréhensions. Allait-elle se plaire dans une famille qu'elle avait quittée depuis si longtemps ? Elle devenait si attachée aux mœurs et aux coutumes égyptiennes — même si jamais encore elle n'avait osé honoré leurs dieux — qu'elle n'était plus sûre de trouver au Mitanni la joie dont elle avait rêvé.

Kya, sa première suivante ne la quittait plus, l'éventant, lui apportant sans cesse une boisson, une friandise, de l'eau pour se rafraîchir les pieds. Elle devenait très attachée à Moutmouia depuis que Thouya ne frayait plus son chemin. La jeune syrienne l'avait tant détestée pour avoir pris la place qui lui revenait dans le cœur de la reine ! Toute la nuit de sa disparition, elle avait prié la déesse pour qu'on ne la retrouvât pas.

A présent, c'était à elle de veiller sur Moutmouia. Elle, la Syrienne, la captive, l'adoratrice d'Ishtar, déesse asiatique de l'amour, de la vie, de la beauté. Désormais, elle ne laisserait plus approcher de façon intime une Thébaine, si noble fût-elle, de sa souveraine. Mieux, elle veillerait à ce que les mœurs égyptiennes ne débordent pas dans l'esprit de la reine asiatique.

Si la jeune mitannienne était aussi vindicative envers les Egyptiens, c'est que le pharaon Aménophis, le deuxième du nom, celui qui avait précédé l'époux de Moutmouia avait tué sauvagement ses parents. Elle n'avait que quatre ans à l'époque. Réchappée du massacre avec sa nourrice, entassées toutes deux dans les longues files des captifs qui suivaient les vainqueurs, puis placées dans le convoi de Moutmouia, elles avaient survécu grâce à cette parcelle infime d'espoir qu'il est préférable de conserver pour survivre.

Autant dire que Kya n'était pas prête à porter les Egyptiens dans son cœur et Matatabou, sa vieille nourrice morte quelques années après son arrivée à

Thèbes, avait largement pris le temps de l'endoctriner sur ce point.

On comprend que Kya fût ravie qu'une autre princesse mitannienne vienne renforcer la position de Moutmouia à la cour du palais et qu'elle devînt la Seconde Epouse de Pharaon. Ainsi l'Asie creusait un sillon destructeur au cœur de Thèbes.

La virulence des pensées de Kya se concevait si l'on prenait la peine de s'attarder sur les origines de sa naissance. Fille noble du Mitanni par son père qui était l'un des conseillers du roi et par sa mère, suivante de la reine Matmosha, Kya ne se tenait pas pour battue. Il avait simplement fallu qu'un incident de parcours plaçât Thouya devant la reine pour que le regard de celle-ci se détournât d'elle. A présent que la Thébaine ne lui barrait plus le passage, Kya pourrait raconter à sa reine comment tous ses frères étaient morts, transpercés de flèches et comment son père s'était courageusement défendu face à ses agresseurs, devant sa pauvre mère qui, épuisée, avait jeté son dernier souffle avant même d'avoir été traversée par la flèche.

L'histoire de Kya aurait pu s'arrêter là s'il n'y avait eu Matatabou, la nourrice qui avait pris en charge sa protégée pour l'imposer à Moutmouia et, à travers elle, tenter une mission délicate dont l'objectif était de laisser le souffle de l'Asie flotter sur le pays qui se croyait le plus grand du monde.

— Kya, je suis lasse, ce matin. Je ne tiens pas à suivre le roi dans la visite de ces mines qu'il m'a imposée.

— Majesté, c'est important. Il s'agit des mines du Sinaï, celles de cuivre et de turquoises. On dit que ce sont les plus belles de toutes celles qui existent.

Le ton de la suivante était resté neutre, mais la Grande Epouse y perçut une ironie.

— Veux-tu dire simplement qu'il ne s'agit pas d'une simple et banale mine d'or égyptienne ?

— Je n'ai pas dit cela, Majesté.

— Mais tu l'as pensé.

Moutmouia avait posé ses deux pieds sur le sol. Kya saisit la masse noire de ses cheveux qui flottait librement sur son dos.

— Laissez-moi coiffer vos cheveux, fit-elle en tordant la masse lourde et brillante entre ses doigts experts. Je vais vous faire un très haut chignon sur lequel vous pourrez poser la coiffe au vautour.

— Thouya me faisait des tresses !

Elle regretta aussi ses paroles.

— Thouya, répondit la Syrienne d'une voix glaciale, voulait vous faire épouser les coutumes égyptiennes. N'oubliez pas, Majesté, que désormais votre fils, le futur pharaon d'Egypte, a pour moitié du sang asiatique dans les veines et que vous devez conserver les traditions de votre propre pays.

— Que veux-tu dire ? dit Moutmouia en jetant un œil oblique sur sa suivante.

— Qu'au Mitanni, ce sont les paysannes qui tressent leurs cheveux, pas les reines.

— Allons, ne me parle plus jamais de Thouya, répondit la Grande Epouse d'un air agacé.

— C'est bien mon intention, Majesté.

— Alors, nous sommes d'accord. A présent, faismoi ce chignon dont tu me vantes les qualités.

Le voyage qui, parfois, paraissait interminable, apportait certes des manquements de protocole, des libertés de langage, des nouvelles habitudes parfois totalement opposées à celles de la cour de Thèbes. Il faut dire que le campement du convoi, bien qu'il s'efforçât de donner à la reine et à ses suivantes certaines commodités, n'était pas toujours très enclin au confort.

Le soir, il fallait se laver les pieds dans de grands récipients d'eau, car la poussière grise et sèche des chemins les avait entièrement recouverts. Puis, il fallait dormir inconfortablement sous les tentes que l'on montait au hasard des routes, manger les provisions que l'on avait accumulées dans des sacs de toile de lin et boire ce qui avait été versé dans les barils en bois d'acacia.

Autrefois, Moutmouia se tenait plus souvent debout sur un char que nonchalamment allongée dans sa litière tirée par des bœufs infatigables. Mais, depuis son accouchement et surtout le choc que lui avait causé la perte de Thouya, elle devenait morose et perdait son enthousiasme. Elle se laissa, pourtant, guider par Kya et décida d'accepter ses remontrances.

— Laissez votre tunique blanche, Majesté, et passez cette robe. Les Palestiniens l'apprécieront.

Elle déploya une robe en soie, longue et ample, d'une couleur jaune ocrée qui soulignait le teint pâle de Moutmouia. Un châle assorti venait souplement recouvrir l'une des épaules et retombait en plis gracieux sur le buste de la jeune femme.

— Cette robe est un vrai soleil, dit-elle simplement à sa suivante. Pourquoi l'avais-je oubliée ? Tu as raison, Kya, j'irai visiter les mines du Sinaï vêtue ainsi.

Puis, se tournant vers elle, elle eut un regard inquiet, hésita quelques instants et, observant le froid visage de Kya, se décida soudain à jeter :

— Nous approchons du Mitanni.

Comme sa servante ne répliquait pas, elle poursuivit :

— Après le Sinaï, nous atteindrons le sud de la Syrie. Puis, nous traverserons l'Euphrate et le Tigre. Ah ! Kya, nous allons bientôt apercevoir les montagnes du plateau de Mésopotamie et nous serons, enfin, aux portes de notre pays. Crois-tu que je vais reconnaître ma famille ?

Enfin, les yeux de la jeune Syrienne s'adoucirent et Moutmouia vit perler un soupçon de larme à sa paupière. Pour la première fois, elle eut un élan vers sa jeune servante.

— As-tu beaucoup souffert, Kya ? demanda-t-elle d'une voix que l'émotion rendait douce.

— J'ai vu mourir tous les miens sous mes yeux de petite fille.

Elle se jeta dans les bras de la reine et l'étreignit avec une force insoupçonnée.

— Pourquoi ne m'avez-vous pas remarquée jusqu'à présent ?

— Mais, c'est faux Kya. Je t'ai toujours observée, distinguée, défendue, objecta Moutmouia en se dégageant des bras de la jeune fille. N'es-tu pas la première de mes servantes ?

Les yeux de Kya redevinrent sombres et sa voix se fit neutre :

— Votre servante ! Oui, Majesté, je suis votre servante.

Elle s'écarta de la reine pour fermer les deux pans de la tente qui servaient de porte. Puis, elle revint près d'elle, saisit sa main et y plaqua un baiser fougueux.

— J'aimerais être plus que votre servante.

— Tu me parais bien audacieuse.

— N'oubliez pas, Majesté, que ma mère était la compagne de la vôtre.

— Veux-tu devenir ma suivante ?

Le regard de la Syrienne se fit de braise, son cœur bondit de joie, mais elle s'efforça de rester calme tant elle craignait que la reine ne se ressaisît. Pour montrer, cependant, son accord, elle hocha lentement la tête.

— Eh bien, à partir d'aujourd'hui, jeta Moutmouia, tu es celle à qui je dirai tout. Tiens ! Pour commencer, poursuivit-elle en jetant sa tunique blanche à terre et en faisant tournoyer son ample robe couleur soleil, je vais te faire un aveu. Mon père, le vieux roi Artatama, doit posséder tant de concubines que je risque de m'y perdre. Quant à sa progéniture, on dit qu'elle est si impressionnante qu'on ne peut l'énumérer sans prendre deux ou trois fois le souffle de sa respiration.

Kya redressa le châle de sa compagne et, de ses doigts allongés qu'aucune bague ne recouvrait encore, elle lissa les larges plis afin qu'ils retombassent harmonieusement le long de son buste.

— Qui vais-je aimer et qui vais-je détester parmi tous ces demi-frères et sœurs ? fit Moutmouia d'un ton mélancolique.

— Le jeune prince vous guidera, Majesté.

— Mon frère ! Oui. Il était bien jeune quand je suis partie pour l'Egypte. Et Iâret, Kya ! Iâret ! Vais-je aussi la reconnaître ? Quand ma mère est morte à sa naissance, il fallait que je quitte le Mitanni pour épouser le fils du pharaon à qui mon père m'avait donnée.

— Majesté, vos sandales.

— Ah ! Oui. Mes sandales ! Je veux mettre celles qui sont en cuir souple d'antilope. Ce sont les seules qui ne me font pas mal aux pieds, car je suppose que je devrais marcher quelque temps. Les litières n'entrent pas dans les mines.

Elles se regardèrent et se mirent à rire.

*

* *

Les mines du Sinaï se trouvaient lovées entre le désert de l'Est et la mer Rouge. Elles recelaient les trésors les plus chatoyants qui soient. Moutmouia fut éblouie par les carrières de turquoises. Cependant, elle refusa d'entrer dans les galeries sombres, étroites et malodorantes. Elle se contenta de rester émerveillée là où l'on passait la roche sous l'eau claire et sur laquelle était accrochée la turquoise. Cela ressortait de façon étrange et magique. La pierre se détachait de l'eau si bleue, si pure que c'était merveille de la voir, la toucher, la caresser pour la polir entre ses doigts. L'éclat en était si intense que tout paraissait terne à côté, même le ciel qui forçait pourtant l'intensité opaque de sa couleur.

L'extraction des turquoises s'avérait complexe et, parmi les visiteurs, peu de gens en connaissaient le principe. La main-d'œuvre locale était exclusivement faite de Sémites et d'Asiatiques recrutés comme ouvriers de basse besogne. Les conditions de travail restaient pénibles, car la turquoise était extraite dans des galeries étroites et sans aération. Les campements étaient sommaires, l'eau manquait, le repos était trop court pour permettre aux hommes de reprendre des forces. Et, par une opposition incompréhensible, le climat qui régnait dans les galeries souterraines s'avérait si glacial que nombre d'ouvriers mouraient saisis entre l'étouffante chaleur de l'extérieur et le froid intense de la galerie.

A Serabit-el-Khadem, là où se tenait la plus importante mine de turquoises, site que le pharaon et la Grande Epouse visitaient actuellement, un sanctuaire dédié à la déesse Hathor élevait avec prestance ses pierres lumineuses et blanches.

Moutmouia était inconfortablement montée sur un âne. D'une main, elle s'épongeait le front et de l'autre, elle tentait de redresser sa monture. Sa robe collait à son corps et le collier qui entourait son cou lui laissait une désagréable impression de brûlure.

Etroit, long, caillouteux, peu ombragé, le chemin était jalonné de trous et de bosses qui déstabilisaient l'âne et lui faisaient, parfois, perdre tout équilibre. Deux hommes l'entouraient de part et d'autre et, badine à la main, redressaient la monture. Alors, lentement, la montée du sentier reprenait. Mais, l'âne était rétif, têtu et, visiblement, n'aimait guère ce trajet qu'il accomplissait sans doute pour la première fois. Moutmouia tressautait à chaque pierre malintentionnée qui venait barrer la route. Elle glissait sur le côté et serait tombée sans l'aide efficace de ses deux guides.

Quand le petit convoi fut arrivé sur les hauteurs du plateau, le sanctuaire d'Hathor se révéla dans toute sa luminosité. Deux colonnes de marbre rose encadraient une large porte de cèdre, seules teintes pastel dans ce décor de blancheur irréprochable.

Une cour intérieure bordée de sphinx de pierre les accueillit et, tout au fond, le sanctuaire ouvrait sur une salle haute, lumineuse où la déesse régnait en maîtresse.

Tenant dans sa main un pan de son ample robe jaune d'or, Moutmouia descendit le plus majestueusement possible de sa rétive monture. Soudain, elle se prit à penser qu'elle avait eu la sage idée de mettre ses sandales en peau d'antilope. Ainsi, elle paraissait aussi légère que si elle avait été pieds nus. Elle se sentait libre, jeune, belle. Elle jeta ses yeux sur le pharaon qui, de loin, l'observait tout en discutant avec les dignitaires qui l'entouraient.

L'un d'eux était le Grand Prêtre Méry. Elle sentit son regard désapprobateur sur la tenue qu'elle avait endossée. Thoutmosis, lui aussi, paraissait surpris de voir la curieuse apparence de son épouse. On eût dit qu'elle s'apprêtait à célébrer Sumer, dieu asiatique du soleil et non Hathor, déesse égyptienne des bienfaits de la terre.

Mais, si le Grand Prêtre d'Amon laissait paraître son mécontentement, Thoutmosis n'était pas susceptible sur les dieux qu'adorait son épouse. Par ailleurs, Sémites, Judéens, Canaans, Palestiniens, Syriens qui composaient l'assemblée, semblaient subjugués par la beauté de Moutmouia et, dans quelques instants, allaient prier le dieu qui leur plaisait.

Quand les hymnes et les chants à la déesse Hathor furent dispensés dans toutes les règles de l'art et que les offrandes furent déposées, on redescendit par le même chemin.

L'âne parut moins rétif. Impatient de retrouver son frais bercail, pas une seule fois, il ne glissa ni ne dévia du chemin, pas une seule fois il ne heurta les cailloux et, presqu'en souplesse, il déposa Moutmouia au pied de sa litière qui l'attendait en bas de la colline.

Après les mines de turquoises, il y eut celles de cuivre et le convoi dut visiter les chaudronneries où l'on fondait le métal. Dure et intransigeante besogne que celle des fondeurs. Les doigts des ouvriers étaient devenus des écailles. Ici, il n'y avait pas d'orfèvres ni même d'artisans-joailliers chargés, comme en Egypte, de travailler avec art et minutie le métal précieux.

Il n'y avait que des forges étouffantes et suintantes où chaque homme s'échinait devant un foyer, le torse couvert d'un large tablier de cuir. Les forges étaient situées dans des carrières désaffectées. De l'aube à la tombée de la nuit, les foyers étaient tous en action, attisés par des soufflets que les ouvriers actionnaient en permanence.

A côté, sur des enclumes en pierre dure, s'activaient d'autres hommes. Le marteau solidement calé dans la main, ils martelaient le métal en fusion du matin au soir. A l'extérieur, de grands creusets pleins d'eau servaient à refroidir le métal en fusion.

La chaleur de la forge était intense. Moutmouia crut défaillir quand les foyers jetèrent sur elle leurs lueurs infernales. Elle regarda les fourneaux crépiter et sentit que le vertige la reprenait. C'était le même que celui qui l'avait saisie tout en haut du temple d'Hathor. Une petite sueur coula sur son front et descendit sur ses joues, puis son cou. Elle s'infiltra jusqu'entre ses seins, devenant tenace, insidieuse, lui rappelant qu'elle était femme et que sa place n'était peut-être pas dans cette forge infernale à regarder tranquillement les ouvriers-fondeurs travailler.

Alors, ses jambes flageolèrent, son esprit vacilla. Elle pensa à Thouya, à Iâret sa sœur, à son fils. Elle eut même un bref regard vers son époux qui regardait avec attention les foyers crépiter. Puis, elle tomba inanimée.

Deux hommes et Kya la reçurent dans leurs bras avant de l'allonger sur le sol, à l'extérieur de la forge. On se précipita pour l'éventer, la souffleter, lui parler. Kya donna l'ordre qu'on aille chercher une potion revigorante à respirer en attendant la venue d'un médecin.

Bientôt, les joues de Moutmouia reprirent des couleurs, sa respiration se fit normale. Kya la regarda intensément et sut à son regard nullement paniqué qu'une nouvelle vie s'était lovée dans son corps.

*
* *

Lorsqu'un mois plus tard, ils arrivèrent en pays de Canaan, le climat de Jérusalem les reposa de l'étouffante tension du désert.

Soumise aux Egyptiens, la ville judéenne accueillit le convoi du pharaon avec une bienveillance toute relative. Il faut dire que depuis la prise de possession par les troupes de David, quelque quatre cents ans plus tôt, puis par celle des pharaons égyptiens depuis quelques décennies, le merveilleux site de Jérusalem dominé par des collines dont le mont des Oliviers était la plus prestigieuse, n'avait pas connu de libertés excessives.

Aussi, après les processions d'usage et les convivialités qui s'imposaient, après s'être assuré que la ville était toujours soumise, le convoi du pharaon prit la route de Jéricho, ville de Palestine située à l'ouest du Jourdain sur la route de Gad, enclavée entre la mer Méditerranée et la mer Morte.

La ville ne leur fit fête qu'en partie, car elle était à

l'exemple de Jérusalem sous la domination des Egyptiens et pire, elle avait été longtemps sous celle des Hyksos, puissants envahisseurs qui avaient absorbé toute la côte, Egypte comprise, à la fin de la dynastie précédente.

Moutmouia était lasse et il fallait quelque peu abréger les étapes. Compréhensif, Thoutmosis décida que si l'on raccourcissait encore les haltes prévues à Tyr et à Byblos, on resterait plus longtemps en pays de Mitanni, ce qui permettrait à sa femme d'y accoucher paisiblement.

A Tyr, au sud de la Syrie, où de fructueux échanges s'effectuaient entre les pays d'Egypte et ceux de la Mésopotamie, les habitants offrirent au pharaon les plus belles poteries qu'il eût jamais vues. Mates, vernissées, rondes, ovales, évasées, elles offraient des couleurs et des dessins inattendus. Elles venaient toutes de l'île de Crète avec qui les gens de Tyr entretenaient un négoce important.

Si Thoutmosis venait fréquemment à Tyr, il n'y restait que peu de temps, bien que cette ville le subjuguât par son étonnant sens du commerce. La ville ouvrait depuis longtemps sur la Méditerranée un débouché naturel pour les Hébreux, habiles commerçants et pour les Phéniciens, grands constructeurs de navires. En outre, elle entretenait les ports israéliens de la mer Rouge qui leur donnaient accès au sud de l'Arabie, au littoral éthiopien et à la côte orientale africaine.

De plus, et c'est bien là qu'était fasciné le pharaon d'Egypte, Tyr entretenait des rapports commerciaux avec la péninsule grecque et s'aventurait même sur l'Atlantique à la recherche de minerai nouveau. Le climat étant doux et le repos pour son épouse indispensable, ce fut donc une halte fort intéressée que Thoutmosis s'imposa.

Quant à Byblos, ville de la côte phénicienne, c'était une cité de marins et de commerçants. Le bois de ses montagnes représentait un précieux et rare objet de négoce. Ce cèdre dur, résistant, chaud de couleur et de matière, servait surtout à la construction des navires dont les marins des îles voisines fournissaient les habiles équipages. Ainsi, le peuple de Byblos parcourait le littoral méditerranéen, descendait jusqu'aux abords du Nil où il commerçait avec l'Egypte qui, depuis des siècles, détenait chez eux une position prépondérante et engendrait, par un sens du commerce copié sur leurs voisins de Tyr, un modernisme de société prêt à s'étendre sur toutes les côtes avoisinantes.

A Byblos, carrefour des dieux, de nombreux temples vénéraient Isis et Osiris. Thoutmosis s'assura de leur bon entretien, y célébra des fêtes et des offrandes et y suivit des processions où le peuple acclama joyeusement le pharaon.

Moutmouia vit son enthousiasme reprendre dès que le convoi bifurqua en direction de l'Euphrate. Enceinte de quatre mois, elle avait calculé qu'elle le serait de six en arrivant au Mitanni. Son deuxième enfant verrait le jour dans son pays natal.

Cependant, avant d'y arriver, une longue route devait encore épuiser les forces de la Grande Epouse et de ses compagnes, car une traversée dans le désert s'imposait à nouveau. On regretta, soudain, la longue halte faite à Tyr qui n'avait pas été prévue et qui rallongeait le voyage, car il fallait redescendre au sud de la Syrie au lieu de couper plus haut, afin de rejoindre directement la boucle de l'Euphrate qui débouchait sur le Mitanni.

La traversée du désert, bien qu'elle fût plus longue que celle du Sinaï, s'avéra cependant moins dure. L'avantage venait d'un climat plus tempéré, un climat qui sentait déjà les bords d'un fleuve où le vent savait souffler en douceur.

Ce fut donc une étonnante atmosphère de clarté et de calme qui accueillit les voyageurs à Babylone où

Thoutmosis devait rencontrer le jeune roi Kadashman placé sous le protectorat égyptien.

Thoutmosis connaissait, pour l'avoir écoutée attentivement de la bouche de son père, toute l'histoire de Babylone. Au début du deuxième millénaire, les habitants de Mésopotamie avaient développé les petites cités qui se trouvaient au sud et qui constituaient un royaume assez limité. Ils en avaient fait une région plus vaste et plus homogène, mi-urbaine, mi-rurale, y avaient installé des dieux, un clergé, des notables, des commerçants qui, peu à peu, s'étaient accordés pour instaurer une administration, des lois, des lieux d'apprentissage et tout ce qui formait un pays cohérent.

La dynastie de Babylone s'ébauchait en même temps qu'elle menait une lutte permanente contre les princes voisins qui l'agressaient sans scrupules, cherchant à affaiblir ou à détruire son bel édifice. Cependant, les Babyloniens tenaient le choc et gardaient courage. Ils avaient cette croyance en eux qu'un jour ils vivraient un destin fabuleux. En attendant, le royaume développait sa civilisation et se dotait d'une législation remarquable dont les règles étaient tracées sur des stèles d'argile cuite.

A Babylone, pas de pierres, pas de marbre ni d'albâtre, mais des briques qui servaient à toutes les constructions et sur lesquelles les décorations d'un style très personnel figuraient. Kadashman, le jeune roi de Babylone, se révéla plutôt soumis devant Thoutmosis et celui-ci se posa la question de savoir si son inexpérience le rendait trop réservé où s'il cachait quelque ruse. Quoi qu'il en soit, avec un orgueil qu'il ne put dissimuler, Kadashman lui fit visiter ses mines d'argent qui représentaient une fortune considérable, car à cette époque, l'argent valait plus que l'or.

C'est au cours d'une célébration devant le dieu Anou, dieu de Mésopotamie qui symbolisait le ciel et l'univers, que Thoutmosis eut la ruse d'offrir au jeune roi le savoir-faire des artistes égyptiens qui martelaient et ciselaient le métal pour disposer de l'usufruit de quelques-unes de ses mines d'argent.

L'accord fut conclu sans effort. Ravi, Thoutmosis invita Kadashman à venir dans son pays dès qu'il reviendrait lui-même du Mitanni.

*
* *

C'est à la sortie de la ville de Mari que le convoi traversa l'Euphrate. Importante agglomération mésopotamienne à mi-chemin entre la Babylonie et la Méditerranée, Mari avait une position privilégiée au carrefour des routes commerciales du Moyen-Orient.

La traversée de l'Euphrate ne fut pas sans surprise. Lorsque le convoi de Thoutmosis prit la direction des hauts plateaux situés au nord de la Mésopotamie, les pluies se mirent à battre les bords du fleuve avec une violence rarement vue. Certes, cela rappelait aux Egyptiens les fortes crues du Nil qui emportaient des champs entiers de blé, de vignes, de palmeraies jusqu'aux maisons les plus fragiles. Mais, cette inondation entre l'Euphrate et le Tigre présentait la particularité de tourner en déluge. Jour et nuit l'eau tombait sans arrêt. Les deux fleuves débordaient et, au centre, l'eau se rejoignait en un immense lac qu'il fallait longer ou traverser en bateau.

Les habitants de la région connaissaient bien ces déluges qui entraînaient la disparition de leurs maisons, de leurs champs et de leurs cultures. Ils construisaient de grandes embarcations en bois de cèdre judicieusement compartimentées qui permettaient de sauver le bétail entassé dans les loges prévues à cet effet. La plus grande cabine était destinée à la famille et l'on restait cloîtré sur ce bateau de fortune jusqu'à ce que les eaux baissent et réintègrent le lit normal du fleuve.

La terre lovée entre le Tigre et l'Euphrate était une terre riche, alimentée par les alluvions des deux fleuves qui se faisaient face. La Mésopotamie dont le delta s'achevait sur le golfe persique comportait au nord une région tempérée de montagnes et de collines alors que le sud était plus marécageux et les climats plus chauds.

Thoutmosis, comme ses prédécesseurs, aimait cette région qui, à l'inverse de l'Egypte, ne présentait pas l'inconvénient d'être isolée. Elle communiquait avec les steppes et les plateaux voisins. Elle débouchait en même temps sur l'Occident et sur l'Orient. Elle était la charnière de deux mondes opposés et elle prenait à chacun le bénéfice qu'elle convoitait.

C'était de la péninsule arabique que leur venaient les nombreux Sémites que l'on trouvait disséminés un peu partout. A l'époque, ces hommes étaient surtout des pasteurs et des prêcheurs à demi nomades qui abandonnaient sans regrets leurs steppes arides pour des vallées plus fertiles. Ceux qui restaient sur les hauts plateaux tentaient de s'intégrer là où les terres alluviales permettaient de développer une riche culture.

En Mésopotamie, l'habitant ne connaissait pas la pierre. Aussi ne bâtissait-il qu'en briques. Monuments et maisons résistaient donc moins longtemps, l'argile restant le matériau de base. Plus tard, des milliers de tablettes enfouies devaient révéler leurs secrets.

Quand Moutmouia et ses compagnes aperçurent le contour des grands champs de blé qui mûrissaient doucement au soleil, quand elles virent les plantations de fruits et les vignes qui s'étageaient sur les pentes adoucies, leur cœur vibra d'une émotion qui ne s'éteignit plus.

Pour traverser l'inondation qui avait débordé entre

les deux fleuves, il fallut prendre des petites embarcations en bois léger. L'absence du vent permettait aux barques de voguer tranquillement et la traversée ne fut pas très longue.

C'est à Assur, sur les bords du Tigre qu'enfin les pluies cessèrent, mais les eaux mirent plusieurs semaines avant de baisser. Quand Moutmouia mit le pied à terre, certes le sol était amolli par la récente inondation, les hauts plateaux de son pays lui apparurent presqu'enchanteurs. Dieu d'Ishtar ! Comment avait-elle pu oublier à ce point la beauté sauvage de son pays, la clarté soudaine qui se levait à l'horizon, la douceur du climat, le lit du Tigre qui se faisait à présent serein et tranquille ?

Le convoi avait à peine amorcé la grande route qui menait à Ninive qu'un cavalier vint à eux. Cravache en main, il montait à même l'échine de son cheval et s'arrêta dans un tourbillon de poussière. Puis, un grand rire le secoua.

— Salut à toi, Pharaon d'Egypte. Je suis Tushratta, le fils d'Artatama, le roi du Mitanni.

Il fit savamment tournoyer son cheval, l'obligeant à se cabrer hardiment, les deux pattes avant relevées, crinière en plein vol, poitrail puissant et regard aussi luisant que des charbons ardents. C'était un magnifique étalon arabe, petit, nerveux et Thoutmosis ne put s'empêcher d'admirer la maîtrise du cavalier. Il se remémora la fougue légendaire de son aïeul Thoutmosis qui, passionné des chevaux, avait appris chez les Asiatiques cette façon abrupte de monter le cheval.

Il tendit la main au jeune cavalier qui, d'un grand bond, sauta du cheval. Agé d'à peine seize ans, le jeune Asiatique semblait bouillant d'énergie et d'impatience. Il avait le torse nu et les hanches prises dans un grand pagne rouge vif. Autour de sa tête qu'il portait droite, un large turban de même couleur que ses yeux noirs et vifs était enroulé.

— Salut à toi, Tushratta. Je te remercie de ton accueil, mais je ne vois pas ton père.

— Le roi du Mitanni, mon père, est vieux et ne marche presque plus, répondit le jeune homme en étirant un sourire sur ses lèvres assez minces. Aussi a-t-il préféré t'attendre à Ninive, à l'ombre de son palais.

Il fit quelques pas et se courba devant la Grande Epouse qui, pour son arrivée triomphante à Ninive, se tenait droite et majestueuse sur le char royal aux côtés du pharaon.

— Serais-tu la sœur que je n'ai pas revue depuis si longtemps ? Ne me contrarie pas, je reconnais tes yeux de braise et ton allure de reine. C'est toi, Moutmouia, toi la sœur de mon sang, la chair de mon père et celle de notre mère partie trop vite rejoindre les dieux de l'au-delà. A Ninive, nous fêterons Sumer, notre dieu solaire pour le remercier de cette heureuse rencontre.

*

* *

Depuis la disparition mystérieuse de Thouya, dans les marais du delta, Beket n'avait plus le cœur à l'ouvrage. Elle avait difficilement terminé le chantier de la cour à péristyle formée par vingt-cinq piliers carrés tous décorés de scènes qui louaient le règne de Thoutmosis IV. En achevant les inscriptions en hiéroglyphes sur le dernier pilier, elle savait que ce serait là sa dernière besogne de maître d'œuvre. Le quatrième pylône qui s'ouvrait sur le temple d'Amon-Rê et sa cour des fêtes, celle qui verrait se dérouler le prochain jubilé du pharaon, ses courses rituelles et ses processions sacrées, signait la fin de ses travaux à Karnak.

Beket se sentait lasse et sa cousine lui manquait. Tiâa, la reine-mère, avait bien tenté de laisser quelque temps les trois jeunes enfants, Ay, Anen et Tiyi à sa garde, mais la Grande Epouse Moutmouia avait réaffirmé sa volonté de les faire élever au harem du palais afin de leur donner une éducation identique à celle des princes du royaume. Beket n'avait donc pas insisté d'autant plus que ses rapports avec la jeune reine asiatique n'étaient pas des plus harmonieux.

C'était la bonne humeur de Thouya qui manquait le plus à Beket. Leurs idées avaient beau s'opposer fréquemment, elles avaient toujours entretenu une cordiale amitié et puis son fils Bek aimait les idées avancées de sa tante, la façon dont elle vivait tantôt au palais, tantôt à Memphis ou à Thèbes, la façon dont elle s'habillait, délaissant les tuniques blanches traditionnelles égyptiennes pour d'amples robes aux couleurs vives telles qu'en portait parfois la reine. Bek aimait aussi les voyages qu'elle lui contait dans un langage qu'elle rendait fort poétique. Des voyages non plus au fil tranquille du Nil, mais au fil de l'Euphrate. Il ne cessait de la questionner sur les traditions mitanniennes dont son époux Youkka l'avait entretenue.

Bek était ainsi fait, malgré son jeune âge, il ne comprenait pas le manque de tolérance de sa mère envers les nouvelles tendances qui frappaient aux portes de l'Egypte. "Qu'Amon soit son seul soutien et que les prêtres de Karnak soient les plus puissants, soit !" pensait le jeune homme, mais qu'elle refusât d'admettre qu'il y avait, ailleurs, d'autres mondes, d'autres conceptions de vie religieuse devenait insoutenable. Avec Thouya, Bek parlait d'idées nouvelles, de problèmes d'avant-garde, de remise en cause. Avec sa mère, il s'enfermait dans de vieilles traditions qui sentaient la poussière.

Beket soupira de lassitude. Certes, Thouya lui manquait comme elle manquerait à son fils. Elle se passa la main sur le dos, entre les deux omoplates.

Il était toujours droit, mais depuis quelque temps il lui semblait que les os la tiraient, l'entraînaient vers un avenir différent où détente et repos ne seraient plus que sa vie à venir.

Quant à Djenani, il se faisait vieux lui aussi, bien plus qu'elle encore qui, déjà, avait trente ans alors qu'il en avait presque cinquante quand Bek était né. Pourtant, il refusait de laisser tomber ses chantiers et, comme Beket, partait chaque matin retrouver ses hommes au travail. Pour l'instant, il œuvrait à Karnak où Thoutmosis réclamait un nouveau sanctuaire de barque à double entrée qui devait être achevé pour le prochain jubilé du pharaon.

Beket lâcha son dos et se passa la main sur le front. Amten s'approcha d'elle.

— Quelque chose ne va pas ? s'enquit-il.

— Tout va bien, Amten. Sauf qu'après ce bas-relief, je crois que j'en aurai définitivement terminé. Je te laisserai la place. Je sais que tu feras un excellent maître d'œuvre.

Elle vit le tressaillement de ses paupières qu'elle perçut comme un intense plaisir et poursuivit d'un ton tranquille :

— Oui, Amten, j'achève là ma carrière. Je n'ai plus l'âge de courir les chantiers. A présent, j'ai envie de me reposer. D'ailleurs, j'ai un fils qui prendra la relève.

— Le maître Dja ne le destine-t-il pas à la sculpture plutôt qu'à la peinture ?

— C'est lui, Amten qui s'y destine tout seul. Que le dieu Amon le préserve de tout écart de conduite, car il me semble bien audacieux pour son âge, à moins que je ne sois trop vieille pour comprendre ses opinions contraires aux miennes.

Amten hocha la tête, mais Beket vit que le sujet parlant de son départ le préoccupait plus que l'avenir de son fils.

— Et cette décision serait proche ? s'enquit-il en

haussant le sourcil qui avait si bien frémi tout à l'heure.

— Je te l'ai dit, Amten. Dès que ce bas-relief sera achevé.

— Mais le porche d'or ? jeta son compagnon d'un air étonné.

— Le porche d'or n'est plus mon obsession. A toi et à ton équipe d'y apporter tout votre savoir.

Le porche d'or débouchait sur le quatrième pylône supportant un ciel à deux colonnes campaniformes dont le haut évasé s'ouvrait en forme de lotus tandis que la base en pierre, recouverte de dessins gravés, représentait Amon et Rê associés. Un placage d'or pur en provenance de Nubie devait s'accoler aux grands vantaux de part et d'autre du porche. Il fallait y apporter tout son savoir pour y incruster les motifs qui viendraient en illustrer les parois.

— Maître Dja ! Maître Dja ! Grande Beket, c'est Maître Dja !

Memtou, le scribe des contours, arrivait en courant. Beket leva le visage et son regard perça le ciel entre les colonnes de la cour intérieure. Que pouvait bien avoir Djenani pour ne pas achever son travail ? Elle regarda s'approcher la grande silhouette un peu voûtée par l'âge. Elle avançait à pas pressés, se courbant plus encore lorsqu'elle voulait échapper à la morsure du soleil qui commençait à arracher le dos nu des hommes.

Beket courut à sa rencontre et lui prit le bras.

— Eh bien ? fit-elle en jetant sur lui un regard interrogateur.

— Eh bien, fit-il d'un ton joyeux, le sanctuaire à barque céleste est achevé. Je crois que je viens de signer ma dernière œuvre.

— Pharaon est-il d'accord ?

— Et toi ? murmura-t-il pour toute réponse. Est-il d'accord ?

— Comment sais-tu qu'il m'est venu la même idée ?

— Ah ! Ma Beket. A présent, je vais m'employer à faire ce que j'ai toujours eu dans l'esprit. Dessiner pour moi-même. C'est ce que je faisais quand j'étais jeune et pauvre. Et puis, j'ai rencontré un jour une jeune femme et ses deux enfants qui partaient pour Bouhen, un jour de la saison d'akhit où la crue n'arrivait pas...

— Et cette jeune femme était ma grand-mère, répliqua Beket en riant. Je connais toute cette histoire, Dja.

Il pressa son bras sous le sien, trop fort cependant pour que ce geste fût normal.

— Dja ! Ton malaise t'a repris et tu ne m'as rien dit. Voilà pourquoi tu cesses ton travail. Nous allons partir à Memphis nous reposer. Laissons un temps la population agitée de Thèbes à la crue qui s'annonce.

AVERTISSEMENT

Cette suite d'ouvrages qui s'intitule *Les Thébaines* comporte six parties :

La Couronne insolente
De roche et d'argile
Vents et parfums
L'Ombre du prince
La Seconde Epouse
Les Dieux indélicats

Le récit est basé sur des faits historiques et la plupart des personnages, à l'exception des Thébaines, ont existé et portent leurs noms authentiques (que l'on trouve orthographiés différemment dans les ouvrages, selon les historiens).

Si les Thébaines ressortent de la pure fiction, on peut comprendre qu'en l'absence de certitudes, elles aient pu exister et marquer leur histoire telle que je l'ai racontée.

Dans ce cas, le réel peut se mêler harmonieusement à la fiction, laissant rêver les lecteurs.

Le tome 6 des Thébaines — *Les Dieux indélicats* — poursuivra cette saga sur la XVIIIe dynastie de l'Egypte ancienne en abordant le règne de la grande reine Tiyi qui, par sa diplomatie, assura et renforça les liens entre l'Egypte et les pays asiatiques. Quant aux Thébaines, elles revendiqueront toujours leur indépendance dans les différentes couches de la société de cette époque.

DU MÊME AUTEUR

ROCKING-CHAIR — *Poèmes*, Editions Millas-Martin

LE PAYS D'ALICE EST À QUELQUES DÉRIVES D'ICI — *Poèmes, Préface de Denise Miège,* Editions Millas-Martin

RETENDRE LA PEAU DES PAVÉS — *Poèmes, préface d'Andrée Appercelle, illustrations de l'auteur*, Editions La Bruyère

LEONOR FINI OU LES MÉTAMORPHOSES D'UNE ŒUVRE — *Biographie, étude de l'œuvre*, Editions Le Sémaphore, *traduit en italien* par les Editions Selene/ Collection l'Altra Meta dell'Arte/Milan

ELLES ONT SIGNÉ LE TEMPS — *Anthologie biographique des femmes écrivains des origines au 19e siècle,* Editions l'Harmattan

DHUODA OU LE DESTIN D'UNE FEMME ÉCRIVAIN EN L'AN 840 — *Roman historique*, Editions Le Sémaphore

LES THÉBAINES

La Couronne Insolente *

De Roche et d'Argile **

Vents et Parfums ***

L'Ombre du Prince ****

Editions Le Sémaphore

A paraître :

*Les Dieux Indélicats*******

En préparation :

AU-DELÀ DE LEUR ART — *Anthologie biographique des femmes peintres et sculpteurs des origines au 19e siècle*

Composition réalisée par JOUVE

Imprimé en France sur Presse Offset par

BRODARD & TAUPIN

GROUPE CPI

La Flèche (Sarthe).
N° d'imprimeur : 11927 – Dépôt légal Édit. 18778-04/2002
LIBRAIRIE GÉNÉRALE FRANÇAISE - 43, quai de Grenelle - 75015 Paris.

ISBN : 2 - 253 - 15271 - 4 31/5271/7